跨度长篇小说文库

Kuadu Novel Series

孔雀图

岩波
◎著

中国文史出版社

目　　录

第一章　千金重托

一个前景光明的设想，总是需要一个拿得出手的理由支撑。

女儿到了出嫁年龄还没出嫁，做父母的着不着急？一个日本人的女儿已经二十八岁还没出嫁，父母亲会怎么说？

2009年春节将近，中日合资企业高管石田鸠夫的家里气氛凝重。石田鸠夫在教训女儿，而夫人则在一旁小心伺候着。这是蓝海市市郊结合部成片绿树掩映下的一座连体别墅。

“你既然看中了康赛，就矢志不渝地追求下去。他不理你，说明对你不了解，你正该更多接近他！如果说，他心里装着别人，竟然一装就装了这么多年，他既不结婚，也不找女朋友，不正是他清纯执着的可爱之处吗？现如今中国男人十分浮躁，一些年轻人在感情上追求自我而不专一，对女人来者不拒。而康赛，我早就从他父亲那里了解了他是个品学兼优的好男人！”

“可是我的耐心也是有限度的呀，我都二十八了，爸爸！”

“美子说得不错，如果康赛对美子没意，就不要再打康赛的主意了吧！”

“你们娘儿俩怎么这么糊涂？咱们日本的国际创价学会会长池田大作说过这样的话：‘结婚是青春的终点，也是奔向幸福人生的出发点。为了让它结出美好果实，千万不要焦急，要慎重，要有诚意。’著名作家远藤周作也说：‘所谓恋爱，一方面好像是甜蜜、温柔、幸福的象征。而一旦经历一下后，才知道它伴随着刺痛内心般的痛苦。’不经历曲折和痛苦的恋爱只怕不是真实的恋爱！中国有句俗语：‘自古以来藤缠树，谁人见过树缠藤？’美子不对康赛下功夫，还要反过来让康赛死缠美子吗？如果康赛真是这样没有男人气概的人，对不起，我还真看不上，这样的男人绝对不能嫁！”

女儿石田美子和夫人都不说话了。石田鸠夫在家里绝对是说了算的一把手。那么，他想把女儿嫁给康赛，就一定能嫁成吗？他的计划单靠一厢情愿就能实现吗？夫人和美子都张大了疑惑、期待的眼睛看着石田鸠夫。而他则胸有成竹地穿起外衣，准备立马到蓝海市肿瘤医院去一趟，因为康赛的父亲，他的同事和好朋友康之韶正在住院。为了友谊，更为了女儿，他已经跑了好几趟医院，眼下，他还必须跑。日本人做事执着，看准的事绝不含糊。

……

今冬奇冷。气象预报说，这是蓝海市五十年来最冷的冬天。

但，奇冷的天气挡不住有情人的脚步。春节刚过，石田美子已是今冬第四次拎着水果来康赛家了。

康赛母亲笑盈盈迎接美子，她像被传染了一样与美子相对鞠躬，然后才安顿美子坐下，斟上水。看着康赛与美子搭上话，母亲便慌慌地出去采买了。她要照例为美子做一顿可口饭菜的。虽然，她此刻心情并不好。为什么心情不好？因为老伴康之韶住在医院，已经确诊为癌症中期，骑在有治没治的分界线上。康赛母亲的心情还好得了吗？但美子来了她还是高兴的。因为美子在追康赛。男人三十而立，过完春节康赛就三十一了，而对象问题还是未知数，做母亲的能不急吗？现在来了坚定的追求者，论容貌，很像眼下的乒乓球女运动员福原爱；论身段，很像三十年前的“真由美”中野良子；论学历，和康赛同出于蓝海大学；论人品，从她对老人长辈的尊重，每次来都买很多东西，就不错；论经济实力，美子家里绝对不差钱。（而说到国籍，虽然很多人对日本人有成见，但美子和她的祖上并没有参加过侵略战争，他们一家人都支持美子追求康赛。）真是哪一样都让母亲满意，她能不暗自高兴吗？就算老伴的病情让人黯然神伤，美子的到来难道不是为康家送来一缕春风吗？不过，问题仍然是八字没有一撇，因为康赛对美子根本没有感觉。

母亲出去了，美子坐在客厅沙发上，看着坐在对面低头看报纸的康赛。康赛是个身材中等、五官见棱见角、留着简洁的小平头而又少言寡语、时时紧抿着嘴唇的男人，这样的男人一般是很有个性、很有追求的那种类型，绝不是随风倒、顺风跑、轻易向女人献殷勤的男人。在现实生活中，除了追“酷”的小姑娘，这样的男人未必招来女人的青睐，因为更多的姑娘需要男人的娇宠。而石田美子恰恰是个十分务实、丝毫没有追“酷”意识的日本姑娘。既然如此，她怎么就对康赛如此情有独钟呢？即使康赛带搭不理的，她也照来不误？除了父亲石田鸠夫的鼓动，靠的就是缘分了。美子感觉石田家和康家是有缘分的。石田鸠夫是中日合资企业高管，中国通，与中方高管康之韶在一间屋办公。他们各自代表自己的一方，在利益问题上锱铢必较，寸土必争；而在发展问题上却又出奇的和谐一致。这导致两位父亲关系处得非常好，工作上经常互相帮衬，是公司里的同人们非常羡慕的老哥俩。两家人知根知底，都有意撮合两个孩子成亲。他们为两个孩子提供一切接触的机会，只因为康赛对美子热不起来，事情便处于僵化状态。

这还不算，美子还是康赛的学妹，只是比康赛低了三个年级。她认识康赛不是在企业里，也不是在家里，而是在学校舞台上。那是蓝海大学的一次期末文艺演出，康赛在台上与女研究生艾一婕表演二重唱。那两个人甜美嘹亮的嗓音和天衣无缝的配合，给美子留下了深刻印象。过后一打听，敢情康赛就是爸爸的好朋友康叔叔的儿子！美子的心里蓦然间便打翻了蜜罐子，从里甜到外。大学毕业以后她没有继续深造，而是立马求职就业，然后就慢慢变成了康家的座上客。起初康赛根本就不接待她，是母亲陪着美子聊天，但架不住美子软磨硬泡，一来二去，就和康赛搭上话了。

“还没有女朋友吗?”

“早就有了。”

“康叔叔说，你根本就没有女朋友。”

“就算如此，这个问题也轮不到你考虑。”

“难道你还想着艾一婕?”

“想又怎么样?”

“她比你大四岁呢!”

“女大三抱金砖，女大四生儿子。”

“我怎么听说是‘女大四，自顾自’呢?”

“那是你们日本，中国不是日本。”

“明明是中国俚语嘛!”

……

话虽这么说，康赛对这个问题还是不能等闲视之，因为，父亲非常反对康赛惦记着艾一婕。好几年以前，康赛曾经说起过艾一婕，父亲坚决地打断了康赛的话说：

“大四岁？这绝对不行!”

事后，父亲托关系悄悄找到了艾一婕单位，结果一了解，嘿，你甭剃头挑子一头热，人家艾一婕早已结婚了！回来以后父亲就对康赛好一顿奚落。

但康赛对父亲的话只当耳旁风，根本不往心里去。他就是不找对象。三晃两晃就过三十了，眼下仍然是孑然一身。

此次美子和往常不同，屋里没有别人的时候，她就对康赛摊牌了：

“康赛，我今年过完春节就二十八了，眼看找对象就没有优势了，你如果还是看不中我，不冷不热，不明不白，我就另做打算了。而且，我也奉劝你，不要在艾一婕这一棵树上吊死，人家早已结婚，你还等什么劲?”

康赛低着头一言不发。

“你倒是说话呀!”

康赛仍旧一言不发。

“再不说话我可走了?”

康赛还是一言不发，而且连头都不抬。美子果真站起身来走出屋子。她真生气了。门是重重地摔上的。屋子里空气凝结了，微小的空气粒子在阳光照射下飘浮着。

母亲回来了，买了很多蔬菜和鱼、蛋、肉。当她发现美子已经走了，便立即明白是康赛“淡”走了人家。

“祖宗，你究竟是怎么想的？你究竟想怎么样?”

“妈，您甭问这么多。事情总会水落石出的。”

母亲蓦然间没有了做饭的动力，呆呆地看着康赛出神。康赛便走上前去把蔬菜、鱼、蛋、肉拿到厨房，动手收拾起来。同时，心里闷闷地在想，我该怎么办？我该怎么办？艾一婕为什么不等我？

她为什么不等我？她果真不爱我了吗？是这样吗？

康赛从小就有两项爱好：唱歌和画画。由于家里支持，提供一切方便，康赛上大学的时候，歌已经唱得很好，画也画得很好了。所以，一进大学，他就进了学生会，做起宣传委员，办板报，组织文艺演出，干得热火朝天。蓝海大学与日本神户大学是建立了互通关系的友好学校。那一年神户大学的文艺演出队来蓝海大学交流演出，康赛无意中担任了义务翻译，他的一口精到流利的日语让所有的人叹为观止，连日本人都夸奖，说："你快超过我们了！"其实，他主修英语，日语只是兼修。于是，他一夜之间成为蓝海大学一颗非常耀眼的明星。

时隔不久，他们要到日本神户大学去演出。康赛跟艾一婕在小礼堂练日语二重唱，他们练的是《年轻的朋友来相会》和《金梭和银梭》。可是，一向占据上风的艾一婕却怎么也没有状态，不是拍子不够就是气短，甚至还走调。康赛笑呵呵地提醒说："艾姐，想什么哪？练完再想好不好？"

艾一婕突然合上曲谱，目光幽幽地看着康赛说：

"康赛，你的声音清脆甜润，已经迷住我这个老姐了！"

康赛的脸立马涨红了，嘴里讷讷地说："艾姐，你比我唱得好多了，你是干专业的料，我顶多是业余爱好。再说，就算我唱得不错，也构不成影响你歌唱的理由啊！"

"康赛，这个周末你有时间吗？"

"干什么？"

"到我家里去一趟。"

"干什么？"

"当然有事。"

生活是残酷的。意外和偶然因素时时困扰着人们。当康赛来到艾一婕家以后，立即得知，艾一婕的父母是外事部门的高级干部，因为飞机失事，前几天夫妻俩双双去世。艾一婕相当悲伤，对康赛诉说完这一切以后，她便号啕大哭。此前，康赛对艾一婕并没有更多了解，只知道艾一婕是比自己大几岁的研究生，歌唱得好，有些高傲，不太爱说话，绝对想不到艾一婕突然遇到了这样的糟心事。

康赛用纸巾帮艾一婕擦着眼泪，反复劝说艾一婕节哀顺变，该练歌还要练歌，该去日本神户还去日本神户，人总得向前看，总得面向未来啊！接着，康赛就动手为艾一婕做起饭来。康赛在家里经常帮助母亲做饭，所以，米饭、馒头、包饺子、捞面，举凡家常便饭，康赛都能做。

吃饭的时候，康赛给艾一婕盛好饭，把菜拨进她的碗里。而艾一婕两眼空洞地看着屋顶，半天不动筷子，最后突然说："周一你能不能请两天假，跟我跑一趟北京，把老两口的骨灰接回来？我哥哥现在在国外，回不来。"

康赛连连点头，说："没问题，我陪你去。"

在北京的外事部门，艾一婕与康赛以对象相称，手挽手出出进进，外人看上去是那么般配。按照艾一婕父母生前遗愿，死后要把骨灰撒进大海。他们从北京回来以后，转过天来就马不停蹄坐长途车来到海边，搭上一艘机动渔船，就驶向内海。此时正是隆冬时节，西北风凛冽地抽打着站在甲板上的艾一婕，康赛则忠诚地一步不落地站在艾一婕身后，小心翼翼地端着骨灰盒。让人意想不到的是，艾一婕把父母的骨灰亲手撒进大海以后，突然冷不丁一翻身就越出船舷，跳进海里。她的黑色长发只在海面闪了一下，便沉了下去。暗蓝色的海水翻起一串水泡，紧跟着便被新的涌浪吞没。

这是康赛万万没有想到的。父母亲的意外去世，对女儿的打击也忒大了不是？竟然让女儿产生了跟随而去的念头，太可怕了不是？当时渔船上的人都惊呆了，一时间全愣在那里，手足无措。

康赛只是愣了两秒钟，便急速脱掉防寒服，解下船舷上一个带绳子的救生圈，一个鹞子翻身便也跃出船舷，跳进海里。

冰冷阴沉的海水猛击了康赛一下子，使他的心脏蓦然间就抽紧了。他躬起腰，弯下头，使劲划水，力求使自己向下潜。但是，康赛水性并不好。他会游泳这没错，但并没在海里游过，而且，他的潜泳技术也实在是一般般，甚至因为他不知道海水浮力比游泳池要大，因此，他穿着内衣想往海下潜根本就潜不下去！但一股莫名的力量支撑着他，就是把自己淹死，也要救出艾一婕，就是这么一种简单、纯粹、不叫理由的理由，驱使着他，激励着他一而再，再而三地向下潜，向下潜，终于潜了下去！而且，终于抓住了艾一婕的一只胳膊！当他把艾一婕拉出水面以后，就气喘吁吁地用尽力气，将艾一婕的头和一只胳膊套进救生圈。而他自己则蓦然间便沉了下去，因为他已经精疲力竭。

两个惊呆的渔民已经彻底清醒了，他们“扑通、扑通”地跳下海去，只一个猛子，就把康赛捞了起来。

当他们水淋淋地爬上甲板，在冷风里瑟瑟发抖的时候，渔民有些不好意思地提出要加三倍的报酬。康赛当即表示：三倍太少了，六倍！因为那天康赛防寒服口袋里确实带着钱来着。

回到市里以后，艾一婕和康赛双双冻感冒了。艾一婕发起高烧。康赛也感觉头重脚轻，一阵阵眩晕。但他坚持为艾一婕做了午饭，端上桌。就在他搀着艾一婕请学姐入座的时候，艾一婕突然扑进康赛怀里，再一次痛哭流涕。但这一次不是悲伤，而是感激，是爱。艾一婕主动吻住了康赛。康赛则像被雷电击中一样，大脑出现了空白。他们直到饭菜都凉了，该吃下一顿的晚饭了，还难分难舍。两个感冒的人无意中的一次长吻，竟神不知鬼不觉地让艾一婕退烧了，康赛的感冒也减轻了。于是，他们俩蓦然间明白了一个“秘方”：接吻可以治病。

艾一婕为什么跳海？真的是因为父母亲意外去世打击过大？抑或是有意对康赛进行考察、考验？不得而知。大学还没毕业的康赛太年轻了，想不起来要问这个问题。

不过，从此以后，每个周末，康赛都到艾一婕家里来。每次两个人都没完没了地接吻。他们在对对方的等待、期待、期盼、苦等（其实最长间隔才一个星期）中，和一旦相见以后的默契中，更加深了彼此的内心了解和情感依赖。这是他们的初恋，初恋意味着填补了感情的空白，意味着给他们留下永远不能释怀的刻骨铭心的记忆。终于，有一天，艾一婕从衣柜里拿出一件东西。那是一个长约一米二三的一个细长的布套，呈口袋状，袋口被线绳抽紧。

艾一婕松开袋口，从布套里抽出一个卷轴——是一幅宽约一米二的轴画。但当艾一婕将轴画展开以后，康赛见到的却是从中间撕开的两个半张的轴画，上半张带着一个画轴，下半张带着一个画轴，拼起来约莫两米长。内容是一幅色彩艳丽、神形兼具、栩栩如生、美轮美奂的孔雀图。从构图到用笔，从颜料到背景纸绢，无不透着高难度的精工细作。康赛以自己所有的美术知识当即断定：这是一幅价值极高的上乘之作！只是因为中间被很不规则地撕开，生生为这幅画毁了容！暴殄天物啊，谁干的这种事?!

“以后我会告诉你这幅画的来历，你先看看这里——”

艾一婕用手指指向画作的落款处。只见除了写着“渡边晨亩”，盖着图章以外，还另外发现四枚图章，细细辨察，分别是“黎元洪”“冯国璋”“徐世昌”“曹锟”。民国时期的八位“总统”竟然有四位曾经拥有过这幅画，并且留下钦印，其身价显然非比寻常。

“知道‘渡边晨亩’这个人吗?”

“知道，是19世纪末20世纪初的日本著名画家。擅长花鸟画，尤其画孔雀是一绝。他因为喜欢画孔雀，所以院里、家里到处养着孔雀，我也见过他画的孔雀，和真孔雀大小接近，其形态、颜色都很逼真，是非常好的日本工笔重彩画。中国的画家无不喜欢他的孔雀。水墨画大师齐白石，工笔画大师田世光、刘奎龄都曾向渡边晨亩学过画孔雀。伪满时期的溥仪，寝宫里不挂别人的书画，单挂一幅渡边晨亩的孔雀图。”

“知道黎元洪、冯国璋、徐世昌、曹锟吗?”

“知道，他们都曾是民国时期的‘总统’。”

“他们都与书画有渊源吗?”

“没错，民国书画，应该说就是中国书画史上的一座不朽丰碑。曾闪现出大学者型书家如朱孝臧、康有为、于右任、郑孝胥、罗振玉、章炳麟、钱振煌、谭氏兄弟（延闿、泽闿）、袁克文、马叙伦等；他们皆为名重环宇的一代旷世巨擘。而雄霸一方的北洋军阀‘总统’黎元洪，虽是行伍出身，然其平素极喜舞文弄墨；从他留世的宝墨窥视，艺术造诣绝可称‘翰逸神飞，笔墨气润直逼古人’！绝对与其残暴的军阀习性背道而驰！资料上有不同记载，有的说日本著名画家渡边晨亩曾经亲自送过黎元洪画作，也有的说是黎元洪购买了渡边晨亩的画作，而画作极有可能就是《孔雀图》，因为渡边晨亩最知名的画作就是《孔雀图》；那冯国璋虽也是军阀出身，本身就爱好书画，写得一笔好字；徐世昌文人出身，诗、书、画俱佳，为‘总统’时曾成立北京艺术篆刻学校，即后来中央美术院前身，其书画作品颇有声誉，曾在中国、日本等国画展中展出；那曹锟也不例外，他贿选‘总统’一事在中国现代史臭名昭著，但七七事变后他保持节气，拒任伪职，还是为后人称道的。不过话说回来，凡此种种，都不影响他写得一笔好字，尤其接受书画礼品的机会也是很多的。”

“你知道得还真不少！以你的眼光，这幅《孔雀图》值多少钱?”

“以我的眼光，应该是个天价!”

艾一婕把手里的半幅画放在桌子上，伸手抚弄着康赛的衣扣，继续问:

“如果有个女人比你大几岁，她很爱你，你会娶她吗?”

“只要彼此真爱，会娶的。”

“她比你大四岁。”

“一婕，不要说了，我会娶你。现在我还不够年龄，一俟达到年龄，我立马娶了你!”

艾一婕再一次紧紧抱住了康赛，并把自己的脸颊贴在康赛的肩膀上。康赛热血沸腾，热血澎湃，热血攻心，心脏怦怦乱跳。顷刻间两个人便都彻底地迷醉了！如果说康赛是个热血男儿，艾一婕无疑就是热血女儿。两个人都是意欲以身相许的性情中人。

那天，康赛离开时，艾一婕送给他半幅画，说这就是信物，你看到这半幅画，就看到了我；两个人几时成婚，几时就把画接裱起来。这样的礼物康赛怎么能不接呢？这是两个人缔结关系的见证，是接也得接，不接也得接，非接不可。看上去，这是千金重托，而其实际价值又岂是千金所能买得了的？换一个人真拿来千两金买这半幅画，艾一婕会卖吗？康赛会答应吗？所以说，事情发展到这一步，这里面已经没有利益问题，没有谁沾了谁的光的问题，完全是建立信誉的一件道具而已。康赛把半幅画拿在手里，自然是心情激荡，浮想联翩，犹如醍醐灌顶，更如同饮下千年陈酿，已经完全迷醉在对未来的憧憬里面了。

艾一婕抱住康赛，在他耳边轻声问："你会等我吗?"

康赛毫不犹豫地回答："会!"

艾一婕问："如果中间出现坎坷呢?"

康赛回答："不在话下!"

在这种情境下，两个人吻别了。但谁都没想到，艾一婕一语成谶！他们到日本神户大学演出的时候，同样做外事工作的哥哥恰巧也在日本，便拉着好朋友一起去神户大学看妹妹演出。结果，这个朋友一下子就看中了艾一婕。这个朋友的父亲是个外事口级别很高的干部，几乎左右着艾一婕哥哥的命运，而此时，哥哥正面临一次提职的机会。问题来了，好朋友提出要娶艾一婕，哥哥怎么办？答不答应？左思右想以后，哥哥向艾一婕做起艰苦的思想工作。

"一婕，你已经考虑三天了，想好了吗?"

"想好了——不要打我的主意，我有对象。"

"这个人是谁？父母亲是什么级别?"

"这个你甭管，反正有对象就是。"

"不行，我要为你的将来负责，你不能随随便便找对象。不是我看不起一般老百姓，你我的对象都不能太差，必须门当户对、旗鼓相当。否则，不仅辱没家风，将来还会矛盾频仍!"

"你说实话，究竟是为了我，还是为了你自己的前途?"

"兼而有之!"

艾一婕大病一场，无来由地发起高烧，上吐下泻，昏迷，一个星期不退烧。

艾家现如今的顶梁柱无疑就是哥哥，艾家的接班人无疑也是哥哥，哥哥的前途就是艾家的前途。那时候艾一婕也太年轻，她所能想到的，就是这些。

艾一婕悄没声儿地转学走了。临走给康赛打了个电话，说她最近要出一趟远门，完成一项农村考察的论文准备，短时间不要找她。而在研究生毕业以后，在哥哥"运作"下，她也进入外事口工作，是在与蓝海市相毗邻的另一个城市；同时，悄悄嫁给了哥哥的好朋友。她没告诉康赛她为了哥哥的前途改变了初衷，违背了诺言。她也没告诉康赛，她已经进入外事口工作。她卖掉了房子，悄无声息地搬走了。她感觉没脸见到康赛。

但，另一个情况的出现，让康赛始料未及：康赛大学快毕业的时候，突然接到市政府一个处长的短信，说，抓紧去考公务员，市政府的一个处看中了你，等着你去任职。那时候，大学生毕业已经开始出现找不到工作的问题，形势非常严峻，会有这种人还没毕业，就有单位等着要，而且还是政府机关，这种很像“天方夜谭”的事情吗？

康赛去市政府会见了这个处长，结果，事情是真的。这个处现在正缺一个秘书。这个处长经别人推荐，知道蓝海大学学生会有个多才多艺的康赛。至于是谁推荐的，处长保密不说。康赛回到家就和父母商量：是继续考研深造，还是进市政府工作？父母亲一迭声道：“这还有什么可犹豫的？当然是进市政府工作！”

事情就这么定了。康赛懵懵懂懂地走上了工作岗位，而且是个让所有年轻人，尤其是新毕业大学生炫目的工作岗位。

因为毕业前忙于毕业设计，而且也知道艾一婕不在家，所以康赛已经好一阵子没去艾一婕家了。大学毕业有了工作，自然要先到艾一婕家里报喜，但他扑空了。艾一婕原来的房子里住上了新户，人家说，艾家早就搬走了，你难道不知道？康赛便急忙给艾一婕打手机，但耳朵里听到的是“您所拨打的号码是空号”。艾一婕怎么会不打招呼就离开了呢？难道说，她变心了吗？

晚上，夜深人静，康赛拿出那半幅画，细细观赏画上的孔雀，眼前浮现的却是艾一婕的面影。他们相识、交往、许诺建约的整个过程，像电影一样，在康赛眼前过了一遍。艾一婕是水性杨花的女人吗？康赛不相信。以他有限的人生经历、人生经验来看，艾一婕不是这样的人，而且，康赛坚定地认为，艾一婕不应该，也不可能是水性杨花的女人。但，此刻他也终于想清楚了一点：自己与艾一婕的交往时间毕竟太短，对艾一婕的了解毕竟太少，艾一婕身上有着让他解不开的谜团。但另一点也让康赛对艾一婕满怀信心和期待：艾一婕把那么贵重的画作给了自己一半，难道不是把心交给了自己吗？艾一婕蓦然失踪只怕是阶段性的，权宜的，不便对自己说的，而最终还是会出现在自己面前的。

康赛开始专心工作了。他的这个处是三处，重点为一位叫作路前浩的副市长服务，面向全市各种所有制形式的商贸企业和服务业。应该说，工作范围相当广泛，也相当繁杂。工作量甚至超过了为一把手市长服务的一处，和为常务副市长服务的二处。康赛的工作除了管好文件，做好内勤，还要了解和综合面上情况，起草有关文件和报告。至于写写“情况简报”、给市政府“政务网”发一段信息，那都不叫活儿，属于一支烟的工夫顺手就干了的，因此，干了也是“白干”的，基本上属于算不上成绩的、被忽略的工作。但是，千万不能小看了这些工作，如果干不好或不愿意干这些工作，处长立马就会跟你计较起来。找你个别谈话算好的，如果在处里开会点了你的名字，便会让你很没面子，甚至说不定就影响了发展、影响了前途。

康赛悟性不错，很快就进入了工作角色。加上他是学文科出身，思路清晰，文笔顺畅，他写过的材料处长一般都改动不大。当然，需要路副市长过目的材料，可能被挑些毛病，加些内容，但谁都不会认为是自己写得不好，而只是认为路副市长比自己水平更高，理应听从。康赛每天的大部分时间都处在伏案状态，不是看文件，就是起草文件。整理文件、给文件挂笺、向领导分发文件、向兄弟处室传递文件，对康赛来讲，都属于休息。因为，这些工作用不着太动脑子。三处的处长对康赛比较满意。副处长则加个“更”字。副处长是个叫金银花的年逾五十的老大姐，一天临下班的时候，她突然来到康赛身边说：“小康，明天就是星期六，你能不能随我登一下望夫山?”

康赛抬起一直埋着的头，不明就里地看着金银花。康赛是个不爱说话的人，想问什么问题，往往是向对方投过探询的目光，而嘴唇却紧抿着。望夫山，是蓝海市郊县风景区的一座高山，康赛和艾一婕去过。海拔一千多米，相对高度也有五六百米。加上路径崎岖，没有良好的身体素质，很难登上顶峰。那时候康赛连拉带拽地牵着艾一婕的手爬上顶峰以后，抚摸仿佛在“望夫”的面向远方的人形巨石，艾一婕却拒绝抚摸，而是突然眼含热泪，说：“康赛，咱们赶紧下山吧，我不愿意体会长年累月苦苦‘望夫’的滋味!”康赛知道艾一婕是个感情丰富而又心软的女人，便听从她的意见，搀着她下山了。想到望夫山，就想到了艾一婕，就想到了那半幅画，就想到了他们俩已成悬案的未来。

“怎么，你不想去吗?”金银花追问。

作为刚刚进入机关、初来乍到的小青年康赛，敢对副处长大姐说“不想去”吗?

“去，想去，我愿意陪着金姐爬山。”

“好，就这么定了，明早六点司机开车去接你。”

结果转天早晨六点，司机果真把黑色奥迪停在康赛家楼下了。康赛带了足够三个人吃的面包、火腿肠，还带了六瓶矿泉水。他只以为此次爬山只是他们三个人。谁知，一开车门，却见金银花坐在副驾驶位置，另一个戴着遮阳帽、一身短款的陌生的年轻姑娘坐在后面，在对着康赛微笑。康赛说：“金姐，您应该坐后面才对，还是让我坐副驾驶位置吧!”

金银花呵呵一笑，说：“今天你就享受一下坐后面的滋味吧。”

问题来了。康赛只带了三个人的吃喝，现在是四个人，怎么办?他正要对金银花说，是不是路过食品店的时候再买点面包和矿泉水，身边的姑娘已经把一个挎包拉到身边，掏出一个夹心面包递给康赛，说：“今天大家都起得早，肯定都没来得及吃早点；而且，起太早了想吃也吃不下。”康赛还没反应过来，姑娘已经将面包强行塞进他的手里。然后，将另一个面包递到金银花肩膀上，金银花笑嘻嘻地接了过去。最后，姑娘才给司机递了一个面包。

汽车已经驶出市区，在通往郊县的公路上开始疾驰。金银花率先吃了起来，姑娘和司机便也跟着吃了起来，康赛无形中加入了服从的行列。眼下的情况就是这样，他不能不服从。他几乎没有不服从的余地。

金银花边吃边说：“金玉是我侄女，和你一样，今年刚大学毕业，现在正在托人，打算进银行工作，不过该考试还是要考试的。”

这话显然是对康赛说的，因为司机不是大学毕业，车里坐着的刚大学毕业的只有康赛和那个姑娘，而那个姑娘显然就是“金玉”。

金银花继续说：“金玉她爸，就是我的哥哥，是咱蓝海古玩街经营不错的几个大户之一，家里不说家财万贯吧，反正不差钱。不过，话说回来，他完全是靠守法经营赚钱的，从来不偷税漏税。我们每次见面谈得最多的就是不能偷税漏税，要为自己负责。古玩行的事你们不知道，要想偷税漏税是很容易的事。”

康赛明白，金银花很策略地介绍了金玉的家境。对司机说这番话没有意义，这话显然是只对康赛说的。两个小时以后，汽车稳稳地停在望夫山脚下。司机说了句：“跟着我哦！”就头前走了。金银花紧紧跟了上去。金玉则慢吞吞跟在金银花后面。她之所以慢吞吞地，显然是在等康赛，要与康赛一起走。事情再明了不过，金玉一门心思要跟康赛交往。

这个时候，康赛就不想服从了。因为这条山径上的一草一木，一沟一坎，都勾起康赛对艾一婕的思念。他不能在思念艾一婕的同时与金玉保持热络。而如果冷落金玉，似乎又不应该是他此时此刻的所为，因为金玉并没有什么过错。康赛更加慢吞吞地跟在后面，想与金玉拉开距离。偏偏金玉看穿了康赛的意图，便放慢脚步有意等他。康赛就采起石径上的野花。金玉起初还以为康赛心境很好，却见康赛采了野花又随手扔掉，扔了采，采了扔，方知康赛实属穷极无聊，心情不爽，她就有些来气了。快要爬到山顶的时候，金玉突然踩空一块石头，接着，就大叫一声：“哎哟，崴脚了！”

此时金银花已经走得很远，听不到金玉的喊声，而后面的康赛则听个满耳。他便不得不快步走上前去，搀住金玉。金玉却蹲下身子，伸出一只脚说：“疼得厉害，一动就疼！”康赛说：“要不要我尝试着给你按摩一下？”金玉便剜了康赛一眼，说：“按摩就按摩呗，怎么还要尝试啊？”康赛说：“因为我并不精于此道。”

金玉不再跟康赛废话，而是将一只脚伸到康赛面前。康赛也蹲下身子，看这只脚。此时，康赛刚刚注意到，金玉只穿了短款的牛仔短裤，匀称修长的大腿光溜溜地呈现在他面前。他的心脏不由得怦怦怦地急跳起来。以康赛眼下的年龄，对异性既渴望又敏感，在金玉白净细腻的大腿面前没有感觉是不可能的。但他一瞬间就稳定住了自己的心神，因为，他想到了艾一婕，艾一婕把自己最珍爱的半幅画交给了他，也等于把整个身心交给了他，没上床，只能说明两个人想把最美好的瞬间留给洞房之夜，并不等于艾一婕对他有什么保留。

既然如此，康赛还会对其他女性心存觊觎之念吗？此刻，课本里郭小川的诗句跳进了他的脑海："战士自有战士的爱情，忠贞不渝，新美如画；一切额外的贪欲，只能让人感到厌烦，感到肉麻……"

康赛小心翼翼地把金玉的旅游鞋脱了下来——应该说，金玉的穿着白色纯棉线袜的脚丫还是很让人心动的，匀称而小巧。但康赛快速排除了这样的杂念，像个中医医生那样，很职业地、公事公办地、面无表情地把这只脚放在自己的腿上，然后就对脚腕、脚踝按摩起来。金玉时而皱紧眉头，龇牙咧嘴；时而表情舒展，面带笑容。如山里八月的天气，一会儿阴一会儿晴。而康赛的额头，已经渗出细细的汗珠。

按摩完毕，康赛扶着金玉站起来的时候，金玉顺势靠在康赛身上，说："我爬不了山了，你干脆背我下去吧！"

此时此刻，康赛还能有别的选择吗？他便二话不说就背起了金玉。金玉紧紧搂着康赛的脖颈，康赛则扳着金玉光溜溜的柔软的大腿，他分明还感觉到了金玉抵在他后背上的柔软温热的乳房。两个人就这么下山了。俗话说，上山容易下山难，没错的，山径崎岖陡峭，就更是如此。康赛只能侧着身子往山下走，如果正面下山，弄不好就让两个人一起轱辘下去了，伤成什么样就很难说了。而侧着下山就需要很好的腿力、脚力。再背着一个一百来斤的大活人，就还需要很好的腰劲儿。康赛不得不时时歇一歇，喘口气。每到这时，金玉就附在他耳边说："对不起，康赛，累着你了！"康赛什么都不说。他感觉没什么可说。没走多久，康赛已经汗流浃背，但即使如此，金玉仍旧紧紧抱着康赛，丝毫没有松开他的意思。自然，金玉的前胸和康赛的后背都湿得水淋淋的。金玉突然发问："康赛，你喜欢有钱人吗？"康赛回答："我喜欢有责任感的人。"金玉便叹一口气："唉，人生得一知己足矣。"是啊，眼下社会上各行各业都免不了假冒伪劣，太让人没有安全感了。

费了九牛二虎之力下了山以后，康赛就把金玉安顿在一块大石头上坐下。此时，准备爬山的人很多，抻腰，屈腿，活动筋骨，都在做着上山的准备工作。而金玉则从自己的脖颈上摘下一个殷红的晶莹剔透的鸡心坠，说："康赛，这是我爸最近刚从缅甸打回来的，你看看货色怎么样?”说着，金玉就把红色鸡心坠塞进康赛手里。康赛在没有思想准备的情况下，接了过来。如果他知道金玉是专门送给他的，他就绝对不会接着。金玉见他接过了鸡心坠，就问：“喜欢吗?”

这句话让康赛蓦然间就明白了金玉的意图，便急忙摇摇头，把鸡心坠还给金玉，说：“不喜欢。”

其实，康赛当然是喜欢的。他明白，红宝石红色的浓烈度和均匀度是用于决定红宝石价格的两大要素。贵重的红宝石浓烈度适中、色泽均匀。而色彩浓烈的红宝石如果清澈透明、美丽无瑕的话，就可能价值极高。金玉这颗红宝石恰恰如此。

金玉睁大眼睛吃惊地看着康赛，说：“对这么好的东西竟然不喜欢?”

康赛紧抿着嘴唇不说话。金玉非常扫兴地把鸡心坠重新挂到自己脖颈上，然后解开了腰带。康赛见她解腰带，便急忙转过身去，往旁边走，心说，你也忒开放了吧，女孩子的腰带怎么能在大庭广众之下随便解开呢?

没走几步，身后就传来金玉的喊声：“康赛，你过来!”康赛回过头时，却见金玉举着一个东西说：“你来看看这个!”

康赛只得走回来，来到金玉身边，接过那个物件。康赛当然明白，那物件是一块腰牌。葱心绿，半透明，成色极好。“麒麟献瑞”，雕工也极其细腻。金玉系好腰带，说：“这腰牌也是刚从缅甸打来的，正宗的老坑冰种，比那个鸡心坠的种又要强很多了。种纯，种老，行家叫作‘一汪水’或‘一口气’。如果你懂一点古玩、工艺品知识，会知道它的价值。”此时，康赛便掬起腰牌细看，见其绿得那么均匀，颜色温润而艳丽，水头极好，没有一丝棉絮状杂质。康赛点点头，真诚地说：“东西确实是好东西，你应该好好爱护。”

金玉的脸上笑成一朵花，大大咧咧地说：“送你了!”

康赛急忙把腰牌还给金玉说：“不不不，这么贵重的东西我可不敢要!”

金玉使劲把腰牌塞回康赛手里说：“你既然知道贵重，就是个识货的人，把它送给你就送对了。否则我还真舍不得呢!”

两个人推来推去，谁都不肯接着。这时，金银花和司机下山来了，看见康赛正和金玉推推让让，便高兴地打趣说："还是年轻人啊，这么快就成好朋友了！"康赛急中生智，就突然间把腰牌塞进了金银花的手里。金银花急忙问："给我了？"康赛便说："对，给你了。"然后急忙向远处的厕所走去。

星期一，康赛上班了。他来得早，把几间屋的开水都打好以后，就坐到自己的办公桌跟前，打开了文件夹。新的一天，又要面对新的文件。此时，金银花走了进来，她回手把门关好，然后走到康赛桌子跟前，把那个绿莹莹的麒麟献瑞翡翠腰牌端端正正地摆在康赛眼前，说："金玉对你非常中意，既喜欢你的责任感，又喜欢你的不贪财，因此，这个小礼物非送你不可。而且，她让我转告你，星期日装修队要来她家装修新房子，请你去看看装修方案。"金银花特意小声说："是给金玉买的房子。"

康赛急忙把腰牌往金银花跟前一推，说："这礼物可不算小，我不能要！"

金银花皱紧眉头，说："为什么呢？咱打开天窗说亮话，是不是因为金玉长得不好看？性格不随和？"

康赛的脸一下子就涨红了，急忙辩解："不是这个意思，不是这个意思！我没说金玉长得不好看，而实际上金玉确实长得不难看；而且她的性格也蛮随和的。"

金银花一听这话，就把脸拉长了，问："既然如此，你还对她的哪方面不满意呢？"

康赛一时语塞。要不要告诉她，自己早就有了心上人呢？问题是，自己的心上人现在变成了未知数，变成了谜团。自己怎么向金银花诉说这件事呢？就算说，能说得清楚吗？但他迟疑了一会儿，还是告诉金银花说："金姐，我已经有对象了。金玉再好，我也不能吃着锅看着碗不是？"

金银花立即紧跟一句："你们登记了吗？"

康赛回答："没有。"

金银花道："这不就得了！既然没登记，你难道不能先接触一段时间，然后比较一下，看看娶谁更合适？而且，现在我就宣布，我允许你脚踏两只船一次，下不为例。因为，这事儿牵涉到我侄女！"

第二章　谁是赝品

一个极度自尊的人在屡屡受挫的时候，便会剑走偏锋，而不考虑理由是不是正当。

简直是霸道，不讲理嘛！因为涉及你的侄女，就让康赛脚踏两只船？当然了，现如今社会开放，别说脚踏两只船，就是脚踏三只船、脚踏四只船的都大有人在，金银花的主张并不稀奇。但如果康赛不这么做呢？康赛是个有原则、有底线、有自己做人宗旨的年轻人。年轻固然年轻，但该坚持的事情是别人左右不了他的。康赛拒绝收受金玉的翡翠腰牌，也拒绝与金玉再次见面。自然，金玉的姑姑，三处副处长金银花非常气恼。

金银花收回了翡翠腰牌，狠狠跺了一下脚，咬牙切齿地走了。

康赛明白，那个翡翠腰牌没有三十万买不下来，甚至五十万也未可知。收受了这么贵重的东西，就等于把自己典给金玉了。他怎么可能收那个腰牌呢？

事情好像专门跟康赛过不去，时隔不久，三处处长提起来做机关事务管理局副局长了，金银花便被“扶正”，提起来做了三处处长。另一个年岁大快退休的老处员做了副处长。此时，康赛在处里的位置就显得更重要了。不是说排名靠前了，而是说“顶梁柱”的作用越加明显了。逐渐地，一些大材料都压给康赛了。机关组织干部去游泳池游泳，还要康赛做服务工作；给灾区捐款捐物，也让康赛给行政处帮忙；迎国庆机关企事业单位文艺演出，还要康赛出一个独唱。在那么大的场合出独唱不是说出就出的，背后要反复演练的。俗话说，台上十分钟，台下十年功，就算你临阵磨枪，不磨也是不行的，要磨枪也是要时间的。一个人有多大精力？但康赛该干的都干了。问题是，如此表现突出的年轻人，在年底评选先进的时候，却名落孙山。不是处里没人推举他，而是背后被金银花否掉了。在机关干过的人都知道，处长有这个权力。处里的干部被大家推选为先进，但处长如果感觉你不够格，那么，他随便找个理由，就把你否了。

如果事情只是发生在第一年，康赛也没什么怨言。就是第二年也如此，康赛也没多想。谁知第三年仍旧如此。康赛就禁不住思考起来：是不是金银花给自己穿小鞋呢？

康赛敲敲门，走进金银花办公室。他表情平静地看着金银花，在思考怎么对她问起这个问题。金银花却率先开口了：

“我知道你会找我，但我想不到你会拖了三年才找我。你真沉得住气啊！”

康赛想了想说：“这三年里，我连年被处里评为先进，但最后都是莫名其妙被拿下了。我想来想去，就是您的原因。您是不是因为金玉的事一直记恨我哪？”

金银花也不请康赛坐下，她面无表情地看着站在对面、隔桌相望的康赛，说：“你这三年日子不好过，金玉就好过吗？你知道她给我打了多少电话？你知道我请她吃饭吃了多少次？为什么会这样？因为金玉已经走火入魔了！她一门心思看中了你，别人再给她介绍什么对象她连面都不见，只是一根筋地死逼着我找你，她说，只要康赛不结婚，她就不搞对象！”

康赛一下子什么都明白了。世界上还真有这样相像的人！自己对艾一婕一根筋地死等，这金玉对自己也一根筋地死等，真是邪了门儿了！

而这三年里，艾一婕的消息一点也没有。康赛感觉自己年龄也不算大，也根本不着急。他只是在冥冥之中感觉艾一婕在某个地方、某个角落里死等着自己。但金玉这事自己不能装傻不是？总该表个态，对金玉的执着给予赞许不是？人家毕竟是爱自己而不是恨自己。因为爱自己而耽搁自己的青春，这样的女孩是不是应该委婉地安抚？想好以后，康赛就对金银花说了这样的话：“金姐，这个星期天，我做东，请您和金玉去全聚德吃烤鸭。”

金银花一听这话急忙推拒：“不不不，我去算什么？金玉想见你想得天天睡不着觉，还是让她自己去吧，我把话带到就是。但我有句话要嘱咐你，你要开诚布公，不能诓她，爱就是爱，不爱就是不爱，不要模棱两可。金玉是个实心眼的人！”

蓝海市的全聚德，坐落在商业街的正中央，十分醒目。门楣全是雕梁画栋，古色古香，走进去立即被喷香的烤鸭气味顶了鼻子。男人请女人吃饭，理应先到。康赛就提前半小时来到全聚德，在靠窗的一个位置坐了下来。他先要了一壶菊花茶，斟上一杯，然后就拿过烟碟抽起烟来。其实，他是从来不抽烟的，今天抽烟全是装相。他就是要让金玉反感。现如今文化高、有教养的姑娘是不喜欢抽烟的男人的。因此，康赛抽的还是谁闻了都会感到呛得慌的那种大雪茄。

金玉显然是十分守时的人，也许，她只是对康赛守时，在家里也是任性娇纵的。此时，她就一分钟不差地飘了进来。说她“飘”，是因为她穿了白色的连衣裙，脚下一双细带白色高跟鞋，那么轻盈，怎么看怎么不是走进来的，就是飘进来的。她看到了坐在窗边的康赛，便急步走了过来。

康赛笑盈盈地看着金玉走过来，便伸手示意她在对面坐下，然后给她斟了一杯水。金玉看着康赛手里的雪茄，皱了一下眉头，突然说：“还有吗？给我一支。”

康赛一愣，拒绝给她烟抽：“你抽雪茄？开什么玩笑？”

金玉郑重其事地说：“许你抽为什么不许我抽？”

康赛说：“男女有别啊！”

金玉道：“你别猪鼻子插大葱，装相！我早问过我姑姑，你从来不抽烟！你在我面前抽这种臭烘烘的雪茄完全是为了让我反感，就你这点小心眼儿！”

康赛对这话只是装作没听见，便招手叫来服务员开始点菜。服务员走了以后，金玉又很突兀地说：“康赛，我知道你学过画画，字画知识十分广博；偏偏我爸在这方面不行，他决定聘你做我家古玩店的字画顾问，请你每个星期到我家古玩店去一趟。至于要不要报酬，听便。”

康赛呵呵一笑，说：“既然如此，当然要报酬，而且报酬少了我还不干。”

金玉也微微一笑，说：“如果没有生意，一个月给你三千；如果有生意，另加提成。怎么样？”

康赛猛抽了一口烟，呛得咳嗽起来，连笑带咳地说：“一个月三千太少了，我的身价哪能卖这么低？”

金玉对康赛这种态度非常反感，她皱紧眉头说：“你甭跟我嘻嘻哈哈乱开玩笑，只要你答应，我就放你一马，不再和你提恋爱的事，放你去爱任何人。”

康赛急忙点点头说：“好，好，这样最好！就这么定，这个星期我就去。”

金玉虚起眼睛说：“好像跟我有深仇大恨似的，一说不和我谈恋爱，立马就答应了。”说完，她站起身来就往屋外走。此时，服务员把烤鸭和炒菜端来了，和金玉走个碰头，金玉连看都不看，就走出大厅。

金玉把问题“搁置”起来了。而康赛是个守信的人，既然答应人家每个星期去古玩店，那就应该去，不能蹲人家。如此一来，金玉就每个星期都能和康赛见面了。这也许就是金玉的预期，金玉的心思。你可以不和我谈恋爱，但至少让我每周见你一次。当一个人对另一个人产生痴迷的时候，那挖空心思的做法，完全是无师自通的。

但康赛拒绝收那一个月三千的报酬，他说：“你们要是非给不可，以后我就不来了。”

金玉的父亲对此无计可施，只能给康赛记着账，说找机会再说。结果这钱一累积就是八年。而就在康赛开始往古玩店跑的时候，石田美子大学毕业了，她也开始往康赛家跑了。她倒没跑八年，而是一跑就是六年。在她二十八岁的时候，为康赛做事的机会来了，深交的机会也来了。此为后话。

话说艾一婕结婚以后，天天要应付丈夫郭亚洲的床上生活。她是在无可奈何的情况下开始的，开始以后，就进入了一个无止境的黑洞。说是黑洞，因为那是一种折磨。郭亚洲欲望非常强烈，而艾一婕心理抵触也非常强烈。她没有愉快。她天天在忍受中度过。结婚后的当月，她就怀了孩子；再过一个月以后，她就坚决地终止了与郭亚洲的床上生活。

恩格斯说过：没有爱情的婚姻是不道德的婚姻。但在中国，真正起自爱情而不考虑利益关系的婚姻又有多少？起初郭亚洲只以为艾一婕有外遇，便四处调查，想查出艾一婕身后站着的男人是谁。结果，很长时间过去，他也没查出个究竟。于是，他就纳罕了，艾一婕是怎么回事呢？为此他还找过一个医院的朋友，朋友从他诉说的艾一婕的生理情况看，也不是性冷淡。最后，他找到了一个心理咨询师，于是，他得知：艾一婕根本不爱自己。她嫁给自己实属万般无奈。当然了，艾一婕的哥哥为此得到了提携，职务上去了。而郭亚洲，包括艾一婕，无疑都被撂在旱地儿了。

郭亚洲想离婚，但又感觉离婚没面子，就一直拖着。艾一婕也感觉很没面子，所以，也不提离婚的事。但郭亚洲的欲望和饥渴问题怎么解决？郭亚洲自然有自己的办法。他搭上了单位医务室陈医生那班车。他们在一个单位工作，他是这个单位为数不多的负责外贸的高管之一。陈医生身材窈窕，容貌也很俊俏。但实事求是地讲，陈医生并不是坏女人。她工作认真积极，政治上要求上进，为人随和，很受领导重视，在单位里人缘也不错。但陈医生婚姻不幸福。她是因为单位分房子而导致她草草结婚的。当时陈医生正赶上企事业单位分房的末班车。单位里有一条规定：只有已婚的人才有资格参与分房。那年她二十五岁，按说已到结婚年龄，但她此前一直没找到如意郎君。当单位将要分房的消息传来以后，她就着急了。家里住房非常紧张不说，谁都知道分房就等于分钱。谁不眼红？谁不着急？

陈医生在一个星期里就见过六个男人，几乎一天见一个。而其中一个还算不错，也是干部，只不过是企业干部，算是白领吧，陈医生只和这个男人吃过两次饭，就把结婚证领来了。对方自然乐不可支，忙前忙后地跟着陈医生看房子，选房子，然后装修房子。接下来，就结婚了。但在结婚的当夜，陈医生就翻脸了。这倒不是丈夫伺候得不好，而是陈医生感觉事情太亏。让男人住女人的房子，这件事使她的心里相当不平衡。自身条件这么优越，完全可以找一个条件更好的男人，凭什么这么轻率就把自己典给这个男人？其实她忘记了一点，如果没有这个男人，你的房子也要不来不是？人的行为都是受大脑支配的，既然这么想了，她就不想和这个男人继续下去了，新婚之夜就把这个男人赶回自己家了。接着，两个人就办了离婚手续。

那时候办离婚必须由单位开证明，于是，陈医生的单位立即传开了她刚结婚就离婚的消息。人们风言风语，说陈医生闪电式结婚，又闪电式离婚，说到归齐就是为了要房子。“欺骗领导”“利欲熏心”“过河拆桥”“两面三刀”“无情无义”等乱七八糟的罪名往她头上安了不少。但不管怎么说，陈医生的房子反正落在自己手里了。人们再怎么议论，单位也没有收回房子的道理。这时候，郭亚洲就悄悄约陈医生吃了一次饭。

郭亚洲的家世对平民出身的陈医生产生了极大诱惑。她为自己竟与高干子弟郭亚洲同命相怜（其实区别还是蛮大的，但她坚持认为是同命相怜），实在难得。她是医科大学毕业的，是学麻醉的，曾经渴望上手术台亲自给病人“施麻”的。现在却在一个企业的医务室做医生，虽说这个企业还是挺大挺知名的，企业里的干部和员工对自己也不错，但她还是渴望进入正式医院，渴望正儿八经地施展自己。现在在单位里名声很不好，离开正是时候。她把想法告诉了郭亚洲，郭亚洲没有马上答应，而是提出去她家里看看。她是个已婚的人，虽说只有“一夜”，但她已然洞悉了男女之情。她一瞬间什么都明白了。于是在下班以后带着郭亚洲去了自己家。接着，她就把自己给了郭亚洲。

接下来，郭亚洲也对得起她，把她办进了邻市第一中心医院，让她正儿八经地做起了天天面临手术的临床麻醉师。而她与郭亚洲的同居生活，也正式开始。

艾一婕生了个女儿。她生孩子的时候，郭亚洲不在身边。是她的哥哥恰巧身在邻市，就守了艾一婕一夜。艾一婕是在凌晨分娩的。分娩以前她因为腰身苗条（苗条固然好看，但也有“弊端”），骨盆狭小，开骨缝的时候就非常痛苦。她两手抓着床单咬紧牙关大汗淋漓。哥哥吓得够呛，寸步不敢离开。后半夜将要分娩了，哥哥被医生支到楼道去候着，他就听到了艾一婕接连不断的呻吟和嘶喊：“啊——孩儿啊——你太折磨你妈了啊！”

接着，艾一婕蓦然间就窒息了，连脉搏都没有了。医院妇产科一下子就忙乱起来，院长也惊动了，医生们围在艾一婕周围展开了紧张迅速的抢救。

还好，大人孩子都保住了。在以后的日子里，艾一婕请了一个老家的小保姆，住在家里，帮她带孩子。她对这个小保姆非常好，吃、穿、住十分到位，工资也不低。于是，保证了小保姆心情愉快地一干就干了六年没走。熬到孩子该上小学了，艾一婕就在哥哥帮助下，给孩子找了个全日制的小学。有人说，那是贵族学校，因为要价很高。但艾一婕要做事，她没有精力带孩子。她给了小保姆一笔钱，作为嫁妆，使小保姆也十分满意，流着泪和她分别。

这个时候，郭亚洲找到她，要求办离婚手续。因为，此时陈医生也已经为他生了个女儿。他如果再不办离婚手续，就等于犯了重婚罪。只要有人举报，公安局就会抓他。艾一婕起初不同意离婚，她想吊着郭亚洲，给他一点颜色。因为她早就知道郭亚洲在外面有女人。但细一想，郭亚洲心有旁骛难道和自己没关系吗？便对郭亚洲似乎又有几分理解。但这些年来，郭亚洲一次家也不回，对她生孩子不闻不问，对孩子的成长情况也不闻不问——那毕竟是他的骨血啊！想到这一点，艾一婕就还想吊着郭亚洲。但郭亚洲是个聪明人，他看出她在犹豫，便扑通一声给她跪下了，说：“一婕，你不要拖着我，看在咱们曾经做过夫妻的分上，放我一马吧！”

艾一婕是个心软的女人，见不得男人给自己跪着，她心情复杂地流着眼泪和郭亚洲签了离婚协议。她流眼泪不是因为自己多么怀念郭亚洲，而是郭亚洲在离婚协议上明明白白地写明不要这个孩子。他宁可不要房子，也不要这个孩子。做父亲的怎么会这么狠心呢？这让艾一婕非常不理解，非常不接受。虽然，假如郭亚洲要这个孩子，她也未必同意；但郭亚洲根本就声明不要这个孩子，就让她非常心痛。作为亲爹就对自己的骨血没有一点感情吗？当然，艾一婕不知道，郭亚洲此时早已有了另一个女儿，他是怕再要这个孩子，会惹陈医生生气。当然，他不知道，即使他想要，艾一婕也是不可能把孩子给他的。

艾一婕女儿的名字叫“艾国”，是艾一婕给起的，根本不像个姑娘名字。其实，艾一婕起这个名字有自己的心理活动和精神寄托：一、艾国等于爱国，同音，她期待女儿将来把国家利益放在一切之上；二、艾国等于艾郭，是孩子父母的姓氏的集合，是个纪念；三、艾，有艾怨之意，艾郭，里面必然另含深意。

办完离婚手续，艾一婕就对单位写了办理停薪留职的申请，因为此时一个朋友委托她经营和管理一家饭店。她从来都没干过饭店，能行吗？朋友坚持说她行，保证行，因为她的性格是那种肯于对别人负责的人。这件事曾经让她反思，自己对郭亚洲算是负责任吗？可是，自己根本不爱他，能对他负什么责任呢？这件事让她也说不清，但她还是赴任去了。当然里面还有一个因素，多年以来，她欠了哥哥很多钱。哥哥说不用还，但她不想那么做。她想通过帮别人经营饭店，多赚些收入，然后还账。

时光荏苒，星移斗转，在人们的不知不觉之中倏忽间就过去了十年。

话说康赛一直在金玉家的古玩店帮忙，却并不与金玉牵手，这就让金银花非常恼火。因为，眼看金玉和康赛一样，年龄已经超越了三十岁。这也太残酷了不是？男人三十不算老，再找个二十几岁的小姑娘不成问题；而女人三十可就叫“老姑娘”了，想找三十以下的男人几乎没有可能，只能“往上”找。往上找三十大几的男人，也非常之难，因为这个岁数的男人早就结婚了，偶有一个单身也是离过婚的，不是有这样的问题就是有那样的问题，让人说不清。而再看康赛的态度，再过若干年，也没有和金玉牵手的意思，这不是生生把金玉拖老了、耽误了吗？金银花看在眼里，能不生气吗？于是，她明知康赛在古玩店帮忙根本不要报酬，也把他说成要了报酬。金银花把这个问题对机关党组讲了。如此一来，问题就严重了——机关的公务员在古玩街兼职做买卖，这是严重违反公务员法的，是根本不能允许的。

机关党组的书记找到康赛，拿出一本小册子《中华人民共和国公务员法》，递给康赛说：“请你读读第五十三条第十四款！”康赛便果真读了一句，这一句就是：禁止“从事或者参与营利性活动，在企业或者其他营利性组织中兼任职务”。康赛什么都明白了，便急忙辩解说：“我去古玩街只是在星期日去给人家帮个忙，根本不收报酬的！”党组书记说：“你收没收报酬谁能说得清？再说了，现如今商品社会，有白给别人帮忙，一分钱不要，一帮还就帮了好几年的事情吗？”

康赛急得涨红了脸，竭力辩解，说：“我真的一分钱没要，你可以去那个古玩店调查了解吗？毛主席说，没有调查就没有发言权。一切结论都应该产生于调查了解之后嘛！”

党组书记想了想说：“也许你说的是真的，但这种事属于天方夜谭，是没人相信的。不过呢，你在机关工作这些年一直表现不错，大家对你还是很喜欢的。这样吧，我提个建议，供你参考。”

“哦，建议，快请说说看！”此时此刻康赛急于知道党组书记想提什么建议。

“商业步行街有一家专营贸易的实体公司，是前几年机关事务管理局和劳动局合办的，虽说他们独立经营，自负盈亏，早已与机关脱钩了，但机关说句话他们还是会听的。现在他们的老经理退休了，位置还空着，我看你做这个经理挺合适的。”

这不就等于把康赛撵出机关了吗？党组书记怕康赛往这方面想，就急忙紧跟了一句：“这个实体公司的工资是很高的，比公务员高一倍还多呢！”

从本心来讲，康赛是不想去的。但他毕竟年轻，感觉现如今耗在机关里已经没什么意思了。收没收报酬是说不清道不明的事儿，既然领导不信任自己，而且还给自己找了个去处，何不就坡下驴，干脆去干经营呢？结果，康赛脑瓜一热，就答应了。党组书记非常高兴，连连拍着康赛肩膀说：“好好，这样最好！既避免了让大家议论你，又发挥了你的特长。只要干得好，将来再回机关也不是没有可能的！”

康赛暗想，什么叫发挥特长呀，难道我的特长就是做买卖吗？但他还是去实体公司报到去了。回到家以后，父母亲对他好一顿埋怨。说这么大的事，你怎么也得跟家里商量一下啊！康赛无言以对。

深层次的事他不愿意跟家里说，因为家里并不赞成他的做法。母亲是急于抱孙子的，不管康赛是跟石田美子还是跟金玉牵手，只要领回一个姑娘，她就高兴。问题是康赛一个都不往回领。眼下说把公务员铁饭碗扔了就扔了，也太率性了不是？康赛只得对父母表态："公务员死工资，有什么可留恋的？我干经营可以多挣钱，你们不是都盼着住别墅吗？我要是不能给你们挣来别墅，我就不叫康赛了，我改名叫赛糠！"一句话把父母亲都说乐了，做家长的对孩子有什么办法呢？

对康赛改弦更张干起经营，最高兴的，从本心就高兴的人有一个，就是金玉。"天助我也"，这与她家更加志同道合了不是？金玉对康赛说："河南有位知名学者说过这么几句话：一个人，要想成就一番事业，必须具备四个'行'：一、你自己得行；二、必须有人说你行；三、说你行的这个人得行；四、你的身体得行。康赛你好好想想，是不是这个理儿？"

理儿是这么个理儿，不过事情已经做反了，事情的发展方向正是背朝着康赛而去。现在这个结果根本不是他所期待的结果。他来到实体公司以后方才发现，这个公司早已成为空壳，因为打输了一场官司，已经赔得盆干碗净，账上空空如也。如何面对这个情况呢？关键时刻，金玉就出现了。现在金玉已经在银行工作了好几年，早已升为一个分理部的副经理。她经过与经理斡旋协商，给康赛贷出来三百万，利息只是一般贷款的一半。使用期是三年。这样的优惠，可以说，前无古人后无来者。康赛当时心都动了，蓦然间产生了要娶金玉的念头。但这个念头只出现了一瞬间，立即就烟消云散了。因为几年前艾一婕问他的话，还言犹在耳："你会等我吗？"当时他是那么肯定地回答："会！"艾一婕问："如果出现坎坷呢？"他回答："不在话下！"男子汉大丈夫，怎么能把说出的话坐回去呢？

但通过贷款这件事，康赛还是往金玉家的古玩店跑得比过去勤了。过去一个星期来一次，现在要来两三次。这时，金玉的父亲对康赛说："小康啊，我有一个朋友，是名门之后，他想入我的股参与经营，因为他有农副产品的业务渠道；而我对他的业务没有兴趣，我只是经营古玩、工艺品。但我感觉让他入你的股还是挺合适的，你们正可以优势互补啊!”

康赛一听，这倒是不错的主意。自己上任以来，还没有正式业务，公司同人都看着自己，是骡子是马总该拉出来遛遛不是？而自己除了有些字画知识，并没有正儿八经做过什么业务。真该把有业务渠道的朋友拉进来入伙。于是，康赛爽快地答应了。

在蓝海市一家台湾人开的四星级酒店，金玉父亲、金玉、康赛、公司老刘，加上“名门之后”吴尚文，吴尚文的搭档小车，共六个人，在一个叫作“通四海”的单间里就座了。一经介绍，方知白白净净身材略胖的吴尚文竟已六十一二，看外表也就刚五十岁。吴尚文戴着金丝眼镜，文文静静，富富态态，虽做了多年中学教师，退休后却被一个咸菜厂的朋友聘为顾问。别小看这个咸菜厂，他们腌制的咸菜远销日本、韩国和东南亚，效益非常好。当然，其业务渠道有相当一部分是吴尚文帮忙开辟的。吴尚文开辟业务渠道的办法也很简单，就是委托那里的亲朋好友帮忙，然后，对半分利。利给得大，对方便有积极性。

金玉的父亲叫金满堂，年近六十，是个很能算计的人；当然了，如果不能算计，也不会挣来万贯家财。他对康赛说：“虽然吴尚文是我的朋友，但却是要入你的股，所以，到四星级饭店请客，理应由你结账。而现在你的账上没钱，那么，我就先替你垫上，等你们开展了业务，有了收入以后，你再还我。”当时金玉听了这话就很不高兴，说：“爸，你干吗？谁跟谁呀？怎么这么计较？”金满堂道：“不行，就得这么计较！俗话说，亲兄弟明算账，我和康赛算什么关系？我倒是想和他成为翁婿关系了，他可得答应啊!”一番话说得金玉十分尴尬。没错，康赛这人是没给她作劲的。

点菜以前，金满堂介绍起吴尚文，说吴老师的爷爷是民国初年蓝海大学的创办人，而且是军委一位老帅的知心换命的好朋友，现在吴老师的家里还存着当年老帅写给吴老师爷爷的很多信件；吴老师的爷爷与老帅的大幅合影就挂在吴老师家的客厅里。想想看，吴老师是不是很厉害？爱屋及乌是人们经常出现的一种情感，其实有时候那就是误区。康赛听到这里便主动起身，二次与吴尚文握手，把对前辈的尊敬都蕴含在里面了。接下来，金满堂请吴尚文点菜，吴尚文就说："客随主便，客随主便。"把菜单推给金满堂。金满堂见此，便大开杀戒，什么"欢乐新春八宝蔬""万家庆典年有鱼""吉利鲍参长绿菜""金钱财气大双拼""祥狮献瑞六围炉""鸿运大展椒盐排""如意蒜泥烤红鲟"等等，粗算一下就过了两千。金玉不客气地说："干吗？爸，您伸出利刀宰康赛呀？"

金满堂不说话，只管继续点下去。吴尚文还火上浇油道："康赛，你也点两个呗，我观观你的品位。"康赛微微哂笑，不说话。最后一个菜金满堂点的是"龙虾两吃"，光这一个菜服务员就报出一千八的价码。康赛心里便十分不爽。后面金满堂又点了酒水，也是哪个贵就要哪个。要了一瓶"国窖 1573"还不过瘾，又要了一瓶十五年酿金茅台。

金玉伸出手指敲敲桌子，说："爸，您是不是对康赛心里有火，想在饭桌上发泄呀？"

金满堂不理金玉，只是对着吴尚文说话："合作么，必须要有诚意，而诚意表现在哪儿呢？就是敢于出手舍得花钱。俗话说，舍不得孩子套不住狼，连吃顿饭都抠抠唆唆，还能做什么大事？"吴尚文便赞赏地连连点头。而金玉则实在听不下去了，"唰"一下子就站起身来，转身就离开饭桌，走了出去。

没有人在意金玉的出去，康赛环顾左右，感觉这太不应该了。他急忙站起身追了出去。金玉急急地在楼道里走着，头也不回。康赛紧跑几步，抢在金玉前面，拦住她说："金玉，你别走啊，你一走，我在饭桌上不更成了孤家寡人了吗？"金玉不理康赛，只是一个劲儿往前走。康赛只得让开身子，但还是追着金玉，说："姑奶奶，我求你还不行吗？"

金玉气哼哼地站住了，她横眉立目地看着康赛，质问道："你刚才为什么连个屁也不放？"

康赛摊开两手说："你爸他老人家做主的事儿，我敢乱开言吗？"

金玉道："甭管是谁，说话做事总该有个度，该出手时就出手，该住手时就住手。怎么能随心所欲，而且好像发狠、撒气一样呢？"

康赛无言以对。金玉在他胳膊上使劲拧了一把，说："有囊气的话，你也走！"说完便径自走出酒店。康赛能走吗？他当然不能走。

他悻悻地走回单间，继续和大家强颜欢笑。

在饭桌上，觥筹交错之间，把事情定下来了：吴尚文以一幅名画作为加入康赛公司的股份。文物局对这幅画的估价是五百万，而金玉贷给康赛三百万，加上康赛公司原有的无形资产三百万（权且估为三百万），这样，康赛与吴尚文就以六百万对五百万这个比例，进行权利和义务的分配。

说着话，吴尚文的助手小车，就从身后拿出一个长约一米二的画轴。这个画轴也有一个布套，康赛一看这个布套便一个激灵！因为这个布套的长短、粗细与艾一婕那个毫无二致，只是颜色不同而已！小车解开布套的袋口，从里面把画轴小心翼翼地抽了出来。当小车把画面整个展开以后，康赛立即吃了一惊：日本著名画家渡边晨亩的《孔雀图》！与艾一婕那幅一模一样的《孔雀图》！康赛以自己对一般美术知识的了解，知道一个画家有可能对一个相同题材画出好几幅，或很多幅形态接近的画作，但若画出一模一样、一丝不差的作品来，却极为鲜见。其中必有一幅是赝品，是仿造品。康赛看着眼前这幅画，从颜色、笔画、落款、印章上分辨，感觉似乎比艾一婕那幅更正宗。当然，这幅画没有那四位“总统”的钦印。但眼前的《孔雀图》足以让康赛对艾一婕手里的画作产生疑问了。

这个时候，他很想告诉吴尚文，自己手里也有《孔雀图》，当然，只是半幅。这两幅《孔雀图》里肯定有一幅是假的。但此时，没等康赛说什么，吴尚文就从皮包里取出了从文物局开来的鉴定证明。证明里明明白白写着，这是日本著名画家渡边晨亩的画作，估价五百万，允许私人持有，也允许私人交易，但不允许出境，因为这是国家三级文物。

如此说来，吴尚文这幅画就是真品了？那么，谁是赝品？康赛突然有了振聋发聩一般的猛醒：艾一婕为什么蓦然间销声匿迹？难道她不留恋康赛手里的半幅画吗？很可能她送给自己的就是半幅赝品，因此，她毫不吝惜地说撒手而去便撒手而去！不是吗？

康赛一时间感觉头晕目眩，如五雷轰顶！敢情自己等了这么多年的对象却是一个虚无缥缈的幻影，一个以假乱真的假象，一个煞有介事的传说！太可笑了，太可悲了，太可怜了！谁可笑、可悲、可怜？当然是自己！

艾一婕怎么会是这种人？康赛的心一阵阵揪得生疼。他在心悸与激愤之中，与吴尚文签了合作协议。当协议签完，他与吴尚文握手以后，再握住金满堂的手的时候，他格外用力，而且还晃了一晃。外人看上去意思似乎是告诉金满堂：康赛感谢你！但康赛自己想要表达的意思却是：老岳父，我对不起金玉和你！

金满堂似乎看出康赛的心思，便笑呵呵地说："康赛啊，今晚跟我去家里坐坐吧。你毕竟没有真刀真枪地干过经营，今天就算是个开幕吧，今后风风雨雨会很多。晚上，让金玉她妈给你做碗手擀面吃，解解酒，暖暖胃。"

康赛是个办事沉着的人，此时，他突然就犯了犹豫。他如果去了金玉家里，必然回避不开金玉，如果金玉再提些自己不好回答的问题，那怎么办？虽说自己对艾一婕发生了动摇，但在事情没有弄清以前，自己不能对金玉有任何许诺。因为，万一艾一婕的画是真品呢？万一渡边晨亩真的画了两幅一模一样的《孔雀图》呢？自己不能冤枉了艾一婕不是？说不定艾一婕此刻也正焦心地等着自己。于是，他摇着金满堂的手说："伯父，改天吧，改天我会正儿八经拜您为师，向您讨教。"

金满堂无奈地摇摇脑袋。这个康赛，又狡黠地褪套了！

晚上，康赛带着公司老刘，把吴尚文的《孔雀图》拿回家里，在灯底下与自己的半幅《孔雀图》进行细细的比较。发现还真是没有区别，以自己的水平根本看不出破绽。但一个信念在他心里高高地悬着放不下来：渡边晨亩不可能画出两幅一模一样的《孔雀图》，其中必有一幅是赝品！这个问题不弄清，就没法决定自己对艾一婕是不是继续等待，跟着的问题，就是要不要和金玉以及石田美子继续接触的问题。

转过天来，康赛禁不住来到医院问父亲："爸，打扰您了，您能不能给石田鸠夫打个电话？"

患病的父亲声音嘶哑地问："有什么事？"

康赛有些歉疚地说："我想烦请石田鸠夫给日本方面打个电话咨询一下，著名画家渡边晨亩是不是画过一模一样的两幅《孔雀图》？"

父亲康之韶叹了口气："唉！人家石田美子找你多少次，你就是置之不理。否则的话，你提的问题还算问题吗？"

康赛抱住父亲的肩膀，说："爸，您别哪壶不开提哪壶，咱不提那些了，快打电话吧！"

父亲摊开两手说："我真抹不开这个脸啊！让人家石田鸠夫怎么看我，怎么说我？"

康赛一下下地摇着父亲肩膀，说："爸，您和石田鸠夫不是好朋友吗？既然是好朋友，还会这么计较吗？"

父亲瞪起眼睛道："怎么不会计较？日本人做事才认真呢！人家闺女追你追了好几年，等你等了好几年，你连句明白话都没有。现在有私事找人家，你说说看，人家会怎么说你，是不是'用人朝前，不用人朝后'？"

康赛不管这些了，一个劲儿催促父亲打电话。父亲有些烦了，便不再跟康赛讲道理，感觉康赛是死猪不怕开水烫了，便拿起手机给石田鸠夫打了过去。接通以后，就把手机交给康赛，让他自己说。康赛便把事情简要诉说一遍，烦请石田叔叔帮这个忙。

不知石田鸠夫是厌烦了康赛，还是确实很忙，他一个劲儿推托："哎呀康赛，勾门拿塞（对不起）！自从你父亲住院以后，我实在是忙得焦头烂额了！恐怕短时间不能帮你这个忙。如果你不着急呢，就再等等，等我忙过这段时间再说；如果你很着急呢，就请找别人试试。你看这样行吗？"

康赛一时间不知道怎么回答，便慌乱地说："我真的很着急，您真的不能百忙之中，忙里偷闲，拨冗一下吗？"

石田鸠夫语速很快地说："康赛，责嗯责嗯达妹（根本不行）。这件事不是小事，一定要百分之百落实才行，否则就误人子弟不是？"

康赛非常无奈地说了声"好吧"，就合上手机。他把手机还给父亲，失神地看着父亲日渐消瘦的脸庞，说："石田叔叔眼下没有时间。您能不能再帮我找个别的日本人？"父亲说："我和别的日本人没有这么深的交情，这种事是很麻烦的，谁肯花那么大精力帮你跑呀？"

康赛沉默了。是啊，谁有这个闲时间呢？再说，日本人并不是都像石田鸠夫一样友善啊！父亲给康赛剥了一个香蕉，说："儿啊，你赶紧把对象定下来吧，我这把老骨头是熬不了多久的，我务必要在死以前看着你把婚结了！"

康赛长叹一声，说："爸，《孔雀图》的真伪不能说清，我的对象也没法决定。我不能擅自违背和艾一婕的约定，而如果我手里的半幅画是假的，那我会立马放弃对艾一婕的等待，是娶金玉还是娶美子，都好说。问题是眼下没人能对两幅《孔雀图》哪幅是假的说清楚。"

父亲康之韶非常惊讶，都这么长时间了，七八年了，儿子还把艾一婕挂在心上呢！他满脸苦笑地看着儿子，像看外星人一样："康赛，你就算迂，也不至于迂到这种程度吧？好几年前我就告诉你艾一婕已经结婚了，那是我亲自调查的。怎么这么多年过去了，你还死抱着这棵树啊？这是水中月、镜中花，是墙上的画饼！你是不是应该看看心理医生了？"

康赛感觉这个问题丝毫没什么可笑的，他一本正经地说："爸，您说的艾一婕已经结婚，我根本不信。我相信她的人品，她不会不等我的！至于说她给我的半幅画是真是假，不经过验证，怎么能擅自做结论呢？"

父亲也沉默了。也许儿子的话有道理，做人就应该这么做，要守信誉。一个女人落地砸坑一般把终身托付给你了，你当然不能擅自改变决定，说移情别恋就移情别恋了。对这一点，康之韶对儿子是赞许的。但艾一婕早已结婚是千真万确的事，康之韶确实是亲自调查的。难道说，自己的调查竟是虚幻的以讹传讹吗？难道是艾一婕在单位得罪人了，人缘不好，人家故意要那么说？可是，那么说能有什么意义呢？问题是眼下没有期限地这么拖着，金玉拖不起，美子也拖不起。儿子弄不好就闹个竹篮打水一场空，连金玉、美子这样的好姑娘都错身而过，失之交臂！

第三章　急死父亲

一个笃定坚守诚信的人，在商品社会不能不接受严酷考验。

石田鸠夫确实没有时间帮康赛了解渡边晨亩是不是画过相同的两幅《孔雀图》。他对这个问题也感觉很纳罕。晚上回家吃饭的时候，就在饭桌上说起了这件事。而女儿石田美子一听是这种事，便自告奋勇说："爸，我回日本一趟，帮康赛把事情查清楚！"

石田鸠夫看着痴心的女儿，不知道该不该鼓励女儿这么做，因为美子去办这种事不是三天两天就能办得完的，说不定会因此丢了工作。就说："你们单位那么忙，能允许你请假去做这种事吗？"

美子信心十足地说："大不了把工作丢了，丢了我就再找呗；可是，如果咱们家不帮康赛，您想想看，还有谁会帮康赛？中国人讲'两害相权取其轻，两利相权取其重'。爸，您说，我该不该跑一趟日本？"

这个问题如果放在中国人面前，会有很多，甚至是一大部分人说："当然是工作重要！"这不仅仅是因为人口过剩求职太难了，还因为很多中国人骨子里是把为朋友帮忙摆在次要位置的。谁肯冒着丢了工作的风险去给朋友帮忙呢？有病吗？但日本人石田美子不这么认为，她父亲石田鸠夫也不这么认为，就连她母亲这个家庭煮妇也不这么认为。他们都觉得为康赛帮忙重于丢工作问题。而且，他们明知道为康赛帮了这个忙，康赛也未必就会与美子牵手。但他们感觉康赛是好朋友康之韶的儿子，这个忙应该帮。至于以后康赛怎么表现，他们都置之度外。

石田美子说走就走了。事先，她找到康赛，把吴尚文的全幅《孔雀图》和康赛的半幅《孔雀图》都拍了照片。然后她就找熟人办了签证，极简单地打点行装，买了飞机票便直飞日本了。从蓝海到日本，仅三个半小时的距离，所以，美子以最快的速度到达了日本东京，然后转道回老家神奈川县。神奈川县位于东京以南，风景如画自不必说，而且，西接山梨县和静冈县，东滨东京湾，南滨相模湾。境内拥有古都镰仓和日本最大的军港横须贺等著名都市。神奈川县的首府就是大名鼎鼎的横滨。石田一家就是横滨人。不在这么好的城市生活、工作，干吗跑到中国来？石田一家自有其想法，横滨现有面积四百多平方公里，而人口已经接近四百万。太拥挤了。不是吗？当然，石田鸠夫所在的企业来到了中国蓝海，石田鸠夫不得不跟着来，是个硬邦邦的理由，而横滨的人口拥挤，也不能不说是石田一家愿意来中国发展的重要原因。

美子首先和一直留在横滨看家的爷爷奶奶亲热了一番，然后就马不停蹄地联系亲戚朋友，打听谁与东京方面的艺术博物馆能够说上话。结果一个中学同学给美子介绍了一个叫作和贺英良的小伙子，说和贺英良的叔叔就在东京的一家艺术博物馆工作，而且是个中层管理人员。但这个中学同学告诫美子，要多个心眼，对人对事别太实在。美子感觉在自己家乡办这种事，难道还会出什么差错，按中国话说是出什么幺蛾子吗？便在一个小酒馆和和贺英良见面了。问题是，善良人总把别人想得和自己一样好，吃亏的就一定是自己！特别是这个小伙子貌似关切，客气地询问美子住在哪个居民区的时候，美子不假思索就说出了爷爷奶奶所住的小区，于是引来后边的严重事端。

单从外表看上去，和贺英良是个温文尔雅、英气逼人的俊朗小伙子，给美子的印象非常好。美子笑盈盈地征求了和贺英良的意见以后，就点了饭菜和清酒“大吟酿”。和贺英良见美子对日本饭菜已经非常生疏，就问：“你是不是已经离开日本很多年了？”

美子回答：“是啊，能看出来吗？”

和贺英良说：“当然能看出来。你知不知道在日本喝酒分哪三种类型？”

美子赧然一笑，说：“不知道。”

和贺英良给美子斟了一杯清酒，然后给自己也斟上，说：“第一个类型就是‘居酒屋’，如果翻译成为中文就是‘小酒馆’。这是最有日本特色的餐饮店。不过，前两天我还在东京街头看见挂着‘中华居酒屋’招牌的小酒馆呢，当时心里就有些发笑，暗想这个招牌不就是日中文化交融的表现吗？你久居中国，可能对中国感情很深，不过我应该告诉你，模仿、借鉴、生发、翻新，本来就是日中文化互相影响的具体体现，不能说是谁‘照搬’谁的，是不是？”

美子连连点头，感觉和贺英良很有文化教养，对问题的见解也很好让人接受。两个人都呷了一口酒。和贺英良继续说：“你可能不知道，其实，咱日本人喝酒的实际量并不大，只是外表看起来是很爱喝的。在咱日本，朋友相聚或公司职员晚上出去喝酒，可能有‘一次会’‘二次会’甚至‘三次会’，你知道是什么意思吗？”

美子摇摇头说：“不知道，请赐教。”

和贺英良咳了一声说：“连这个也不知道？你真的快成了外国人了。就是喝了一个酒馆以后，再去喝第二家乃至去喝第三家。这是‘泡’居酒屋最常见的形式。”

美子摇摇头说：“那得多晚回家呀，转天上班还有精神吗？这种情况在中国是很少见的，至少我没听说过。”

和贺英良微微点头，说：“这是日本人洒脱和放得开的一面。在通常情况下大众化的居酒屋是一个吵吵嚷嚷的地方，可以用‘嘈杂’两个字来形容，这与咱们平素讲究安静的日本人的生活习惯有些相悖。大家聚在一起相互之间可以大声地说话喧哗，而不去顾忌他人是否反感。这样的表现，反映了他们在职场的压力需要宣泄，需要随着酒精把芜杂的心绪一起挥发掉。而到这种小酒馆喝酒，一般是要先来上一大杯冰镇清凉的生啤酒，因为大家一般不喜欢喝不冰镇的啤酒。等这杯啤酒下肚，先让自己镇静一下以后，就开始根据个人的口味和爱好，进行选择。有人会选日本的清酒，有人会选俄罗斯的威士忌，也会有人继续选择大碗喝啤酒，当然也可以喝中国的绍兴黄酒。但如果把日本清酒比作‘日式中国白酒’，我是不能同意的。这不仅仅因为日本清酒都是用纯大米酿成的，没用其他五谷杂粮，更没在里面添加食用酒精，因此度数不高。而在喝这种酒的时候，既可以从瓶子里面直接倒出来喝，也可以冰镇以后喝，还可以放在微波炉里面热一下再喝。你在中国待了很久了，什么时候听说中国的白酒可以放到冰箱里面冰镇以后再喝的?”

美子点头同意，说：“是这样的。中国人顶多把白酒烫热了喝，让胃口舒服一下。”

和贺英良继续说：“第二个类型的小酒馆通常称为‘斯纳库’。在已经过去的二三十年的时光里，‘斯纳库’如果用一个字来概括，那就是‘火’；用两个字概括，那就是‘很火’；用三个字概括，那就是‘非常火’。为什么会‘火’？因为在‘斯纳库’里面，既有妈妈桑，也有陪酒小姐，女性色彩很重，脂粉气味很浓，她们不一定非穿和服，几乎穿什么的都有。迎面撞上一个，便是敞得很开的粉嫩的胸脯和裸得很多的雪白的大腿，差不多是一个颇具‘酒色文化’特点的地方。应该说，到这里来喝酒的男人都是在公司里面有点地位、比较体面的白领，当然，也有自主性很强的自营业老板。有媒体和专家曾经指出，日本男人都有很强的恋母情结，这从街头很多写着‘妈妈的料理’‘妈妈的厨艺’‘妈妈的家常菜’的招牌的酒馆就可以看得出来。因此，许多日本男人在结束了一天忙忙碌碌的工作以后，乐颠颠地来到‘斯纳库’里面来喝点小酒，享受一下徐娘半老的‘妈妈桑’那风情万种、温柔妩媚、春光尽现的殷勤抚慰和撩拨，从而放松自己的精神。而这些女人们总是一溜小跑着迎上前来，嘴里一边说着客套话，手里一边帮助客人脱下西服挂好，回过身来再送上滚热的白毛巾给客人擦手擦脸，为客人捶打肩膀、腰背，然后把客人所喜欢的陪酒小姐叫过来。确实让男人感受到了一种暖洋洋的母性关爱迎面扑来!”

美子脸上漾出笑意，感觉自己确实离开日本时间太长了，这些见识她是不具备的。而没离开日本的时候，因为年岁小，对这些事情从不关心，也没留意过。

和贺英良又呷了一口酒，说：“‘斯纳库’和‘居酒屋’不一样，一般没有散装的生啤酒，因为这里讲究‘开瓶’，按瓶计费。当然，这里的啤酒价格肯定是要高出市价的。客人通常会在这里存酒，比如一瓶酒打开后一次没有喝完，临走时就在酒瓶上写上自己的名字，下次来了继续喝。‘妈妈桑’很会看人下菜碟，如果发现这个客人是有钱人，又希望他下次再来的时候，就会鼓动陪酒小姐多陪他喝几杯。当然，有的时候为了让客人感觉自己在店里面总是有酒，‘妈妈桑’还会在客人存放的酒瓶里面添加一些酒，以便使客人成为‘回头客’。”

美子呵呵笑着说：“‘妈妈桑’也够鬼呢。”

和贺英良呷了一口酒说：“没错，为了赚钱嘛。在‘居酒屋’内喝酒是没有陪酒小姐的。但在‘斯纳库’内喝酒，就必须有陪酒小姐。而且这种陪酒小姐和‘妈妈桑’一样，只会撒娇是不行的，按中国话说只会发嗲也是不行的，要能够发挥出一种‘母性的作用’，能够用自己温柔的体贴和抚慰化解客人的身心压力。这样，除了陪酒、陪聊以外，就还要陪唱卡拉OK。在这个时候，客人与陪酒小姐手牵着手或者依偎着，甚至搂抱着，都是很常见的。当然，我讲的这些，都是所谓‘不出台’的小姐。‘出台’小姐的情况，我不说你也可以想象得到，她们是很放得开的。在‘斯纳库’里面，基本上是没有日本清酒可喝的。除了瓶啤酒以外，主要是喝以威士忌为代表的洋酒。喝的时候经常在威士忌里加水、加冰，然后才饮用的。西方人一直不甚了了，日本人怎么会发明出来这样一种威士忌的喝法？加了水以后的威士忌还有味儿吗？其实很好理解，我觉得就是日本人喝不了高度烈性酒的缘故。而日本人则把这种喝酒方式称为‘水割’，也就是在酒中兑水。日本的‘斯纳库’也因此有了‘水买卖’的别名。在日本，只要说一个女性是从事‘水买卖’的，一般人都会明白是怎么回事。”

美子哧哧笑了起来，说：“是挺幽默的，而且也挺讽刺。”

和贺英良继续说：“第三个类型就是酒吧。这种酒吧一般都在大饭店里面，或者是在繁华街市上。你在横滨街道想必已经见到了。在这里面，洋酒也占主流。其喝法，既有那种日本人发明的‘水割’式喝法，也有西方常见的倒一小杯的酒，一口一口抿着喝的。屋里始终洋溢着的是西方流行的爵士乐。这些乐手一般三人或五人，有时只是演奏，而有时则边演奏边歌唱，间或里面就有白人。本土的日本人则也往往把头发染成金色。因为演奏流行音乐居多，以往经典的‘比·波普’风格已经不明显。如果说日本的‘居酒屋’里面是以‘嘈杂’为特色的话，‘斯纳库’里面就是以‘情色’为特色，而‘酒吧’里面则是以‘崇洋’为特色。问题是，有的人在六本木喝酒，说不定就会被人在酒里放入麻醉剂，从而掏走他们口袋里的银行卡。美国驻日大使馆就呼吁本国人不要到六本木来喝酒。”

美子感觉和贺英良外表文静，谈吐不俗，见识也有，特别是那么耐心地对自己讲了那么多，不厌其烦，诲人不倦，堪称自己的老师，真有心跟他做进一步接触。而自己虽是日本人，在和贺英良面前已经完全像个外国人了。她怀着敬意主动地为和贺英良满酒，和他碰杯。

和贺英良抿了一口杯中酒，闭住嘴停顿了一下，然后再咽下去，说："日本清酒‘大吟酿’和中国红酒的喝法一样，在喝时应该一边喝一边吸气，用我们的嗅觉来感受酒香。酒进到嘴里不要马上咽下去，让酒停留在舌头上，用我们的味觉来感受酒醇。然后再咽下去，完成喝清酒的过程。虽然‘大吟酿’的度数不算高，人们往往以为不会喝醉，但它的后劲比较大，容易‘宿醉’。”

美子感觉很新鲜，她还是第一次听到"宿醉"这个名词，便小心地抿着酒问和贺英良："‘宿醉’是什么意思?"

和贺英良露出火辣辣的目光看着美子，说："美子，你真可爱，你不会是外星人吧？我告诉你啊，‘宿醉’就是因过量饮酒的直接后作用导致的醉酒后状态。身体症状呈现疲劳、头痛、口渴、眩晕、胃病、恶心、呕吐、失眠、手颤和血压升高或降低，前不久横滨就曾经发生过因‘宿醉’而导致猝死的案例。精神症状则包括急性焦虑、易激惹、过分敏感、抑郁，或罪恶感。专家说，‘宿醉’的某些症状与酒精戒断综合征类似，而引起‘宿醉’所需的酒量因个人的躯体和精神状态而异。一般说来，醉酒期间的血液酒精浓度越高，随后出现的症状越重。”

美子小心地与和贺英良碰着杯，说："够可怕的，你可要少喝啊。"

和贺英良呵呵笑着，将杯中酒干掉了。接着，他就像变了个人，又自斟自饮一杯以后，就"转移阵地"了，从饭桌的对面转到了美子身边，一把就将美子搂住了。美子因为要托他办事，就没有挣扎。这就鼓励和助长了和贺英良的酒胆，他一只手搂着美子，另一只手掬起酒瓶，像喝矿泉水那样“咕咕咕”一口气便喝干了一瓶酒，直看得美子目瞪口呆。在日本的有些酒吧里，年轻人比赛喝酒的情况并不鲜见，喝得酩酊大醉，甚至大打出手、砸了桌椅板凳的也时有发生。

和贺英良喝完瓶里的清酒，就叫服务生再上一瓶。一向温柔顺从的美子有些厌烦了，说：“干吗呢，咱们是来说正事，还是来酗酒呢？你真想‘宿醉’啊？”

和贺英良满嘴酒气地亲了美子一口说：“当然是说正事，但该喝酒也必须喝酒，尤其我见到你这么清纯可爱的姑娘，不喝个一醉方休绝对不行！”

这还是刚才那个温文尔雅的和贺英良吗？美子想把和贺英良推开，可是怎么也推不动，她气恼地说：“你都喝成这样了，还能说什么正事？”

和贺英良根本不听美子劝告，服务生又拿来一瓶清酒“大吟酿”以后，他就对着瓶嘴又猛灌起来。事情好像还算不错，他只是自己猛喝而没灌美子，如果非逼着美子喝，结果就不好说了。因为美子从来不沾酒，是没有一点酒量的。但现在和贺英良不灌美子，并不等于放过了美子。美子见和贺英良根本没有谈正事的诚意，就推说去一趟洗手间，然后就逃了出来。但她前脚一走，后脚和贺英良就给自己的铁杆朋友打手机，在美子家门口劫走了美子。因为和贺英良已经知道了美子家的住址。

和贺英良的朋友开着一辆面包车，把美子拉到市郊的一户农民家里，锁在一间屋里。这户农民是这个朋友的叔叔。晚上，和贺英良的酒基本醒了，就和朋友一起来到这户农民家里向美子逼婚。和贺英良说：“美子，我爱上你了，你必须嫁给我！”

美子气哼哼地说：“瞎说什么哪，我在中国是有对象的！”

和贺英良说：“我知道你是喜欢我的，咱们可以谈谈条件。”

美子是个实在姑娘，就实话实说道：“我本来是对你有好感的，但你今天的表现太让我失望了！”

和贺英良说：“我可以感觉到这一点，我从你的谈吐、气质、志趣上看出，咱们不是一路人。但怎奈我已经爱上了你，这是没法改变的事实。我尊重你，不过更尊重我自己的感情。因此，我想与你同居一个星期，然后把你放走。而且，我会亲自跑一趟东京佳木艺术博物馆，帮你把该办的事情办妥。”

美子万万没想到温文尔雅的和贺英良竟是这种人！这与没有分寸、不讲廉耻的流氓有什么区别呢？她愤怒地斥责和贺英良说：“做你的美梦！你拿我当什么人了？快放我走！”

和贺英良呵呵笑着，说：“美子，你甭死撑着，现如今比你岁数小很多的女孩子愿意玩‘援助交际’的多的是，人家高高兴兴来上男人的床，然后高高兴兴离开。人家不是比你更年轻、更清纯？”

美子叫喊道：“你既然能找来女孩子玩‘援助交际’，那就去找好了！我已经不年轻了，为什么还要缠着我？”

和贺英良措辞文雅地说：“可是你在心理、在观念上比那些女孩子更清纯！你越是不愿意干这种事，越说明你清纯，没有被金钱、利益所污染。”

美子愤怒地扭过身子不看和贺英良。和贺英良在朋友帮助下，抱住美子，疯狂亲吻美子的脸颊、眼睛、鼻梁和嘴唇。美子越是拼命挣扎，和贺英良越是来劲。

在中国蓝海，美子的家里，父亲石田鸠夫正在等美子的电话。他左等左不来，右等右不来，心里就长了草了。因为他们父女订好了约定，每进行一步，美子都要向父亲通报。美子是父亲的掌上明珠，美子的一举一动、一言一行父亲都是非常在意的。尤其是美子的安全问题，石田鸠夫更是时刻不敢掉以轻心。按说，下午就应该来电话，但美子根本没来。那么，就再等等。谁知，已经到了晚上八九点钟，美子还是没来电话。如果晚上去会朋友，这个时间也该回来了。

石田鸠夫心里着急，便给横滨家里的老父亲打电话，问怎么回事。老父亲回答说：“美子从中午走了以后一直没有回来。”

石田鸠夫的心里立即咯噔一下子。他预感事情不好，便非常急切地说：“爸，您赶紧打电话报警吧！”

老人家一听这话，手就抖起来了。他颤颤巍巍地按下电话，重新再打，但打了好几次都打错了。最后在老伴帮助下，总算和警察局取得了联系。但因为着急，又口齿不清，说不清道不明。于是，两个警察就开着车到他们家来了。这就是日本警察，是办事非常认真负责的。他们循着来电显示，查出了他们家的地址，便急忙赶来了。当老两口把情况说明以后，这两个警察立即向警察局做了报告，请求支援。于是，横滨市所有的酒吧、饭店顷刻间都接到了警察局询查的电话。当各家酒吧、饭店把都没见到美子的情况快速反馈到警察局以后，警察局按照以往经验，马上做出了新的安排，从市郊往外搜索。在晚上十点半钟的时候，警察搜索到了美子所在这户农民家里。此时，美子已经被扒光了衣服，和贺英良也脱下了裤子，正准备施暴。而美子因为奋力抗争，身上被拧得青一块紫一块，嘴角流着血，一只胳膊也脱臼了，疼得她嘶哑着嗓子发出了十分凄厉的喊叫。正是这喊叫声，招来了外面的警察，突降在美子头上的灾难被化解了。

这件事在日本横滨做到了，而在中国蓝海可能就不容易做到。因为中国地面太大。因为日本地面没这么大，还因为日本的人口也没有中国这么多，不像中国警方排查起来那么困难。

美子获救了，但这件事给她造成了严重的心理障碍。对她不能再提什么渡边晨亩，提什么《孔雀图》，只要一提起来，她就会发出歇斯底里的凄厉喊叫。而平日里，说不定几时就会无缘无故地嘻嘻笑一阵子，然后再悲戚戚地哭一阵子。精神状态已经不正常了。

美子的母亲亲自回了一趟日本，把美子接回了中国。美子的情况，短时间是没法工作的。她因为情绪的不稳定，在找工作单位的时候，和对方说话总是东一榔头西一棒子，不得要领，于是屡屡遭拒。而遭拒以后，回到家里就烦躁地和父母喊叫。以往那个温顺可爱的美子已经不复存在。

当石田鸠夫抹着眼泪在医院里对康之韶说起这件事的时候，康之韶一把抱住石田鸠夫，“呜呜”地哭出了声。美子是这些年康之韶看着长起来的，就像自己的亲侄女，他怎么会不心痛啊？

“老伙计，我和康赛不该催着你办这件事啊！”

“唉，我一直自信日本的社会治安是不错的，可在横滨竟发生这样的事，谁能想得到呢？”

“我和康赛真对不起美子啊!”

“唉，别说这些了，慢慢调理吧，相信美子是会恢复精神健康的。”

康之韶感觉眼下必须让康赛做出最后抉择，是娶金玉还是娶美子。尤其应该把美子作为第一选择，因为美子付出太多了。为谁付出?当然是为康赛!康之韶所能做出的努力，就是要继续亲自调查艾一婕的问题。半幅画的问题说不清，那就只有继续调查艾一婕。康赛现在没这个精力，自己不是正可以替康赛跑跑吗?身体已经日渐衰弱，是事实，但又怎么能抵得了自己要跑这件事的决心呢?康之韶悄悄溜出医院，买了不少补养品给石田鸠夫家送去，安抚了神经兮兮的美子以后，就又悄悄踏上了寻找艾一婕之路。

好几年以前，康之韶曾经找过艾一婕，那时候他是通过外经贸委的一个叫周心诚的朋友帮的忙。因为他曾经听康赛说，艾一婕的父母亲都是外事口的干部。循着这个线索，康之韶找到了身在邻市的艾一婕。事后他多了个心眼，没告诉康赛他在哪儿找到的艾一婕，他怕康赛也去找艾一婕。那样的话，问题就复杂了，艾一婕为了康赛而离婚都有可能。已经结成了家庭，就万万不能将其拆开。之所以康赛多年以来按兵不动，还不是因为康赛不知道艾一婕在哪儿，如果知道的话，能不找上门去吗?那不是作孽吗?

晚上，康之韶再次来到外经贸委那个老朋友周心诚的家里，如此这般诉说了自己家里的事情，特别是重点诉说了一直翘首以盼、竟然眼巴巴地熬到了三十一岁的金玉，和已经精神失常的美子，直说得这个老朋友唏嘘不已。敢情在眼下言必称赚钱、言必称利益的商品社会的今天，还真有秉承“真爱”这种人类最美好最伟大的情感的人!

老朋友周心诚发誓，一定帮康之韶找到艾一婕。而且，说了就做，当时周心诚就给邻市外事口的朋友打了电话，询问知不知道艾一婕下落，对方说，以前知道，现在不知道了，因为艾一婕调过一次单位。事情搁浅了。周心诚能委托对方帮自己继续找艾一婕吗?不能。因为对方与周心诚没有这么深的交情。就算有，周心诚也不愿意麻烦对方。让自己的这一个朋友帮自己的另一个朋友做事，而那两个人彼此没交情，甚至根本不认识，这种事还是尽量别做。说不定就会遭到婉拒。与其那样，何如干脆免开尊口呢?

周心诚想好以后，就说：“之韶啊，我亲自给你跑一趟吧。邻市外事口没有直接的朋友，间接的总是能找到的。”

康之韶一听这话急忙说：“我跟着，我跟着，需要花钱的时候我花，只要你人出马，我就有指望!”

周心诚说：“算了吧，你病病歪歪的，我怎么好意思拉着你呢?”

康之韶说：“你甭考虑我的身体，我现在状态不错，正可以跟着你跑跑；如果再过些日子，就算想跑，也有这心没这力了!”

周心诚知道，康之韶只怕是得的绝症，身体一天不如一天，为了儿子在做最后一搏。可敬的家长啊，自己实在没法拂逆康之韶的一片诚心了，便点点头答应了。而且感觉事不宜迟，说动就动，老哥俩说好，明天就奔邻市。

转过天来，两个人就坐长途汽车来到邻市。可是万万没想到，刚一走出汽车站，康之韶突然咳了一声，接着，就吐出了一口血，在便道上，是好大的一摊。当时就把周心诚吓了一跳，怎么会这样!他急忙拉起康之韶的胳膊摸脉搏，再看康之韶的脸色，惨白惨白的。而心跳也时快时慢很不规律。还能继续往前走吗?当然不能了。但康之韶说什么也要继续往前走。他说：“我吐血也不是一次两次了，没什么。”

可是周心诚不这么想。康之韶跟着他出来，如果出了问题，他是有责任的。关系好归关系好，谁都不愿意担这个责任。而且，正因为关系好，才更应该关照老朋友的健康。康赛的婚事固然要紧，而康之韶的生命更要紧。结果，一番争执以后，周心诚拉着康之韶又坐长途车回蓝海了。

周心诚把康之韶送回医院以后，就打算自己悄悄地往邻市跑一趟。但表面他跟康之韶讲明，暂时不去邻市，等康之韶身体好转一些以后，还是两个人一起去。这样，就先把康之韶稳定住了。而分手以后，周心诚就一个人单枪匹马来到邻市。他通过朋友找到了艾一婕原来的单位，结果，这个单位的人说艾一婕调走了，去了哪里他们也不知道，只是知道她调走了。

没办法，周心诚先找了个小旅馆住了下来，因为他感觉这件事不是一天半天就能解决的。接着，他就来到公安局，请求警察给予帮助。然后，他买了一沓报纸，躺在小旅馆里看报纸静候。转过天来，公安局来电话让周心诚去一趟，他就赶紧去了。警察告诉他，这个城市叫“艾一婕”的有七个，光外贸口就有两个。周心诚非常高兴，说：“找的就是外贸口的艾一婕，你们赶紧把这两个艾一婕的工作单位和家庭地址告诉我吧！”

警察说：“工作单位可以告诉你，但家庭地址我们不能随便泄露。你去工作单位吧。”

好，工作单位就工作单位。而且，两个艾一婕，毕竟范围不大，用不着跑太多的路。周心诚吃过中午饭，也没进行午休，就走出小旅馆，打算去找第一个艾一婕。谁知，刚一出门，他就被两个急匆匆赶路的年轻人撞了一膀，其中一个年轻人还向他道了句歉。当他走出好远，来到公交车站的时候，才发现，手里的皮包不翼而飞了！他的额头立即冒出汗来，因为皮包里有他的钱包，钱包里有身份证、银行卡和零花钱。他急忙向刚才年轻人走掉的方向看过去，那个方向是茫茫人海，年轻人早已无影无踪。

蓝海市和邻市办理老年免费乘车卡都在七十岁上，说起来福利性够强的。但周心诚刚满六十岁，距离办理免费乘车卡还须十年。手里自然没有免费乘车卡。就算年龄到了，手里也有乘车卡，也无济于事，因为所有的证件全丢了。他暗骂小偷可憎，也骂自己因为年龄大了，脑子时常“短路”，小偷从自己手里把皮包抓走，自己怎么就没有反应过来呢？真耽误事啊！可是，既然身在邻市，不能因为钱包被盗就无所作为不是？必须找到艾一婕，而且，还须向艾一婕借点钱才能返回蓝海。找不到艾一婕，就连蓝海也回不了。

而邻市外贸口的两个“艾一婕”的工作单位都写在一张纸条上，这张纸条也在皮包里。想找“艾一婕”就得搜索枯肠回忆那两个人是什么工作单位。好在周心诚这个年纪还没到“脑萎缩”的时候，所以，他依稀回忆起来，那两个单位一个应该是“外贸土产公司”，另一个应该是“外贸工艺品公司”。说是“应该是”，是因为他记得并不牢固，感觉手里有纸条，用不着死乞白赖地背诵，好脑筋终归比不了烂笔头。谁知，那张纸条也不复存在了。

周心诚不得不迈开步子，凭着依稀的记忆，向第一个“艾一婕”的工作单位走去。那个单位就是“外贸土产公司”，专事土特产品进出口业务的。他问过一个交警，要走到这个单位需要多长时间？交警说：“据我所知，专门从事土特产品进出口业务的公司有好几家，既有国企，也有民企，还有私企。你说的是哪个呢？”

这可真把周心诚难住了。他在蓝海市外经贸委工作，蓝海的情况就是这样的，经营项目相同而企业所有制性质不同的外贸企业，比比皆是。应该找哪个呢？因为年龄大了，爱忘事，没记住是什么名称的土产公司，这不是自己跟自己过不去，自己为自己找麻烦吗？没办法，既然来到了邻市，就把事情做到底吧，尽自己所能，走到哪步算哪步吧！周心诚对警察说：“就先去国企外贸土产公司吧！”

警察便告诉他说：“国企的外贸土产公司在我印象中好像在城市西边，而现在你却身在城市东边，需要穿城而过，你这个年龄，估计得走一个半小时！”天，周心诚一听这话，血压一下子就上来了，他感觉头晕目眩，便急忙蹲下身子，稳定心神。

初春的天气，乍暖还寒。周心诚身上穿着厚厚的防寒服，此时就感到一阵阵的燥热。交警问他：“没事吧？”他便赶紧回答：“没事的。”蹲了一会儿，他便站起身来，长出一口气，解开防寒服，迎着寒风快步走去。

功夫不负有心人，一个多小时以后，周心诚来到了这个单位。跟传达室说明了来意以后，传达室老大爷让他坐等，老大爷要向办公室通报和询问。于是，几分钟以后，老大爷告诉周心诚，说：“我们公司没有叫艾一婕的，对不起了。”

周心诚一声长叹，先谢过老大爷，然后烦请老大爷把传达室桌子上摆着的厚厚的电话号簿“企业黄页”借看一下。起初老大爷还不愿意借，周心诚便自报家门，说自己也是外事口的人，只是身在蓝海，说到底咱是一家人。套了半天近乎，老大爷总算把“企业黄页”递给周心诚了。周心诚便急忙翻找邻市的外贸土产公司一共是几家，地址都在哪里。然后找老大爷借纸笔记下来。起初，也是老大爷不愿意借，周心诚就又说了很多求情的好话。最后还算不错，老大爷让他记走了好几个外贸土产公司的名称、地址、电话。他曾经灵机一动，想用这个传达室的电话与那几家公司联系，询问一下有没有叫艾一婕的，如果能问出结果，他就不用跑路了，但老大爷说什么也不同意。

周心诚无奈地走出传达室。他看着马路上一辆辆汽车疾驰而过，听着满耳的市声嘈杂，心情郁闷。事情是在预料之中的。他非常后悔：为什么不先去邻市的外经贸委？都是一个系统，总会帮上忙不是？当然，起初，他感觉来邻市是来办私事，没打算麻烦兄弟单位。问题是皮包被偷以后就事事不顺了。就算现在再去外经贸委，也还要走很多路。自己的身体情况根本不允许。一个想法蓦然间闯入脑海：为什么不直接找这家公司的领导呢？不是比求助传达室老大爷强得多吗？于是，周心诚停住脚步，想了想，就又返回身，重新来到这家公司的传达室。

“我想找公司领导。”

“你找人的事，我该帮忙不是都帮过了吗？你还麻烦我们领导干什么？”

“我是蓝海市外经贸委的干部，你们领导肯定知道我这个人。”

“你说你是外经贸委的干部，拿什么证明呢？”

“我的皮包被偷了，证件都丢了，但只要你们领导给我们单位打个电话，就立马能验证我的身份。”

“我们公司的领导都到市里开会去了，我就是放你进去，你也见不到我们领导。”

“难道说，你们办公室、业务科的人也都开会去了？”

“办公室有人，但我不能放你进去。因为你什么证件也没有，出了问题我负不起责任。”

“那么，请办公室的人下来行不行呢？”

“好吧，我试试。”

老大爷再次给办公室打电话。时间不长，办公室就下来一个小伙子，走路一蹿一蹿的。周心诚把他拉到门外，如此这般诉说了一通。说到归齐，是想请小伙子帮忙打电话找艾一婕。最后小伙子想了想说："你跟我上楼吧。"便领着周心诚上楼去了。

既然范围很大，就不可能一蹴而就，天底下哪有这么凑巧、这么顺利的事？电话打到第三家的时候，这个公司还真有叫艾一婕的，但说艾一婕去澳大利亚了。一个星期以后才能回来。这个时候，周心诚才想起来应该问问：这个艾一婕多大岁数，是男是女。结果，对方告诉周心诚，说这个艾一婕是个男的，今年已经五十有二。

"啪！"周心诚给自己脑顶来了一巴掌。这不是瞎耽误工夫！周心诚连连摇头，哭笑不得，真真是提前"脑萎缩"了！上午怎么没问问公安局，外贸公司的两个艾一婕究竟是男是女呢？

剩下的土产公司没有必要再问了。因为外贸土产公司的范围里只有一个叫艾一婕的。这一个现在已经落实，而且，也否掉了。周心诚便请小伙子帮忙找几个外贸工艺品公司的电话和地址，然后一个个打过去。但是，出人意料的是，这几个公司都说不知道公司里是不是有个叫艾一婕的。周心诚非常失望，也非常纳罕。

这里面有一个因素是周心诚意想不到的：真正的艾一婕刚刚调动工作，而刚刚调动了工作的人，在新单位里往往不为人知。要想真正弄清，还就得亲自跑一趟。而且，不跑不行，周心诚必须找到真正的艾一婕，然后找艾一婕借钱，才能买车票返回蓝海。他即使孤注一掷，也必须得这么做。他没有退路。他谢过小伙子，问清并记下几个外贸工艺品公司的电话、地址以后便急忙下楼了。

一个六十岁的人，心理承受能力是强是弱？答案当然是因人而异，因事而异。而眼下周心诚的心理承受能力就达到了极限。种种情况促使他心急火燎。须知，不管往哪家外贸工艺品公司跑，他都得迈开两腿。他没钱坐车。小伙子已经帮他不少忙，他不好意思再向人家开口讲借钱的事。而且，即使开了口，人家也未必借他。在没法证明身份的情况下，人家能借给你钱吗？即使证明了身份，向一个素不相识的人借钱，一般人也是张不开嘴的。

周心诚抬起头看了一眼天空，虽然空气混浊，雾蒙蒙的，但他还是看出，眼下正在夕阳西下，也就是说，至少下午四五点钟了。能不能在下班以前赶到第一家国企外贸工艺品公司，他是没把握的。因为他不认路，是边走边问的，常常因为对方表述不清楚而让他跑了冤枉路，然后再返回去，所以速度不可能快。一个小时过去了，周心诚早已大汗淋漓，但还没有找到第一家公司。他担心再找不到人家就该下班了，自己身无分文，恐怕连栖身之处都没有！这么一急，就在脚底下让马路牙子绊了一下，结果“扑通”一下子就栽倒了。

周心诚昏迷了，额角和颧骨都擦出了血，左手手腕骨折。最要命的是出现脑溢血。周心诚摔倒以后老半天没人过问。人们不是没看到，而是看到了却不敢伸手。“被赖上怎么办?”眼下社会上真有这种人和这种事，甚至还有“碰瓷儿”的，你只要一沾上他，你就算掉陷阱里了。

一个七八岁的小女孩，和奶奶领着手叫来了交警。她们看到昏倒在地的周心诚以后，就急忙到路口找交警了。邻市的警察还是不错的，而且也很懂医学常识，遇到这种情况没有立即伸手搀扶周心诚，因为他担心周心诚是脑溢血，而脑溢血的人是不能轻易搬动的。他站在周心诚脚边，用对讲机向领导做了汇报，领导便急忙叫来了“120”救护车，并跟随着一块赶了过来。

在医院急救室抢救周心诚的同时，警察翻看了周心诚的衣服口袋。发现没有钱，没有手机，只有一张纸条，上面写着几个外贸工艺品公司的电话和地址。警察便给这几个单位打电话，让他们来认领周心诚。但这几个单位的人来了以后都说根本就不认识周心诚这个人。没办法，一切只能等到周心诚苏醒以后得以知晓。

问题是，三天过去，周心诚根本就没有苏醒。

这时候，蓝海医院里的康之韶开始寻找周心诚了。康之韶因为这两天身体恢复得不错，他感觉又有精气神了，就想找周心诚一起去邻市，因为两个人约好一起去的。但当康之韶把电话打到周心诚家里的时候，周心诚的老伴说：“周心诚三天前就去邻市了，至今没有回来，连个电话也没给家里打。”康之韶一听这话，心里就咯噔一下子，敢情这老伙计径自跑邻市了！这怎么行呢？要花多少钱啊？康之韶没想到周心诚会在身体方面出问题，他只是担心周心诚破费。

康之韶立即收拾了一下，就带着一部分钱奔了邻市了。为了省事省时间，他先奔公安局，查找周心诚住在哪个旅馆里。其时邻市公安局正在向周边城市公安局发出信息和照片，请求查证周心诚这个人是何许人也。而康之韶不请自到送上门来了，一下子就被公安局留住了。

第四章　西北来客

现如今古道热肠的人还有多少？唯其少，而更显得难能可贵。

康赛的父亲快急死了，而康赛在忙什么？自然在忙公司的业务。到什么山唱什么歌，既来之则安之，干什么吆喝什么。

这时，吴尚文对康赛说：“为了方便业务，应该注册一个公司下属的贸易部，独立核算，自负盈亏，这样既方便经营，出现问题，也可以使公司有个退身步。”

康赛想了想说：“公司本身就是贸易公司，还用得着叠床架屋再设一个贸易部吗？”

吴尚文说：“我觉得是必要的。你没干过贸易，可能不知道。在贸易往来中，是免不了磕磕碰碰的，打官司是家常便饭。有这个贸易部，打官司的时候就让贸易部的人去，你作为总经理就可以不出面。贸易部处理不了的时候，你再出面。这样，你就可以拿出更多的时间思考全公司的发展问题，而不被具体业务和官司拴住手脚。你说是不是？”

康赛想说，还没开展业务，就先把打官司设计进去了，是不是不吉利呀？但他没说出来。因为吴尚文说得也不是没有道理，万一业务进行当中发生纠纷呢？看眼前，咱们国家与美国、欧洲，不是经常因为“贸易保护主义”而闹纷争吗？

康赛毕竟年轻，很快便被吴尚文说服了。于是，吴尚文撮摊成立了贸易部。说吴尚文撮摊，实际是身后的小车在运作。小车叫车向前，今年四十岁，是蓝海市医学会摄影部的摄影。别小看小车只是个摄影，却见多识广，满腹韬略。尤其与社会名流和新闻媒体的人交往颇多。他因为父辈在“文革”中照顾过受迫害的吴尚文的父亲，于是，“文革”后吴尚文把小车一家引为知己，与小车也自然而然走到一起，从吃饭喝酒到商量经商。而吴尚文对小车完全是言听计从。吴尚文说的话，往往是小车背后刚刚说过的话。所以，不了解他们的关系的人，只看到吴尚文在不时为康赛出谋划策，其实，那都是小车的主意。康赛对此当然还不清楚，只以为吴尚文对工作很负责任，在不停地为公司利益考虑，根本不知道小车正在通过画圈、设计、说服康赛同意，然后明目张胆地一步步蚕食康赛的公司。

贸易部总共四个人，吴尚文、小车；还有大邸，四十一二，身高一米八多的仪表堂堂的邸大力；鬼子刘，三十七八，身高一米五几的狗里狗气的刘奇。

大邸是蓝海市工人日报的编外记者，专写影视演员八卦新闻的写手，与诸多知名、不知名的演员都是好朋友。他的文字加图片的新闻稿在蓝海工人日报是价码最高的，甚至是一般新闻稿的五十倍。但这些年来大邸一分钱也没存住，都花在演员身上，请客吃饭了。家里对他多有微词，老婆为此曾经提出过离婚问题，但大邸厚着脸皮屈下自己的长腿，给老婆跪下了，说："我存不下钱只因为赚得少；我天天跟花容月貌的姐姐们打交道，可是，你听说过我与她们的绯闻吗？就冲这一条，还不值得你对我留恋吗？"结果老婆真的收回了离婚的动议。也许老婆只是吓唬吓唬他。但大邸想赚钱是想疯了的，一直找不到机会。当小车对他说起康赛的公司要招兵买马的时候，大邸起初感觉不太乐观，说："贸易公司的老总都特能算计，如果咱们去了，不得把咱的骨髓榨出来？"

小车掩住嘴微微哂笑，说："大邸你还别悲观，这康赛是个刚从机关下来的棒槌，除了会起草文件，任嘛不懂，咱们赚他肯定赚得他一愣一愣的！"大邸不太相信："真的吗？"小车道："假了我把脑袋摘给你当球踢！"大邸一听这话咧开大嘴哈哈大笑："老天有眼，老天有眼啊！我大邸也终于熬到手里有钱的时候啦！"所以大邸是第一个跑到吴尚文跟前报名的。而跑天津买夏利，也是大邸一个人办的。他连顿饭钱都没找吴尚文要，过后吴尚文就对康赛把大邸好一顿夸奖。

而鬼子刘是电视台行政科的干部。他因为个子不高，和别人没说话之前，深陷的眼窝里面的两只眼睛总是贼乎乎地滴溜溜乱转，所以，人送外号“鬼子刘”。电视台行政科的工作是弹性的，忙时大家都在跟前，不忙时便找不到人，不知溜号溜到哪儿去了，甚至溜出国、一个星期以后又回来了的也大有人在。鬼子刘在工作之余一直在炒股。前几年情况好的时候，他曾经赚了一百多万。眼下股市大盘行情不好，绿灯高照，钱全被套住了。而他是打算再赚出两百万来，加在一起买市郊美丽湖岸边的别墅的。因为贪心，现在一分钱也拿不出来，也是想钱想疯了的。当小车向他透露康赛那个贸易公司招兵买马的时候，鬼子刘也没看到商机，他对小车说：“贸易公司的人都太精明，咱们涉入进去能占什么便宜？”小车说：“那得看是谁当总经理。”鬼子刘问：“他们的总经理是谁？是不是业务虫子？”

小车道：“屁！文件虫子！总经理康赛是个刚从机关下来的秘书，除了纸上谈兵，任嘛不会！”鬼子刘一听这话便和大邸一样，也哈哈大笑，说：“上级领导真是有眼无珠，没有经营能力和经验的人怎么能让他当贸易公司总经理呢？不是乱点鸳鸯谱吗？”小车说：“你甭得便宜卖乖，如果真来一个业务虫子，你还能见缝下蛆吗？”鬼子刘连连点头，说：“是这话，是这话！”随后，鬼子刘便到吴尚文跟前报名去了。

大邸和鬼子刘找吴尚文报名，是仅仅去挂名登记就算了事吗？当然不能，一要小车推荐，二要出血请吴尚文。而吴尚文这些年已经吃惯了喝惯了，乐得有人请客。加上是小车的朋友，所以，酒桌上晕晕乎乎便把事情定了。

吴尚文是个早已退休的人，肯定有的是闲时间，而那几个人能够抽出时间参与业务吗？能。但他们能参与业务并不是说明他们有三头六臂，而是说这些单位在管理上确实存在问题，至少康赛是这么认为的。

康赛给贸易部打过去一百万，还根据工作需要给贸易部买了一部三厢夏利 N5 小轿车。贸易部说干就干，第一件事就是花五万块钱加入 K 省棉花协会。吴尚文对康赛解释说，第一笔要做的业务就是从 K 省买进一批棉花，但前提是要先加入其协会。小车抢着说：“吴老师的妹夫是 K 省副省长，咱加入了这个协会，吴老师就好开口让副省长给咱一批低价棉花。而且，加入协会的会员在进行棉花交易的时候可以只交保证金，不用交全款，待货到以后再交全款，这样不就保措了吗？当然了，加入协会是入门条件。”

“既然如此，那就加入呗！”康赛没有反对。疑人不用，用人不疑。既然成立了贸易部，那就放手好了。

小车得令便坐飞机跑了一趟K省，三下五除二就把事情办妥了。肯花钱，加上有人脉，这点事还愁办不了吗？据小车对吴尚文所言，他在K省主要是与副省长的秘书马万才接洽，马万才是个和小车年龄相仿的中年人，办事稳重老到。小车交给马万才十万块钱，说是其中五万是加入协会用的，另外五万是给领导的辛苦钱和跑腿钱，至于马万才怎么运作，用什么理由让副省长接受，那是马万才的事。小车还对吴尚文说，他还宴请了马万才及其有关管理环节的朋友，三花两花，就又花出去好几万。于是，回到蓝海的时候，已经两手空空了。

而这时，鬼子刘突然对吴尚文说：“我有一个朋友在以色列开餐馆，他发现以色列有一种‘皮特’饼特别好吃，口味介于意大利比萨饼和中国馅饼之间。如果引进到咱蓝海来，必定大赚。因为咱蓝海人都喜欢猎奇，还从来没见过这种东西。所以，我打算应邀代表咱们公司贸易部跑一趟以色列，把这个项目引进来。”

吴尚文一听这话，感觉不错，因为他此时正想撒开手脚大干一场，便说：“去吧，带着一笔钱，争取把专利拿来。”

鬼子刘说：“听说得十万块钱，就把专利拿来了。”

吴尚文想了想说：“十万就十万，你找会计去吧。”

是不是忒草率了？没错。吴尚文就这样把这件事定下来了。而鬼子刘一走就是一年，把钱花光了，人回来了，项目却没拿来。此为后话。

接下来，吴尚文在蓝海四星饭店宴请纺织公司老总和具体业务科室人员。而这一请就请了一个星期，天天喝酒，轮番喝酒。再接下来，吴尚文就请了铁路上的人。也是一请就请了一个星期，从领导到具体业务人员，天天喝，轮番喝。不光喝，走时还要带东西。反正后来算账的时候，是每一顿没有下一万块钱的。一个星期七顿，便七万块钱，两个星期，那就是十四万。加上小车去 K 省带走十四五万，总共花出去三十万。而具体业务还根本没有开始。是不是往外花的时候，拿出一部分钱装进自己腰包？不得而知，康赛没问过。他感觉，水至清则无鱼，人至察则无徒，不能把眼睛瞪得太大。其实，正是他的这种想法纵容了贸易部的人，使他们胆大妄为。而如果康赛知道了他们交往的具体过程，那就非得气死不可！

第一笔棉花是一百吨，按（内部价）每吨一万二千五计算，总计应该投入一百二十五万。此时贸易部已经没有这么多钱了，至少需要向康赛公司求助六十万，差不多占一半。小车代表吴尚文对康赛讲这个问题的时候，康赛问："不是说可以先交保证金，等货到以后再交全款吗？"小车听了这话愣了足有半分钟。

小车原来的设想是先从康赛手里把六十万拿过来，充实贸易部的账面，如果业务做不成，这钱就暂时留在贸易部，他会找理由把钱留住，然后慢慢就变成贸易部的钱了。那么，他为什么预测业务会做不成呢？这就是一个人的品性问题了。他一直在积极运作着，但并不希望成功。这似乎是他这类人的一种非常复杂的心理。老实说，他不希望身边的人（自然包括康赛）成功，哪怕只是一笔微不足道的业务。看到身边的人成功，他的心里不舒服。如果是远在天边的八竿子打不着的人成功，他可能还会羡慕、崇敬，会跟着高兴；而身边的人成功，是让他忍受不了的。在医学会摄影部的日常工作里，他是个外表嘻嘻哈哈、大大咧咧、什么都不计较的人，而实际上，凡是需要他与别人配合的时候，他都把出力率和成功率降到最低；只有当他独立承担责任、完成任务的时候，才尽百分之百的努力以求得成功。不能不说，小车其实是一种心地极其狭窄的人。

他万万没有想到，康赛拒绝了他。康赛不肯出那六十万。如果货到以后再出全款，还用得着康赛公司补充那六十万吗？只要货到，纺织公司会立马把货取走，而且会把钱付给贸易部，怎么还用得着康赛公司出钱呢？小车无言以对。他突然感到，想骗康赛，也没那么容易。心里便暗骂康赛这人真不是东西，死抠！

也许小车心里有气故意使坏，也许是他也不懂业务，他让 K 省马万才方面把一百吨棉花直接发到了蓝海市纺织公司，而不是发给康赛公司的贸易部。如此一来，贸易部的前期所有努力都是“鸭子孵鸡白忙和”。纺织公司拿到这笔业务以后，拒不承认是小车运作的，而说成是自己运作的。因为内幕属于暗箱操作，小车和马万才便谁都不敢把内幕公开出来。两头都是“哑巴吃黄连，有苦说不出”。

敢情这笔业务花出去那么多钱，而一分钱也没赚！康赛召集贸易部的人开会，严厉批评了这种做法。企业要生存，要赚钱，“助人为乐”的事还是少干。不是不要学雷锋，是你们现在要把公司的前期投入赚回来，否则，怎么向国家交代？怎么向职工交代？花出去那么多钱，谁给补回来？因为是公司的钱，不是个人的，扳着不疼的牙，所以就只花不挣吗？不允许，绝对不允许！

此时的吴尚文就显得十分弱智，他的滔滔不绝和口若悬河就无影无踪了。事后他问小车：“康赛批评咱们了，咱该怎么办？”小车想了想说：“把马万才请过来，让他继续帮咱们弄棉花。”吴尚文说：“又要花很多钱了。”小车道：“不知道马万才上次是不是把钱也给了副省长一部分。”吴尚文一声长叹：直接给副省长送钱，这事谁都不敢干，因为说不定就弄巧成拙捅娄子，而且，如果副省长有头脑的话，也根本不会要。派生的问题就是该办的事办不了。

眼下不光是往外送不好送，从哪里支出也是问题。还从贸易部支出吗？说不定康赛很快就来查账，只出不进只怕是不好交代的。小车冥思苦想一番以后说：“吴老师，我记得您家里还有两幅画，何不拿出一幅托马万才送给副省长呢？至于马万才，不给钱也罢，给他找俩小姐就行，他好色。”

吴尚文连连摇头说：“馊主意，馊主意！给贸易部办事凭什么拿我家里的画？”小车赶紧给吴尚文沏茶，说：“吴老师，不能这么说。贸易部赚了钱还不是先让您拿头一份？这个贸易部说是四个人干，其实，就和您自己的一样，我们不是都听您指挥？没有您那张《孔雀图》就没有贸易部，所以，贸易部本来就是您的！而且，您想啊，拿您家里的一张画送给副省长，副省长是谁呢？是您妹夫。这不等于左手送右手吗？根本没出您的家呀！不是我说话难听，您也没孩子，百年之后家里有遗产算谁的？您现在就着明白把遗产送给妹妹妹夫不是正当防卫吗?”

小车的“左手送右手”这句话吴尚文很爱听。小车这个人就是这样，能够敲骨吸髓一般找出对自己最有利的理由，来竭力说服对方。而吴尚文一来因为年岁大了，脑袋瓜子转轴慢了；二来也是教师出身，在利益盘算方面真不是小车对手。结果，吴尚文想通了。他说:“小车，你给马万才打电话吧，邀请他来，告诉他有大礼转送给副省长，还有蓝海市最漂亮的小姐等着他。”

马万才像个追腥的苍蝇，说来立马就来了。他在电话里跟小车半真半假地开玩笑，说:“蓝海市最漂亮的小姐?那我可得见识见识!”而且，说来就来，没过三天，马万才就从K省坐飞机来到蓝海。

为了把事情做得让大家都心明眼亮，吴尚文把康赛也请来了，加上小车，他们一起在吴尚文家里接待了马万才。马万才年近四十，人高马大，膀阔腰圆，西装革履，气宇轩昂，说起话来声若洪钟。左手食指和中指夹着一支烟，晃来晃去，直把烟灰晃得到处都是，直看得吴尚文眉头紧锁。康赛是做过秘书的人，他看到马万才第一眼以后就立即感到，这个人不像个副省长的秘书，倒像个副省长本人的做派。也可能副省长担心安全问题，有意在身边弄一个“保镖”。小车给四个人都沏上咖啡，康赛还一口没喝，而他和吴尚文只抿了半杯的时候，马万才已经一口气喝掉了三大杯，嘴里还叫着:“小车你甭穷抠，再沏，再沏，没有咖啡我给你钱买去!”

小车便急忙和吴尚文交换眼色，以小车对马万才的了解，马万才是个稳重老到、慢条斯理的人，怎么蓦然间就变了一个人呢?吴尚文只是呵呵笑着，并不说话。小车便继续给马万才沏咖啡。

此时康赛就说话了:“这件事虽说是吴老师的家里事，但因为背景是公司和贸易部的业务，所以，说到底还是为了业务，在此，我先向吴老师鞠一躬，深表敬意和谢意!”说完，康赛就站起身来，对着坐在沙发正中间的吴尚文鞠了一躬。

“这件事”，自然指的就是吴尚文要把家里的画送给副省长这件事。现如今谁都明白，公事私办，私事公办，早已司空见惯；而公里有私，私里有公，实现双赢，又是许多人翘首以盼、孜孜以求的。

就算你是百分之百追求清白的人，想排除这个因素也是不容易做到的，只能把事情放在划定的圈子里，别出圈，便是成功。

马万才把烟头摁死在烟缸里，说："吴老师，就请把您的画拿出来，让我们观观吧？反正副省长有话在先，值不了仨瓜俩枣的画甭往他那儿送。"

副省长真是这样开诚布公的人，还是马万才虚张声势？还真让康赛说不准。此时，吴尚文便对小车挥了挥手。小车立即站起身来，走到客厅里的文件柜跟前，用钥匙打开文件柜，把一轴画拿了出来。康赛见此，便把大家眼前的茶几收拾利索，把上面的水杯、烟缸之类挪走，然后让小车把画在茶几上徐徐展开。

昏黄的纸绢，昏黄的画面，笔法却老到苍劲，构图也独出心裁：远景是朦胧的山冈，中景是潺潺流水，近景是河边小桥、小舟、老树和庄户人家。情趣清雅，意境高远，隐隐含有一丝失落或失意之风。题图为《小桥流水》，落款为赵子昂，一方早已变为暗灰的图章内容是"松雪"。康赛看着这幅画，眼前突然一亮，心中暗暗纳罕，这吴尚文家里还真有好货啊！

但马万才看着画，没有表情。他再次点燃一支烟，慢慢抽着，半天不说话。吴尚文道："万才，怎么样？"

马万才想了想道："看上去够老，就是品相差些。估计值不了多少钱。"

吴尚文道："万才，此言差矣！我们公司康赛总经理是在古玩街浸淫很久的人，要不要听听他的点评？"

马万才抽了一口烟，把烟灰弹到地上，道："我记得赵子昂是清末翰林，具体有哪些作品，我说不清。如果康赛总经理对赵子昂有所了解，我愿意洗耳恭听。"

吴尚文急得额头冒汗，感觉马万才不懂装懂，装腔作势，生生委屈了这幅画。而康赛只是微微哂笑，不动声色。吴尚文便开口道："康赛总经理，我对赵子昂也知其一不知其二，请你简单说说吧，不然，这幅画就'淹浸了'。"

"淹浸了"，是蓝海土话，就是被埋没了的意思。

"给我来一支烟。"康赛伸手找马万才要了一支烟。这个举动无疑要反客为主了。

“大家都知道中国古代有‘楷书四大家’吧？就是欧阳询、颜真卿、柳公权加上赵孟頫。而这赵孟頫就是赵子昂。‘子昂’是赵孟頫的字，号‘松雪’‘松雪道人’等，浙江吴兴人，是元代著名画家。赵孟頫博学多才，能诗善文，懂经济，工书法，精绘艺，擅金石，通律吕，解鉴赏。特别是书法和绘画成就最高，开创元代新画风，被称为‘元人冠冕’。”

吴尚文连连点头，说：“解说到位，解说到位！如果让我这个物理老师说的话，还真说不出来！”

马万才脸上露出几分尴尬，便急忙掩饰说：“我也感觉这幅画颇有古风，我依稀记得有一首诗叫什么来着——小桥流水人家？”

吴尚文便说：“这首诗我也知道，但也记不清，还是让康赛总经理说说吧！”

康赛便打趣说：“只听我一个人卖弄？那我只能算抛砖引玉，回头听你们细说啊——与赵孟頫同时代的有一个人叫马致远，他写过一首词叫《天净沙·秋思》，里面说：‘枯藤老树昏鸦，小桥流水人家，古道西风瘦马。夕阳西下，断肠人在天涯。’而马致远这个人，生卒年月与赵孟頫差不多，号“东篱”，是河北省东光县人，是元代著名戏曲作家、散曲家。所做杂剧今知有十五种，《汉宫秋》是他的代表作。青年时期仕途坎坷，中年中进士，曾任江浙行省官吏，后在大都（今北京）任工部主事。马致远晚年不满时政，隐居田园，以衔杯击缶自娱。”

吴尚文笑呵呵地听着，见康赛讲完了，便带头“啪啪啪”地鼓起掌来。小车也纳罕地看着康赛说：“康总，让你做贸易公司总经理真是冤屈了，你到大学里去讲课也绝对是一把好手。”此时马万才狠抽了一口烟，就把话接了过来：“既然康赛说抛砖引玉，我就扔一块玉试试，关键还看你们识不识玉。”

吴尚文惊诧地看着马万才，再次鼓掌，说：“哦？马秘书要扔玉？这我们可得洗耳恭听！”小车便赶紧为马万才又沏了一杯咖啡。

马万才清清嗓子，说：“赵孟頫是大宋王朝的世家子弟，宋亡以后，元世祖多次招赵孟頫入宫。而赵孟頫入朝之后除精神并不愉快以外，还有一件让他始料不及的苦恼事，就是生活的困窘。《罪出》诗说：‘向非亲友赠，蔬食常不饱。’作为一个五品官靠俸禄常吃不饱饭可能有些夸张，但生活贫困当为事实。朝廷给赵孟頫授的从五品月俸为中统钞一锭（一锭为五十两）二十两，即七十两。这些钱在京师大约可买官府发售的平价米五石，这对于维持中等官员的家庭开支并不宽裕，况且赵孟頫要支出大笔钱去购买他喜爱的古人墨帖和书籍等。我们在他与叶李、不忽木等人酬答的诗里都可见诸如‘寄书妻孥无一钱’‘瘦马长饥骨相拄’‘敝裘破帽过年年，欲买浊醪无一钱’‘好客恨无钱’之类的叹贫语。赵孟頫很无奈，也很不平。摆脱贫穷是当初他入仕的一个重要动因，而现在连这个基本要求都没达到，怎能不让他感到心灰意冷呢？他出仕后经过短暂的积极热诚之后便产生了懊悔之心，开始自谴自责、思归思隐，这种过程一直持续了他的后半生。他的画作《小桥流水》应该反映了他此时的心态。不过，我感觉，文人都是互相影响的，我断定，马致远的作品和思想倾向对赵孟頫也是有影响的。在他们共同生活的那个年代，蒙古统治者虽然开始注意到‘遵用汉法’和任用汉族文人，却又未能普遍实行，这给汉族文人带来一丝幻想和更多的失望。马致远早年也曾有仕途上的抱负，他在一套失题的残曲中曾自称‘写诗曾献上龙楼’，怎奈却长期没有结果。后来担任地方小官吏，也不是十分满意的，在职的时间大概也并不长。在这样的蹉跎经历中，他渐渐心灰意懒，一面怀着满腹牢骚，一面宣称看破了世俗名利，以隐士高人自居，同时又在道教中祈求解脱。他的一系列元曲作品，大多反映了其思想倾向。”

马万才先是把赵孟頫说成清末翰林，这会儿又说赵孟頫是元代才子，什么意思呢？拿别人当棒槌？康赛脑子里这么转了一下，但他马上就诚恳地赞许和夸奖马万才：“马秘书是真人不露相，满腹经纶啊！”

马万才急忙摆手，说：“哪里，哪里，是你们撞枪口上了——我上大学的时候曾经做过赵孟頫和马致远的专题论文。刚才我故意说赵孟頫是清末翰林，就是想看看你们是不是棒槌。”

真是英雄所见略同！吴尚文鼓着掌说：“怪不得，怪不得，厉害，厉害！”

小车咂咂嘴问：“那么，你对这幅画的评价呢？”

马万才十分肯定地说：“以我的眼光看，这是真品。价值当在五十万左右。康赛，你说呢？”

康赛点点头说：“我也认为是真品，但我觉得价值至少在一百万上下。前不久北京的一次拍卖会上，同是赵孟頫的一幅画，篇幅与此差不多，拍了一百六十万。”

马万才把手里的烟头摁死在烟缸里，说：“把画包好吧，我给副省长带走。”

小车把画卷好，然后拿过一块平绒布把画包起来，再用报纸包了一层，最后装入一个细长的布套里。当他把画作递给马万才的时候，问：“再给我们联系一百吨棉花怎么样？”

马万才撇了一下嘴，说：“你们根本不是干业务的料，给你们业务也操作不好。还是算了吧！”

吴尚文一听这话急忙拦住了话头，说：“算了可不行！我把这么贵重的画作都送出去了！”

马万才紧接着就把话接了回来：“吴老师，您把画送给谁了？还不是您自己的家里人？”

吴尚文一下子急红了脸，说：“话不能这么说，不是因为业务，这画我才不往外送呢！我卖了它，换成钱出国旅游，周游世界，比什么不强？”

马万才便把脸拉长了，说：“您要这么说，就干脆把画作收回去。”

康赛见此便又递给马万才一支烟，说：“点上，点上。收回去干什么？说出去的话，泼出去的水。君子一言，驷马难追。你马秘书是吃过见过的人，我们也没什么特殊的招待你，一会儿吴老师和小车陪你去‘聚富盛会’洗浴中心。洗洗尘，换换脑子。”

马万才道：“你不去吗？”

康赛道：“我还有应酬，脱不开身。”说着话，康赛站起身要走。马万才一把拉住康赛，强把他按坐在沙发上：“别急着走。我还有话说。这次我到蓝海来，副省长交给我一项任务——吴老师、小车，你们到隔壁屋里回避一下好不好？我和康赛有重要话说。”

“哦？好话不背人，背人没好话！”吴尚文笑呵呵地打着趣站了起来，拉着小车就离开了。

马万才跟过去把门关严，坐到康赛对面，说：“康赛，我这次来，特别带来副省长的一桩嘱托。”

康赛道：“哦，请讲。”

马万才道：“副省长说，要把那幅《孔雀图》收回去，终止合作。给你十万块钱作为补偿，不够的话，再商量。副省长说了，不能把吴老师家里祖传的宝贝搁在你的公司里参股用。”

康赛此时脑筋急速转动着，答不答应？显然不能答应。因为吴尚文的贸易部已经花出去好几十万，怎么能没干事就终止合作呢？而且，仅仅补偿十万也远远不够啊！

康赛道：“请你转告副省长，开弓没有回头箭，这件事没有商量余地。这同样是签完的合同，泼出去的水，是没法收回来的。”

马万才道：“别这么死性。副省长说了，只要你同意把《孔雀图》收回去，再给你们一笔像样的大业务。现在各级领导都在抓廉政建设，副省长说出这话是很不容易的，是需要为此承担很大责任的。”

康赛道：“你甭给我做思想工作了，这件事真的没有商量余地。”

马万才压低声音问：“你和吴老师的协议是怎么签的？”

康赛眯起眼睛直言不讳道：“如果吴尚文把贸易部干赔了，以《孔雀图》抵账。”

马万才再也坐不住了，他焦急地在屋里快速地踱来踱去，说：“这个吴老师啊，整个一个糊涂蛋啊，败家子啊！”

康赛微微哂笑，说：“你也不要这么悲观，如果吴老师赚钱了呢？”

马万才摊开两手道：“就小车他们那个干法，能赚钱？还不是只在‘二’上把你的周转金赚走了事？在业务上他们赚个屁！那一百吨棉花就是例子！”

康赛不说话了。他现在对吴尚文和小车还不能完全说清，这几个人能不能为贸易部赚钱，他还看不准。支持吴尚文的贸易部做业务，很像火中取栗，不撒出些钱给他们肯定办不成事，就如同“舍不得孩子套不住狼”的道理。“又要马儿跑，又要马儿不吃草”肯定是不行的。也许康赛的考虑也欠成熟，不够慎重，但以他眼下这个年龄和社会经验，也只能认识到这个程度。

马万才见康赛不说话，就问：“哥们儿，你知不知道央视《百家讲坛》上的易中天?”

康赛想了想，说：“知道。”

马万才又问：“知不知道易中天说过的十句话?”

康赛不假思索道：“这个还真不知道。”

马万才一声长叹，道：“孤陋寡闻！易中天讲过十句很有哲理的话：一、人都是逼出来；二、如果你简单，这个世界就对你简单；三、人生没有彩排，每一天都是现场直播；四、怀才就像怀孕，时间久了总会让人看出来；五、过去是酒逢知己千杯少，现在是酒逢千杯知己少；六、人生如果走错了方向，停止前进就是进步；七、人生有两大悲剧：一是万念俱灰，一是踌躇满志；八、人生和爱情一样，错过了爱情就错过了人生；九、天下有钱人终成‘眷属’；十、要成功，需要朋友。要取得巨大的成功，需要敌人。其中第六和第八对你最合适，你想想是不是这个理儿?”

康赛固执地摇了摇头，不容置疑的样子。马万才见与康赛谈不拢，便失去了耐心，悻悻地打开门对着隔壁喊了一声：“吴老师，咱们洗澡去!”

两天以后，马万才带着《小桥流水》回K省了。据小车讲，他们在“聚富盛会”洗浴中心确实给马万才安排了价码最高的小姐，至于是不是最漂亮不好说，反正是尽了最大努力。但马万才因为心情不爽把小姐辞掉了。这又让吴尚文和小车心里十分不安。马万才并没有跟吴尚文提《孔雀图》的事，可能是感觉吴尚文也是覆水难收，说了也没用，问题的关键在于康赛。

结果，时间不长，K省副省长带着秘书马万才来参加一个北方经济协作会议，散会后路过蓝海市，便住进了吴尚文家。副省长问吴尚文：“康赛这人喜欢什么?”

吴尚文道：“说不出他喜欢什么。不过这个人很有传奇色彩。”

副省长道：“哦？他身上还有故事？”

吴尚文道：“康赛今年三十一岁，还没婚娶。据我所知，现在有两个如花似玉的姑娘在追他，其中一个是古玩街老板的女儿，一个是中日合资企业高管的女儿，日本姑娘。一个等他等到了三十一岁，另一个也等到了二十八岁。而康赛一根筋地在等一个叫艾一婕的女人，据说那个女人比康赛大四岁，而且还结过婚，生过孩子。你说奇也不奇？”

副省长道：“康赛应该是个有见地的年轻人，他死乞白赖地等那个艾一婕，肯定那个艾一婕也不是一般人。”

吴尚文道：“要不要把康赛叫家里来？”

副省长道：“如果他知道是我要见他，他肯定不来；如果不提我，把他诳来，他来了一见我的面也会驳头就走。”

吴尚文问：“要么，也请他去洗浴中心？”

副省长道：“大舅哥，你怎么智商倒退得这么厉害？武大郎放风筝，出手就不高！康赛那种人能对洗浴中心感兴趣？”

吴尚文挠着头皮说：“听说康赛想找艾一婕却死活找不到，如果咱们能帮他找到艾一婕，他肯定会一切听咱们安排！”

副省长道：“艾一婕究竟是何许人也？”

吴尚文道：“我也说不清，年轻人的事，我不便多打听。”

副省长道：“你还真别不拿这事当回事，赶紧找小车问问去——艾一婕何许人也？”

吴尚文便急忙给小车打手机，把小车叫来了。小车是个非常精明的人，这段时间以来，通过对康赛身边的人明察暗访，已经了解不少康赛的私事。他了解康赛不为别的，就是想驾驭康赛。有下属驾驭上级的吗？有，上级只要傻乎乎地往下属画的圈里跳，那就是驾驭。为此，小车已经影影绰绰地知道，那个神秘的艾一婕原来是蓝海市外事口的干部，与康赛私订终身以后就莫名其妙地销声匿迹了。至于去了哪里，小车当然不知道，他没有那道行。

当小车把这一切告诉副省长以后，副省长感觉寻找艾一婕的范围一下子缩小了很多。因为外事口虽然很大，却毕竟有个范围。怕就怕没有范围，大海捞针。可是，副省长不可能长时间在蓝海待着，他在蓝海“挂一角”以后立马就得回去。可是，把问题留给吴尚文，他又感觉成不了事，因为吴尚文太欠精明。副省长左思右想以后，便会见了蓝海市市长。副省长比蓝海市市长级别高，所以，蓝海市市长没有不接待的道理。接着，副省长顺藤摸瓜找到副市长路前浩，因为此前康赛在路前浩手底下的三处做秘书。

在蓝海市唯一的五星饭店的一个单间里，副省长与路前浩谈罢工作，就借酒劲儿说起家里私事，说：“我有个大舅子，叫吴尚文，最近在康赛手底下的贸易部做经理。你猜怎么着，他把家里的一幅名画拿给康赛做抵押，参股，说是如果干赔了，就拿画做抵偿。而那幅画是家传的宝贝呀！现如今古玩字画一天一个价，吴尚文这不是活活败家吗?”

路前浩点点头说：“我明白了，你的意思是想把画收回去?”

副省长道：“没错，可是那个康赛说什么也不答应!”说着话，就把脸涨得通红，还用拳头在桌子上砸了一下，震得桌子上的杯盘碗盏一齐响，酒杯里的酒也洒了出来。副省长很有点失态的样子了。

路前浩呵呵笑着继续与副省长碰杯，说：“别着急，别着急，这件事会解决的。你的心情我理解，这事搁谁身上都得着急，但着急不解决问题。现在的问题是康赛已经调离了机关，如果我直接找他谈这件事，一时找不到由头，而且他也未必听我的。得容我好好想想这事该怎么办。”

副省长说：“这件事我想过，只对康赛提要求恐怕不行，要以情感人，帮康赛办一件事。当然，要帮康赛办最渴望的事。”

路前浩继续给副省长满酒，笑着问：“康赛最渴望办什么事呢?”

副省长举杯与路前浩相碰，说：“据我大舅哥吴尚文了解，康赛有个女朋友叫艾一婕，两个人私订终身以后艾一婕突然销声匿迹了。结果康赛一等就等了十来年，至今三十一岁了还没结婚。而另外两个死追康赛的姑娘还眼巴巴地等着他表态。把艾一婕找来，就是对康赛的最大帮助。”

路前浩频频点头，说：“副省长，你对康赛还真够了解的，已经远远超过我们这些身边的人了。”

副省长道：“问题是，不是我不想帮康赛，而是我根本没有这个精力干这件事。路副市长，你是蓝海市当家人，想必你能不费太大劲就能找到艾一婕。我这个 K 省的副省长拿我的人格向你保证：你能帮上这个忙，我将尽最大努力支持蓝海工作，也答应你提出的私人要求。”

路前浩呵呵笑了，说：“我个人倒没有什么要求。不过，我会尽力帮您找这个艾一婕。”

副省长向路前浩交代完以后，就离开了蓝海市。分手的时候，副省长从皮包里掏出一个装潢漂亮的小纸盒，塞给了路前浩。路前浩也是吃过见过的人，知道这是值钱的东西，便急忙推辞。但副省长的一句话就让路前浩把东西接过去了。他说：“你甭嫌东西小，这可是我去瑞士考察的时候带回来的，是花自己的钱买的。”

路前浩只得把东西接过来。送走副省长以后，路前浩就在路边打开了那个小盒子，结果一块通体黝黑、相当精致的手表呈现在眼前，而表盘上的一圈钻石正亮晶晶地闪闪发光。他急忙把小盒子装进皮包，把皮包夹在腋下，向相隔不远的商业街走去。

路前浩主管商业和服务业，对蓝海市商业街的角角落落都耳熟能详。他迅速踅进商业街最大的“亨得利钟表店”。站柜台的售货员认识他，刚要开口喊他，他急忙把食指压在嘴唇上，以示噤声。售货员便笑着连连点头。路前浩挨个柜台细看，于是，在立着“瑞士表”标牌的柜台里，看到了与自己皮包中小纸盒里这款表一模一样的雷达表，而标价赫然在目：两万二。路前浩蓦然间便感觉头皮发奓。

机关领导并不见得人人都是贪官，路前浩就不贪。身在副市长的位置，面对数不清的小恩小惠，或偶尔出现的大恩大惠，他都泰然处之，一推六二五，不沾那腥，不惹那麻烦。拿人家手短，吃人家嘴短；投之以桃，报之以李；吃了人家拿了人家就必须给人家办事，这点道理谁都明白。问题是能管住自己的人也固然是有的，而管不住自己，走入深渊的人也比比皆是。路前浩应该算是管得住自己的一类人。

不过话说回来，副省长的礼物让路前浩推不开。一来副省长是上级领导，二来康赛的事也不算难事，三来办这件事不牵涉违规和贪腐问题。这就让路前浩心里有底。可是，眼下既然接了人家的礼物，那就得真刀实砍地给人家帮忙。当时他心里就骂：康赛你个小王八蛋，尽给我添乱！

要找艾一婕总要先找康赛问个究竟不是？而且，给谁帮忙应该先告诉谁不是？路前浩便给康赛打电话，说："小子，你赶紧给我来一趟，麻利儿的！"

康赛此时不知在忙什么，不紧不慢地在电话那头回答说："你谁呀，怎么出言不逊啊！"

路前浩道："你年纪轻轻的耳朵这么不好使？听不出来我是谁？"

康赛一本正经地说："真听不出来，请你自报家门吧。"

路前浩气哼哼地说："两天不见，还真长了脾气了——路前浩，知道了吧？"

康赛"哎哟喂！"就开口喊了一声，几乎是控制不住自己一样："太阳从西边出来了，路副市长怎么想起我来了？"

路前浩道："嗨，小子，你走了这么长时间，连个电话也不给我打，还挤对得我主动给你打，你知道我有多忙吗？"

康赛嘿嘿笑着说："怎么，副市长想把我调回去？"

路前浩气哼哼道："你甭跟我打岔，赶紧过来一趟！"

康赛执拗地说："您不告诉我什么事我就不去。想当初您不想要我了，就把我崴出来了，现在想起什么了又叫我？我一个小实体公司的经理能给您干点什么？"

路前浩道："康赛，你甭对我有意见！你离开机关不是我的主意！你为什么要走，至今我还没闹清楚呢！我只是听大家说，是你嫌机关赚钱少，想另攀高枝呢！"

康赛只觉得路副市长说得没错，只怕不止他一个人是这么想的。于是，便呵呵一笑，说："这个问题是裤裆里的黄泥，不是屎也是屎。我也甭跟您费这口舌了。您说吧，让我帮您干什么？"

路前浩道："我没让你帮我干什么，只是让你到我这来一趟。"

康赛说："非去不可？"

路前浩道："对，非来不可！"

康赛见实在没法推脱，便说："好吧，我马上到。"

牢骚归牢骚，老领导的招呼不能不听。康赛立即打车奔市政府机关了。

坐在路前浩的办公室里，康赛只觉得恍如隔世。其实，离开机关还没有两个月。物是人非。屋子还是以前的屋子，副市长还是以前的副市长，只是自己身份变了，所以，感觉一切都不对了。以前自己是这间屋的常客，或者说，是若干分之一主人，因为他天天要给这间屋做卫生。现在完全变成外人了。路前浩不拿自己当外人，但自己不能没有自知之明。他动作麻利地给路前浩沏茶，帮路前浩点烟。路前浩是市领导中唯一一个抽烟的人。但康赛虽然看到屋里很乱，却没有动手收拾。因为桌子上的那些文件，他已经不方便也不应该再看了。其实，平心而论，他的手还是痒痒的，有一股想干活的劲头儿。

当他坐定以后，听说是K省副省长委托路前浩副市长帮他找艾一婕这件事以后，内疚得只差给路前浩磕头了。他赶紧站起身子，全身站得倍儿直，一下子给路前浩鞠了三个大躬，说："这是怎么说的，这不是折我的寿吗？我不过是个在机关工作过几天的不知名的小人物，眼下上至K省领导，下至咱们蓝海父母官，竟要帮我这个小人物找对象！真让我感激不尽啊！我先谢谢领导们吧！不过，心急吃不了热豆腐，这件事还是由我自己来办，别人帮忙弄不好就帮倒忙。再说，我也实在不愿意给领导添麻烦。您说是不是这样？"

路前浩道："坐下坐下，你甭跟我假客套！我还不知道你？你要是能找到艾一婕还会拖到现在仍旧孑然一身吗？说不定你们早就结了婚孩子都上学了不是？"

康赛重新坐下，说："您也甭藏着掖着，您就直说吧，为什么要帮我这个忙？"

路前浩道："是这样——"就把K省副省长的意思诉说了一遍。末了说："不管你让不让领导帮你找艾一婕，就凭副省长这点诚心，咱们也该受点感动不是？所以啊，我看你就甭坚持了，该把那幅

《孔雀图》退给吴尚文，就退给他好了。经营业务嘛，该怎么干还怎么干。”

康赛听了这话直把眼睛盯着自己的脚尖，不敢抬头看路前浩。因为他现在想把路前浩的话回敬回去，但怎么措辞呢？他拿不定主意。他既想达到自己的目的，又不想得罪领导。

第五章　香港高价

善良的人往往理解不了不善良的人；而不善良的人也经常不能理解善良的人。

康赛沉默不语。他不说话，路前浩就有些着急。作为蓝海市的父母官，面对一个没有了级别的实体公司小经理，路前浩还真拿不出什么特别有效的办法，说不出特别能挟制住康赛的话来。如果康赛是机关里的处长或处员，路前浩就可以直接给他下指令。眼下却不行。

但路前浩毕竟是市领导，对类似康赛这样的问题是不放在眼里的，特别是他现在对康赛的一切都已经了然于胸，说出话来便底气很足："康赛，我知道你们公司做过一笔棉花业务，但这一炮打空了，给纺织公司白帮忙了。我对你们'助人为乐'的精神表示赞许。但公司生存是第一位的，想做善事也得在拥有实力之后才能做。你说是不是这样?"

康赛挠着头皮说："副市长，您甭挖苦我，我们给纺织公司白帮忙也是迫不得已，属于'交学费'。"

路前浩道："交学费是情有可原的，但不能一味地总是交学费。否则，你这个经理就该考虑挪窝的问题了。"

康赛点点头说："是啊，如果一段时间以后还不能赚钱，我就考虑辞职问题了。"

路前浩道："所以啊，思考发展业务是当务之急。咱们蓝海市虽然不是产棉地区，但却是用棉地区。市委、市政府高度重视我市棉纺织工业的发展，将其列为全市六大优势产业之一和构建现代产业体系的重要支撑产业。市委、市政府在鼓励支持企业承接纺织服装转移的同时，将致力于做大做强这一传统优势产业，配合国家产业政策，做好棉花采购和交易工作，努力提高我市涉棉企业盈利能力及整体竞争力。为此，市里准备在商业街旁边开辟新的场地，把一所入学率不高的中学校园改造为棉花批发交易市场。这个市场将以四大业务平台为主线，对交易、资金、物流和信息等业务进行了梳理介绍，对2010年度新版交易规则做重点讲解，对在不同情况下，棉花流通及纺织企业利用撮合交易平台进实物交割、套期保值、跨期套利、跨期交割，撮合与邻省棉花期货跨省套利及交割以及综合利用等等。而你的公司，因为经营规模和资金实力太小，进入不了这个市场。但今天我可以对你打开天窗说亮话，我将对你进行特批，帮你拿到准入证！”

这真是一脚踢在裆上，路前浩所说的问题，就是眼下康赛最关心的问题。但是，能因为路前浩想帮自己拿到棉花市场的准入证，就按照副省长的旨意把《孔雀图》退给吴尚文吗？显然不能。别人也许会这么做，而康赛绝对不会。但他不能把这话说出来，不能让路前浩下不来台。人家毕竟是市领导。康赛想了想说：“感谢副市长为我的问题做了这么多思考，进行了这么多努力。您提的问题我会放在心上，好好思考。回头我会找您。”

说完这话，康赛就站了起来。路前浩见此便急忙伸手按住康赛肩膀，又把他按了下去。说：“怎么，急着走啊？话还没说完呢！”但康赛再一次站了起来，说：“副市长，我知道您的时间是很宝贵的，我不能长时间坐在您的屋子里。我的事毕竟是小事一桩，不值得您这么上心。”

路前浩赶紧接过话来说：“哎，话不能这么说，业务是大事，婚姻恋爱也是大事。你可万万不能掉以轻心啊！艾一婕的事，你甭管了，用不了十天半月，我就把艾一婕送到你眼前来！”

康赛赶紧站起身来又给路前浩鞠了一躬，说：“副市长您千万不要这样，我自己的事自己办，劳您大驾我怎么忍心啊？”

路前浩道：“这个你就不要客套了，这件事你自己办可能困难重重，而由我出面就可能势如破竹轻而易举，你把心放肚里吧，踏踏实实地该干什么就干什么吧！”

康赛终于从路前浩的办公室走了出来。路前浩真不愧是市领导，真难缠啊！康赛此时才算刚刚了解了路前浩。说到归齐，路前浩非帮他找艾一婕不可。接下来，便是投之以桃、报之以李的问题，自己就该考虑把《孔雀图》退给吴尚文了。在回公司的路上，康赛思前想后，犹豫不决。当他走进公司以后，正看见大邸把那辆新夏利N5开出公司，大邸边开车边跟副驾驶位置的小车说说笑笑，而后面似乎坐着吴尚文，看他们的样子惬意而闲散。康赛便又蓦然间下定了决心：《孔雀图》绝对不能退回去！

话说康之韶来到了邻市，立即被公安局留住了。他被一个警察直接带到了医院，于是，看到了躺在病床上的昏迷不醒的周心诚。周心诚脸色倒是不难看，只是两眼紧闭地那么睡着，任你谁来，他也不睁眼。还说什么呢？康之韶替周心诚交了一切该交的钱，还预支了半个月的住院费。这家医院有这个规定，打算住多长时间医院，要按照院方初步预算预交基本的费用，待出院时根据实际消费多退少补。但说是“基本”的费用，价码也绝对不低。虽说周心诚是公务员，住院费是可以报销的，但报销是以后的事，眼下该预交还必须预交。交完以后，康之韶口袋里就差不多空空如也了。

康之韶不得不找警察借了钱，然后先返回蓝海，到周心诚家里通报这件事。康之韶在来到周心诚家的时候，在门外站了好长时间没敲门，因为他感觉没脸敲这个门。如果不是自己硬生生找到周心诚，拜托周心诚帮这个忙，怎么会发生周心诚脑溢血的事故呢？周心诚如果恢复了便罢，万一不能恢复，这事算怎么回事呢？周心诚的后半生不是就此交代了？而自己的后半生岂不是也要在内疚和痛苦中度过？

康之韶真是犯了犹豫。不敲门是不可能的，周心诚重病的消息必须得通知他老伴，但康之韶实在想不好跟周心诚老伴怎么说这件事。他在门外的楼道里一支接一支地抽起烟来。直到抽完三支烟，他还没想好应该怎么开这个口。而此时周心诚老伴正好打开门出来要去菜市场买菜，便看到了康之韶，忙问：“老康，你站在门外干吗？怎么不进来？你不是和我家周心诚一起去邻市了吗？”

这一连串的问话，句句击中康之韶的软肋。他眼巴巴地看着周心诚老伴，什么都说不出来，好半天，才木讷地喊了一声：“嫂子！”

周心诚老伴把康之韶让进屋，给他斟了一杯水，问："周心诚呢？怎么你一个人回来了？"

康之韶感觉眼下编什么谎话都来不及。而且，编谎话也不如干脆实话实说。反正就这一堆这一块，爱怎么样就怎么样吧！他便把整个过程诉说了一遍，直把周心诚老伴听得目瞪口呆。却原来是这样！"既然如此，你还不赶紧敲门进屋说清情况，你站在外面干吗？你想溜号然后把事情躲过去吗？"

康之韶连连摇头，说："我没想溜，也没想躲。而且这事是因为我发生的，我也不应该溜，不应该躲。我是感觉内疚，没脸见你！"接下来他就絮絮叨叨地直把好话说了一火车。

而周心诚老伴虽说不是不通情不达理，没有不依不饶，但话里话外也是夹枪带棒，怨气冲天。因为下一步她必须得去邻市医院照看周心诚。周心诚要住多久医院，没有期限，也许很快会恢复，也许永远昏迷不醒，变成植物人。这不是凭空而来的一场灾难？这事搁谁谁不急？

周心诚老伴坐在沙发上，一只手掐着额头，费力地思索着，几分钟以后，她唰的一下子站起身来，说："发昏当不了死，走，带我去邻市医院！"

康之韶不得不跟着周心诚老伴站起身来，连连点头说："说走就走，我带你去。"眼下他似乎也只能表这种态了。一切听凭发落。此外还能有什么办法吗？周心诚老伴从大衣柜里拿出钱包，带在身上，便和康之韶走出屋子，锁好门便急火火地下楼了。周心诚老伴心里有多急，只从她下楼时那"噔噔噔"的脚步声，便知道她已经急得火烧眉毛了。

但，急归急，康之韶还是在中途回了一次自己的家。他得把消息告知自己的老伴，而且，也还需要再带点钱。周心诚老伴虽然也带钱了，但康之韶明白，该花钱的时候必须自己掏，不能让周心诚老伴掏。否则，那还叫人吗？康之韶特别嘱咐自己的老伴，说："这件事你先别告诉儿子，他现在工作正较劲儿，别影响了他！"

这就是父亲。这就是家长。事情已经闹得这么大了，该把儿子摆在第一位，还仍然会摆在第一位。

当他们来到邻市医院以后，周心诚老伴看到周心诚一点知觉也没有，两行泪水唰一下子就流下来了。她一句话都不说，立马找护士，租来了一副折叠床，说要陪伴周心诚直到他醒过来为止。康之韶看着这一切，两眼眼眶也是湿润润的。他掏出一千块钱，递给周心诚老伴，说："嫂子，按说我最应该在这儿守着，可是谁守也不如自己老伴守。所以，我把这点钱给你，你一天三顿饭拣最好的饭菜买，几时花光了几时我再给你！"

周心诚老伴把康之韶拿着钱的手推开，说："你该找艾一婕还是接着去找艾一婕吧，医院这边你就甭操心了。再说，花你的钱我踏实吗？而且，一千块钱能把周心诚买醒过来吗？"

在眼下这个节骨眼，周心诚老伴的话语肯定是不中听的。但不中听康之韶也得听。而且，不仅听，还得做出正确判断。此时，他就把那一千块钱搁在周心诚的床头柜上，用一个苹果压上了。心说，用不用随你，但我不这么做我就缺理。

康之韶向周心诚老伴告别以后，就离开了医院。他又找到公安局，向警察诉说了要寻找艾一婕的愿望。警察同样为他提供了和为周心诚提供的相同的信息。康之韶便走了周心诚曾经走过的所有路程。因为他害怕自己着起急来也像周心诚那样摔一跤，就竭力安慰自己不着急。把两天能够跑完的路用三天、四天来跑。最后，康之韶终于在外贸工艺品公司找到了艾一婕的下落。但这个公司的办公室人员告诉康之韶：艾一婕刚刚改了名字，现在名叫艾迪，去了香港。离开这个公司以后，康之韶就想，艾一婕肯定还在爱着康赛，否则她怎么会改名叫"艾迪"呢？"艾迪"不就是"爱弟"吗？艾一婕比康赛大四岁，康赛是艾一婕小弟弟这件事康之韶是绝对忘不了的。

康之韶不得不再次走进公安局。警察告诉他："你因为是第一次去香港，所以，应该办理相关的手续：一、带身份证和户口本原件以及复印件；二、在照相馆照一套特定的照片，记得照相馆要开回执给你才有效的；三、如果你是公务员，或者公立学校教工，或者国企干部等职业的就要单位开证明，空白证明要在派出所或办理证件中心领取；四、每次签注一年内有效果，去到港澳地区可以停留一周，香港、澳门要分开申请签注，证件是同一个证件，再去就要重复步骤三。”

康之韶都听明白了，便急忙返回蓝海。他从家里取了户口本和身份证，然后就办手续去了。一个星期以后，他出现在香港的街道上。接着，他又出现在香港警察局。但他在这里卡壳了。香港警察局用了三天时间查找“艾迪”，都没有结果。警察对康之韶说：“我们也无能为力了。你再想想别的办法吧。”

康之韶在香港的各条大街上无目的地乱走，香港著名的“买便宜”区旺角，著名品牌服饰销售区尖沙咀，由多个商场组成、会集多种商品的黄埔新天地，高楼林立的住宅区新界沙田，远离尘世的高高在上的购物之处太平山顶，热闹繁华、布满各种豪华商场的铜锣湾，玩具发烧友的天堂湾仔太原街，香港最南端、满是优雅的欧洲风情的赤柱市场……举凡热闹的地方，康之韶都走到了。

他猜想艾一婕可能会经商。他希望能意外地在热闹的商场或街道碰到艾一婕。但是，谈何容易？一个星期过去，康之韶根本没碰到艾一婕，他不得不带着满肚子的心灰意冷悄悄地回了蓝海。

其实，改名字的事，只是虚晃一枪。艾一婕在离开原单位的时候确实说过要改名字，而且，把新名字“艾迪”都起好了。但实际上并没有真改，她来到香港以后仍然还叫艾一婕。既然如此，康之韶到香港来查“艾迪”，怎么能查得到呢？

话说艾一婕的哥哥看到艾一婕的婚姻和爱情很不顺利，心里也始终不是滋味。因为他知道是自己害了艾一婕。所以，多年以来，他尽自己最大努力帮助艾一婕。当艾一婕告诉他，自从郭亚洲与她离婚以后，单位里对她的议论很多，也很不好的时候，哥哥就说：“出来些日子吧，让人们对你和郭亚洲的事慢慢淡化吧。”

在哥哥帮助下，艾一婕在单位办了“停薪留职”；又在哥哥帮助下，给一个朋友的饭店做管理，积累了一些经验以后，哥哥便带她来到香港蓝旗酒店。蓝旗酒店的老总叫孙家富，是哥哥早年同学，因为叔叔没有孩子，所以，在叔叔晚年，把孙家富招到香港来继承遗产。孙家富的叔叔门下有一个酒店集团，在东南亚还有个分部。家业很大。孙家富年龄不过四十，但为人处事非常老到，特别是看人看得非常准。

艾一婕来到香港以后，孙家富就把她安排在蓝旗一分店。一分店在香港算得上是中等酒店，拥有员工二百多人。艾一婕被安排做总经理。她说：“我还是做副经理吧，你给我安排一个领导我的人，带我一段时间，然后再考虑是不是让我做总经理。”

孙家富问：“为什么呢？我知道你在内地是做过饭店高管的。”

艾一婕说：“没有理由。如果非讲理由，那就是我要为你的蓝旗一分店负责任。”

孙家富说：“你哥哥果然对你十分了解，他没有骗我。就冲你这么实话实说，我还非让你做这个总经理不可！”

艾一婕说：“不行不行，我怕给你干砸了。”

孙家富说：“你有这种想法就干不砸。有的人来应聘，还不知道他能力怎么样，他就先抢这个总经理位置，他就从来不怕给我干砸了。因为这个酒店不是他的，他干砸了可以拍拍屁股一走了之。”

不论艾一婕怎么推辞，孙家富都一口咬定非让她干这个总经理。最后艾一婕不得已，说：“给我两天时间，让我预热一下；如果还是找不到感觉，我就还是只能做配角。”

孙家富无奈地摇摇脑袋，说：“好吧，两天就两天。不过，我可告诉你，蓝旗一分店的人们都知道你要去，现在大家在研究你的简历呢？”

啊？怎么会这样？对，孙家富就这样。他把艾一婕的简历印成小广告发给了一分店的每一个人。让大家在还没接触艾一婕以前，先对艾一婕有个大致了解。

艾一婕茫然地走在香港的大街上，心事重重，前途未卜。俗话说，下棋看五步，眼下艾一婕只能看一步，看两步。再往远看根本看不出去。没有视野。而眼前的遮挡物无疑就是哥哥给自己安排的这桩失败的婚姻！说婚姻，她就不能不想起康赛。想起她与康赛在大学舞台上演唱二重唱，想起康赛跳进海里义无反顾地将她从水下捞起来！而且，她也不能不想起在家里，当她与康赛亲密接触的时候，康赛是那么冲动，那么亢奋，但最终还是控制住了情绪，没有向前迈出那一步。而她是希望康赛有那个勇气的，她是会配合康赛的，但康赛偏偏发乎情止乎礼，在关键问题上守住了底线。康赛要把最美好的瞬间留给洞房之夜。这个单纯可爱的小弟弟啊！

艾一婕想着走着，漫无目的，蓦然间走到了一家叫作“聚宝堂”的古玩店门前。她踅了进去。一个年轻姑娘穿着旗袍热情地招呼她：“大姐，从内地过来吧？我们店的东西是全香港价格最合理的，请放心地浏览吧！中意哪个就告诉我，我给你打开柜子拿出来。”

说者无意，却听者有心。此时艾一婕听对方喊自己“大姐”，心里就咯噔一下子。自己真的显得很老吗？不然的话怎么会喊自己大姐呢？既然如此，自己还配得上康赛吗？眼下康赛三十一岁，这个年龄的男人，可以说是豆蔻年华，找什么样的姑娘找不来？想到这一点，艾一婕的心情蓦然间便晦暗下来，眼睛便直盯盯地看着一幅画发愣。

年轻姑娘以为艾一婕对那幅画有兴趣，便拉着艾一婕来到里间。而艾一婕跟着姑娘往里间走的时候脑子里根本没想是不是要买画。她此时想的只是康赛问题。此时，一个中年男人走了过来，很客气地请艾一婕落座，然后说：“大姐对字画感兴趣？”

这个人至少五十岁，竟也把艾一婕称为大姐，就让艾一婕心里更加不爽。难道自己真的老了吗？而这个中年男人的口音却是内地的，没有一丝港台腔：

“当前书画市场最为引人注目的画家流派，当属三家，一是海派，二是长安画派，三是金陵画派。作为近现代中国画坛最具影响、最活跃和最早与市场结合的画派——海派艺术家在20世纪的中国画坛可谓风光无限。即使在现在，任伯年、吴昌硕、谢稚柳、程十发等仍然是具有很大升值空间的画家，应当引起大家的足够重视。长安画派是指长安画家或寄居在长安一带的画家，比如赵望云、石鲁、何海霞、方济众、康师尧、刘文西等，他们以黄土高坡为背景，形成了具有陕北风味的特殊画风。而金陵画派凭借深厚的历史渊源和雄厚的经济基础，其作品历来是收藏家的‘宠儿’，傅抱石、钱松岩、宋文治、魏紫熙、林散之等都是艺术市场的‘常青树’。在我们‘聚宝堂’，这三家画派的作品都有。不知大姐喜欢哪一家？”

看起来这个人是个书画虫子，否则不会对书画市场这么在行。

但艾一婕跟康赛不一样，她对书画作品既没有那么大兴趣，也没有那么多研究。因此，与她深谈书画行情，是谈不下去的。但她此时就触类旁通，猛地想起自己手里的半幅画。于是，她说："谢谢老板向我介绍书画行情。我想问一下，对日本画家渡边晨亩的作品，是不是你也了解一些呢？"

中年男人说："了解啊，怎么，你手里有他的作品？"

艾一婕道："没错。我手里有渡边晨亩的《孔雀图》。但我手里的只是半幅，而我男朋友手里持有另半幅。"

中年男人道："《孔雀图》？渡边晨亩可是以花鸟画著名，尤其以画孔雀著称的！你能不能把画拿来让我们开开眼？"

艾一婕说："拿是可以拿，但你们要帮我估个价。怎么样？"

中年男人道："这个没问题的，保证帮你估准，八九不离十。"

艾一婕一听这话，便回到蓝旗酒店寓所，取来了《孔雀图》。因为，艾一婕潜意识中蓦然出现一个念头：如果价格合适，就把这幅画出手。她不想持有这半幅画了。也就是说，她不想等康赛了。或者换句话说，她不想让康赛等自己了。自己与康赛确实存在着年龄差距。随着年岁增长，这个问题会越来越突出。女人在生理上本来就比男人老得快，更年期也来得早，一到五十岁就会在夫妻生活上不能同步。而自己五十岁的时候，康赛才四十六，还是正当年。怎么能同步得了呢？

女人的心思总是复杂而细密的。复杂的时候，会想到男人想不到的问题；细起来的时候，会细到微不足道的枝枝蔓蔓。一个顶天立地豁达大度的男子汉是不会计较自己的妻子是不是与自己在夫妻生活上不同步的问题的，会体谅自己的妻子，会让着自己的妻子，会依旧把妻子捧在手心里，耐心地呵护。但那必须是真爱。艾一婕并没有与康赛在一起生活过，怎么会知道康赛对自己是不是具有这种可敬的真爱呢？

艾一婕把半幅《孔雀图》拿到了聚宝堂。中年男人一见这幅画，立即拍案叫好，说："渡边晨亩太不简单了！竟把孔雀画活了！比彩照更加逼真，比真实孔雀更加活灵活现！"

艾一婕问："您看，能值多少钱？"

中年男人问：“是想卖给我还是卖给别人，或是拿到拍卖公司参拍?”

艾一婕道：“有区别吗?”

中年男人道：“当然有区别，卖给我，是一个价；卖给别人，我还可以说出一个价；而拿到拍卖公司参拍，就另是一个价。”

艾一婕道：“如果卖给你呢?”

中年男人道：“如果卖给我，我就多给你些钱；如果卖给别人，人家就不一定会给你这么多。如果拿到拍卖公司，就要看你的运气了!”

艾一婕说：“我就想卖给你。”

中年男人道：“只卖给我这半幅画，就连十万也不值；如果把你男朋友那半幅拿来揭裱起来，我就给你一个大数。”

艾一婕道：“一百万?”

中年男人道：“再加一个零!”

哦，果然如康赛所言，天价!

艾一婕道：“好吧，我先把这半幅画拿回去，我马上找我男朋友要那另外半幅画。请你们耐心等待，可以吗?”

中年男人道：“当然可以，但愿你不要卖给别的古玩店。”

艾一婕点点头就离开了聚宝堂。走在路上，她心里七上八下的不得安宁。她问自己：是不是真爱康赛？自己的回答，是。她又问自己：自己配得上康赛吗？自己的回答，配不上。当然，她想的所谓配不上不是说人品和才学，而是说年龄。她再问自己：那么，还要不要等待康赛，或找到康赛？她蓦然间犹豫了起来，而犹豫了一个时辰以后，突然做出回答，要等！为什么？因为，如果康赛一直在等自己，那么，康赛就是一个讲信誉的人。为了一个承诺一守十年，这种事好说不好做。自己理应把两个半幅画接裱起来，使画作产生最大价值，哪怕到时候两个人再分手，也要每人分得一份令人艳羡的巨款。前提当然是把画作接裱起来。自己有责任让等了自己多年的心上人获得巨款。茫茫人海，芸芸众生，谁都想发财，谁都想致富，唯有自己能让心爱的康赛和自己一起富起来。

思前想后，艾一婕还是要找康赛，要等康赛，要接续前缘。

艾一婕在心事重重的情况下走马上任了。而蓝旗一分店的业务在原总经理周艳红小姐的领导下，原本在按部就班的运行之中。但艾一婕上任以后被任命为总经理，周艳红就被降为副总经理。如此一来，正副职之间的关系就变得相当微妙。表面上看，周艳红对艾一婕非常支持，但背后，却是艾一婕坚定的反对者。

问题的关键还不在这里，而在于周艳红是孙家富从内地带过来的千里挑一、万里挑一的美貌情人。周艳红经营一分店已有两年，但一直效益不好，处于勉强维持状态。孙家富对周艳红的经营不满意，但他喜欢周艳红给他带来的老婆所给不了的兴奋和幸福，所以，心中即使不满，也没对周艳红进行调整。但艾一婕来了以后孙家富变了主意。他这样对周艳红说："干酒店实在累人，既累脑子又累身体。现在我给你找了一个替身——艾一婕，让她名义上做总经理，替你操心受累；你做副总经理，但实权还在你这儿，背地里我还是听你的。怎么样？"

周艳红撒娇说："我不！我就做总经理！让艾一婕做我的副手！"

孙家富道："不行，把你累垮了怎么为我生儿子？"

孙家富的老婆为他生了三个女儿，他一直盼个儿子，可是，他对老婆的肚皮没有信心，把希望寄托在周艳红的肚皮上。但两年来周艳红享受着香港最富有女人的生活待遇，却并没有给孙家富生出儿子。她心里的小九九是再玩儿两年，暗中耙钱再耙两年。但艾一婕的出现使格局发生变化了。起初，周艳红以为孙家富真是为她着想，可是，时间一长就感觉不是那么回事了。此为后话。

话说孙家富要让周艳红歇一歇，好为他生儿子。周艳红说："我当总经理，照样生儿子！必须让艾一婕当副手，事事向我汇报！"

孙家富把脸沉下来了。这是他好几年以来从来没有过的情况："经营酒店不是开玩笑，你应该见识一下合格的经营者是怎么干的！"

孙家富硬是把艾一婕定为总经理，把周艳红降为副总经理。

在其位就要谋其政，这是艾一婕的宗旨。既然做一把手，那就要综合设计一分店的工作。艾一婕为了让一分店在名流酒店云集的香港站稳脚跟，向孙家富提出实行"细致入微、超值、超期望"的服务。孙家富对此很感兴趣，说："我来香港的时间也并不长，我希望你能及时提出好的意见和建议。”周艳红却说：“只要不花钱不投入，怎么干都行。否则，我不同意!”

艾一婕道：“我说的还就和花钱、投入有关系。咱们不能又让马儿跑，又让马儿不吃草。那不叫干事业!”

孙家富制止了周艳红的干扰，说：“红红你住嘴，先听听一婕的意见。一婕，你说说看，具体怎么干?”

艾一婕想了想说：“根据我在内地经营管理饭店的体会，和到香港以后对一些知名酒店的考察，我认为，一分店要改进工作，需要做这些方面的努力：一、为顾客设立‘特别总台’，专门为已经预订的散客和VIP客人快速办理入住手续。因为低效率的入住登记不适应酒店商务客人的快节奏需求。二、开通酒店通往机场、火车站、轮船码头、主要闹市区及主要地铁站口的专线免费巴士，巴士上还要配备专业导游。这样一来，住店客人既能在第一时间抵达酒店，又能方便地浏览市区或离港，还可以在车程中欣赏香港的美景，了解香港的民风。同时，为满足一些特殊VIP客人的特殊需求，可以考虑购置劳斯莱斯的顶级房车供客人租用。此举可以尽显酒店的至尊品质，也向社会公众展示了酒店的服务水准与档次。三、鼓励员工同顾客交朋友，员工可自由地同顾客进行私人的交流。建立一个‘顾客服务中心’，让顾客只需打一个电话就可以解决所有问题。饭店因此也可更好地掌握顾客信息，协调部门工作，及时满足顾客。”

孙家富盯住艾一婕的眼睛，说：“你果真考察了香港的酒店吗?”

周艳红撇了撇嘴：“你才来香港几天，怎么来得及考察?”

艾一婕点点头说：“没错，我来香港时间是不长，但我确实走访了好几家酒店。”

孙家富挠起头皮，心里涌上一股热流。他摆了一下手，说：“你继续说。”

艾一婕咳了一声，说：“四、在对待客人的投诉时，绝不说‘不’，让全体员工达成共识，即‘我们不必分清谁对谁错，只要分清什么是对，什么是错’。让顾客在心理上感觉他‘赢’了，而我们在事实上做对了，这是最圆满的结局。五、重视来自世界不同地区、不同国家顾客的生活习惯和文化传统的差异，有针对性地提供不同的服务。饭店为顾客设立个人档案长期保存，作为为顾客提供个性化服务的依据。当顾客以保证方式预订客房后，不管酒店有什么原因未能给顾客安排住宿，将免费为顾客提供另外一家饭店的住宿，并且免费提供长途电话服务和饭店间往返接送。六、设置‘会客点’：星期一至星期五每天下午5时至7时酒店总经理、副总经理在大堂进行会客，了解客人对酒店的看法，收集客人的意见。七、让大堂成为‘万事通’，让他对香港了如指掌，不仅能解答客人所提出的问题，还可以应客人的要求，代办各种事情，成为酒店客人的朋友。而且，这种服务还延续到客人离店以后，一些经常光顾的客人会收到酒店赠送的精致的节日、生日祝贺卡、挂历等。”

孙家富点上一支烟，默默点头，然后说：“这些内容我也不是没想过，但苦于一直没有这个精力。”

艾一婕微微哂笑，轻声揶揄了一句：“你的宗旨大概是‘先生活后生产’。”

周艳红又撇了撇嘴，说：“当然得先生活，马斯洛的人生五阶段论，把人的需求分成生理需求、安全需求、社交需求、尊重需求、和自我实现需求五类，生理需求就是第一位的。”

艾一婕腼然一笑，说：“此话没错，但不生产就不能生存。”

孙家富哈哈大笑，接着狠狠抽了一口烟，说：“一婕你甭理她，你继续。”

艾一婕说：“好吧。八、酒店的服务要讲究质量，注重特色，突出个性服务。总机接电话时语言要规范，语音要柔和，要富有感情，节日期间还要加上祝福语。比如春节期间，就加上‘恭喜发财’‘新春快乐’，分别用普通话、粤语、英语向不同地域的来客问候，令宾客感到亲切。内部联络也要很有礼貌，在细节方面也要注意。如回答客人要求时，说‘好的’，在英语就不用‘Ya’，而用‘Yes’。因为用‘Ya’显得太随便、不经意。九、针对日趋炙热的商务会议市场推出全新的服务措施——‘会议承诺’，即会议组织者如在蓝旗麾下亚太地区各家酒店中的任何一家举办会议活动，订客房超过三十间，除了享受相应的优惠服务以外，还将享受由指定的会议专员提供的个性化会议服务。会议专员专门负责会议策划、膳宿安排及会后客人满意度评估等事宜，并就此与会议组织者和酒店各部门之间进行协调。以上这些，并不是我的创造，而是总结归纳香港知名酒店的经验。他山之石可以攻玉。我们在学习和实践过程中还可以发展补充，但总的原则是通过优质服务赢得顾客，赢得效益！”

孙家富听得直了眼睛。他猜想艾一婕会说出一些有价值的东西，但想不到艾一婕会在这么短的时间就理出头绪，拿出了非常成熟的意见。说实在的，自从他从内地来香港继承叔叔庞大的遗产，要维持运转，就需要保持班底，招新人根本来不及。而老班底是不是可靠，又不是一天半天就能看出来的。而且他以前并没有经营过酒店，对哪些人适合留用，心里根本没底。于是乎整日里忙得焦头烂额，还往往不得要领。加上还有几个情人需要摆平关系，因此，对酒店的深层问题还没来得及思考。艾一婕的一番话可以说正中下怀，说到他心里去了，犹如醍醐灌顶，那叫舒服！此时，周艳红就吵嚷：“艾一婕，听你这口气，得投入多少钱啊？”孙家富便拂开了周艳红，说：“就听一婕的。该投入还必须得投！”周艳红气得“呜！”一声就捂着脸哭了起来。

孙家富拉着艾一婕说：“走，到我办公室去，咱不听她瞎搅和！简直就是家庭主妇坐地炮，真是低素！”

艾一婕当时不想在这个节骨眼去孙家富办公室，那不是更让周艳红嫉恨吗？但孙家富硬是拉着她往前走。而她本身既是个想干事的人，也是个心软的人。就在矛盾当中，跟着孙家富进了他的办公室。而孙家富一进屋，就搂住了艾一婕，猛地吻住了她。艾一婕忍了两秒钟，便使劲推拒着，说：“孙总，你不要这样，我虽然离了婚，但我现在是个有对象有孩子的女人！”两个人正在挣扎，周艳红“哐”的一声把办公室的门踹开了，然后就是一声大叫：“孙家富！”

孙家富不得不松开艾一婕。但他把办公室屋角里的保险柜钥匙递给了艾一婕：“一婕，保险柜里有两个银行卡，里面是两大笔钱，一笔钱你可以投资置办有关的设备，另一笔钱你可以用来奖励一分店的员工。奖励你自己也在范围之内。对不听话不顺把的人，该除名就除名，不能手软！”

艾一婕问："怎么，我的工作还没开始，你就大撒手了？"

孙家富道："澳大利亚分店出了点问题，我得亲自去处理，几时能回来还不好说。"说完，当着周艳红的面，孙家富就拥抱了艾一婕，然后就离开了。

孙家富说走就走。香港飞往世界各地的飞机相当方便，当晚，孙家富就坐飞机前往澳大利亚了。而晚上，艾一婕在寝室要睡觉的时候，周艳红突然闯了进来。她说："艾一婕，请你把保险柜的钥匙借我用一下！"

艾一婕心里蓦然间便咯噔一下子，这个女人也太说得出来，使得出来了。艾一婕道："你想干什么？"

周艳红一字一顿道："我想知道两个银行卡里各是多少钱！"

艾一婕眯起眼睛问："你想控制我花钱？"

周艳红道："没错。你知道我是孙家富的什么人？"

艾一婕道："我不管你是孙家富的什么人，只要孙家富没让我把保险柜钥匙给你，我就不能给！"

周艳红突然露出一副无赖相，伸出两手说："那我可抢了！"

艾一婕微微哂笑，摊开两手，说："抢吧！"

周艳红说动手还真动手了，她拉开艾一婕床头柜的抽屉，稀里哗啦一通乱翻，什么也没发现。又拉开办公桌的抽屉，也是一通乱翻，仍旧什么都没发现。她便翻开艾一婕的被褥、枕头，但仍然一无所获。

艾一婕轻蔑地看着周艳红，暗想，这真是个妖孽！此时周艳红突然扑向艾一婕，一把抱住艾一婕的腰，脚底下就使了一个绊子，一下子把艾一婕摔倒在地。然后迅速用手将艾一婕的几个口袋摸了一遍，见什么也没摸到，随后就一把抓住了艾一婕的头发，而且在迅速加力。艾一婕从来没与别人交手打过架，此时就显得非常被动。但她在挣扎中明白，周艳红找不到保险柜钥匙就拿她撒气。这也太下作，欺人太甚了不是？人在被逼急了的时候，是会爆发出超出平时几倍乃至十几倍的力量。艾一婕使尽力气腾出一只手来猛地扼住了周艳红的咽喉，就像电影里好人与坏人格斗那样。而有备而来的周艳红一歪头就咬住了艾一婕的手腕，鲜红的血水立即顺着艾一婕手腕流了下来。这时候，楼下大堂恰巧来找艾一婕，见到这个场面便大吃一惊，立即扑上去奋力将两个女人分开，周艳红便抬手就在大堂脸上打了一拳。

这一拳正打在大堂的眼睛上，大堂眼前一黑，痛苦地“啊”了一声，但还是死死抱住了周艳红。周艳红便手舞足蹈地撒起大泼，嘴里还“哇哇”大哭起来。大堂借机把周艳红推走了。艾一婕头昏脑涨，两眼冒金星。她默默地从地上爬起来，抻抻衣服，捋捋头发，把门锁上，然后步履踉跄地奔楼下医务室了。

医务室女医生公事公办地给艾一婕的手腕抹了红药水，做了包扎，但对艾一婕的态度非常冷淡，还时不时地流露出鄙夷的神色。艾一婕感觉，女医生似乎猜出自己和谁打架了，而且，女医生肯定把自己和周艳红画等号了。艾一婕还意识到，女医生也很漂亮，说不定也是孙家富的“什么人”。

回到寝室，看着被翻得乱七八糟的床头柜和办公桌的抽屉，艾一婕真想哭。她解开衣服，撩起乳罩，看到自己的乳房被抓出了紫红的血印，摸一下就非常疼，而心脏也立即被气得怦怦乱跳。怎么办？没办法。强压怒火，自己说服自己。

转过天来，艾一婕就把大堂叫过来，商量购买有关设施问题。此时，艾一婕发现大堂的一只眼睛变成了乌眼青。但大堂既不抹药，也不包扎，就那么出出进进。艾一婕突然感到大堂是个非常可亲的人。这段时间以来，艾一婕已经观察到，大堂是个工作踏实、肯干，头脑也灵活的人。大堂是香港本地人，对香港各行各业都很熟悉。于是，她叫大堂领着她不辞辛苦地跑遍香港，在最短的时间里按照计划买来了相关设施。接下来，艾一婕就亲自对服务人员进行培训，然后严格考核，三次不及格的就请便。

过去在大学里，艾一婕学的是哲学专业，读硕士的时候主修的是逻辑学。这一切看上去对眼下的酒店经营和管理没有直接帮助。但正是哲学与逻辑的既开放又严谨的特性，训练了艾一婕的思维，无形中帮助艾一婕把酒店的经营、管理调理得八面见线、虎虎有生气。

工作正在进行当中，周艳红突然领着孙家富的老婆来到面前。

孙家富的老婆叫陈志松，完全是个男人的名字，而容貌和她的名字一样，也是一副男相，腰身五大三粗，细小的只是眼睛。也就是说，该大的地方没大，不该大的地方都大。她一见艾一婕，就敞开粗大的嗓门说："怪不得孙家富看上了你——看你身材多窈窕啊，五官多秀气啊，而且细皮嫩肉，两眼生辉——但孙家富喜欢你不等于我也喜欢你！请把银行卡交出来吧！"

艾一婕听了这话就是一愣，这肯定是周艳红背后使坏，否则陈志松怎么会跑来要什么银行卡呢？一个酒店的总经理手里掌握几个银行卡再正常不过了不是？艾一婕说："我不能交出银行卡。现在工作正在进行当中，没有支出是不可能的。你不能釜底抽薪吧？再说，银行卡是孙总郑重其事地交给我的，我怎么能背着孙总随便送给别人？"

陈志松横眉立目道："我是孙家富老婆！你是什么人？你是孙家富雇来打工的！"

艾一婕道："你这话说得没错。但你即使是孙总的老婆，也没有权力阻止我履行孙总安排给我的工作！"

陈志松气得咬牙切齿，大叫："反了天了！岂有此理！岂有此理！"说完，就猛一跺脚，走掉了。周艳红也冲着艾一婕恨恨地一吸鼻子，转身就走。艾一婕在气愤中突然发生疑问：孙家富为什么当着周艳红的面把保险柜钥匙交给自己，而且当着周艳红的面公开讲明保险柜里有两个银行卡，卡里有两大笔钱呢？是不是有意暗示周艳红来对自己进行监督呢？但艾一婕下定决心，要按照事先的设计一步步走下去，绝不能让周艳红毁了自己经过努力获得的成果，让一分店的工作前功尽弃。于是，艾一婕果断地掏出手机，给孙家富打了过去："孙总，我想撤掉周艳红这个副总经理！"

电话那边传来孙家富的哈哈大笑："怎么，周艳红给你设绊子了？"

艾一婕道："没错，你对周艳红还真是非常了解！"

孙家富道："我的人，我怎么会不了解？就听你的，一一！"

从这一刻开始，孙家富开始把艾一婕亲昵地称为"一一"了。

第六章　几出几进

想做事的人总是殚精竭虑有备而来；想混世的人无不随波逐流苟且偷安。

蓝旗一分店的工作在艾一婕的努力下，顶着逆风扬帆起航，而艾一婕天天起早贪黑，身先士卒，与员工吃在一起，干在一起，亲如兄弟。她时不时地就为员工们讲段内地的故事，讲段历史典故，心情好的时候说不定还会来段荤段子。员工们非常喜欢艾一婕。于是工作便势如破竹，日新月异。

而周艳红被艾一婕罢免了副总经理，怎么会善罢甘休呢？她没完没了地给孙家富打电话，要求孙家富立即回香港，她特别强调：我已经怀孕了！

真怀孕还是假怀孕，孙家富当然很想知道，便抓空从澳大利亚飞回了香港。结果带着周艳红去医院一化验，还是真事。于是，周艳红干扰和破坏艾一婕工作的事都被孙家富一笔勾销了，两个人还开单间抱在一起缠绵缱绻了半天。

但一分店的工作蒸蒸日上，效益非常好，就又让孙家富对艾一婕燃起爱火。不过男人总还是把事业放在第一位的，所以，他在办公室里先把账目看了一遍，然后在保险柜里取出两个银行卡，到银行去划卡，看看里面花的钱与账目是不是吻合。结果一切都非常规范，井井有条，一丝不乱。而账目上记着的奖励一栏里，店里所有的员工，包括被罢免了副总经理周艳红，人人都有奖励，当然多少不同，但唯独没有艾一婕自己的。孙家富心里蓦然间滚过一波热浪：艾一婕工作这么辛苦，这么出色，为什么不给她自己发奖金？而且，孙家富百思不得其解：世界上有这么无私的女人吗？哪个来香港打拼的不是为了淘金？

孙家富想亲自给艾一婕发这笔奖金，但他想了想，便心生一计，他先不发，看看下一步艾一婕怎么做：是不是艾一婕会“老鼠拉木锨，大头在后边”，回头给她自己发一笔更大的奖金？孙家富这么想着，就打电话把艾一婕叫来了。

“你的工作非常出色！”孙家富开门见山。

“离不开你的支持、提携。”艾一婕微微颔首。

“目前，一分店是这条街上业务最火的酒店！”

“没有理由不火。”

“这么自信？”

“对。”

“你对蓝旗集团的整体工作有什么设想？”

“不在其位不谋其政，我现在干的是一分店，所以，我只想一分店的事。”

“但一分店毕竟是蓝旗集团的下属，而我作为蓝旗集团的董事长，如果请求你谈谈对蓝旗集团整体工作的设想，你不会拒绝吧？”

“孙总，你在强人所难。”

“一一，你不要像挤牙膏，不挤不出来。我知道你是个有心路的女人。”

“我怕说错了误导你。”

“我会在聆听中去粗取精，去伪存真，由此及彼，由表及里，触类旁通，举一反三。请你相信，我不是个偏听偏信、刚愎自用的人！”

“好吧，话说到这份儿上，我再藏着掖着也没什么意思。我确实为蓝旗集团的工作思考过。因为，蓝旗集团有很好的资金实力，但各项工作却要死不活，苟延残喘。怎么会这样？通过看资料，和对其他酒店实际情况的观察分析，我感觉，蓝旗集团在整体上都缺乏信息化的服务，和一流的设备设施。”

“一针见血，一针见血啊！”

“我姑妄说之，你姑妄听之。”

“甭客套，请继续！”

“当今时代，是信息爆炸时代，酒店的客人特别是商务客人在入住酒店的同时，无不希望时时享受信息知识的服务。酒店如果能够在最短的时间里为身处异乡的顾客提供他们需要的详尽、方便而且准确的信息，顾客就会对酒店产生更深厚的情感。酒店也将获得更多的潜在商机。蓝旗集团应该在有条件的分店为顾客准备了一个功能强大、书报藏量可观的信息中心。信息中心里应该有当代的畅销书籍、各种杂志报纸和珍藏的古籍，有市面上难得一见的孤本。最重要的是在信息中心设置自己的网站，里面囊括所有有价值的信息。要让客人检索起来非常方便。它的总量不一定要大于香港专业的图书馆，但其功能却应该毫不逊色。说白了就是千方百计为客人提供信息来源。在眼下的信息社会里，哪个商务人员一时一刻能离得开信息呢？另外，酒店还应该与一些大国的通讯社直接连通资讯系统，客人们甚至可以通过这套系统比香港媒介更快地获悉一些国内外重大新闻。现在通过 Internet 系统，偌大的世界已经快要变成小小的地球村了，我们的蓝旗集团怎么能做世外桃源呢？想想看，如果蓝旗集团做世外桃源的话，是不是就等于退出竞争机制了？酒店业务竞争激烈，犹如逆水行舟，不进则退。当然了，要积极参与竞争就需要投入，需要人力物力财力，但咱们蓝旗集团有这个能力。既然如此，为什么不干？”

孙家富直听得耳目一新，热血沸腾。酒店经营与管理他并不是一点也不研究。类似艾一婕的话他也不是第一次听，但能够让身边的人、手下的人说出来，却是破天荒的第一次。他能不感到耳目一新、热血沸腾吗？他为有艾一婕这样的人才而兴奋，而激动。他站了起来，伸开两臂想走向艾一婕。艾一婕便急忙做出一个推拒的手势，说：“我的话还没说完呢！”

“哦哦，不好意思，你继续！”孙家富不得不重新坐下了。

“蓝旗集团下属各酒店的设施设备的设计和选择应该尽可能地人性化、服务化，一切以方便宾客为出发点，程序规格的制定和实施，完全从提高服务质量入手。”

“说得好，愿闻其详！”

“酒店的硬件设计应该既注重豪华和气派，又注重自己的特色。在现有旅馆客房中，豪华的高级酒店客房占总数的 80% 以上。比如老酒店‘半岛’和‘文华’等设计富丽堂皇，但同时又突出了超尘拔俗；新酒店‘丽晶’和‘香格里拉’等设计既美轮美奂，又匠心独具。九龙尖沙咀一带云集了不少新建的豪华酒店，‘富豪’‘帝苑’‘海景’‘新世界’等酒店都是既豪华又颇具姿色、与众不同，因而在亚太地区和世界上闻名遐迩。而且，香港酒店建筑以高楼大厦为主，正在向空间发展，车库、商场、大堂、客房、餐厅以及其娱乐设施和后勤保障设施均集中于其一宇中。可用以下几句话概括：挤而不杂，繁而不乱，雅俗共存，中西合璧。在这个基础上再突出各自特点。这一切难道不值得蓝旗集团思考吗？”

“你说了那么多酒店，都亲自去过了？”

“没错。又比如，香格里拉饭店的天井部位有一幅长达二十余米、宽六米的巨幅国画，画面是我国雄伟壮阔的山河风光，其泱泱气势，让人感叹不已。不仅给酒店点缀了环境，烘托了高贵、典雅的氛围，更成了酒店的一大景观，引来无数宾客。而五星级的帝苑酒店有个蓝天俱乐部，几乎所有的健身、休闲设施应有尽有，仅游泳池一个项目即令人们惊叹不已：每年秋冬季是室内温水游泳池，而到了春夏则成了露天游泳池，且伴有高级的水下音乐。酒店有个意大利式的萨巴迪尼餐馆，其所有装潢与罗马的餐馆完全一致，甚至手工装饰的壁画、餐具和棉织品全部都从意大利进口。而专营道地日本菜的尖沙咀餐馆则是清一色日式装潢，有木制的隔板与矮座位，正宗的日本情调。三楼的商务中心备有办公、商务所必需的各种设施设备，会议室地板以柚木铺设，还有真皮沙发。在第十二、十四楼的皇冠俱乐部内每个套房均有私人保险箱、电脑和传真机，卫生间用大理石铺砌而成。再看文华酒店，他们对标准间实用面积和卫生间实用面积都做了具体规定；甚至连皇后豪华床的规格都进行了认真设计。为什么要这样？就是为了方便客人，通过合理充裕的设施设备提供人性化服务。”

这就叫区别，孙家富来香港已经好几年了，虽说也研究酒店的经营管理之道，却并不深入。尤其这几年来孙家富一直纠缠在复杂的人际关系问题上拔不开腿。因为叔叔留下的班底与孙家富格格不入，而孙家富自己又慢慢招进了自己的心腹，吐故纳新，需要一个过程，一下子就把旧人清走，日常业务就衔接不上。而这个过程一下子就进行了好几年。在这几年里，双方有分有合，你来我往，钩心斗角，酒店的发展便撂荒了。而香港同行却一天也没停止，一直在与时俱进。那艾一婕来香港属于初来乍到，怎么就对香港的酒店了解得这么多呢？孙家富再也坐不住了，他三步并作两步，从办公桌后面绕了出来，一把搂住了艾一婕。嘴里不停地叫着："一一，一一，我的一一，我爱你！"

艾一婕没有挣扎，她不动声色，没有一点反应和响应。因为，她此时眼前蓦然间浮现出一个想象中的场景：孙家富以同样的方式搂住周艳红，嘴里不停地叫着："红红，红红，我爱你！"她对孙家富的亲昵感到可笑。康赛，郭亚洲，加上眼前的孙家富，让艾一婕感到男人之间真是千差万别的。周艳红的存在，更让艾一婕感到孙家富的好色和轻浮。孙家富这样的男人会有真情吗？只有压在心底的康赛，让她想起来会感觉心里温暖。假如康赛十年来一直等着自己，没有和其他女人牵手，那么，接下来在未来的日子里自己会以十倍的感情回报给康赛，让这个拥有真情的男人，变成感情上最富有的男人。问题是现在康赛究竟怎么样了，艾一婕并不知道。而孙家富已经"左牵黄，右擎苍"了，他却还要说："一一，我爱你。"还会让人相信吗？

孙家富见艾一婕无动于衷，蓦然间想起艾一婕主持一分店工作这段时间，给别人都发了奖金，唯独没给自己发，便问起这个问题。艾一婕忍受着孙家富的搂抱，说："我的工作目标还没有完全实现，没有给自己发奖金的理由。而给别人发奖金，是为了鼓励他们百尺竿头更进一步。"

啊，真让人感动不是？孙家富捧起艾一婕的脸颊，看着她的眼睛，而她的眼睛清澈平静得犹如一泓秋水。他亲吻这双眼睛，艾一婕便将眼睛紧紧闭上了。他又亲吻艾一婕的嘴唇，艾一婕便紧绷着嘴唇把牙齿咬住了。艾一婕拒不接招。孙家富开始气恼了。他说："我要把你提拔到集团做副总！"说着，就伸手揾住艾一婕乳房。艾一婕使劲拂开孙家富的手，回答："我适合在分店干，高处不胜寒。"

孙家富道："你的工资会翻好几番！"

艾一婕道："你老婆会盯我盯得更紧!"

孙家富见艾一婕不为温情和利益所动，口不择言道："一一，你是不是冷血?"

艾一婕没有回答。她站起身来，推开孙家富，便脚步匆匆地走出屋子。她手里的工作很多，她很忙，孙家富如果不和她谈工作，她就不想奉陪。

孙家富生气了。这里是香港，不是内地，你用得着这么端着、这么拿着劲儿吗?你开放一点，除了天知地知，你知我知，谁还会知道呢?但感情归感情，工作归工作，该怎么干还得怎么干。孙家富生着气重新拉了一个奖励名单，把一分店工作出色的该奖励的人都囊括进去了，却唯独忘记了同样出色的大堂。他让艾一婕给这些人发奖金。

艾一婕拿到名单以后，蓦然发现里面没有大堂。怎么能这样呢?大堂的工作出色是大家所公认的，孙总是一时疏忽还是闭目塞听?但艾一婕没有去找孙家富提醒，她担心这件事与周艳红有关，因为大堂冒着被打青了眼睛的危险拼命为周艳红和艾一婕拉架，很可能是周艳红在孙家富跟前说了坏话。她不想为这事多说话，弄不好会越描越黑，对大堂更加不利，将大堂解雇了也未可知。眼下她不知道孙家富葫芦里卖的什么药。于是，她没有多说话去问孙家富。但她把自己那份奖金发给了大堂。良心驱使她这么做。而她自己一分钱没拿的事，谁都不知道。

奖金发完了，孙家富就又拿来账目核对，结果发现少发出去一份。于是，他找到艾一婕问："谁没拿到奖金?"

艾一婕不说话，她犹豫不决，不知该不该告诉孙家富实情。她从来没为自己争过利益。

孙家富道："你怎么不说话?难道你没发现问题?"

此时艾一婕就没法再沉默了。她说："我自己没拿到奖金，所以，我不愿意说这事。"

"名单里有你，为什么你没拿呢?"

"因为名单里没有大堂，而大堂是工作非常出色的。我把我那份给大堂了。"

什么叫人品好的女人？虽然孙家富来香港已经好几年了，现在已经变得很像个道地的香港人了，但他毕竟来自内地。他的是非标准和审美标准，或者说，骨子里吧，仍然是内地的那些东西。当然了，这么说，并不是说香港与内地差别大得不得了，但差别确实是存在的。此时孙家富就受到了极大震动。

艾一婕竟然以牺牲自己应得利益的方式，维护着一分店的工作，也维护着孙家富的威信。孙家富不得不这么想：自己的老婆陈志松做得到吗？情人周艳红做得到吗？他发自内心地喊出了那句话："一一，你是我的一一！"

孙家富要给艾一婕三倍奖励，但艾一婕只取了和大家一样的一份。

什么叫德才兼备？一个人可能婚姻不圆满、不幸福，却并不等于不具备高尚的道德和过人的才气。孙家富彻底折服了。他现在不仅爱艾一婕，还敬佩艾一婕。

孙家富在蓝旗集团组织了一个小秘书班子，请艾一婕讲述她的经营管理理念和设想，然后由秘书班子起草出实施计划，列出预算方案。马不停蹄，快马加鞭，龙马精神。总之，孙家富一改过去因循守旧的工作姿态，勇猛地向前迈出一大步。

话说康之韶从香港回到蓝海以后，病情又加重了。这完全是情理之中的事。艾一婕没有找到，却又搭上一个周心诚。周心诚天天躺在邻市的医院里，比躺在康之韶的家里还让他揪心。万一周心诚醒不过来，变成植物人怎么办？自己怎么向周心诚老伴交代？人家可以宽宏大量，不追究自己，而自己在良心上怎么过得去？

还找不找艾一婕？当然还得找。那边石田美子出了那样的事，这边金玉熬到了三十一，眼巴巴等着，怎么能不找艾一婕了呢？你现在情况如何，与康赛能不能接续前缘，怎么也得听你艾一婕本人一句准话呀！康之韶躺在肿瘤医院的病床上，苦苦思索，寻找艾一婕的事是不是再另外找一个合适的人来跑呢？找谁呢？但康之韶很快就否定了自己这个想法。不能再叫别人插手了。否则，再出一个周心诚怎么办？想来想去，还是要自己去，这就是结论。

康之韶在身体稍稍稳定以后，就简单收拾了一下，带上钱，就奔香港了。这次，他多了个心眼，没到警察局要求帮忙找“艾迪”，而是请警察帮忙找艾一婕。试试呗，不行再说。他就是这么想的。于是，警察说，你等两天吧，有了消息就通知你。

结果，两天以后，警察真的来了消息，直把康之韶乐得差点没跳起来。艾一婕啊艾一婕，你让我儿子等你等得好苦，也让我这个老头子找你找得好苦！

蓝旗集团。警察这么告诉康之韶。康之韶一分钟都不想耽搁，打了车就直奔了。

但事情没有康之韶想象得那么简单。在蓝旗集团楼下的大门口，康之韶正好碰上走出楼来的孙家富。他走上前去问孙家富：“请问先生，艾一婕是在这个单位工作吗？”

孙家富纳罕地看着康之韶，问：“你是谁？找她干什么？”

康之韶反问道：“你是什么人？问这个干什么？”

孙家富道：“我是艾一婕的老板，当然应该问。”

“哦？你是艾一婕的老板？那太好了，你能不能领我找找艾一婕？”

“我问你呢，你是什么人？找艾一婕干什么？”

“我请你到茶馆坐坐，跟你详细说说，可以吗？”

孙家富无奈地摇摇脑袋，把康之韶领进了传达室。他怎么有闲心跟着素不相识的康之韶去什么茶馆呢？

而康之韶无疑找艾一婕的心太切了，完全忽略了自己面前这个人此时的心情。康之韶滔滔不绝地诉说了康赛的十年之等，诉说了金玉熬到了三十一岁，诉说了石田美子为了康赛在日本横滨遭到侮辱精神失常……孙家富冷冷地打断了康之韶，说：“赶紧让康赛在金玉和石田美子之间选一个姑娘吧。艾一婕是不可能再和康赛走到一起了。现在艾一婕不仅有一个女儿，而且，还和我的副总在谈恋爱，前几天，他们俩一起去澳大利亚了。我让他们俩在那里经营一个酒店。也许过不了一年半载的他们就结婚了。所以，不论从我们蓝旗集团的工作，还是从艾一婕本人的幸福而言，都请你们康家远远离开她，不要干扰她！”

啊？说到归齐是这么个结果？费了那么大劲，却换来这么个结果？康之韶接受不了，绝对接受不了！他两手颤抖着抓住孙家富的胳膊，口齿不清地——他因为激动、激愤加上情绪激昂，嘴里已经拌蒜了，他说：“老总，劳，劳，劳您大驾，把澳大利亚那个酒店的名称和地址告诉我行吗？”

孙家富皱起眉头，厌烦地问：“怎么，你还真想去澳大利亚察访啊？”

康之韶道：“没错！我要亲自跑一趟澳大利亚，我要找到艾一婕亲口问问她，是不是现在又有了新欢。我要替康赛把十年的思念和十年之间发生的一切，一桩桩一件件说给她听！”

孙家富发出一丝苦笑，说：“老人家，你这是何苦啊！俗话说，强扭的瓜不甜。天要下雨，娘要改嫁，那都是没有办法的事，随他去吧！”

康之韶道：“不行，这样的结果我不甘心！”

事情就是这样：有其父必有其子。也可以反过来说：有其子必有其父。在逻辑关系上，后一句也许不成立，但可以与前一句相印证。发生在康赛和康之韶身上的事，就是前后两句全都成立。

孙家富见说不服康之韶，便对传达室的人派了任务：“你去，到司机班要一辆小车，就说是我说的，把这位先生送到飞机场。记住，你要看着老先生上了飞机再回来。如有贻误，看我怎么拿你是问！”

就这样，康之韶硬是被塞进小车，拉到飞机场，买了机票，被送回了蓝海。当然了，机票钱是对方掏的。但那俩钱康之韶还真没放在眼里。他心里想的只是要见艾一婕这么一件事。怎么办呢？康之韶在蓝海机场下了飞机以后根本不想离开，他就在机场大厅里踱来踱去，一踱就踱了两个多小时。结果，一个机场警察发现了问题，把他叫到一边，问：“老先生，你是丢了东西还是等人啊？”

懵懂中的康之韶口不择言道：“我丢了人啊！”

警察道：“什么意思？是你做了丢人的事，还是把要接的人看丢了？”

康之韶一阵苦笑，说：“我跟你说不清。”

警察道：“那好吧，跟我到值班室去一趟吧。”

结果，到了值班室，警察先把康之韶手里的皮包抢过去了，一通乱翻，然后又把他口袋里的东西全掏了出来。见没找到想找的东西，就问起康之韶，你姓甚名谁，何许人也。康之韶心里非常厌烦，但面对警察他什么怨气也不敢出。因为，这些天的情况表明，警察是不错的。没有警察，他得不到那么多帮助。但当他说出自己是蓝海市一家有名的中日合资企业的一名高管以后，警察更来劲了。而且，态度也变得蛮横起来。三说两说，让康之韶终于弄明白了，却原来，一个刚从日本回来的中国留学生涉嫌倒腾毒品，已经被抓。现在机场警方正在顺藤摸瓜。

康之韶道："我都这么大岁数了，而且有身份有稳定职业，你看我像倒腾毒品的人吗?"

警察道："谁脸上也没写着'我倒腾毒品'，但是不是倒腾毒品是需要查证的。"

康之韶道："你们不要一听'日本'两个字就草木皆兵，日本人里没多少人喜欢毒品；从日本回来的人，也不一定就非得倒腾毒品；在中日合资企业里工作的人更是没见过有谁倒腾毒品!"

警察道："请你闭住嘴行不行？哪儿这么多废话?"

康之韶被机场派出所扣住了。

话说路前浩副市长许诺，要帮助康赛寻找艾一婕。他是怎么安排的呢？这件事当然只能找外经贸委。而外经贸委正是路前浩所管辖的下属。直接委托给外经贸委的领导显然是不合适的，但越过外经贸委的领导也是不合适的，于是，路前浩在给外经贸委主任打电话时，是这么说的："老刘啊（外经贸委主任姓刘），你派个可靠的人来，帮我办一点家里的事。"

撂下电话，老刘主任立即开动脑筋思考这件事：要可靠，因为是办家里的事。他想来想去，感觉对外经济管理科的副科长齐东强比较适合。齐东强刚刚四十岁，年富力强，手脚勤快，脑瓜灵活，最关键的是他口风最严，一般人甭想从他那里听到什么小道消息。老刘主任指示齐东强到市里去找路前浩副市长。

齐东强到路前浩那里领受了任务以后，就带了些钱，带了身份证，夹着皮包上路了。上路以前，他在蓝海的家里先请了老婆一顿。在蓝海市的一家四星饭店，用自己的体己钱。起初老婆不来，说有什么大不了的事，请什么客呀？你要想请我就在家里给我擀点面条吃算了！齐东强说，不行，我一定要请你！结果，就把老婆孩子带到了四星饭店。酒菜上桌以后，在碰杯的时候，齐东强对老婆孩子说了心里话："路前浩副市长亲自安排我给他办点私事，要跑遍全蓝海，还要跑遍全邻市，甚至还有可能跑遍香港、澳门，说不定还得去台湾。你们想想看，这么要紧的任务交给我，说明了什么？说明了市领导对我的信任！市领导这么信任我，又说明了什么？说明了我的前途蓦然间便一片光明！"

一番话说得老婆孩子连连点头，一个劲儿赞许。老公有成绩，当然老婆孩子最高兴。谁嫉妒，他们也不会嫉妒。齐东强当副科长已经当了十年，熬得胡子一大把而工资没多少。房子也还住着一个一室一厅，才四十多平方米。他们巴不得老公早些提起来。

那天齐东强喝了很多酒，是老婆孩子把他架回来的。回到家就吐了个不亦乐乎，于是也把老婆孩子累了个不亦乐乎。但一家人仍然非常高兴。后半夜，鼾声震天的齐东强被老婆弄醒，却原来是老婆来情绪了。以往老婆总是今天推明天，明天推后天，对这种事提不起兴趣。现在老婆蓦然间主动了起来，就让齐东强万分兴奋，于是，立即抖擞精神，挺枪跃马，在湿润的草地上纵横驰骋起来。两个人抱在一起，那叫幸福！

齐东强用了一个星期的时间，走完了康之韶所走过的路。不过，他没有幸运地碰上孙家富，而是幸运地碰上了周艳红。于是其结果便与康之韶异曲同工。齐东强因为脑瓜灵活，当他找到香港警察局的时候，没有只说找"艾迪"或只说找"艾一婕"，他是把两个名字一起说的。他说："这个女人有两个名字：艾一婕和艾迪。"于是，很快他便来到蓝旗集团。而他来到这里以后，就在办公大楼的门外碰上了周艳红。周艳红被撤掉副总经理的职务以后，回到集团本部，挂了一个办公室副主任的名义，天天无所事事，一门心思养肚子。只盼着肚子里的孩子健康成长。没事就在集团办公大楼门前遛弯。

齐东强来到蓝旗集团的时候，就正碰上周艳红。

"请问，你找谁？"

"哦，我找艾一婕。"

“你是她什么人?”

“这个保密，不能说。”

“你不告诉我你是她什么人，我就不告诉你她在哪儿。”

“我真的不能说。”

“我也真的不能说。”

“如果我说了呢?”

“我就告诉你。”

“那好，我是替一位市领导找艾一婕。”

“哦，艾一婕竟跟一位市领导挂上了?”

“不要说话这么难听。”

“能不能告诉我是哪个城市的领导?”

“这个保密，不能说。”

“那不行，现如今内地常有领导干部找情人的事出现，我们不能支持腐败不是?”

“这不是腐败，是家里的事。”

“据我所知，艾一婕是个离婚女人。怎么会和什么市领导家里有关系?”

“怎么不能，难道她们不会是亲属关系吗?”

“会说的不如会听的，艾一婕只有一个在外事口工作的哥哥，从来没听说她有什么市领导家属!”

“不要随意乱猜，我说的是没错的。”

“我没有随意乱猜，我说的也是没错的。”

“你要不告诉我，我就进去找别人去问。”

“既然如此我就告诉你，不过你别听完这话气晕过去。”

“怎么会，我是替别人办事。”

“好吧，我告诉你——艾一婕被我们老板看上了，前几天两个人一起飞到泰国去了，那里有我们的二分店，老板安排艾一婕在那里做总经理，并将在那里结婚、度蜜月。你如果想见艾一婕，至少也得等到一个月以后。那时候，艾一婕会回集团来述职。”

周艳红把谎话说得像真的一样。当然，周艳红一语成谶，过后艾一婕真的去泰国首都曼谷的二分店去做总经理了，不过那是后话。

眼下周艳红胡编乱造就是想把齐东强糊弄走。凡是涉及艾一婕的事，周艳红一概不想成全。孔子曰：君子成人之美。那是说君子。周艳红显然不是君子。

齐东强失望地离开了蓝旗集团，但他没有就此甘心。副市长交代的任务没有完成，怎么能回去呢？回去了拿什么交差呢？这个样子交差，不是让市领导的信任化为乌有吗？不是往殷切期盼的老婆孩子头上泼了一瓢冷水吗？不能走！要想对策！齐东强找了一家便宜些的小旅馆住了下来。

而此时的周艳红也没闲着，她立即找到孙家富诉说这事："家富，我知道你喜欢艾一婕。而且艾一婕确实有才，能够担当咱蓝旗集团的一些大任。因此，我从工作角度考虑，支持你与她拍拖。你们发展关系越快，越有利于留住艾一婕。但今天有个来自内地蓝海的人来找艾一婕，说是一个市领导看上了艾一婕，要把她领回去。想想看，市领导要把艾一婕弄走，想干什么？还不是想发展成特殊关系？所以，你必须马上采取对策，坚决制止事态发展！"

孙家富想了想，感觉周艳红说得有道理，便找到艾一婕说泰国那边需要学习一分店，你去给他们灌输一下，就支走了艾一婕。回过头来，就召开了集团本部和一分店的全体会议，说，最近有人来蓝旗集团打听艾一婕，是为了挖人才。人才就是优势，人才就是效益！我们应该怎么办？坚决回击！怎么回击？就是，不管谁来我们蓝旗集团打听艾一婕，你们都要告诉他，现在艾一婕身在澳大利亚，而且，马上就要和我结婚。你们别不好意思，这是善意的谎言。是为了咱蓝旗集团，更为了艾一婕本人的前途！明白吗？

与会人员一迭声道："明白！"

那声音如雷霆万钧，撼天动地。因为大家确实喜欢艾一婕，确实不希望艾一婕被挖走。

转过天来，一分店就出现了一个来自内地的人，在吃饭的时候貌似不经意地问："听说你们的艾一婕去泰国了，几时回来呀？"

被问到的服务员立即警觉起来，非常真诚地告诉这个人："艾总不是去泰国，而是去澳大利亚了，她要经营那个分店，需要长住，而且，要和老总结婚。"

吃饭的这个人小吃一惊，虽然服务员说的与周艳红说的略有出入，但艾一婕现在百分之百没在香港肯定是事实。一个地位低下的小服务员不可能什么全知道，说的话有些出入也能让人谅解。这个人连连点头，吃完饭就离开了。

这个人就是齐东强。他回到小旅馆以后，就陷入苦恼。怎么办呢？这不愁死活人吗？他突然灵机一动，何不冷不丁给蓝旗集团的办公室人员打个电话问问？也许一下子就问出意外的结果呢！齐东强便从小旅馆服务台上的电话簿里查到了蓝旗集团办公室的电话，便硬生生打了过去。

“请问，是蓝旗办公室吗？”

“你好，有事请讲。”

“我是你们集团艾一婕的亲戚，有急事想见她一面。”

“对不起，艾一婕去澳大利亚了，短时间回不来。”

对方提供的线索和小服务员说的一样。这就让齐东强没法再怀疑了。撂下电话，齐东强便给老婆打手机，接通以后，他就对着话筒跟老婆哭了。老婆问：“怎么了？男子汉大丈夫平白无故哭什么？丢钱了？”

齐东强在这个时候就与康之韶不谋而合了，他们说出了相同的话：“丢人了！”

齐东强说的丢人了不光是找艾一婕找丢了，还有自己在老婆面前丢人了的意思，更有在外经贸委主任老刘面前丢人的意思。老刘主任这么信任自己，把自己推荐到路前浩副市长面前，完全是因为老刘主任把自己当作会办事、能办事的骨干和人才的。现在的问题是自己砸了自己的锅！是不是人才，该不该提职，总要是骡子是马拉出来遛遛，可是，怎么样呢？自己这一遛就遛出问题了，自己算什么人才？连找个人的事都办不成，你说你算什么人才？

老婆在手机那边训斥说：“你真是个没头苍蝇！你以为找人的活儿是好干的吗？老刘主任为什么让你干这件事？因为他不待见你！如果待见你能让你干十年副科长不提你吗？这样的活儿你怎么能连想都不想就接过来呢？而且，哪儿都没到哪儿就非到四星饭店请我的客，无缘无故地花出去那么多钱！我说给你擀点手擀面就行了，可是你非得去四星饭店！你的钱富裕得没处花是吗？晚上回来又是一个劲儿地吐，让我们娘俩给你收拾！半夜里我还主动伺候你办事，乐得你嗷嗷的，你对得起我吗？呜呜呜……”老婆说着说着也哭了。

没办法，齐东强只得硬着头皮再给老刘主任打电话。这个电话必须得打。也许老刘主任有什么高招儿呢！于是，齐东强抹了一把眼泪，就给老刘主任把电话打了过去。结果，当他把情况简要一说，老刘主任就急了，说：“哎哟喂，齐东强！连这么点儿事你也干不了，那你还能干什么？我还以为干这件事非你莫属，谁知你也是个棒槌！”

齐东强从来没有顶撞过老刘主任，一直把自己的前途寄托在老刘主任身上，此刻见自己的一切全因为寻找艾一婕这件事给毁了，便豁出去了，反正面子已经丢尽了，他气呼呼地说：“老刘主任，我本来应该只喊你主任，但我这次加了‘老刘’。为什么呢？因为你老了。人老了就容易糊涂，人一糊涂就容易站着说话不腰疼！你以为到一个人生地不熟的地方找人是那么好找的吗？如果很容易找的话，为什么堂堂的路前浩副市长会专门委托我们外经贸委来找艾一婕？你以为副市长脑子里少根弦吗？你以为副市长吃错药了吗？你以为副市长说话办事那么随便吗？……”

老刘主任立即打断了齐东强的话，他几时经受过下属的这种顶撞和质问？他也气哼哼地回敬道：“齐东强，你甭跟我嘴硬！在这件事儿上你就是表现得不得力！你现在是‘一个心眼干革命’，为什么不多长几个心眼？你一向头脑灵活，‘活’到哪儿去了？”

齐东强感觉老刘主任的话似乎话里有话，于是急忙问道：“好吧，我先听听，主任你有什么心眼儿、什么高招儿！如果你也说不出来，对不起，你也是棒槌！”

姜是老的辣，这话是没错的。老刘主任咳了一声说：“齐东强你听好，事情应该这么办……”

别人在帮康赛找艾一婕，那么此时此刻康赛在忙活什么呢？康赛到石田美子家里去了。康赛从来没去过美子家。这次去也是在母亲的一再要求，最后几乎是恳求的情况下，买了水果打上门去的。难道康赛还不应该亲自到美子家去慰问一下吗？难道不应该亲自安抚美子一下，该对美子表示一下好感就表示一下吗？当然应该。康赛自己也承认应该。但他对艾一婕的承诺时时提醒他，在与女孩子接触的时候必须保持距离。要保持距离，就得保持清醒。就因为康赛的头脑一直处于清醒状态，所以他就一直没去美子家。

现在美子蓦然间看到康赛来到自己家里，当然喜不自禁，手舞足蹈，脸上也笑成一朵花。美子母亲说："康赛，今天我给你做正宗的日本寿司，你好好尝尝我的手艺！"美子立即打断母亲说："妈，那样不好，还是包饺子！中国人最爱吃的当然还是自己的饭菜！"

好，包饺子就包饺子。但美子母亲对包饺子不太在行，便说："康赛，你来做主力吧——你和面，我来做馅，美子擀皮。"

美子此时突然拉住康赛，说："我刚从网上学会了《金梭和银梭》这首歌，来，咱们俩唱一遍！"康赛有几分纳罕地看着美子，感觉十年前自己在大学里唱的歌真的给美子留下了难以磨灭的印象，抛开意中人这个因素，那就真是难得。于是，康赛高兴地和美子唱起了二重唱。结果，美子一句歌词也没唱错。唱完以后，康赛真诚地为美子鼓起掌来。美子问："康赛，你感觉我唱得好吗？"康赛回答："好。"美子便问："快赶上艾一婕了吗？"康赛假装平静地回答："快了。"美子开心地哈哈大笑。其实，不提艾一婕便罢，一提艾一婕，康赛的心里立即如同十五只吊桶，七上八下。

三个人在笑声中手忙脚乱地干了起来。之所以说他们手忙脚乱，是因为他们都处于一种亢奋状态。美子和母亲亢奋，是自不必说的，康赛有什么理由亢奋呢？此时他也亢奋。他亢奋的原因就是美子和母亲的亢奋。医学上对这个问题有过解释：人的情绪是互相传染的。尤其是美子，本来精神不正常了，现在表现得一切安好，康赛能不亢奋吗？

日本女人是很聪明的，但她们做中国饭菜却很不像样。也许骨子里是抵触的，但看外表她们都兴高采烈的样子。桌子上已经摆满了包得歪歪扭扭的饺子。康赛每看一眼都想笑，但他都强忍着。都收拾利索了，炉子上的半锅水也哗哗开着，就等着石田鸠夫下班，只要他一回来，这边就下饺子。在这个间隙，美子的母亲从抽屉里取出一个银灰色条形小盒子，递给康赛，说："孩子，你第一次到我们家来，应该有个纪念。欢迎你以后常来。”

康赛接过来打开一看，见小盒子里是一对“百乐”牌钢笔，蓝幽幽的非常漂亮。康赛急忙给伯母鞠躬道谢。美子说：“康赛，‘百乐’是日本名牌，你知道为什么送你一对钢笔吗？”

康赛对此也有几分纳罕，是啊，为什么呢？她们殷切希望康赛娶了美子，难道还希望康赛与别的女人成双成对吗？康赛急忙客气地对美子说：“不知道，请美子不吝赐教！”

美子笑笑说：“我们日本人在送礼时，都送成双成对的礼物，如一对笔、两瓶酒之类，会很受欢迎，这一点与中国一样。但送新婚夫妇红包时，忌讳送两万日元和2的倍数，日本民间认为‘2’这个数字容易导致夫妻感情破裂，一般送三万、五万或七万日元。这就与中国的风俗习惯不一样了。礼品包装纸的颜色也有讲究，黑白色代表丧事，绿色为不祥，也不宜用红色包装纸，最好用花色纸包装礼品。”

康赛便再次对美子点头致谢。这时，美子就说出一句让康赛振聋发聩的话来：“康赛，你应该拿出一支送给我。”

啊？这不啻为给了康赛一剂清醒剂，意思就是问康赛：你什么时候娶我？你为什么不赶紧娶我？康赛顿时涨红了脸，嘴里木讷着，不知道说什么好。美子从康赛手里夺过小盒子，从里面取出一支笔，说：“钢笔在我们家乡喻示着事业，给人送钢笔就喻示着祝福对方事业有成。而送给对象一支钢笔，则喻示着两个人在事业上比翼齐飞。”

第七章　强人所难

诚恳的人即使再虚与委蛇，心也是柔软良善的。

康赛听了美子的话，脸上便露出尴尬。他看着美子手里掬着的小盒子正在犹豫，想着到底该不该拿出一支钢笔送给美子，却见美子从小盒子里兀自抽出一支钢笔来，攥在手里，说："这支归我了，康赛，你没意见吧?"

康赛连连点头，说："没意见，没意见。"他注意到，美子从小盒子里抽出的是一支细细的坤笔，小盒子里剩下了一支略粗的男笔。美子细长匀称的手指使用那支坤笔似乎正合适。正在这时，客厅门响，石田鸠夫回来了。他一进门就看见了康赛，便笑呵呵地问了一句："康赛，你今天怎么这么闲在?"康赛连忙回答："伯父您好，美子因为《孔雀图》专程跑了一趟日本，我早就应该来表示感谢啊!"

石田鸠夫一听这话就突然精神紧张起来，表情复杂地冲着康赛连连摆手，美子的母亲也对着康赛急忙把食指压在嘴唇上，但已经晚了。美子听到康赛提起了《孔雀图》，便突然变了一个人，捂住脸就"啊——"发出一声凄厉的喊叫，那声音让康赛撕心裂肺。

康赛听父亲康之韶说过，美子从日本回来以后就听不得《孔雀图》和渡边晨亩的名字，只要一听见这两个名字便突然发作。果不其然，此时她就真发作了。自己怎么就没在意这一点呢？此刻他非常后悔下意识地提起《孔雀图》。

美子的母亲抱住美子肩膀，用日语咿里哇啦一个劲儿安慰，石田鸠夫就对康赛说："康赛，你也过去劝劝她吧!"

康赛还没来得及去劝说，美子已经"呜——"的一声哭了起来，转身就冲进卧室。

石田鸠夫一边脱着外套、换着拖鞋，一边把手里的皮包交给恭敬地迎上来的老伴，而老伴眼里也含了泪水，神色黯然地连连长叹。康赛看着这老两口，不知道应该说什么，便口不择言道：“都因为我又提了《孔雀图》，我对不住美子！”

美子的母亲一边把丈夫的皮包放进五斗橱的抽屉里，一边说：“康赛，你不要为此这么内疚，不是《孔雀图》的事，是我把美子父亲买的礼品钢笔送给了你，而你又没送美子一支，所以，她不高兴了。”

石田鸠夫立即理解了老伴的意思，边去洗手间洗手，边自言自语地说：“美子这孩子啊，从小就爱哭，动不动就哭，而且还爱一惊一乍地喊叫。这都多大了？还没有改进！”

老伴紧跟着他走进洗手间，拿过毛巾站在一旁伺候着，故意大声说话，为让康赛听见：“小盒子里的‘对儿笔’是情人笔，可能康赛不知道这一点，就没有主动送给美子一支，是美子自己从小盒子里抽走一支。美子肯定越想这事越委屈，因为康赛根本没打算送她一支笔。看见你回来了，就把她的心思勾起来了。”

康赛明白，老两口在竭力掩饰美子的精神不正常。石田鸠夫一声长叹，擦了手，来到客厅。康赛急忙迎着他说：“伯父，我知道美子是因为什么这样，您放心，以后我决不再提什么图不图的了。”

美子母亲急忙摆着手说：“你们先说话，我去煮饺子了，锅早就开了。”

石田鸠夫答应一声，便拉着康赛坐下，小声说：“你也不是外人，我就对你实话实说吧，就是从横滨回来以后，美子就不正常了。中国有句俗语，解铃还须系铃人。以后你要多到我们家来，多关心美子。至少多跟她说说话，别淡着她。”

康赛面有难色，但还是点了点头，说：“要么我现在去卧室劝劝她？”

石田鸠夫拍拍康赛肩膀，说：“去吧去吧，现如今美子谁的话也不听，可能只听你的。”

康赛便去敲美子卧室的门，刚敲了两下，里面就传出声嘶力竭的喊声：“谁都别进来！”事情似乎全在意料之中。要不要继续敲门，然后进去呢？康赛想了想，就对着门缝说："美子，开门，我是康赛！"沉了半分钟，康赛再次叫门的时候，门被打开，头发蓬乱、满脸泪痕的美子一把将康赛拽了进去，转身把门掩上，两眼直瞪瞪地看着康赛，不说话。那副样子既让人恐怖，又让人痛惜，当然，也让人爱怜。康赛小心翼翼地问："心情好些了吗?"

美子没有回答，却突然伸手给了康赛一个大嘴巴，很响亮的"啪"的一声。康赛因为一点思想准备也没有，所以，这一巴掌就打得坐坐实实的，让他只觉得脸上火辣辣的，生疼。

康赛感觉美子也许心里正在生气，能够生气，也说明是精神正常不是？便说："你肯定还在生我的气，如果你打我两下能解气，你就打吧。"康赛闭上眼把自己的头伸向美子。美子连理都不理。康赛想了想，说："要么，我给你说两段笑话?"美子还是不说话。康赛便开始讲了起来。

"有位朋友充手机话费时，输错手机最后一位号，替别人交了一百元话费，有点心疼，就打过去电话：'能不能给充点回来？八十、五十元都可以。'电话那边的哥们儿特郁闷地说：'兄弟，我都不知道怎么说你才好，年底了，全是要账的，我好不容易把机停了，你又给我充上了 。'"

康赛观察着美子，见她仍然没有反应。又说："一个小伙子因车祸而失明，所以他从不知女友长什么样。那年，女友得了胃癌，临终前女友将眼角膜移植给了他。他恢复光明后的第一件事就是找她的照片，然而他只找到女友留给他的一封信，信里有一张空白照片，照片上写有一句话：'别再想我长什么样，下一个你爱上的人，就是我的模样。'"

美子终于走上两步，轻轻抱住康赛，把头倚在他肩膀上，小声说："你的笑话不可笑，只让我感觉心酸。我问你，你为什么不愿意到我们家来?"

康赛感觉美子此刻头脑还是清醒的，感觉美子的精神失常还不算彻底的失常，属于阵发的、阶段性的，但已经濒临"彻底"的边缘，情况无疑也非常危险。所以，直觉告诉他，对美子应该顺着而不能呛着。于是，他轻轻拍拍美子后背说："以前来得少，是因为我太忙，今后我会常来，可以吗?”

美子气哼哼地又问：“情人笔是应该‘情人送，送情人’，可是，你为什么不主动送我呢?”

此刻，康赛的脑子里就猛然涌出了“艾一婕”三个字，于是，便把美子使劲推开，牵着她的手，拉着她坐在床边，说：“那是你们日本的规矩，我不懂啊!”美子非常听话地顺从着康赛，坐在床边，眼神也由锥子一样的尖利变得小羊一样安详，与刚才歇斯底里的样子大相径庭。此时，康赛蓦然间发现，美子卧室的墙上贴满了自己的照片，都是在大学时代，他与艾一婕站在台上合唱二重唱的照片，有的一尺见方，有的二尺见方，图像清晰，色彩逼真，各种角度、姿态的都有。但美子只取了康赛，而舍去了艾一婕。什么叫崇拜?什么叫爱戴？什么叫追星？这满墙的照片早已说明了一切!

美子发现康赛在惊讶地浏览墙上照片，便有几分得意的声音柔柔地问：“喜欢吗?”

康赛点点头说：“喜欢。”

美子又露出天真的笑容，说：“这些生动精彩的留影，你自己手里肯定没有，回头我给你冲洗一套。我们家有一台索尼彩色冲印机。我们一家都是摄影发烧友。”

康赛精神总算松弛了一点，说：“好啊，那我就提前谢谢啦!”

美子把康赛的一只手拿起来放在自己嘴唇上，亲吻着，说：“我想让你跟我一起唱二重唱《年轻的朋友来相会》，行不行?”

美子显然还想找一找康赛与艾一婕在一起的那种感觉。她对那种感觉太渴望了。这还算问题吗?康赛急忙回答说：“行啊，只要你高兴，咱们就唱。”

美子便清清嗓子唱了起来：“年轻的朋友们今天来相会，荡起小船儿暖风轻轻吹。”

此时康赛就接了过来：“花儿香鸟儿鸣春光惹人醉，欢歌笑语绕着彩云飞。”

然后两个人一起唱：“啊！亲爱的朋友们美妙的春光属于谁，属于我属于你属于我们二十一世纪的新一辈!”

美子接着唱道：“再过二十年我们重相会，伟大的祖国该有多么美。”

康赛唱道：“天也新地也新春光更明媚，城市乡村处处增光辉。”

两个人一起唱：“啊！亲爱的朋友们，创造这奇迹要靠谁，要靠我要靠你要靠我们二十一世纪的新一辈！”

再接下来，自然要唱到“但愿到那时我们再相会，举杯赞英雄光荣属于谁，为祖国为四化流过多少汗，回首往事心中可有愧。”而且，还要唱道：“啊！亲爱的朋友们让我们自豪地举起杯，挺胸膛笑扬眉光荣属于二十一世纪的新一辈！”

康赛不由得十分感慨，美子明明白白是个日本人，她在唱到“伟大的祖国”的时候，唱到“为祖国为四化”的时候，她想的是什么？是在说日本还是在说中国？康赛感觉美子肯定是在说中国。因为在美子的潜意识里，她已经把自己看作了中国人。而且，她一门心思就想嫁一个中国人，要与中国人组成家庭，为中国人生儿育女。撇开其他一切因素，单凭这一点，美子是不是非常可爱呢？康赛在美子唱完最后一句的时候，情不自禁就抱住了美子，美子此刻就开心大笑：“康赛——我爱你——”直把声音拉得长长的。

此时，门外的石田鸠夫和老伴不知道屋里发生了什么，他们急忙把门推开，却见是康赛和美子抱在一起，他们非常高兴，非常开心，一起随着美子的喊声叫道：“康赛——啊——希特路——”

美子母亲笑盈盈地打断大家，喊了一声：“饺子熟了，该吃饭啦！”

美子万分兴奋地在康赛脸颊亲了一口，就当着自己父母的面，然后掩饰不住欣喜地牵着康赛的手，满脸笑容地快步从屋里走出来，说：“吃饺子，吃饺子！以后只要康赛来了，咱就包饺子！”

康赛知道，美子在竭力模仿艾一婕，想找到艾一婕与康赛之间的那种默契。虽然，美子并不知道其实那种默契是模仿不来的，但她仍旧一厢情愿地万分兴奋。康赛心里又像十五个吊桶打水——七上八下，来回翻腾。该做戏就必须做戏，而且，还要像模像样，还要真诚。当然，说做戏，对美子来讲似乎太残酷，太冷冰冰了。但这不叫做戏又叫什么？如果两个人不能结婚，这种亲昵是不是非常危险？是不是多余？可是，美子的现实情况在这儿明摆着，又让康赛怎么办?

康赛从石田鸠夫家里出来以后，转过天来，就和公司请假，来到邻市。他要到医院看看周心诚。父亲把周心诚为寻找艾一婕而出现脑溢血的情况告诉了康赛，还把自己去香港受挫的情况也告诉了康赛。康赛怎么想呢？首先，他要赶紧到邻市去一趟，要向周心诚老伴表示深深感谢和歉意，其次才能想到如何继续寻找艾一婕的问题。但凡一个讲里讲表的人都不能不这么安排。

话说康赛就一个人来到了邻市医院，找到了躺在病床上不省人事的周心诚。他先对周心诚的病床鞠了一躬，然后就对周心诚老伴鞠了一躬，嘴里说道："伯母，我对不起你们，给你们添麻烦了!"

这些日子周心诚老伴伺候病人，天天吃睡在病房里，不光劳累，还有诸多不便，因此，心情非常不好。久病床前无孝子，老伴也莫不如此，不在病人身边长时间伺候，便不会有如此的心烦。尤其是因为帮助别人，把自己"帮"进了医院，还把自己"帮"成了植物人，周心诚老伴此时心烦到何种程度，是可想而知的。

此时，她就硬生生地扔出一番这样的话来："没有金刚钻，就别揽瓷器活。那艾一婕如果属于你，你不找她，她也会主动找你；如果艾一婕心有旁骛，另有所属，你根本就找不到她。你可好，自己没本事找艾一婕，就发动父亲出面，你父亲没本事，就发动我们家周心诚。周心诚是个热心肠，这回可好，热心肠把自己热进医院来了，把自己热成植物人了！罪孽啊，康赛，你说说看，这是不是罪孽?"

"罪孽"这两个字的分量是很重的。谁负有罪孽？可能周心诚老伴只是说这件事是个罪孽，并没有申明是康赛负有罪孽。但此时康赛只觉得自己负有罪孽。他不得不学着电视剧里的画面，一条腿屈了下来，跪了下去。眼睛看着病床上的周心诚，嘴里说："周伯伯，我对不起您！我愿意承担您今后出现的一切负担！我所做的一切都是无意的，您不要恨我。我要通过实际行动，来不断调整自己，力求把事情做好。不这样，我就对不起您对我的付出!"

康赛所说的其他话，周心诚老伴都没记住，偏偏记住了"我愿意承担您今后出现的一切负担"这一句，她逮理不饶人道："我说康赛，你说你要为周心诚承担一切负担，你说出这话实现得了吗？如果实现不了，你为什么要说？想糊弄我这个老太婆吗？告诉你，我刚六十，并不算老，我也没出现脑萎缩，现如今头脑清醒得很——每天早晨一睁眼，要先给周心诚解一次大小便，然后给他洗屁股；接下来，要给他洗脸洗手，要给他输液；输液以后要及时给病人接小便；接下来，要给他按摩穴位；再接下来，是在他耳边说话，大夫说了，亲人的话语是唤起病人知觉的重要手段。中午，要给周心诚鼻饲灌流食，经鼻胃管进食是常见的一种对危重病人经肠道输送营养的途径，而进食的种类及数量对患者的消化功能、组织脏器功能的影响至关重要。这些你知道吗？进食什么食品，能不能进食水果，生果还是熟果？哪些最有营养？要不要进食各种肉汤，同时要不要有些杂质，以促进胃肠蠕动，保证吸收及胃肠道的正常功能？假如病人长期没有大便怎么办？鼻饲管能不能放置很长时间？对于昏迷的病人，要不要做个胃造瘘或空肠造瘘？昏迷的病人肺部感染是不是比营养题目更重要？要不要给病人多翻身、拍背，防止误吸，如果有痰就及时排除？这些你都知道吗？接下来，下午，还要给周心诚输液，接小便，按摩穴位，进行耳语；再接下来，晚上，还要进食，还要按摩穴位，还要接小便，还要耳语，还要擦身，洗脸、洗手、洗脚。这一切，你想过没有，如果雇一个计时工需要多少钱？如果雇一个尽心尽力、非常讲究职业道德的计时工需要多少钱？这种工作是非常烦人的，你能不能雇得来非常讲究职业道德的尽心尽力的计时工？”

如果康赛不打断周心诚老伴的话，估计她还会不厌其烦地、没完没了地继续絮叨下去。而康赛的承受能力已经达到极限，他在自己还没有完全丧失耐心的情况下，蓦然间插进话来：“伯母，您甭说了！说一千道一万，找谁伺候周伯伯也不如找您，您当然是最尽心尽力、最讲究职业道德的人！所以，我现在就开诚布公地对您打开天窗说亮话：您开价吧，每个月我应该给您支付多少钱？”

说完，康赛就站了起来。他不想再跪着了。虽然，单腿跪着并没有双腿跪着那么累，那么别扭，单腿跪着似乎还有那么几分潇洒和浪漫。其实，对于康赛来讲，那自尊心上的伤害是同样达到顶点的。如果说，周心诚老伴刚才还没有火，只是无节制地发发牢骚，眼下她就真火了："康赛你什么意思？你作了这么大祸，造了这么大孽，连让我说两句都不行？有本事你让周心诚清醒过来，让他离开病床站起来！你如果能让周心诚清醒过来，离开病床站起来，我就给你跪着，听你数落！可是，现实在这儿明摆着，这一切你做不到！你说让我开价，你的公司现在根本没业务，你拿什么付给我报酬？让你老爸出钱吗？你老爸是周心诚的好朋友，我做得出来那种事吗？凡此种种，都说明，你的话就是放屁！"

还有必要再在这里待下去吗？康赛完全没有了耐心，他气呼呼地扔下一句话："我会想办法付给您钱的！"便转身离去。走在楼道里，那脚步也咚咚咚的格外使劲。出了医院，康赛仰起脖子，对着天一声大喊："啊——"

他太憋屈了！他太委屈了！他太无可奈何了！

他大喊一声还不解气，又继续喊了第二声，不过这次就把"啊"换成了他心上人的名字："艾一婕——"他根本没想喊这个名字，但下意识地就喊了这个名字。想不到的是，康赛的这一声喊，喊住了一个站在一辆奥迪旁边的人，这个人也与艾一婕有关，或者说，曾经有关。那就是郭亚洲。他就是邻市的人，来一个单位办事，等人的间隙，站在车外抽支烟。他嘴里叼着烟，两手掐腰走过来，样子自信而胸有成竹，问："兄弟，你叫什么名字？给哥哥报一下！"

康赛一下子清醒过来，看着眼前这个人问："你是谁？找我干什么？"

郭亚洲把烟从嘴上取下来，捏在手里弹着烟灰，呵呵笑着说："我不用告诉你我是谁，你也能猜出来我是谁。我估计你和艾一婕有关系，你这么痛心疾首地呼喊艾一婕的名字，肯定是她有负于你，是她伤害了你。我这么跟你说吧——离开艾一婕，越早离开越好！因为艾一婕是个对男人性冷淡的女人！她的骨子里没有爱男人的遗传基因！这样的女人不值得男人去爱、去恋、去想！你的，明白？"

郭亚洲说完，把手里的半截烟扔在地上，用脚掌碾死，对着康赛伸出手指做了个"OK"的手势，便转身离去。康赛看着郭亚洲的背影，一下子便猜到这个人肯定是艾一婕的前夫。因为父亲已经告诉过康赛，说艾一婕早已离婚。如果不是前夫，怎么会知道艾一婕有没有性冷淡呢？

艾一婕果真是这样的女人吗？康赛蓦然间又想起十年前，在艾一婕家里，艾一婕激动起来以后，就紧紧抱住他热吻，让他血脉贲张，浑身鼓胀。这样的女人会是性冷淡？康赛一下子便否掉了刚才那个人的挑唆。他还是坚信，艾一婕是个非常可爱、非常值得一爱的女人。而且，康赛触类旁通，蓦然间就明白了，艾一婕因为事先心里有了自己，有了初恋，所以，对后来无可奈何的婚姻没有感觉，对配偶也热情不起来。说起来，艾一婕对不起那个配偶，但难道不正是艾一婕的这种表现，让康赛这个初恋的对象心里猛地一热吗？人在感情上都是自私的，没有一个男人会希望自己的恋人对其他男人感兴趣。所以，刚才那个人的一番话，所起的作用，就正好是反作用。

康赛刚才还因为周心诚老伴的一番话在闹着别扭，此时，他就感觉舒爽了很多。回到蓝海，康赛到肿瘤医院向父亲汇报这两天的情况，诉说了在邻市医院所经历的一切。谁知父亲一听这话，立即火冒三丈，说："我手里有周心诚老伴的手机号码，你赶紧给她打手机，赔礼道歉！"

康赛一脸苦笑，说："爸，咱别剃头挑子一头热了，人家对你对我差不多快恨之入骨了，说出话来让人根本接受不了。愿意打手机，您就自己打，反正我不打！"

年近六十的人，承受能力比之从前肯定是减退的，前面周心诚已经因此出事，周心诚老伴对康赛说话没轻没重，也是这个原因。现在父亲康之韶一听康赛这话，便也立即气得吭吭地喘粗气。两手茫然地在病床上东抓一把、西抓一把，六神无主。心地善良的人莫不如此，当他无意中给别人带来麻烦以致带来灾难的时候，在良心上是绝对过不去的。康之韶着急，暗气暗憋，突然就一歪身子，从病床上出溜到地上，两眼闭得铁紧，嘴角还流出了哈喇子。康赛吓坏了，自己这不是惹事了？已经把周心诚弄成那样，又把父亲也搭上了不是？

康赛在慌乱之中还记起一点常识，就是病人出现这种情况，不要轻易搬动，万一是脑溢血呢？脑溢血患者是不能随便搬动身体的。康赛急忙按亮墙上的红灯，于是，一个医生跑了进来，紧接着，叫来了好几个医生。接下来，康之韶就被医生搬上担架车，推进了急救室。

还好，康之韶是轻度脑溢血。康赛工作太忙，来医院照顾父亲肯定不行，那就只能烦劳自己的老娘了。康赛的母亲，像周心诚老伴一样，租了一架折叠床，到病房陪伴康之韶来了。

而康赛，则找母亲借了五千块钱，再次来到邻市医院，把钱塞到周心诚的枕头底下。周心诚老伴不说要，也不说不要，就那么以一种冷漠的目光看着康赛。康赛连坐都没坐，因为周心诚老伴根本没给他让座，再说，他自己也没有心思坐，就那么站着诉说起来，把他离开邻市医院以后遇到的事情，就连遇到那个可能是艾一婕前夫的事，都告诉了周心诚老伴，说，现在你明白了吧？艾一婕值不值得我找？值不值得我等？这还用我说吗？接下来，就又说了父亲因为听说周心诚老伴发火，而自己拒绝打电话赔礼道歉，结果给气得也得了脑溢血。现在，自己的老娘也去医院守病人去了。

“哎哟喂！”周心诚老伴一听康赛的话，便叫了起来：“康赛呀康赛，你怎么这么浑呀？两个老人为你的事奔波，你难道不应该对老人顺从一点吗？我并不希望你给我赔礼道歉，咱们两家的关系根本用不着这样，但是你为什么就做事这么犟呢？你爸也是年近六十的人，你难道不知道这个岁数的人是很容易出毛病的吗？男人三十而立，你今年都三十一了，你怎么就立不起来呢？这些年你都是怎么过的，你读的书都就着饭吃了？”

说是话不投机也好，说是成见太深也罢，甚至说是存在代沟也行，反正康赛没法再继续接受周心诚老伴的教训。他不得不再次气哼哼地离开邻市。

在火车上，他就接到了公司老刘的电话，说大西北 K 省副省长的秘书马万才来了，他现在已经不做秘书了，提升为 K 省经济协作办的一个处长。这次他来蓝海不是蜻蜓点水，而要长住，“要在沙家浜扎下去了”，要在协助吴尚文开展业务的同时，处理《孔雀图》这件事，而且说死了，拿不走《孔雀图》他誓不罢休！接下来，康赛便在公司会见了马万才。再接下来，马万才拿出一票业务单子，说，这次是二百吨棉花，涨了一倍。特别指出，你们不要只把眼光限定在蓝海的纺织公司上，外市外省的纺织公司都可以考虑，只要价格比市价低，出手绝对不成问题。

康赛见有业务，就让吴尚文和小车在四星饭店摆桌宴请马万才，自己拨冗出席。这次，马万才就露出了好色的本相。他在酒过三巡以后，就对小车说："这次我给你们弄了那么大一笔业务，你们是不是应该表示表示?"

吴尚文不明就里，便硬生生插话，说："万才你也忒不见外了，今天这不是正表示着了吗？你瞧瞧这五粮液、大龙虾、三文鱼，你还要怎么表示？难道说直接给你点码子?"

吴尚文因为自己的妹夫是副省长，而马万才是副省长的下属，所以说话就没轻没重。面对吴尚文这样大舅子，马万才也自然是丝毫不敢得罪，他急忙呵呵笑着说："点码子？谁敢？副省长说了，到蓝海来，吃点喝点没关系，就是在钱上要干净，一分钱不能碰!"

康赛向马万才敬了一杯酒，说："万才兄但说无妨，怎么表示?"

马万才依旧呵呵笑着，干掉杯中酒，说："让小车安排吧，小车明白。"

此时小车就笑了，看着康赛说："康总的意思呢?"

康赛立即明白了，心里马上就又七上八下了。犹豫了两分钟，最后也"扑哧"一笑，说："我这人一根筋，总也想不明白咱蓝海还有什么海鲜没让万才兄尝着。也罢，既然小车全明白，就听小车安排好了。但要坚守一条：别出幺蛾子，别惹麻烦。"他暗想，你们爱怎么折腾只管折腾好了，我离开就是，眼不见心不乱；水至清无鱼，人至察无徒。说完，他就站起身，说："我去一趟洗手间，你们该干什么就干什么。"

康赛说的是双关语，就是说，你们该喝酒继续喝酒，该进行下一个项目也听便，而他自己准备开溜。但马万才是什么人呢？别看他来自大西北的K省，也别看他长得人高马大，他可是吃过见过的人精。他一见康赛离开了座位，便紧跟着就站了起来，随着康赛去了洗手间。

本来康赛没想去洗手间，只是找个借口，想借机溜号。但马万才跟上来了，这就让他没办法了，他只得先去洗手间。谁知，马万才就紧随着他进了洗手间。洗手间的小便池是立式的，马万才就站在康赛身边小解。康赛本来并不憋得慌，所以就勉强挤出一点点，马万才也歪着头全都看在眼里，一个劲撇着嘴偷笑。待康赛小解完毕，洗了手，走出洗手间以后，见马万才还没出来，便快步朝门口走去，想马上一走了之。谁知，马万才像大变活人一样，突然神不知鬼不觉地一个箭步蹿到康赛面前，说："康总，你不能走，你走了，这戏还怎么唱?"

康赛不得已，便瞎编了一个借口，说："刚才我对象来电话，让我一会儿去她家一趟，说她爸跟日本方面询问渡边晨亩画作的问题有了进展。要么这样，我去去就来，怎么样?"康赛是个不会编瞎话的人，所以，他编的瞎话与真实情况是非常接近的。马万才多聪明啊，他自然知道渡边晨亩就是画《孔雀图》那个人，他感觉康赛弄不好要把《孔雀图》卖给日本人，那还得了？副省长交给的任务怎么完成?

马万才从口袋掏出烟来，从盒里里弹出一支递给康赛，说："先点根烟，我随你去，然后我再随你回来。"做出了非要纠缠住康赛的样子。

康赛不得已便接过烟来，正在点烟的当口，他的手机彩铃还真的响了起来。他便急忙掏出接听，结果，打来电话的不是美子家里，而是金玉的古玩店。事情真是巧极了，救驾的还真来了。是金玉的父亲金满堂，他说："康赛，你现在有没有空，到我这儿来一趟？朋友为抵账拿来一幅名画，说一倒手就能赚钱，你对字画在行，过来帮着看看?"

这种事怎么能不去呢？这种事是用不着商量的。这段时间以来，康赛对金玉家古玩店的事是有求必应的。这不仅因为金玉帮康赛贷出三百万流动资金，还因为康赛一直拖着金玉，让金玉结不了婚。康赛为此心里内疚。所以，金玉家的事，他是来者不拒的。其实，他已经告诉过金玉，说他心里有个艾一婕，你不要再等我了。但金玉非等不可，金玉说："我倒要看看，那个艾一婕会不会真的出现；

而且，我还要帮你把把关，看看那个艾一婕值不值得你等她这么多年!”

这可真是啊，天外有天，山外有山，一个比一个执着！无疑，这是一群非常自信，非常自我，非常自傲，而且追求理想主义，绝对不愿意见异思迁的人。(当然，这也是引起作者兴趣，一门心思要写他们的原因所在。)

康赛只能给小车打手机，告诉他，说我和马万才去古玩店一趟，一会儿就回来。言外之意是你该怎么安排还怎么安排。然后，就和马万才一起打车走了。在车上，马万才问：“康总，你不是说去对象家吗？怎么又变成去古玩店了？你是不是变着法儿想甩我呀？”康赛忍不住哈哈大笑，说：“万才兄你真多想了，本来是对象家来过电话，谁想到现在古玩店又叫我。”

到了商业街古玩店以后，马万才站在门外，看了一眼，感觉这个古玩店与众不同，装潢古典，红砖绿瓦，外加挑檐，很有气派；而且，别家都是两扇门，而这家是四扇门，就是说，开间比别人大。待得进屋，感觉前厅非常敞亮，货架上摆满坛坛罐罐，屋子正当中空地上摆着一堆红木家具的桌椅板凳。看这规模，让马万才蓦然间对康赛不敢小觑。

金满堂见康赛来了，也不客套，对康赛身后跟着的马万才也不予理睬，而是径直走进里间，半分钟的工夫，拿出那幅画来，递给康赛，说：“你看，就是这幅。”

康赛把画作接过来，见其三十多厘米宽，五十多厘米长，是著名画家傅抱石的《镜泊飞泉》。从其构图，用笔，用墨看，应该是傅抱石作品，但明明资料记载傅抱石《镜泊飞泉》原作存放在南京博物院，康赛还看过真品的照片，印象很深。怎么解释这个问题呢？康赛不得不实话实说。最后说：“这件事如果让我做主，我就只能给对方半价。因为从画作本身看，不是赝品，但真品是存放在南京博物院的，是不可能流落到社会上的。”

金满堂问：“会不会是傅抱石画了两幅一模一样的《镜泊飞泉》呢？”

康赛回答：“我感觉可能性不大。”他一下子就联想到渡边晨亩的《孔雀图》，于是说道：“我手里有半幅《孔雀图》，我的朋友手里有另外半幅；而我们公司贸易部的吴尚文老先生，手里却有一幅完整的一模一样的《孔雀图》。渡边晨亩有可能画出两幅一模一样的《孔雀图》吗？反正我感觉是不可能的。这就和傅抱石先生的《镜泊飞泉》一样，只怕是其中有一幅是赝品。当然了，因为临摹得非常逼真，水平很高，也是有其价值的。因此，我给他半价！”

这就是康赛，不会藏着掖着。事关《孔雀图》，为什么非要当着马万才说起呢？结果自然是引起马万才的万分警觉了。而且，引起马万才新的兴趣，找到新的兴奋点了。

金满堂当机立断，说：“就按你说的办，半价！说下大天来也是半价！就算打眼，也只打了一半，对不对？”说完，金满堂当着康赛和马万才，就给抵账那个朋友打电话，如此这般诉说了一遍，对方可能对“半价”接受不了，在电话那边吵嚷起来，连康赛和马万才都听到了电话里吵吵嚷嚷的声音，但金满堂还是做了这样的决断。撂下电话以后，金满堂说：“康赛，这笔业务给你，你们公司拿去做吧，也算你走马上任以来干的一件实事。”

哦？未来的岳父，一个精明透顶的人会把赚钱的业务随便给别人吗？康赛心里快速做了盘算，最后决定把业务接下来。不管金满堂在这件事上是怎么打算的，康赛都决定尝试一下。因为自己当经理以来还没有亲自做过一件业务。于是，便问金满堂：“伯父，您看这笔业务怎么操作？”

金满堂得意地点上烟，抽了一口，然后不紧不慢地说：“你们公司出钱，那这幅画买下来，我替你卖出去。你买画，按半价，我卖画，按全价。能不能卖得出去，全凭运气！一会儿你给我打印一份傅抱石背景情况的文字资料和画作参考价，给我送来。”

看来金满堂真不是吃干饭的，做起事来有板有眼。康赛先把马万才送走，答应他办完事再回饭店，然后便立即回公司，在电脑上调出了傅抱石的资料，改写以后进行打印：

傅抱石（1904—1965）：原名瑞麟，后更名抱石，号抱石斋主人。新金陵画派“山水画”代表画家。1933 年至

1935年留学日本。1935年回国，任教南京中央大学艺术系。1939年迁居重庆。1942年在重庆举办第一次个人画展，一举成名。1949年后曾任南京师范学院教授、中国美术家协会副主席、江苏省国画院院长等职。所作山水善于将笔墨技巧的形式美与真山真水的自然美巧妙地融合起来，善于点法、墨法，并创造出浑茫大气的“抱石皴”笔法，用笔恣肆，墨彩交融，宜于表现风雨阴晦、苍茫迷离的景象。所作人物又善于将古典诗词的意境与绘画艺术形象融为一体，神情秀逸，风格高古。《镜泊飞泉》是傅抱石20世纪60年代很有代表性的一幅作品。在这个时期，他的作品色彩明亮，一改早年那种偏于灰暗的色彩和心境。《镜泊飞泉》笔力非常雄健、强势，堪称其代表作。2005年，他的另一幅《镜泊飞泉》在北京荣宝春拍中，以二百六十四万元成交。

当他把文字资料和买画的钱送给金满堂的转天，他就又后悔了。自己根本就不赞成卖方把《镜泊飞泉》说成好几幅，自己只认可《镜泊飞泉》真品只有一幅的说法。而眼下，自己却举出另一幅《镜泊飞泉》在北京拍出二百六十四万这样的例子，说明什么问题呢？一是承认社会上流传着好几幅《镜泊飞泉》，二是说明自己心口不一，口是心非，为了赚钱，两面三刀。不是吗？他越想越不安，实在坐不住了，转过天来，便再次来到金满堂的店里，说，那份文字资料不可靠，还是重新起草吧！

金满堂连连摆手：“怎么不可靠？昨晚我让金玉在网上查了傅抱石的资料，与你写的大致相同。你根本没写错。我知道，你心里不同意傅抱石画了好几幅《镜泊飞泉》的说法，这个问题我们大家都说不清，因为傅抱石老先生早已作古，这个问题是个悬念。这样最好，我们可以利用这个悬念带来的利润空间做文章。”

“啊？这么说，您已经把画作和文字资料出手了？”

“没错。一会儿就回话。我现在一步也不敢离开店里，正在这里等电话呢！”

说着话，桌子上的电话铃声就急促地响了起来。金满堂得意扬扬地慢慢拿起话筒，“喂”了一声，然后就哈哈大笑，说：“这次就听你的了。不过，下不为例，下次你必须再买我一幅画作为补偿！”

然后，金满堂便叫店里的伙计去对方店里取银行卡。伙计出门以后，金满堂悄声对康赛说：“小康，你猜这幅画让我卖了多少钱？”

康赛不说话。他不想猜，也不想知道。因为，他感觉自己似乎在作孽。金满堂见康赛不说话，就说：“小康，我告诉你吧——这幅画我卖了二百万！你能赚多少呢？整整赚了一百万！小康啊小康，一百万是个什么概念？够你们公司十个人开五年的工资！够你和金玉在蓝海黄金地段买一个五十平方米的一室一厅！可是，你为此付出多少劳动呢？只是查阅资料，打印资料，然后把公司的钱取出来交给我。就这么简单！可是，你为什么高兴不起来？你的这种性格我倒是挺喜欢的，你对别人负责，也对社会负责，金玉看中你绝对没看错。问题是现如今社会上人们想赚钱都想疯了，谁不想一夜暴富？谁不想日进斗金？这幅画是有争议，但有争议不等于违法，只要不违法，我们怎么做都是对的，因为我们国家是法治社会！你什么都不用说，一会儿把钱拿走，交给公司，就算你们的盈利就是。你完全可以在公司功劳簿上为自己记上一笔！”

伙计回来了，笑盈盈地将银行卡交给金满堂，说：“老板，我刚才去银行划卡了，里面是二百万，一分钱不少。”金满堂接过银行卡，一转手便交给了康赛，说：“不要把事情想得太复杂，我喜欢‘繁事简办’，不喜欢‘简事繁办’。今晚来我们家吧，让金玉和她妈亲自给你包饺子吃。”

既然帮自己公司赚了钱，就不能一点表示也没有。康赛无奈地点点头说：“好吧，改天我手里不忙了，一定来。”

康赛回到公司以后，让会计把钱入账。但他告诉会计，说，这不是利润，是别人把钱存在这儿了。会计感觉康赛说的事情很怪异，谁这么犯豆子会往别人公司里存钱呢？

俗话说，一个姑娘不能许几个婆家。那么，一个男人也不能认几个岳母不是？但康赛自有康赛的情况，也是让他无可奈何的情况。那么，如此一来，艾一婕在他心里建立的防线，还坚守得住吗？这就要看康赛的定力和处事技巧了！

话说那天康赛和马万才从古玩店回来以后，两个人又回到四星饭店。路上马万才问："你上次在古玩店说什么？有两幅一模一样的《孔雀图》？"

康赛点点头回答说："对，是两幅，但其中必有一幅是赝品！"

马万才纳罕地问："那么，吴尚文手里那幅会不会是赝品呢？"

康赛摇摇头说："咱们在现在不谈这个问题好不好？"

马万才道："不行啊，这可涉及我此次来蓝海的历史使命啊！"

康赛一听这话，就笑了："现在我可说不好哪幅是真哪幅是假，所以，你在蓝海该干什么还干什么。你只要完成了领导交办的任务就万事大吉，至于真假，估计领导也不会计较。况且，计较也没有用。"

马万才这才稍稍放了一点心，便跟随康赛回到四星饭店。前后耽搁了得有一个多小时。此时，小车已经把三个小姐招到单间里来了。只见她们一个个都水水灵灵，精神抖擞，因为屋里暖气不热，所以，她们身上的衣服也不算暴露，只是洒在身上的香水气味非常夸张。她们分别坐在四个男人中间。康赛正在想，来三个人正好，因为自己没想找小姐陪。而这时，一个小姐却把椅子往康赛身边挤了挤，与康赛进行了零距离接触。再看其他人，小车和身边的小姐搂在一起，而马万才已经让小姐坐在自己腿上了。这时，吴尚文就开口说话了："现在是年轻人的天下，我这个'老便壶'该退避三舍了。"说完，站起身就走出去了。康赛一个劲喊："嗨！吴老师！吴老师！别走啊！"吴尚文连理都不理，径自走了。

此时，马万才就开口了，想必他对这种场合司空见惯，因此说出话来也十分露骨。他摸着身边小姐的腰身说："诸位，你们说，男人看女人是看哪里？"

这似乎是个有趣的话题，小车赶紧抢着说："我知道，二十岁的男人看女人是看脸，三十岁的男人看女人是看胸，四十岁的男人看女人是看屁股（也有人说看腰）。"

马万才道："从已知的资料里看，在成年男人的眼里，乳房对于女人的美丽至关重要。卢梭在《忏悔录》中对埃皮奈夫人这样评价：

‘她很瘦，脸色很苍白，胸部一平如掌。单是这一个缺陷就使我凉了半截；我的心灵和我的感官是从来都不晓得把一个没有乳峰的女人看作一个女人的。’听，卢梭竟然认为没有乳峰的女人不算女人！书中另一个女人叫徐丽埃坦，卢梭开始觉得她是一个‘最美妙的人儿’，但是最终他发现徐丽埃坦的一只奶头是瘪的，这‘最美妙的人儿’在卢梭眼里一下子就掉价了：说她是‘一个畸形的怪物，只是大自然的次品’。天！那么，为什么‘二十岁的男人看脸，三十岁的男人看胸，四十岁的男人看屁股’呢？看起来男人四十已经很实际，是直奔主题的，因为屁股的反面便是‘花儿’——四十岁的男人正如狼似虎，目的性极强。而不看屁股却看腰的男人大概有些唯美的观念作祟，因为他们以为腰不好看，屁股就会失去依托。有没有纤细的小蛮腰对于妹妹就相当重要，纤细的腰肢更能体现妹妹的曲线美，杜牧有诗云‘楚腰纤细掌中轻’就是这个意思。而诗中的‘掌中轻’说的是赵飞燕，史载她‘长而纤便轻举，举止翩然’，《赵后遗事》对赵飞燕这样描述：‘赵后腰骨尤纤细，善踽步行，若人手执花枝颤颤然，他人莫能学也。’至于今天的妹妹多穿露脐装，是在突出细腰的基础上再将性诱惑推进一大步，令成年男人浮想联翩。康赛，你学养深厚，你说说看是不是这样？”

康赛心说，我也不是什么学养深厚，就算学养深厚，我也不研究女人腰身啊！于是，他只是呵呵笑着，并不说话。只听马万才咳了一声，又继续发挥了：“其实女人大腿对男人视觉上的刺激并不亚于乳房，郁达夫在《沉沦》中描写质夫在厕所偷窥日本女子洗澡的一幕，他看到的除却乳房，其次就数大腿了。郁达夫的表述相当直白，他这样惊叹：‘那一双雪样的乳峰！那一双肥白的大腿！这全身的曲线！’听，女人肥白的大腿也让男人惊叹！如果让我一针见血指出其要害的话——莫嫌我俗哦。因为大腿距离花儿更近，更给人渴望窥见花儿的联想，如此而已，岂有他哉？鲁迅早就说过：看到胳膊就想到大腿，看到大腿就想到生殖器，中国人在这方面从来不乏想象力。而今天超短裙对于大腿的展示与露脐装的功能是同样的道理，无一不是在展示其令人诱惑的性征。这就是男女之间的默契，男人要看，甭管看哪里，反正是女人的身上部位；女人心领神会，便给你展示，哪一天穿着透亮内裤上街也未可知。你们说，是不是这样?”

大家在哄笑中一迭声道：“有道理，有道理!”

一个小姐便说：“你们男人最坏了，天天研究我们女人，直说得我们好像被扒光了一样。”

康赛感觉这个小姐说得没错，像马万才那样对女人进行深入细致的研究，真如把女人衣服扒光一样，也忒露骨了。

此时小车一直与身边的小姐打逗，逗够了，就说：“诸位，刚才隔壁洗浴中心给我打手机，说他们新上了一个项目，叫咱们去尝尝新。”马万才与小姐亲了一口，说：“好啊，客随主便，你领我们去哪儿，我们就去哪儿。不过，小姐必须得跟着。”但他说完这句话，马上就把目标集中到康赛身上，说：“康总，你可要全程陪同，不能让我们扫兴。我们给你二百吨棉花的业务不能白给，你不能连陪陪我们这点面子都不给吧!”

这让康赛怎么回答呢？老实说，身边有小姐紧挨着坐着，康赛也不是没有生理反应，如果硬说没有，那就是不够实事求是。尤其康赛这种根本没结过婚的年轻男人，对身边紧挤着一个小姐只怕比一般男人反应还要敏感。如果再去了洗浴中心呢？据康赛所知，在那里，小姐为把钱赚到手，会施展全身“十八般武艺”，一切禁忌在那里都将化为乌有！于是，康赛提出：“我去可以去，但不要让小姐跟着我。”

谁知身边的小姐也不是吃干饭的，她撞了康赛一膀，说：“干吗干吗？凭什么不带着我？怕我有病啊？我还怕你有病呢！你以为我会让你占便宜？我只是给你按摩，陪你洗太空浴，如此而已，岂有他哉!”

马万才和小车，包括另外两个小姐，一听这话都哈哈大笑。马万才笑得流出眼泪，说：“妹妹嘴茬子厉害！而且之乎者也，文辞不少！康总，就冲妹妹这文化水儿，你也不能把她甩了不是?”

没办法，康赛只得苦着脸，心事重重地跟着小车和马万才来到隔壁洗浴中心。在更衣室换好蓝色浴服以后，他们就随着服务人员来到光线明亮的太空室。这时，三个小姐也换了粉色的浴服，分别站在三位男士身边，与男士亲昵相拥。他们身上蓝、粉浴服的鲜艳色彩与太空室墙壁的洁白，形成鲜明对比。

一个技术人员模样的人拍了一巴掌，然后说："我先给大家做个简要介绍哦，免得大家觉得突然，弄不好还会吓一大跳。是这样，我们洗浴中心花巨资上马的新项目——太空浴，是集力学、生物化学、医学、经络学为一体的漂浮洗浴项目，是增强人体健康和生命能量的'充电'系统。需要涂抹在身上的蓝色洗浴液不是一般的洗浴液，而是由二十二种微量元素组成，能使人体在处于失重的状态下，将生命动力元素结合离子作用于人体经络穴位，达到预防机体透支、恢复潜在的自我调节功能、彻底消除疲劳、促进新陈代谢以至怡神养颜、预防皮肤病的效果。特别是根据人体力学能量相抵原理，使你达到失重、全身细胞处于全放松的状态，使你体液充分流动，使元素离子通过你的皮肤和经络穴位增强能量，活化细胞，使你精力充沛，从而达到抗衰防老、怡身养颜的功效。是一项新的高科技生命能量'充电'系统。好了，不多说了，大家细细体会好了。开始吧！"

太空室的一面墙壁上嵌着四扇黑黢黢的铁门，这个技术人员打开了其中的三扇门，把康赛、马万才和小车，连同他们身边的三个小姐，分别推进了三扇门。门被关好以后，室内的光线也变得幽暗起来，身边的人已经朦朦胧胧的看不清楚。康赛和小姐下了水池以后，立马感觉水质浮力很大，像有手在托他。此时，只觉得耳边"嗡"地响了起来，接着身体就真的漂浮起来了。这一漂浮，让他想起了世界知名的死海。此时，小姐身体漂浮着从一面墙壁的抠手里取出一瓶洗浴液，挤在手上以后，再往康赛身上抹。康赛身上穿着的浴服就显得十分多余，小姐说："现在屋里只有咱们俩，你把浴服脱掉吧！"

康赛感觉小姐的话太赤裸裸了，就说："你怎么这样啊？你不是说不会让我占你的便宜吗？"小姐呵呵笑着说："你真是没见过世面的老夫子！让你脱浴服，又不是让我脱浴服！"康赛说："男人赤裸起来是很难看的，你不硌硬吗？如果我是你，会千方百计告诫男人不要脱浴服，丑陋的东西还是遮掩一点好！"小姐又笑了，说："怎么非说丑陋呢？你知道举世闻名的米开朗其罗的《大卫》和意大利街头的《海神》吧，如果把下身遮掩起来，还会这么有风采吗？那玩意儿哪个男人身上没有？哪个女人又离得开？老实说，你如果是个太监，对不起，你就算拥有亿万资产，我也不会嫁给你！”

小姐说着，十分无奈地在康赛脸颊、脖子、前胸、肩头抹起洗浴液。康赛感觉这个小姐语出惊人，似乎有些文化，虽然从事的职业让人小瞧。便问：“请问，你叫什么名字？”小姐说：“幼稚，我会告诉你真名吗？你就记住我姓白就行了。我是看你老实，否则，我就告诉你我姓黑。”

白小姐在往康赛大腿上抹洗浴液的时候，突然抓住了康赛的私处，康赛立即一惊，“啪”一巴掌将白小姐的手打开了。白小姐着急地说：“你应该体会一下，男人在失重情况下做这件事是什么感觉，那是非常美妙的瞬间！”康赛立即打断了白小姐，说：“你甭蛊惑我，我不喜欢这个！”但话虽这么说，康赛自己已经膨胀得不行。一个没和女人同过房的童子，一般是经不住这一抓的。此时，他必须讲点什么，否则，他被刺激的这一下子就没法排解。他一字一顿地说：“你知道我为什么会守身如玉吗？因为我的恋人在离开我的时候，把一幅价值连城的名画的一半交给了我，那是我们俩定情的信物。虽然时间已经过去了十年，我仍旧没有找到她，但我相信，她在某一个地方会守身如玉地等着我！也许，她已经结婚了，但我相信，她的婚姻长久不了，她会很快离婚，会重新变成单身，重新成为我的苦苦等待的另一半！”

白小姐对这个很像传奇故事的诉说产生了共鸣，她的手变得规矩起来，她慢慢地给康赛按摩着肩膀说：“我的对象在老家是个小学教员，家里很穷，我出来挣钱他本来是不同意的，但我告诉他：甭管我在外面如何，我的心是干净的，钱也是干净的！”

康赛对白小姐连连摆手，说：“我不同意你这么做，你干这个职业怎么能保证钱是干净的呢？”白小姐道：“我只按摩，不卖身。”康赛说：“刚才你让我脱光了，如果我脱光了，难道不会逼着你也脱光吗？你难道不知道这会发生连锁反应吗？”白小姐道：“可是，来到这个地方就算你什么都没做，别人也认为你一样不少的什么都做了。”康赛道：“我不管别人怎么认为。”白小姐道：“在这样幽静独特的两人世界里，天知地知，你知我知，干吗那么较真儿啊？”康赛说：“不对，既然对恋人忠诚，那就要一尘不染！”白小姐道：“一尘不染？说得轻巧！我真的一尘不染了谁给钱？”康赛连连摇头，说：“你甭给我按摩了，咱们俩是两股道上跑的车，说不到一块。你的按摩会让我肉麻，让我恶心。因为你的手不干净。”白小姐非常惊讶地看着康赛，像看外星人。

第八章　无奈曼谷

实诚的人永远不知道狡黠的人有多狡黠；狡黠的人也永远不知道实诚的人有多实诚。

当太空室运转停下来以后，大家分别从三个单间里出来，马万才和小车都心满意足，相当惬意，他们身边跟随的小姐，脸膛也红扑扑的，喜笑颜开。唯独跟着康赛出来的白小姐哭丧着脸，两眼泪水迷离。

一个小姐纳罕地拥着白小姐问："康总欺负你了？"白小姐默默地点了一下头。那个小姐就不高兴了，大家一边往水池子方向走，那个小姐就开口说康赛："康总，你真不应该这样，你以为干我们这一行容易吗？你就算有钱，也不能拿我们不当人啊！"康赛本不想搭理她，但感觉不说出来，就好像自己真的欺负了白小姐。于是，他说："你不要瞎猜啊！我根本没有欺负白小姐，也没有看不起白小姐，我只是更加珍惜我自己。用白小姐的话说就叫：'如此而已，岂有他哉！'"但这个小姐根本不相信康赛的话，还是一个劲喋喋不休。因为在她的人生经验里，根本不可能有康赛这种在一男一女的空间里把持住自己的人，甭管男人女人！

当然，那个小姐不会相信，马万才和小车也同样不会相信。在结账的时候，小车对三个小姐给了一样的钱。也就是说，都是"特殊服务"的标准。但白小姐拿着钱还是哭了，说不清是因为这个钱拿得惭愧，还是被康赛在两人空间的话给伤着了。

他们回到公司以后，马万才就对康赛说话气粗了起来。他说："康赛老弟（他现在已经不喊康总了），其实咱们都一样，都是须眉男子，说句不好听的，姐们儿比巴子，一个球色！"康赛听了这话就觉得受了侮辱。自己怎么会是你们想象的那样呢？难道你贪色，我也跟着贪色吗？虽然是同样去了太空室的两人空间，我的情况与你们绝对不一样！但这种事没法解释，你解释也没人信。康赛气咻咻地说不出话。

接下来，马万才就又说话了，他说：“康赛，你说过，你手里也有半幅《孔雀图》，能不能让我看看？凭着我比你多吃几年咸盐的分儿上，我今天告诉你实话，我此次来蓝海，就是冲着吴尚文那幅画来的，副省长让我把画收回去。但是现在出现一个悬念：你手里也有半幅《孔雀图》。那么，其中必有一幅是赝品。如果吴尚文那幅画是赝品，以后我就不再追着你要了。而如果你那半幅是赝品，吴尚文的画我就还得收回去，而你就没必要再等那个艾一婕了。因为，别人已经告诉我了，你都三十一了还不结婚，就因为在等那个艾一婕。”

康赛害怕马万才看到吴尚文的画会发生争抢，因为从马万才的人品看，这种事很有可能发生。于是，康赛拒绝说：“算了，甭看了，你又不是字画专家，看也看不出所以然来。”

马万才一听这话就急了，说：“康赛你这人怎么刀枪不入、汤水不进呢？敢情我刚才说的那些劝你的话都是放屁？”

康赛苦笑着，递给马万才一支烟，说：“甭着急，该给你看的时候肯定给你看，只是现在时机不对。”

酒逢知己千杯少，话不投机半句多。马万才没接这根烟，却气哼哼地回旅馆了。

结果，两天以后，事情就捅到市里去了。路前浩副市长派三处一个新秘书来找康赛。这个秘书说：“K省的副省长是主管经济工作的领导，而K省正好与咱蓝海在经济上有协作项目。只要副省长手头松一下，就够咱蓝海很多人发一年的工资。你好好想想，人家副省长的一点家里事，咱是不是该帮忙解决一下？”

康赛微微哂笑，递给秘书一支烟，说：“市里想帮副省长，那就帮呗！用得着通知我吗？”

秘书抽着烟说：“康赛，你怎么这么糊涂，咱市政府怎么帮副省长？现在抓廉政建设抓得那么紧，谁敢冒这个风险？”

康赛明知故问道：“你是说，让我们这个小公司出面帮副省长？”

秘书使劲抽了一口烟，说："你甭揣着明白装糊涂，你把《孔雀图》还给副省长不就是最大的帮忙吗？"

康赛也使劲抽了一口烟，说："如果K省给我五百万，我就把画还给副省长。"

秘书急了，说："康赛，你这不是强人所难吗？人家给你送业务，让你赚钱还不行？还非得把五百万现金给你递过来？那五百万也不是小数，你让人家怎么下账？你想逼着副省长犯错误？你是不是太不知道天高地厚了？"

康赛又使劲抽了一口烟，然后顺嘴一喷，几乎喷到秘书脸上，说："我还就是这么一种人。马万才给我的业务，现在还是水中月，镜中花，能不能实现利润还是未知数。我凭什么不要那五百万呢？那是签了合同的事，我凭什么要违反呢？"

秘书问："你真要这么做？"

康赛道："没错。"

秘书问："板上钉钉？"

康赛道："君子一言，驷马难追。"

秘书气哼哼地把没抽完的半截烟往地上一扔，站起身来就走了。又一个"话不投机半句多"！只是这个能量更大。因为这个秘书的背景是路前浩副市长，而路前浩前不久刚刚把外经贸委的一个干部派出去寻找艾一婕，以此帮助康赛，来交换吴尚文的那幅《孔雀图》。

那么，那个叫作齐东强的外经贸委干部寻找艾一婕的事情进行得怎么样呢？因为香港蓝旗集团的人不说实话，齐东强无计可施，就按照老刘主任的安排在香港死等。不是说艾一婕去澳大利亚了吗？既然如此，很快就会回来。别看他们说艾一婕一走就会走一个月，齐东强和老刘主任根本不信，猜想那全是骗人的，用不了几天艾一婕就会回来。蓝旗一分店的改革创新工作还在进行当中，艾一婕怎么会长时间不回来呢？此时，齐东强已经通过和一分店的员工闲聊，大体知道了艾一婕所做的工作。

但是，就在这时，老刘主任给齐东强发来了新的指示：打道回府。不等了。管她艾一婕几时回来，咱都不等了。咱该忙咱自己手里的工作了。显然，是路前浩副市长给老刘主任下旨了。出来执行任务，就是路前浩派的，如果没有路前浩的指令，谁敢半截腰撤兵呢?

就在这个节骨眼，操作二百吨棉花业务的小车和邻市的纺织公司签了合同，但不知道为什么，他只与对方签了一个收取十万块钱中介费的合同，而马万才拿来的业务单子，他整个交给人家了。如此一来，就算这笔业务做成了，也只能赚十万块钱。偏偏那次他们去邻市，是大邸开车，而大邸本身就是二把刀，路面经验和行车意识都差得很远。结果在从邻市回蓝海的路上撞了一辆电动三轮，而三轮上坐着三个老头，大邸为躲一辆飞速抢道的摩托，一下子就把电动三轮端了，三个老头便从三轮车里飞了出来。那个场景凡是看到的人没有不吓得一头冷汗的。还好，三个老头一个也没死，一个喊胳膊疼，一个喊腿疼，一个脑袋上磕个大包。胳膊疼和腿疼的是不是骨折了也未可知。当然，大邸也吓了个魂飞魄散。他战战兢兢地问车里的吴尚文:“吴、吴、吴老师，您、您、您看这事——”吴尚文一时间也没有主意，便看小车。小车想了想就下了车，走到躺在地上的三个老头身边，对他们说:“各位老先生，你们都没有生命危险，这就好，我每人给你们两万块钱，你们拿了钱赶紧回家，如果警察来了，这事就得算交通事故，你们就一分钱也拿不到，你们说，要不要钱?”

三个老头想了想，还是要钱合适，便互相搀扶着相继站了起来，一迭声说:“要钱!”

小车用吴尚文的银行卡到镇上取出六万块钱来，分别给了三个老头一人两万。如此一来，再刨去为这笔业务发生的其他费用，十万块钱的中介费，顶多能剩三万块钱。而二百吨棉花的业务如果由公司操作的话，至少能赚三十万。因为这二百吨棉花的内部价马万才确实给得很低，利润空间很大。

“棒槌!”当小车把上述情况反馈给康赛的时候，气得康赛把一杯茶水泼到了小车脸上，“谁让你只签一个收中介费的合同?”

小车抹了脸上的茶水，摊开两手哭丧着脸说:“吴老师说这样做比较稳妥，没有风险。”

康赛气哼哼地说:“前期投入的时候，你们已经花出去三十多万，照着你们这个干法儿，哪辈子能把三十多万赚回来？马万才能没完没了地给你们送业务吗？他们还想要那幅《孔雀图》，不是白日做梦？”

谁知，小车挨完康赛的剋心里来气，就找马万才把话过过去了。那马万才一听康赛口气这么狂，便也火冒三丈，说：“咱骑驴看账本，走着瞧！看看你康赛脑袋硬，还是副省长脑袋硬！”当天，马万才就给副省长打电话汇报这件事，他不仅添枝加叶，还火上浇油，把康赛说的“马万才白日做梦”说成“副省长白日做梦”，直气得副省长在电话里吹胡子瞪眼大发雷霆。只不过康赛没在眼前，他发作了半天康赛也不知道。

但回过头来副省长就对蓝海市施加压力了：K 省作为经济协作供给蓝海的低价煤炭要缩减四分之一，副省长说，这是因为近来煤炭价格上扬。显然，这是个托词。还有，K 省供给蓝海的低价大豆，数量没有减少，但价格提升了不少，副省长也说，这是因为近来大豆市场吃紧。既然是经济协作，就不能百分之百按照市场经济办事不是？否则那还叫经济协作吗？蓝海市与 K 省建立这种协作关系已有三十年历史，怎么能因为一个康赛，因为一幅《孔雀图》就出现经济协作的萎缩与倒退呢？

蓝海的人不理解，想不通。路前浩自己不便争执，他叫秘书代表他说话，结果，秘书就把电话打到了副省长的办公室里，当然，也是副省长秘书接的电话。路前浩秘书说：“区域合作最好还是以大局为重，全国一盘棋不是？你们支持蓝海工作，回过头来，蓝海也会尽其所能支持你们工作，甚至你们可以放手挑——你们想要什么挑什么，绝对低价！怎么能因为一个康赛，因为一幅《孔雀图》而使两个区域的经济协作受到阻碍呢？”副省长秘书听了这话也不太满意，当然，他有另外一套说辞，他说：“现如今西方国家总是诟病我们中国不是纯粹的市场经济，总是找借口实行贸易保护主义。咱们国内的区域之间的经济协作确实还带有三十年前的计划经济的色彩，按理说早该改进了。你说是不是？”

路前浩秘书感觉对方很强硬，在拿大帽子压人，虽然只字不提《孔雀图》问题，但那些说辞的背后就是一幅《孔雀图》在起作用。

于是他说："请你转告副省长，不要因为国外有些议论就影响我们国内的合作，国外这样的协作也比比皆是，我们没有必要因噎废食。这个成语，因为所谓经济协作，说到底是K省支援蓝海。虽说早年蓝海也低价供给K省工业品，但近年来随着K省的工业发展，很多工业品已经可以自己解决，用不着蓝海了。所以，现在两个区域的经济协作实际出现了不对等的情况。所以，如此一来，K省人说话自然气就粗了："你不要扯那么远，那是个理论问题，不是咱们所要讨论的。咱就说眼下的情况，副省长已经决定的事，是没法改变的。因为副省长不是代表自己，他代表的是K省各级政府和全体老百姓！"说完，副省长秘书便把电话撂了。路前浩秘书急忙又打过去，想再辩解几句，但对方把电话线拔了，他这边听到的只是忙音。

当路前浩了解了这个情况以后，便挠起头皮，说："也没见过康赛这样的，也忒犟了不是？现在竟然影响到整个蓝海市的经济发展了不是？还有没有全局观念？"

但路前浩话是这么说，并没有对康赛采取什么措施，他以最快的速度，与蓝海市最大的房地产私企开发商马卫东取得了联系，把马卫东叫到了市政府，如此这般做了交代，想让马卫东以五百万把那幅《孔雀图》替换出来。马卫东与路前浩是关系不错的老同学，路前浩曾经帮助马卫东拿过市里的黄金地段。所以，马卫东对路前浩一直心存感激。但生意人终归是生意人，他对一下子让他拆兑出五百万来，还是感觉数字有点大。

"这康赛也忒死性了不是？要么我找找他，请他喝酒谈谈？"马卫东觉得不到万不得已，还是不出那五百万才好。

"只怕你找他也白搭，但凡有点办法我还不早就把他说服了？"路前浩唉声叹气。

"那个副省长也是，非得要那幅画吗？这不是利欲熏心吗？"

"话不能这么说，那吴尚文是个败家子，人家副省长看着心疼，想半截腰拦一下，也是无可非议啊！"

"也不能说吴尚文就是败家子，他在康赛那里入股，万一赚了钱呢？干经营的一刻也离不开风险，但也有成功的希望。所以，让我说，吴尚文退了休还不服老，敢想敢干，还是个让人佩服的人！"

“这么说，你不想帮这个忙?”

“哪里哪里，事关蓝海市经济工作，我责无旁贷，你老兄一句话，我绝对冲锋陷阵!”

“那好，你就赶紧办吧。”

“办。但我事先要见见康赛，能说服他最好。”

“好吧，看你的本事了。不过，行动要快，事不等人，K省那边说干就要干了，对蓝海的经济工作确实是有影响的。”

“我马上就去，先找康赛，然后就去公司，再然后就去银行。”

马卫东说完就与路前浩握了一下手，告辞了。马卫东没有先找康赛，而是先找吴尚文去了。马卫东是个有心路的人，他既然能把公司规模干成私企中的老大，必然有他成功的路数和智慧，以及高于别人的地方。此时，他对吴尚文是这么说的：“老哥，我打算出五百万帮你把那幅《孔雀图》替换出来，这样，你在康赛公司的股份还是五百万。但这个忙我不能白帮，我有个要求，请你帮我引荐一下K省副省长。他是你妹夫，想必这件事不会太难，是不?”

吴尚文想了想说：“你想见他?想在K省开发房地产?”

马卫东呵呵笑着说：“是啊，咱蓝海现在已经没有黄金地段了，边边沿沿的地段我还看不上，真想去外省看看。”

吴尚文犹豫了一阵，说：“我妹夫的前任，就折在房地产上。他上任以前就对省委发誓，在房地产问题上绝对一尘不染！所以，即使我帮你引荐了他，估计他也不会帮你拿K省的黄金地段。”

“哦，是这样?”马卫东有些没想到。他说：“好吧，K省那边的事我也不找你出头了，剩下的事我自己办吧。你把副省长的手机号给我这件事不难吧?”

吴尚文手里确实有妹夫的手机号，但他不想泄露出去。就推说手里没有，只有妹夫办公室电话。马卫东怎么会相信呢?他说：“我帮你把《孔雀图》替换出来了，就意味着，帮你在康赛公司入股了五百万，你等于拿着我的五百万在那经营。赚了算你的，赔了我也不追究，谁让我是路前浩副市长的老同学呢?但是，我的五百万总是能换来一个副省长的手机号的，再保守、再廉政的副省长，他的手机号也不值这么多钱不是?”

如果说，做人的力量在于说话，在于表达，此时马卫东的话就非常到位，一下子便打动了吴尚文。可不是吗？人家凭什么白白拿出五百万帮你办这件事啊？干经营的既然投资，就得讲究回报，即使是有实力的公司，拿出五百万以后丝毫没有伤筋动骨，甚至只是九牛一毛，举手之劳，人家也没必要充这个大头不是？吴尚文被马卫东的话感动了，他掏出身上的记事本，把妹夫的手机号告诉了马卫东。

马卫东拿到副省长手机号以后，没有表现得多么激动，因为，后面能不能办事全是未知数。他表情平静地走出屋子，来到楼道里，就给副省长拨通了手机。

"副省长，您好！我是蓝海市路前浩副市长的好朋友，也是吴尚文老师的好朋友。我按照路前浩的指示，打算用五百万把吴老师的《孔雀图》替换出来，然后亲自给您送去。你几时有时间，咱们见见？"

"哦？是这样？你叫什么名字？"

"我叫马卫东，'向前房地产开发公司'董事长，是路前浩的老同学，发小儿，新脚卡巴老脚气！"

"哦，还真不错，我替我大舅哥先向你表示感谢！回头你到K省来吧！来以前先给我打个电话。"

"好，一言为定。"

"一言为定。"

事情就这么定。但问题是你这边定了，并不等于康赛那边能够摆得平。马卫东打手机的时候，正好站在康赛办公室的门外，马卫东说的每一句话康赛基本都听见了。这虽不是隔墙有耳，但却真是"隔门有耳"。康赛也不是喜欢听门缝的人，马卫东的话他完全是无意中听到的。听完以后，"交易"这两个字，这个在眼下中国再普通不过的概念，猛的一下子闯进了康赛的大脑。一般人可能对这种交易熟视无睹，根本不往心里去，甚至还乐此不疲。但康赛不行，他就是那种不随和、一根筋的人。当马卫东推门进来，大模大样地坐在他对面的时候，他非常不客气地说："请问你找谁？怎么连门都不敲一下就进来了？你知道这里是工作单位而不是公共场所吗？"其实，他刚才早已经隔着门听到了马卫东姓甚名谁了。

“我是路前浩副市长的好朋友。”

“我知道。”

“哦，谁向你介绍的？”

“大名鼎鼎的向前房地产开发公司，谁不知道啊？”

“房地产开发公司就一定与副市长有关系吗？”

“没错，不然的话，你怎么拿得到黄金地段呢？”

“兄弟，你太尖锐了，这样不好。”

“一个人有一个人的追求，一个人有一个人的做人标准，谁都不能改变谁，谁也不能强求谁。你说是不是？”

“可是，自古以来，好汉不吃眼前亏，识时务者为俊杰。如果连一件事的‘字儿’‘闷儿’都看不出来，那他还能做成什么事？”

“做不了大事就做小事呗！做国家元首自然风光，可是，平头百姓也不能不活着，你说是不是？”

“康赛，咱打开天窗说亮话，因为K省副省长想要《孔雀图》而要不到，心情不好，已经准备把支援蓝海市的低价煤炭缩减四分之一，把低价大豆涨为市价。想想看，对蓝海市的经济工作得有多大影响？所以，路前浩副市长着急，他主动找到了我，让我帮这个忙。我怎么帮呢？只能扎自己一刀，放血——给你五百万，把那幅画替换出来。”

“如果我对你的五百万不感兴趣呢？”

“那幅画价值五百万，我现在就给你五百万，等价交换，有什么不可以呢？”

“你这不是强买强卖吗？等价，就一定要交换吗？再说了，你怎么知道等价？”

“当然知道，吴尚文找文物局估的价就是五百万。”

“但我不想跟你交换。”

“康赛，听老哥一句，君子成人之美，不要紧把着别人的东西不撒手，你把得再紧，那幅《孔雀图》也不是你们公司的，更到不了你个人手里。”

“话不能这么说，吴尚文如果把贸易部赔干净了，这幅画就归公司所有了。”

“啊？你们是这么谈的吗？那吴尚文不是亏大发了？赶紧把你们合作的协议拿出来让我看看！这属于不平等条约，属于‘霸王条约’，是应该诉诸法律的！”

“你什么意思，想把我送上法庭？”

“咱们可以把问题消灭在萌芽状态，现在就把协议撕毁，然后重写，写一个对双方都有利的、真正平等的协议。”

“快把心放肚里吧，问题没那么严重。我们公司内部的事与你没什么关系，我也不会按你的指挥棒转。”

“那么，我给你五百万你是不接受了？”

“没错。”

“路前浩副市长的话你也可以不听了？”

“我可没这么说。”

“你就是这么做的！”

“你非要这么认为，我也没办法。一个副市长亲自干预一个小公司的具体业务，在哪个城市，恐怕都是笑谈。”

“康赛，我知道你既不喜欢喝酒，也不喜欢乱七八糟的女人，所以，那些事我都不跟你提，我只跟你提一点——”马卫东压低了声音，“谁都跟钱没仇，咱们这么办，我名义上给你公司五百万，私下我给你自己一百万。咱们对外只讲给了公司五百万。这样，我以六百万换取《孔雀图》，怎么样？”

“我劝你赶紧打消这个念头！我不稀罕天上掉馅饼，对飞来的横财也没兴趣。我实话告诉你，这幅画我谁都不想给。我的想法就是在吴尚文完成了协议，与我终止合作的时候，把这幅画全须全尾交还给他。因为这幅画如果是真品，那确实价值连城。越是这样，我越应该谨小慎微。半截腰给谁我都不放心。我并不是想以此谋私，明白了吗？”

“你是不是怕我事后举报你？我可不是过河拆桥的人！否则的话，我的公司也干不到这么大的规模！”

“你怎么没听明白我的话呢？我只是告诉你，我要对吴尚文负责到底，半截腰不管出什么幺蛾子，也不管是哪一级领导找我，我都坚决顶住。我的职位并不高，我的公司规模也很小，资金实力也不大，否则，也不会形成与吴尚文的合作。我的一切都微不足道，甚至我的肩膀还很弱，经不起折腾。但我这个肩膀对吴尚文这件事还是顶得住的，这一点请你放心，也请副省长放心。如果副省长与你谈起这件事，你就可以这么回答他！”

“你不觉得眼下你有点忘乎所以吗？”

“我眼下头脑清醒得很！”

还说什么呢？还有什么可说呢？马卫东万分失落地悻悻地离开了康赛公司。现如今是商品社会，人们的头脑都灵活得很，为了赚钱可以说挖空心思。天底下还有康赛这么不开窍的人吗？

马卫东在马路边给路前浩打电话，说：“副市长大人，不是我舍不得那五百万，是康赛这个人死榆木疙瘩脑袋！我都说出给他六百万了，那一百万给他个人，他都硬是不答应！哥们儿，你长这么大见过这么死性的人吗？”

路前浩副市长也不由得“哎哟喂！”一声感叹。这么廉政的人如果在机关里干，还真是不错的。当初怎么会把他调走呢？路前浩蓦然间感到纳罕。但倏忽间他又明白了，康赛太死性了，死性得不近人情。幸亏把他崴出机关了，否则还不知道将来会给机关捅什么娄子呢！那么，接下来怎么办呢？能眼看着 K 省把低价供给蓝海市的煤炭缩减四分之一吗？能眼看着他们把低价大豆的价格调上来吗？路前浩急速地转动脑筋，他要立马想出挽救颓势的办法来！

话说艾一婕在一个星期以后确实回了香港。问题是此时来寻找和坐等她的齐东强已经奉调回蓝海了。所以，艾一婕与一个个来寻找她的人都没见上面。这件事说起来像是有意虚构，好像很不真实。去香港找一个人真的这么难吗？找别人可能不难，找艾一婕还就真这么难！原因已经展露出不少，后面还会继续展露找不到她的原因。

就在蓝旗集团一分店的工作势如破竹、蒸蒸日上的时候，孙家富的老婆陈志松突然来到艾一婕的办公室，不分青红皂白地揪住艾一婕抬手就打。艾一婕身体单薄，怎么招架得了五大三粗的陈志松呢？结果，几个回合下来，艾一婕便被打得鼻青脸肿。等到陈志松打累了，歇下手来的时候，艾一婕气愤地问：“你有什么烦心事，来拿我撒气？”

陈志松喘着粗气说：“刚才我去孙家富的办公室，调出了监控录像，发现孙家富搂着你的时候，你竟然没有一点反抗，就那么心安理得地让他搂着！你说，你是不是专门勾引男人的狐狸精？”

艾一婕一听这话差点没背过气去。当时的情景艾一婕已经懒得向陈志松复述，起初艾一婕是没有反抗，但也表现得十分冷漠和淡然，而当孙家富做出进一步举动的时候，艾一婕怎么会没推拒没挣扎呢？只是孙家富力气更大，让艾一婕无可奈何而已。怎么现在把账都记在自己身上呢？艾一婕的眼泪一串串地往下掉。

陈志松气急败坏、不依不饶地说：“艾一婕，限你两天时间，给我写出保证书，以后决不再勾引孙家富。否则，你就立马收拾行李辞职走人！”

写保证书？我凭什么给你写保证书？艾一婕突然哭出声来。陈志松在艾一婕的哭声里气哼哼地走了。艾一婕蓦然间便停止哭泣。为什么要哭？哭是女人自卫的武器，是女人宣泄委屈的方式，更是女人示弱的表现！艾一婕不哭了，她要离开香港，离开孙家富，凭借自己这段时间积累的经验，去找其他饭店应聘。想好以后，她就开始收拾自己的行李。她一向轻装简从，从来没有过多的行李，所以，三下五除二，就把行李收拾好了。然后，就给孙家富打了一个告别电话，她说：“你现在身在澳大利亚，我也不强求你回来，如果你能回来，就请把我的工资结清。如果你回不来，那么，我的工资也不要了。”

电话那边的孙家富一听这话就急了，说：“我们千方百计把你留了下来，你的工作很顺利，也很有成绩，为什么说走就走啊？谁做了对不起你的事？你是不是耍小孩子脾气？你是人才，人才嘛，自然不是庸才，所以应该大人大量，别跟一般人斤斤计较！”

艾一婕非常不耐烦，说：“我只和你谈工资问题，你究竟有没有诚意给我结清？”

“别急别急，我肯定给你结清！”

当天夜里，孙家富赶回了香港。深更半夜，他敲开了艾一婕寝室的门，一进屋就要拥抱艾一婕，结果被艾一婕狠狠地一把推开。

她敞着门，站在门口，就声色俱厉地将陈志松的所作所为讲了一遍。孙家富万分气愤，他大叫：“陈志松，你这个愚蠢的肥猪！我不看你为我生了三个女儿，我早就把你休了！”接着，孙家富就给艾一婕单腿跪了下来，说：“一一，不看僧面看佛面，就冲我对你的一片诚心，留下来吧，蓝旗集团不能没有你啊！”

艾一婕的眼泪又止不住一串串地掉下来。她是个心软的人，看不得男人对自己下跪，最后还是同意留在蓝旗集团，但她提出去澳大利亚。孙家富说：“眼下最需要调整的是泰国曼谷的二分店，我看，你还是去曼谷的二分店吧！”

还是因为艾一婕心软，事情就这么定了。想当初，如果不是因为她的心软，她就不会嫁给郭亚洲。接下来，也就不会来到蓝旗集团挨周艳红的打，挨陈志松的打。不是吗？

来到曼谷，又是一个人生地不熟的地方。好在曼谷有一部分人说英语，特别是这部分人基本集中在政府机关和企事业单位的管理层，而艾一婕的英语说得不错，这就帮了她。

蓝旗集团的二分店位置坐落在曼谷的素昆逸路。从门面上看，装潢考究，气势泱泱，还是不错的。原总经理也是个女的，叫柳爱萍，中国大陆去的，和艾一婕差不多的年龄，容貌身段也不错，当时艾一婕心里就咯噔一下子，是不是又一个周艳红呢？柳爱萍现在已被降为副总经理。她见艾一婕来了，什么都不说，只是两手抱肩那么站着，乜斜着眼对艾一婕冷眼旁观，眉宇间写满怨怼。倒是大堂跑前跑后帮着艾一婕收拾寝室，安顿行李。艾一婕从口袋里掏出早已备好的一个祖母绿鸡心胸坠，递给柳爱萍，说：“小小不言，不成敬意。”

柳爱萍撇了一下嘴，既不说话，也不接，甚至连看一眼都懒得看，很不友好。而成色这么好的祖母绿鸡心坠没有两三万块钱人民币根本买不下来。艾一婕无奈地把胸坠装了回去。问题就是这样，纳新与吐故应该是相辅相成的。如果只纳新而不“吐故”，那么，新人就必须有绝对权威。而艾一婕初来乍到，怎么谈得上绝对权威？她又掏出一块手表，递给大堂，大堂瞄了一眼连连推辞，说：“雷达表，太贵重了，我不适合戴这么好的手表，艾总留着另派用场吧！”

艾一婕有几分来气，一把抓过大堂的手腕，就给他戴上了。艾一婕已经观察过了，大堂原本没有手表。大堂急忙鞠躬致谢。

此时，柳爱萍就冷言冷语地说话了："二分店的工作本来是不错的，可是孙家富不知哪根筋搭错了，非要换经理。换就换吧，我以为怎么也得来一位懂经营会管理的高手，却原来不过是依靠小恩小惠笼络人心的庸才！"说完，便扭着腰肢走掉了。

大堂非常尴尬地看着柳爱萍背影。艾一婕也非常诧异地看着柳爱萍背影。那窈窕的身段和翘翘的屁股都说明，艾一婕又遇到了新的对手。大堂是个四十出头的男人，一表人才，身上的店服却不大合身，显得臃肿。他是香港过来的，说话半是港腔，半是普通话。他用墩布拖着地板说："艾总，欢迎啊！咱们二分店这边的工作还是不错的，比一分店强得多。你来了也不必急着干工作，先适应一下生活环境。这曼谷啊，属热带季风气候，终年炎热，一年中最舒适的月份是12月，月均温度17℃左右，四五月是最难忍受的季节，月均温度高达38℃。"说着，大堂退出门外，看看左右，然后重新进来，把门关好，说："艾总，你要对柳爱萍留个心眼儿，她可不是个省油的灯。"接下来大堂便什么都不说了，还是继续干活。

艾一婕把行李安放在寝室以后，就上街了。她要做细致入微的社会调查。

初春的曼谷，天气还不算太热，空气也还干燥。漫步在素昆逸路上，呼吸着曼谷的空气，看着街道两旁的酒楼、庙宇和绿树、花丛，艾一婕暗下决心，我究竟是人才还是庸才，咱拭目以待。我要不把二分店干得更出色，我就不是艾一婕！

一个女人总是很容易为自己找到对手。而对手给予的唇枪舌剑以及一切反作用力，对于自己，又总是形成强大的自强力量。

于是，时间不长，艾一婕便了解到诸多相关知识。比如：泰国的曼谷是世界上名字最长的首都。曼谷地处湄南河三角洲，是泰国最大的城市，也是东南亚最重要的城市之一。它的名字用泰文表示共有一百六十七个字母，如果音译为拉丁文字，则有一百四十二个字母。这样长的名字既不好写也不好念，所以泰国人就把它简称为"共台甫"，外国人则称为"曼谷"。而泰国人还称曼谷为"军贴"，意思除了“天使之城”之外，还有“伟大的都市”“玉佛的宿处”“坚不可摧的城市”“被赠予九块宝石的世界大都会”等，不一而足。可见泰国人对曼谷的热爱。

而素昆逸路，是曼谷市内的几条主要街道之一，也是曼谷最繁华、热闹的大道。它的中段和下段分别是披集路和拉玛一世路，纵贯整个曼谷市 。这里还集中了曼谷的商业中心、娱乐区、酒店、使馆区。交通极为方便，有空中捷运系统穿过整个街区，各种公共交通车辆川流不息，是异国居民最喜爱的路段。素昆逸的巷道有的非常出名，如：通锣巷，有许多高级餐厅、酒吧、高级公寓、各种纪念品商店；那那巷，是印度人集中的街区，有很多出名的西服裁缝店等。美国大使馆和英国大使馆也在这条街的一个岔路口。世界贸易中心和四面佛景点则在它的中段，名闻遐迩的暹罗广场和 MBK 商业区在下段。而蓝旗集团二分店就在素昆逸路正中间。

艾一婕熟悉了素昆逸路以后，又考察了其他诸如是隆路、沙吞路、查隆功路、拉查达姆大街、拉差叻彼色路、唐人街等著名街道。然后又考察了曼谷的旅游景点。这一点同样也重要，如果来曼谷的旅游团很多，游客来二分店吃饭住宿的机会就很多。但曼谷市区内的最主要的景点，应该属大皇宫、四面佛和湄南河。大皇宫、卧佛寺、郑王庙相隔不远，一个上午就可以看完。下午可以去暹罗逛街，不拜佛的话，一分钟就可以把四面佛看了。唐人街晚上很热闹，但很多店都磨了利刀，随时准备宰人。想买土特产品还是要去大型超市。而旅游团来二分店吃饭住宿都是非常方便的。这就是商机。

艾一婕走进了曼谷的著名酒店——红云饭店。从大堂嘴里，艾一婕已经知道，红云饭店极具传奇色彩，一个多世纪以来，不论皇室成员还是达官显贵，文人墨客或是著名的旅行家都因其奢华与壮丽而慕名前往居住，使其世界级的声誉愈加隆盛。红云饭店历史悠久，已经超过了一百二十年。当年饭店落成时，整个饭店看上去就如同一艘沿着传说中的昭巴耶河（现称湄南河）停靠的船，而客房就像水手们住的船舱。这一描述形象而传神，一直被演绎延续至今。而原先的饭店现已被今天的宏伟建筑所代替，今天的红云饭店早已成为公认的世界一流的城市度假饭店。那么，红云饭店究竟好在哪里呢？

红云饭店的一个中年服务生接待了艾一婕。他边给艾一婕端上咖啡，边用英语说："女士您好，欢迎您来到我们红云饭店。如果您入住我们的饭店，您会发现，饭店内有那么多可看可听和值得一做的事物，一定会让您不想离开。绿意盎然的热带花园内生机勃勃；清凉碧绿的游泳池在阳光下亲切迷人；泰式文化和烹饪课程定会让您大开眼界；东方 Spa，运动中心和十个各有特色的浅水区域让您的逗留增添了无限情趣。为什么有那么多国际著名旅行杂志持续不断地将红云饭店评为世界最棒的饭店之一，答案不言自明！"

艾一婕用心倾听，微微点头。"您还可以在河畔欣赏静谧的日落美景，河上来来往往的长尾船、稻米船和一幅幅迷人的景象在您眼前穿梭而过。在泳池畔轻松休息，沉浸在繁茂的热带花园美景中，您体验到的是绝对意义上的平静与安详。"艾一婕说："你能不能陪我转转？"服务生道："当然可以，请吧。"

两个人开始围着红云饭店漫步。毫无疑问，红云饭店真的宛如湄南河上的一颗耀眼明珠。在饭店大厅里，精致的泰式中古世纪风格，让人感觉到另一种迥然不同的视觉震撼。这里没有华丽繁复的水晶灯，取而代之的是大型灯笼式的竹灯，自挑高的屋顶直泻而下，透露出属于东方的神秘、内敛。大厅四周环以大片的落地窗，让自然光线能毫无阻隔地洒进窗内，白天的阳光和落日余晖映着窗外盎然的绿意，只要坐在沙发上，河畔美景便尽收眼底。视线沿着雕琢精致的楼梯向上延伸，富丽堂皇的室内装潢便展现出贵族般的气息。置身这样的房间，会让人顿生对自尊的满足感。三百多间豪华套房，让在此停留的房客能得到最满意的休息环境；此外，五间提供不同风味餐饮的餐厅、两座室外游泳池、网球场、购物大街、美容中心等休闲设施，也提供给房客多样的休闲选择。

服务生说："红云饭店堪称亚洲饭店之最，几乎天天客满，不提前一个月预订是很难有入住机会的，而且客人大都来自西方发达国家。泰国在亚洲算不上特别发达，但为什么会有如此诱人的饭店呢？大家往往会以为泰国是一个旅游国家，而且又有世界上独有的人妖表演，是不是他们单纯在这方面下了功夫？其实错了，我们靠的是真功夫，是非同寻常的客户服务，也就是现在经常提到的客户关系管理。”

“非同寻常的客户服务？怎么个非同寻常法?”艾一婕好奇地问。

服务生有些纳罕地看着艾一婕，似乎感觉她问得过于精细了。艾一婕心领神会，便从口袋掏出一个小盒子，塞进服务员的口袋里。服务员把手伸进口袋，捏住了小盒子，脸上微微泛红了。

第九章　痴心单恋

小盒子里仍然是一块手表，只不过不是雷达表，而是中国大陆出产的手表。艾一婕对伟人的话是一直牢记在心的：不打无准备之仗，不打无把握之仗，打则必胜。她还记起一句中国老百姓的俗话：开弓没有回头箭。既然出国谋生，她就做了各种必要的准备。她拍拍服务员肩膀，示意他继续。

"我以我自己的例子，来做一下说明吧。"服务生说，"一位美国朋友因公务经常出差来泰国，并下榻在红云饭店。第一次入住时良好的饭店环境和服务就给他留下了深刻的印象，当他第二次入住时几个细节更使他对饭店的好感迅速升级。那天早上，在他走出房门准备去餐厅的时候，我恭敬地问他：'汤姆先生是要用早餐吗?'结果汤姆先生很奇怪，反问：'你怎么知道我叫汤姆?'我说：'我们饭店规定，晚上要背熟所有客人的姓名。'这令汤姆先生很是吃惊，因为他频繁往返于世界各地，入住过无数高级酒店，而这种情况还是第一次碰到。汤姆先生高兴地乘电梯下到餐厅所在的楼层，刚刚走出电梯门，餐厅的服务生就说：'汤姆先生，里面请。'汤姆先生更加疑惑，因为餐厅服务生并没有看到他的房卡。汤姆先生纳罕地问：'你知道我叫汤姆?'餐厅服务生答：'上面的电话刚刚下来，说您已经下楼了。'如此高的工作效率让汤姆先生再次大吃一惊。汤姆先生刚走进餐厅，服务小姐微笑着问：'汤姆先生还要老位子吗?'汤姆先生的惊讶再次升级，心想：'尽管我不是第一次在这里吃饭，但最近的一次也有一年多了，难道这里的服务小姐记忆力那么好?'看到汤姆先生惊讶的目光，服务小姐主动解释说：'我刚刚查过电脑记录，您在去年的 6 月 8 日在靠近第二个窗口的位子上用过早餐。'汤姆先生听后兴奋地说：'老位子！老位子！'小姐接着问：‘老菜单？一个三明治，一杯咖啡，一个鸡蛋？’现在汤姆先生已经不再惊讶了：‘老菜单，就要老菜单！’他已经兴奋到了极点。上餐时餐厅赠送了汤姆先生一碟小菜，由于这种小菜汤姆先生是第一次看到，就问：‘这是什么？’服务生后退两步说：‘这是我们特有的某某小菜。’服务生为什么要先后退两步呢，他是怕自己说话时不小心把口水落在客人的食品上，这种细致的服务不要说在一般的酒店，就是美国最好的饭店里汤姆先生也很少见到。这一次早餐给汤姆先生留下了终生难忘的印象。后来，由于业务调整的原因，汤姆先生有三年的时间没有再到泰国来，在汤姆先生生日的时候突然收到了一封红云饭店寄去的生日贺卡，里面还附了一封短信，内容是：‘亲爱的汤姆先生，您已经有三年没有来过我们这里了，我们全体人员都非常想念您，希望能再次见到您。今天是您的生日，祝您生日愉快。’汤姆先生当时激动得热泪盈眶，发誓如果再去泰国，绝对不会到任何其他的饭店，一定要住在红云饭店，而且要说服所有的朋友也像他一样选择。汤姆先生看了一下信封，上面贴着一枚六元的邮票。你看，六元钱就这样买到了一颗心，这就是客户关系管理的魔力！”

红云饭店的经营之道无疑是成功的，艾一婕频频点头。她在对服务生夸奖红云饭店的同时陷入沉思，怎样把红云饭店的经营之道搬到蓝旗集团二分店呢？

离开红云饭店以后，艾一婕回到二分店，便进行观察和比较，感觉差距确实是非常明显的。红云饭店的成功之道无疑是非常重视培养忠实的客户，并且建立了一套完善的客户关系管理体系，这就是红云饭店成功的秘诀。要学习红云饭店的这手高招儿，才是二分店提高知名度、扩大效益的可靠途径。艾一婕把思路都捋清以后，就在一个孙家富来视察的日子里，她召开了全体人员会议，做了专题讲座。那天，孙家富、柳爱萍和大堂，都坐在主席台上，这是艾一婕安排的。从本心来讲她没必要安排柳爱萍也坐在主席台上，但出于建立统一战线的考虑，还是把柳爱萍安排在主席台上了；而大堂起初自己不愿意坐在主席台上，而艾一婕非要他坐在主席台上，他是因为争不过艾一婕，才服从命令的。其实，明眼人可以看出，艾一婕在大堂身上寄予了殷切的希望。希望什么呢？就是希望大堂能忠实地成为艾一婕的左右手。

艾一婕讲述了红云饭店的故事，接着便翻开笔记本，说："通过我所走访的几家饭店，特别是详细走访了大名鼎鼎的红云饭店以后，使我对我们二分店的工作目标更加明确了。什么目标呢？就是培养忠实的客户。为什么要这样做？现代管理大师彼得·德鲁克说：'顾客是唯一的利润中心。'经济学家帕累托的著名的'二八法则'认为，企业营业收入的80%是来自20%的顾客。以特定手段给顾客分级，区分出对公司利润有最多贡献的那一批顾客，并为之创造更高消费价值、提供更多更好的服务，使之成为饭店的忠诚顾客，长久为饭店创造利润，这一点通常被称为'数据库营销'或者'关系营销'。许多饭店都已开始意识到打造顾客忠诚度的重要，因为我们已经知道，争取一位新顾客所花成本是维系一位老顾客的六倍。"

讲到这里的时候，柳爱萍突然插进话来，问："如何利用数据库开展关系营销呢？"台上台下的人全都看着艾一婕，因为这个问题正问到要害处。艾一婕不觉沉了一下，似乎不太好回答，又似乎在措辞，此时孙家富就咳了一声，要接过话来打这个圆场。但就在这时，艾一婕又开口了：

"资料表明，有63%的客户流失是因为被忽视。要抓住客户，就需要与顾客建立有价值的永久关系。数据库如果不能用来加强同客户的关系，就会毫无意义。这就需要对数据库进行挖掘。饭店需要有专门的顾客关系管理机构，运用系统分析工具，可以对数据库进行有效分析，得出需要的信息。首先，利用数据库挖掘出对饭店利润贡献最大的金牌客户。继而制订不同的优惠及服务计划，为顾客创造更大的价值。其次，要利用数据库提供的信息进行分析，帮助挖掘潜在的商机。我相信，大家在这方面已经见识了很多。那么，具体应该怎么操作呢？下面，我们要进行认真的讨论。"

孙家富频频点头，没错，这个问题需要讨论，别说艾一婕初来乍到说不清，就是已经接班干了好几年的孙家富也说不清。

像国内的国企那样，艾一婕把员工分成很多小组，让他们在一间间客房里进行讨论。结果，时间不长，就把不同等级的客户群名单用表格拉了出来。孙家富看了以后连连点头，说："一一，你真行啊！"

孙家富来了要住一宿才走。他的寝室就在艾一婕寝室的隔壁。而墙壁都是夹层石膏板的。于是，深夜，艾一婕就听到了孙家富与柳爱萍对"要不要戴套"发生争执的说话声和折腾起来发出的呻吟声。折腾过后，柳爱萍说道："艾一婕好像没比我们高多少，其实她说的那些我们一直在做，只不过我们没有像她那样上升到理论而已。"

孙家富懒洋洋地拖长了声音说："要多看别人的优点，啊，是不是？你为什么这么长时间没有长进？你去过红云饭店吗？啊，你转过红云饭店的角角落落吗？啊，你与红云饭店的服务生做过长谈吗？"

"想转红云饭店的角角落落？你不给人家费用，人家让你转吗？想与红云饭店服务生做长谈？不给人家好处，人家跟你谈吗？她艾一婕善于干这种事，我最看不起！我也是大饭店的经理，别人饭店的角角落落有什么值得我关心的？而且，为了解一些只言片语，值得向一个服务生送好处吗？"

"也许艾一婕确实给了红云饭店服务生好处，否则不容易了解那么多一手资料。但你反过来想想，这些一手资料是不是很值钱？给人家一点好处有什么不应该？"

"反正我不屑于干这种事！"

"为了工作舍不舍得投入本钱，特别是掏自己的腰包，这是区别一个人是不是真的对工作热爱并且负责任的具体表现。"

"按你这么说，只有艾一婕热爱饭店工作，并且负责任？我们辛辛苦苦干了这么多年都是混饭吃？"

"反正你和艾一婕不可同日而语。"

"你这么向着艾一婕，以后你再来曼谷就跟她睡，别来找我！"

"说跟她睡就跟她睡，你以为我不想啊？"

"你敢！"

"今天我没去找艾一婕睡觉，不是敢不敢的问题，而是艾一婕一向洁身自好，我不好意思强求她，因为我们毕竟正在需要她给我们的工作打基础。”

“老奸巨猾！居心叵测！一肚子坏水！”

“睡觉睡觉，别让隔壁听见。”

隔壁消停下来，艾一婕却再也睡不着了。孙家富在利用自己吗？孙家富对自己表现出的殷殷之情全是出于利益需要的做戏吗？自己现在是不是正在被人利用呢？自己该不该处在这种被人利用的位置呢？被人利用有没有意义和价值呢？艾一婕内心里矛盾重重，百思不得其解。冥冥之中，她想起价值哲学中的一个观点：价值的本质是现实的人同满足其某种需要的客体的属性之间的一种关系。但哲学家又说，价值哲学研究不能只重视物和客体的价值。实践价值思维方式要求以人的价值追求和本质实现为中心和出发点来研究价值问题，这样才能揭示价值本身的人文内涵，体现价值应有的人文关切。而自己眼下所面临的“人文困惑”，谁来给予解释呢？于是，她向根本不在身边的康赛发问：“你说呢？”

康赛回答：“其实，能够被人利用是值得骄傲的资本。你被别人利用，说明你有可利用的价值。没有价值的人才不会被他人利用。没有利用价值的人是可悲的。有利用价值的人比没有利用价值的人强一百倍。人的价值只有通过被他人利用才能体现出来。不被他人利用的人，是没有价值的人。没有利用价值的人没有朋友，有利用价值的人才有朋友。人与人的关系说到底就是相互利用的关系，只有相互利用才能相互依存。只有允许被他人利用，自己才有理由利用他人。被他人利用，是自己利用他人的条件。不能被他人利用的人，也无法利用他人。我们常说的‘相濡以沫’‘互惠互利’或‘互相帮助’，都是在提倡相互利用。相互利用就是相互满足对方的需要。”

“康赛，我还要问你：两个彼此相互利用的人还能成为真心朋友吗？”

“回答这个问题之前，我们有必要消除对‘真心’的误解。很多人认为‘没有谋取利益动机的朋友才是真心的朋友，甚至才算是朋友’，这是一种很天真的一厢情愿的观点。世界上不为谋取利益而交往的朋友是存在的，比如老同学、发小之类。但更多的是在利益上互相利用的朋友。互相利用是友谊的基础。不必在意他人有利用你的意图，只要他没有害人之心，那么他就不是你的敌人。只要他以不伤害你的方式与你交换利益，那么他的这种企图心就是真心的——他是真心与你交换利益。什么是真心朋友呢？只要是不伤害你的利益的朋友都是真心朋友。”

“那么，孙家富算是我的真心朋友吗？”

没有回答。康赛消失了。艾一婕暗暗苦笑。康赛原本也没出现过。刚才不过是自己自问自答，自说自话。

折腾了半宿，最后，她终于以这样的理由使自己内心平静下来：被利用，是因为具有利用价值。那么，自己就是个有价值的人。想通了，她就心情愉快起来。她想睡觉了。但在睡觉以前，把那半幅《孔雀图》又拿出来看了一遍。这幅画早已耳熟能详，本来没什么可看的，但睹物思人，看到这幅画就像又见到了康赛。每当自己的工作有了新的进展，在夜深人静的时候，就想一下康赛，似乎已经成为艾一婕的一个习惯。

眼下，她感觉自己已经不是康赛心目中的纯情少女，而是一个背信弃义生活坎坷的无聊大姐。将来要不要再见康赛，真是个未知数。不见，兴许还给康赛留下一个美好记忆；见了，会让康赛感到多么无聊，会把他纯净的心灵蒙上不该有的灰尘。不是吗？但多年以来对康赛的思念却只有与日俱增而没有丝毫消减。艾一婕把那半幅画放在寝室最显眼的位置，然后对着这半幅画深深地鞠了一躬。然后下决心，以后每天晚上，夜深人静的时候都要向这幅画鞠躬。但她万万没有想到，这却给她酿成不该有的锥心事端。

天快亮的时候，隔壁再一次发生争执，还是因为“究竟是戴套还是不戴套”的问题，结果再次把这边的艾一婕吵醒了。只听孙家富气恼地说：“天亮你就跟我回香港吧，曼谷的二分店不适合你了。”柳爱萍说：“我不去，我懒得见那个周艳红！”

孙家富说：“不去不行，如果你连香港也待不下去，我就把你送回内地去。”

柳爱萍道：“我知道你是因为有了艾一婕，你喜新厌旧了，对我没兴趣了。无耻！”

孙家富道：“你才无耻，谁让你非逼着我戴套的？如胶似漆的夫妻有戴套的吗？”

柳爱萍扯开嗓子就哇哇大哭起来。说是撒娇，可那嘶哑的声音却听着瘆人。艾一婕听不下去了，她悄悄起床，简单收拾一下，就锁上门去办公室了。

而隔壁的人还是听到了艾一婕这屋的声音。孙家富洗漱以后也去艾一婕办公室了，他要找艾一婕谈谈。二分店的工作千头万绪，艾一婕非常累心，他要给艾一婕一笔钱，让她奖励先进并奖励自己。艾一婕接过银行卡以后，就锁进屋里的保险柜。此时，孙家富就又抱住了艾一婕，说：“你可能都听见了，那个柳爱萍真不识好歹！我希望你不要像她那样，也不要像周艳红那样！”说着，就对艾一婕动手动脚。

艾一婕非常反感。尽管自己现在是处在被孙家富利用的这种位置，也算自己具有价值，但自己并没有把身体也典给孙家富的义务！虽然，现在与康赛联系不上，即使联系上了，康赛也未必要自己，但只要没有康赛的亲口拒绝，自己的身体就是属于康赛的，别人根本没有资格上手，你就算是巨富，也没这个资格！艾一婕想清楚以后，奋力推开孙家富，跑回自己的寝室，把门插上了。

她的胸脯剧烈地起伏着，心脏怦怦怦地急速跳动着，眼前一阵阵发黑。当她稳定住心神，重新睁开眼睛的时候，蓦然发现，自己的寝室被人翻腾过了，所有的东西都挪了位置，直翻得乱七八糟，而最显眼位置的那半幅画，早已不翼而飞！

啊！有人进过自己的寝室！盗贼！

艾一婕急忙看门上的锁，那是一把国内常见的保险锁，一切安好，并没有被撬动的痕迹。如此说来，能够进这个屋的人必定手里有钥匙！艾一婕马上给孙家富打手机，质问他，谁的手里有自己寝室的钥匙。而孙家富想向艾一婕求欢没有得手，心里正泛着别扭，此时就硬生生扔出一句话：“这种事别问我，我是你的大堂经理吗？”

这句话倒是提醒了艾一婕，她便又给大堂打手机。大堂正在楼下组织服务生做卫生，便告诉艾一婕：“那间屋原来是柳爱萍的寝室，按道理，柳爱萍手里应该有钥匙，只是不知道她是不是全都交给你了。”

接下来给柳爱萍打手机吗？艾一婕对她厌恶至极，但不打又怎么办？她便又给柳爱萍打手机。谁知柳爱萍气哼哼地说：“孙家富已经赶我回香港了，现在我已经上了飞机，我手里有没有钥匙对你已经没有意义——难道我能从飞机上跳下去给你送钥匙吗？”

没办法，艾一婕再次找到大堂商量这件事。大堂问：“那幅画对你很重要吗？”

艾一婕回答：“对，很重要！”

大堂问：“很值钱吗？”

艾一婕回答：“对，很值钱！”

大堂说：“早晨我看到柳爱萍手里拿着一卷东西走了，具体说是什么东西，我也没看清。但柳爱萍如果拿着这种画上飞机，机场会做检查和登记，咱们只要到机场一查就能查出来。”

艾一婕此时已经心急火燎，七上八下，便说：“事不宜迟，你赶紧跟我去一趟机场吧！”

但事与愿违。当他们赶到机场以后，机场方面告诉他们，早晨是有一位女士买了机票飞往香港，但这位女士并没有携带什么轴画。机场方面没有这种登记。

怎么会这样？是啊，怎么会这样？艾一婕立即急出一头热汗。两个人回到二分店以后，艾一婕几乎没有心情工作了。那幅画是她的精神寄托。没有了那幅画，她的心脏就被掏空了，她的精神就崩溃了。那是她虽坎坎坷坷却得以安心工作了这么长时间的救命稻草，也是维系她自从离婚以来能够不断进取的灵丹妙药。艾一婕闷坐在寝室里，一口气喝下去六瓶啤酒，又吐个稀里哗啦，她躺倒了！

没有两天时间，她的嘴里全是溃疡，嘴唇生出一圈大泡，大腿和肚皮也生出湿疹。她不吃不喝，就那么眼睁睁地看着屋顶，嘴里不停地叫着：“康赛，康赛，你知道我现在的情况吗？我实在是对不起你啊！”

大堂看在眼里，急在心里，他除了把艾一婕的许多工作都顶起来了，还想到了一个人：曼谷市酒店管理协会的公务人员披耶蓬。这个人与柳爱萍关系熟稔，曾经追过柳爱萍，并与社会上很多人熟识。可以说是半个公务员，半个社会人。国内一些洁身自好的人可能对披耶蓬这种人没有好感，会认为他是一种类似黑白两道通吃的“混世魔王”“小混混”。当然了，问题并没有那么严重。这种人的优点还是蛮多的。想好了，大堂就请示艾一婕：“要不要把披耶蓬叫来?”

艾一婕感觉在泰国举目无亲，能找到一个说得上话的人也确实不容易，病急乱投医吧，便答应了。她问：“我没和泰国人打过交道，有没有什么禁忌需要注意?”

大堂抓耳挠腮地想了一会儿，说：“还真有。比如，送礼的问题。泰国人热爱明亮的颜色，可以用色彩明亮的包装纸和缎带包装礼品，但是，当面撕开包装纸、打开礼品是很粗鲁唐突的行为。3 是泰国人的幸运数字。给泰国人送礼品，最好选用有包装的，递东西也用右手，不得已用左手时，先要说‘对不起’。如果泰国人回赠给你礼物，要先双手合十还礼表示感谢，礼品最好别当面打开，除非他们求你打开。一般的泰国人你送他什么都无所谓，不过不要送烟和打火机，和烟酒有关的东西最好不要送，对于泰国人我认为你送他点比较具有中国特色的东西他都会很高兴。比如说，中国结、旗袍、刺绣、筷子等泰国人也喜欢。泰国是个佛教国家，如果送他一串佛珠手串，估计他会很高兴，而且泰国的玉石或檀香质地都不错。泰国人在交际往来中不喜欢与人握手，见面时通常采用‘合十礼’。行合十礼时，要立正站好，双手十指并拢掌心相对。双手举起的高度不同，给予对方的礼遇便不同，通常有四种规格：一是举到前额下，用于晚辈向长辈施礼；二是举于胸前，多用于长辈向晚辈还礼；三是举到鼻子下，一般用于平辈间；四是举过头顶，只用于平民拜见泰王时。在交际场合，泰国人习惯以‘小姐’‘先生’等国际上流行的称呼彼此相称。在交谈时，泰国人习惯细声低语。在泰国人看来，跟旁人打交道时面无表情、愁眉苦脸，或是高声喧哗、大喊大叫，都是失敬于人的。在举止动作上，泰国人的禁忌很多。总的说来，他们有‘重头轻脚’的讲究。所谓‘重头’，是说泰国人的头部，尤其是孩子的头部，一般不准触摸。拿着东西从泰国人头上通过，被视作一种侮辱。所谓‘轻脚’，则是说泰国人认为脚除了走路外，别无所用。因此，他们不准用脚指示方向，不准用脚踩踏门槛。在外人面前席地而坐时，不准盘足或是双腿叉开。”

艾一婕连忙点头，说：“你不说我还真不知道，谢谢你啊!”便备了一份小礼品，准备送给对方。这个小礼品就是一个一尺见方的中国结，在中国结的中心嵌着一块玉。这个中国结在国内已经陪伴艾一婕去过香港，现在又来到了泰国。艾一婕比较喜欢中国结，离开邻市的时候，就买了一个随身带着，走到哪儿都挂在屋里的墙上。

大堂就把披耶蓬叫到了二分店。

泰国人一般身高都在一米六左右，披耶蓬却长了一米七五的身高，而且，腰身挺拔，仪表堂堂。加上他的一身银灰色西装革履，更衬出他的潇洒风度。但同时，也让人感觉不放心，这种风度的男人会不会花心？艾一婕看到披耶蓬以后的第一感觉就是这样。

一见面，披耶蓬就像所有的泰国人那样，非常礼貌地双手合十，微微颔首，说了一句泰语：“涩白地!”艾一婕没明白，便用英语问，你是不是说的是“你好”？披耶蓬急忙也换了英语，说：“对，就是问候‘你好’的意思。”

披耶蓬目光炯炯地看着艾一婕，表情很是关切。他对眼下艾一婕这个情况非常同情，说：“我先找个医生来给你看看病，然后咱们再说那幅画的事。在这儿我把两句名言送给你，一是海明威的话，‘只要你自己不倒，谁也不能把你打倒。’二是我的话，‘该是你的东西，谁都拿不走；不该是你的东西，早晚被人拿走。’”

艾一婕感觉披耶蓬把自己的话也叫作“名言”有些可笑，不过话说得还是不错的，就答应先看病。于是，披耶蓬一个电话，就叫来一个曼谷医院的内科医生。这个医生带来很多器械，给艾一婕听了心脏，量了血压，做了心电图，对艾一婕的肝、脾、肠、胃做了B超。最后，开出了药单子。披耶蓬又亲自跑出去把药买来，看着艾一婕把一片片的药吃下去。而这个医生走的时候，却一分钱都没收。

艾一婕自有其强硬的一面，却又是个心软的人，被人无偿地伺候，心里就十分不安，就有了几分感动。当披耶蓬拉住她的手的时候，她只是轻轻退出来，没有生硬地拒绝，而且，终究让披耶蓬握了一会儿。

披耶蓬听艾一婕诉说了事情的整个过程以后，说："据我所知，柳爱萍在曼谷酒店圈里有一群朋友，关系最近的至少有三个，一个叫作芭沙娃，女的；一个叫顺达卫，男的；一个叫梭蓬帕尼，男的。我看先从这三个人入手调查，如果没有结果再慢慢扩大范围。你说呢？"

艾一婕感觉事到如今也只有这样了，便说："你是本地人，对这里的很多事情都清楚，你就看着安排吧。"

于是，披耶蓬在艾一婕额头亲了一下就走了。临走，艾一婕把那个通红的中国结送给了披耶蓬。初次见面就亲额头，显然，披耶蓬是个很浪漫的人。至于是不是花心，艾一婕暂且不管。只要他真心帮忙把画找回来，就算让他亲两下，也无所谓。豁出去了。否则的话，又怎么办呢？

据后来披耶蓬复述，情况是这样的：披耶蓬首先找到了芭沙娃，问她是不是看到过一幅画，或者说拿到过一幅画。芭沙娃说没有，绝对没有。披耶蓬便给了芭沙娃一笔钱：五万铢泰币，大致相当于一万块钱人民币。芭沙娃接了钱以后仍然说："我对你实话实说，我真的没有看到过那幅画。这些日子柳爱萍根本没找我。"

披耶蓬便开始找第二个人顺达卫，结果，也无功而返。最后，找到梭蓬帕尼。这是个中泰混血儿，长得很像中国人，说得一口流利的汉语。当披耶蓬问到他一幅画的时候，梭蓬帕尼说："这样的事我劝你不要继续追下去。柳爱萍那么做肯定有柳爱萍的道理，你不问青红皂白就追查这件事，怎么也得考虑柳爱萍的意愿吧？万一柳爱萍是有理的一方呢？"

"擅自拿走别人的东西，还叫有理吗？"披耶蓬反驳说。

"艾一婕是不是很漂亮，让你动心了？"梭蓬帕尼问。

披耶蓬见梭蓬帕尼这么说，就拿出更多的一沓泰币交给梭蓬帕尼，有二十万铢，大概合四万人民币。开始梭蓬帕尼说什么也不收，披耶蓬就把眼下艾一婕的情况说了一遍，说："艾一婕是二分店新来的总经理，身材苗条、容貌出众不说，据他们大堂反映，还是个非常有心路有前途的管理者。你看为什么艾一婕一来柳爱萍就走了？

因为柳爱萍让人家比下去了，柳爱萍的面子上挂不住了。但现在艾一婕为了这幅画病得很重，她完全是急病的！我见了她那样子真是心疼！一会儿我带你去见见艾一婕，相信你也不会无动于衷，不会不怜花惜玉！”

梭蓬帕尼接过了那沓泰币，说：“好吧，我也别光听你说，我去见见艾一婕。”

如此一来，梭蓬帕尼就等于承认那幅画在自己手里了。不是吗？否则的话，他有什么必要去看艾一婕呢？两个人说定，中午吃完饭就一起去素昆逸路上的蓝旗集团的二分店。但恰恰此时出了意外。梭蓬帕尼在和披耶蓬走向一家小酒馆的时候，被一辆飞驰而过摩托撞了，一下子摔得头破血流，昏迷不醒。而那辆摩托车则逃得无影无踪。披耶蓬急忙打电话叫来了救护车，把梭蓬帕尼抬上车，送往医院抢救。

梭蓬帕尼因为年轻，没有像中国蓝海的周心诚那样被摔得变成植物人。梭蓬帕尼到了晚上便恢复了知觉，嘴也能说话了。但头上却自然缠满了纱布；三根肋骨被撞断，胸腹部打上了夹板。一直守在身边的披耶蓬终于长出一口气，他感觉梭蓬帕尼会说出那幅画的下落。但梭蓬帕尼却说出这样一番话：“柳爱萍临走的时候对我说，千万不要对《孔雀图》多嘴多舌，否则，天打五雷轰，老天爷会惩罚你！瞧见没有，我还没说出这幅画的下落，只是说跟着你去吃午饭，结果就让摩托车撞了。你说，这是不是天意？是不是老天爷在对我发出警告？”

在泰国，虽然信鬼神的人并不多，但信佛教、信天意、信宿命的人却很多，披耶蓬对这一点心知肚明。梭蓬帕尼显然属于信天意那类。既然如此，强逼着他说，肯定也是不会说的。披耶蓬便与梭蓬帕尼拉呱。披耶蓬问：“兄弟，你今年得有三十了吧？”

梭蓬帕尼一只手轻抚着头上的纱布，说：“你还少说了三岁，我三十三。”

“看你的样子还没成家。”

“我感觉你也没成家。”

“我找不到合适的。”

“我也找不到合适的。”

“我原来感觉柳爱萍不错，就一直追她。但很让我失望。”

“为什么？”

“柳爱萍和老板孙家富是明铺暗盖的关系，也就是说，是他的情人。”

“不能这么说，我感觉柳爱萍不是那样的人。”

“你也在追柳爱萍吗？”

“不能说追，只能说，我们俩关系不错。”

“我劝你改弦更张，柳爱萍这人一点不纯洁。”

“到泰国来经商的中国人，有几个是纯洁的？只要人好，能赚钱，就行。”

“你的标准也太低了吧？”

“你是高管，当然标准很高。我怎么能和你比？”

“我还是劝你在柳爱萍问题上慎重行事。”

“柳爱萍已经答应为我生个儿子。她说，如果生不了就不和我结婚。”

“可信吗？她打算找你要多少彩礼？”

“一百万株泰币。”

“相当于二十万块钱人民币！太黑了吧？”

“没什么，相当于我三年的年薪。我能承受。”

“我劝你还是慎重。”

“柳爱萍的床上生活非常迷人，一般女人根本做不到。”

“哦，是这样。我如果帮你找一个比柳爱萍年轻漂亮的，你想不想见见？”

“那就见见呗。”

好，能上钩就行。披耶蓬笑了。“你等着。”披耶蓬立马掏出手机打电话：“小妹，我是你哥。你立马到曼谷医院来一趟，我有急事找你。”

披耶蓬合上手机，看着梭蓬帕尼，见梭蓬帕尼也正殷切地看着自己。就是说，梭蓬帕尼对小妹的到来是抱着期待的。披耶蓬继续说：“我有两个妹妹，这一个是最小的一个，今年二十三，刚刚大学毕业，还没有对象。人绝对聪明漂亮，而且，尊老爱幼，知书达理，是我爸我妈的掌上明珠；身后的追求者也是一群一群的。”

梭蓬帕尼说：“那她怎么没钓一个呢？现在的大学生，哪一个不是上着学就都搞定了？”

披耶蓬说：“家里不同意她这么做。家里坚持让她大学毕业以后再谈恋爱。”

“这么说，还很纯洁呢！”

“没错，与男生说话脸还会红呢！这样的女孩对第一个要见的对象往往会一见钟情。”

“但愿我有这个运气——我告诉你吧，柳爱萍的《孔雀图》藏在我叔叔家里。前天早晨柳爱萍交给我以后，就嘱咐我赶紧藏在一个可靠的地方。我叔叔是个警察，我感觉藏在他的家里最保险，于是，就送他那儿去了。”

披耶蓬心里蓦然间便咯噔一下子！曼谷的警察有那么一部分人是非常不讲理的。说不定半截腰就把画给你卖了。那时候不是让艾一婕没法活了吗？天，这事儿怎么这么不顺啊？难道真如梭蓬帕尼说的，对《孔雀图》这幅画谁都不能碰吗？但如果真的谁都不能碰，梭蓬帕尼的叔叔不是也不能碰吗？他想卖的话不是也要遭报应吗？披耶蓬一时间心里七上八下，浮想联翩，乱得很。

这时，小妹真的来了。果真是个清纯漂亮的小女生。身材也很苗条，身高至少一米六。在泰国，这样的小女生必是男人眼里该追的目标。她满脸涨得通红地站在披耶蓬身后，怯怯地看着梭蓬帕尼，还很礼貌地向梭蓬帕尼鞠了一躬。梭蓬帕尼对小妹非常满意，至少是外观上非常满意，他笑呵呵地说：“坐，坐，那边有凳子。喝水就自己倒。”

小妹说：“我很忙，看看就走。你是做什么工作的？”

梭蓬帕尼赶紧说：“我是饭店高管，年薪三十五万铢泰币。”

小妹点点头说：“能做到饭店高管，一定程度上也算成功人士。我祝福你。我走了，改日再见。”

梭蓬帕尼急忙打断小妹说：“把你的手机号留一下好吗？”

小妹羞涩地掩住嘴说：“你问我哥吧。”转身就走了。披耶蓬立即追了出去。两个人在楼道里说了几句话，就把小妹送走了。披耶蓬问：“你对梭蓬帕尼还满意吗？”小妹说：“初步印象不错，还需要进一步接触。”披耶蓬说：“你不要同意这门亲事，我只是让你来应付一下的。”小妹说：“什么什么？你怎么能这么做呢？”披耶蓬说：“有时间我把事情经过告诉你，你能来就万事大吉了，别把这件事当真。”小妹“哼!”了一声气愤地走了。

回过头来，梭蓬帕尼真找披耶蓬要小妹的手机号。披耶蓬不想给，可是，已经被小妹把话说到那儿了，不给也说不过去，便硬着头皮把小妹的手机号告诉了梭蓬帕尼。披耶蓬感觉梭蓬帕尼在柳爱萍问题上弄得很乱，根本不希望梭蓬帕尼与小妹走到一起。但事情总像冥冥之中有一股不可抗拒的未知力量，推着他们，曲曲折折、泥沙俱下地就走了过来。

当晚，梭蓬帕尼和小妹在手机里聊了两个小时，两个人对对方都非常满意。尤其是小妹，感觉梭蓬帕尼是个非常理想的配偶，在手机里就答应了梭蓬帕尼的求婚。当然了，婚期至少在一年之后。这就正应了披耶蓬那话：小妹这样纯洁的女孩对第一个对象往往一见钟情。转过天来，梭蓬帕尼就拄着拐约披耶蓬一起去叔叔家。

梭蓬帕尼竟然从病床上爬起来，拄着拐去叔叔家，这件事真让披耶蓬心动。但披耶蓬明白，那代价说不定就是把小妹搭上。但事情已经曲里拐弯地向前发展了，谁想阻挡已经阻挡不住了。既然要去取《孔雀图》，那就先紧着这件事办吧。其他事过后再说，走一步说一步吧。

晚上，披耶蓬和梭蓬帕尼打车来到叔叔家。叔叔一见梭蓬帕尼浑身是伤，就急忙问是怎么回事。梭蓬帕尼便又把“天意”说了出来。结果叔叔“哎哟喂”一声大叫，说：“坏了，我也打了这幅画的主意，莫不会也把我搭上吧？”

披耶蓬一听这话也是一惊，忙问：“您快说说，究竟是怎么回事？”

叔叔摇摇脑袋，语速很快地说：“我认识一个古玩界的前辈，他手里有不少值钱的东西。我见到这半幅《孔雀图》以后，我就拿着找他让他估个价。如果很值钱，我就买下来，过后给柳爱萍一部分钱就是。但这个老前辈说这半幅画因为是日本的，虽然渡边晨亩和四个民国‘总统’的名头如雷贯耳，但其价值几何还真说不清。他要查阅一些资料，再找一些古玩界的朋友一起看看，最后再给我一个合适的答复。”

披耶蓬非常着急地说：“这幅画会不会在老前辈手里弄丢了啊？”

叔叔说：“弄丢了的可能性不大，但被别人捷足先登买走倒是极有可能的。”

披耶蓬掐住自己额头，只觉得急火攻心，热血上头，浑身燥热难耐。他急不可待道：“叔叔，您能不能现在就领我找一趟这个老前辈？”

叔叔说：“去就去，不过，路过食品店得给老前辈买点东西。”

披耶蓬急忙说：“那都不算问题，咱马上就走吧！”

叔叔又说：“钱你出！”

披耶蓬只觉得叔叔这人既霸道又穷抠，而且还啰里啰唆，便急忙答应：“我出我出！”

于是，三个人又打车前往那个老前辈家里。曼谷的夜晚，是喧嚣热闹的夜晚。出租车在灯红酒绿的繁华大街上行驶的时候，不断被突然蹿出来的摩托车超过，甚至被抹一下子。看那阵势，随时有被剐蹭甚至相撞的危险。

时间不长，他们来到老前辈家里。老前辈是个鹤发童颜的老者，精神矍铄、神采奕奕。叔叔把水果、点心递给老前辈，然后大家小心地坐下。说明来意以后，老前辈呵呵笑着说：“你们够幸运的，如果再晚来一步，这幅画就被别人买走了。”

叔叔赶紧说：“我们不卖了，贵贱都不卖了。因为现在事主为这幅画都急病了。”

老前辈道：“哦，是这样？好，那就拿走吧。”老前辈站起身来去取那幅画。叔叔赶紧问了一句：“鉴定了吗？是真是假？”老前辈道：“没鉴定，没来得及。”

一幅画在还没有弄清真伪的情况下，就被人买走，靠的自然是画作本身非常优秀。尤其当这幅画只是半幅的时候，也仍然被人看中，一方面是见此画非同小可，另一方面也说明对方确实有眼力。

但《孔雀图》终究被拿回来了。当晚，披耶蓬把梭蓬帕尼送回医院，然后就把画作拿到了蓝旗集团二分店，敲开了艾一婕的门，把画交给了她。当他把整个过程讲述一遍以后，艾一婕非常内疚，说："唉！真让你费心了！让你花了那么多钱不说，而且还把你小妹也搭上了！让我怎么谢你呢？等我有了收入，一定会把钱还你！"

披耶蓬呵呵笑着，说："我没有别的要求，咱们做个朋友吧！我听二分店的人们说你是个奇才，一见面却见你非常面善，一点也不张扬，说话办事也是张弛有度。因此，我愿意与你做个朋友。我在曼谷各级管理部门都有一些朋友，将来肯定能帮上你的忙。"

艾一婕以微微一笑作为回应，然后与披耶蓬握了手。披耶蓬抓住艾一婕的手半天不想撒开。直到艾一婕又发出笑声，披耶蓬才松开，然后鞠了一躬就走了。

听着披耶蓬橐橐的脚步声已经远去了，艾一婕才把门插上。她站在洗手间的镜子前面注视起自己的身体和容貌：依旧苗条的腰身，略显单薄，但胸和臀该凸还是凸出来的；略瘦的脸颊，细细的眉毛下面是一副细边金丝眼镜，镜片后面是一双虽然不算很大却也烨烨闪光的眼睛，通直的鼻梁，略薄的嘴唇……她突然感觉脸红了，热血在往脸上涌：因为，她蓦然间产生一个想法——她如果和披耶蓬站在一起，是非常般配的！她的这个想法只在心里停留了一秒钟，立即被自己否掉了。自己的另一半理应是康赛！那是板上钉钉，没有商量余地的事情！康赛可以因为自己不够光明正大的一切而甩掉自己，但自己不能不等着康赛表态！没有康赛的表态，任何一个出色的男士都不能走进自己的生活！想到这一点，她便在自己的胳膊上狠狠地拧了一把。

几天以后，披耶蓬给艾一婕送来了曼谷市有关酒店管理方面的一些规定和条款，送来了红云饭店等一批著名饭店管理经验的文字材料。还领来几个管理部门的朋友，说，大家将来都是艾一婕的朋友，艾总有什么为难事就只管开口。直让艾一婕感动得热泪盈眶。接下来，披耶蓬就隔一天就到二分店来一趟，从侧面参与了艾一婕组织的饭店改革创新的全部工作。对艾一婕遇到的难题一一做了化解。二分店的工作在高标准的基础上开始起步了。在进行必要投入的同时，“客服数据库”倏忽间便建立起来。艾一婕除了两条腿走路，紧紧抓住硬件、软件建设不放，还亲自跑菜市场订菜，亲自到操作间监督。一个不听指挥、总想“拿一把”的大厨被艾一婕果断地裁掉了。对此，操作间曾经一片哗然，因为那个大厨是资历最老的一个！饭店的服务水平在提高，成本在下降，客户在慢慢增加，艾一婕办公室墙上的标示图上面红色的上升曲线是缓慢的，但天天都在上升！

终于，在一个风和日丽的早晨，披耶蓬郑重其事对艾一婕发出了邀请：“婕婕，到我家去一趟吧，我爸想见你。”

艾一婕的脸一下子就涨红了，说：“有什么理由一定要去见老人？”

披耶蓬讷讷地说：“因为我在家里提你提得太多了。”

艾一婕有心回绝，可是，这种话怎么说得出口呢？她心脏怦怦乱跳，犹豫不决。

披耶蓬说：“我在曼谷酒店业见过的女性管理者可以说成百上千，而你这样的才学和人品我是第一次见。我为有你这样的朋友而庆幸！”

艾一婕实在推不开，便买了水果和点心跟着披耶蓬去了他家。去也就是很简单地与二老见一面，连饭都没吃。但那一次披耶蓬的父母非常兴奋，他们以为披耶蓬会很快与这个风姿绰约的中国才女结婚。因为披耶蓬这些年来左挑右选，不知见过多少姑娘，却没有一个往家里领。披耶蓬如果不是对艾一婕非常满意，怎么会领家里来呢？谁知，情况很快就风云突变，当然，是在一厢情愿基础上的风云突变。

披耶蓬的祖上与皇家沾亲，其父现在还在王室做事，非常讲究门当户对。他说的门当户对，还不是说艾一婕也得是皇家亲戚，他们知道中国的皇家早已灰飞烟灭成为历史。他们说的门当户对是要求艾一婕必须是处女。而此时艾一婕的女儿早就上小学了！不是处女怎么能进他们的家门呢？任凭披耶蓬对艾一婕感情有多深，发毒誓发到什么程度，全都没有用。父亲说：“这门亲事等于零！”潇洒倜傥的披耶蓬一下子喝下去半瓶安眠药！幸亏发现得早，被抢救了过来，但披耶蓬在精神上蒙受了重创，从此一蹶不振。

问题是，那边都折腾成这样了，这边艾一婕还根本不明就里。她根本就不知道披耶蓬家里已经闹翻了天，因为她并没想嫁给披耶蓬。

第十章　业务悬案

一个男人对一个女人痴情，往往是因为女人的优秀。

一般的泰国男人对待外国女人是哈日哈韩，对中国女人并不另眼相看。披耶蓬却是个对中国女人非常崇拜的泰国男人。一方面，因为这些年来中国经济在持续稳定地增长，令包括泰国在内的整个东南亚国家刮目相看；另一方面，中国内地的女人一般来讲都身材高挑，皮肤白净，与身材偏低皮肤黝黑的泰国人站在一起，自然凸显出照人的光彩。他爱中国女人，但也时时害怕遭拒。因为但凡有点身价的中国女人都不愿意嫁给泰国男人。她们怕生了孩子个子不高，皮肤还黑。他尝试性地追过柳爱萍，但柳爱萍在男女问题上太乱，让他非常失望，便果决地放弃了。事情就是这样，有时候男人放纵自己乱，却不允许身边的女人乱。

而艾一婕却让他眼前一亮。他从艾一婕的言谈话语和一举手一投足，便看出她是个非常讲究分寸、做事得体的女人。披耶蓬在酒店管理协会做事，天天和各酒店男女高管打交道，可以说阅人无数，一个女人骨子里是怎么样的，一经交手便昭然若揭。他知道艾一婕离过婚，而且生过孩子，但他还是执着地爱上了艾一婕。因为，他感觉艾一婕因为离过婚，所以没有男女问题的牵扯。在披耶蓬的眼里，艾一婕这么优秀的女人身边没有人追是不可能的，而离过婚，必然追的人就少了。他还认为，以艾一婕高傲的心气儿是不会看上自己的，但因为离过婚，就应该打了折扣。所以，他一厢情愿地认为，只要自己死追，艾一婕嫁给自己是板上钉钉的事。但他万万没有想到，家里这一关却没法逾越。

与父亲重新谈谈，告诉他艾一婕结过婚属于误传，也从来没生过孩子，行不行呢？披耶蓬寻死觅活了一个多月以后，躺在床上辗转反侧夜不能寐的时候，就这么盘算。问题是，艾一婕会不会配合自己，也跟着自己的思路走呢？他要找艾一婕好好谈谈。

此时艾一婕在干什么呢？艾一婕也在盘算，但她盘算的不是如何与披耶蓬牵手，而是如何与国内的康赛取得联系。她在尝试性地抽时间给国内的老同学和好朋友打电话。

那么，此时康赛在干什么呢？康赛正在金玉家里包饺子。康赛不想和金玉走得太近，那将影响他对艾一婕的忠诚。但，金玉父女俩为他做得太多了，他不能不考虑给金玉一点温暖。哪怕只是礼节上的，也是应该的，也比装傻强。可是，金玉一家却没有以为康赛仅仅是出于礼节上的考虑才来家里吃饺子，她们猜想艾一婕那边肯定是渐行渐远，康赛已经看不到希望了。于是，一家人对康赛表现出了最大的热情。金玉母亲包饺子是行家里手，她做的是三鲜馅：猪肉、鸡蛋、虾仁，外加一点韭菜；猪肉选的是肋条上的五花肉，鸡蛋是超市里卖的那种“散养鸡蛋”，虾仁也是一斤两只那种对虾剥出来的虾仁。可以说，一切全是上选。

在石田美子家里包饺子，康赛显得很在行。那一家人包的饺子实在是不尽如人意，全靠康赛支撑。而在金玉家里，康赛就显得像个外行了。金玉母亲把饺子馅调理得红黄绿颜色鲜艳香味扑鼻，而金玉和面也不软不硬，恰到好处，而且，做到了“三光”：和完面以后手光、盆光、面也光。那简直就是艺术。

煮熟的饺子热气腾腾地端上桌的时候，金满堂拿来一瓶酒，是剑南春，说：“今天咱们不做酒菜，就吃饺子喝酒，俗话说‘饺子就酒，越喝越有’，或者说‘饺子就酒，越吃越有’，总之是越来越有。来，斟酒！”金满堂把两个杯子分别摆在自己和康赛面前。金玉从父亲手里抢过酒瓶，抿嘴笑着给两个人斟酒。但她给金满堂斟了四分之三，而给康赛斟满了杯。于是，金满堂哈哈大笑，说：“偏向偏向！还没过门就这样，如果过了门你还认我这个爹吗？”

康赛非常不自然地搓着两手，不知道怎么解释才好。而金玉把嘴一撇，说：“爸，您总是把自己的女儿看扁了，干吗这么不自信？我是这样的人吗？我给康赛的杯子多斟一点，是因为这一杯属于我们俩。”

金满堂一愣，他收起笑容，说：“哦，你们俩共用一个杯和我对饮?”

金玉说：“对，还是我爸聪明。康赛，女士优先，我先喝第一口，你呢，喝第二口。爸，您举杯吧，我跟您碰杯了!”说着话，金玉就把酒杯举到了金满堂眼前。金满堂呵呵笑着，举杯与金玉相碰，然后“吱喽”一口，喝下去三分之一。而金玉却喝下去一大口，把杯中酒留得和金满堂一样多。而且，一张粉嘟嘟的脸颊一下子就涨红了。

金满堂道：“嘿，谁疼谁就甭说了！康赛，你看看金玉这闺女!”

康赛当然明白，金满堂的意思就是夸金玉懂事，知道疼人。疼谁？当然是疼康赛！与康赛共用一个杯，说明金玉爱康赛，在吃喝上不分彼此；而把酒喝剩得和父亲一样多，自然是巧妙合理地为康赛减轻负担。可是，这样的深情厚谊让康赛怎么面对呢？此时此刻，康赛真害怕金玉一家提起艾一婕的问题来，如果他们问起艾一婕与自己沟通和联系的情况，或者问起艾一婕的人品、婚史、孩子之类，会让康赛多么尴尬，多么为难呢？但这一家人像商量好了一样，谁都没问。没有“哪壶不开提哪壶”，没有捅这个“马蜂窝”。不仅如此，金玉还提出这么个问题。

金玉有意岔开话题，便从屋里拿出一张卡片说：“康赛，你知不知道央视《百家讲坛》上于丹讲的十句话?”

康赛一愣，怎么央视《百家讲坛》受到这么多人的关注啊？便有一搭无一搭地说：“我只知道有个易中天讲了十句话。”

金玉道：“孤陋寡闻！阿丹虽然年轻，但也像老易那样整了十句名言。”金玉边读卡片边点评起来，“一、‘童年的无知可爱，少年的无知可笑，青年的无知可怜，中年的无知可叹，老年的无知可悲’；想想看，是不是这个理儿？二、‘世界上1%的人是吃小亏而占大便宜，而99%的人是占小便宜吃大亏。大多数成功人士都源于那1%’；所以，你不要一干经营就觉得是吃亏了。三、‘经营自己的长处，能使你人生增值；经营自己的短处，能使你人生贬值’；你的长处就是头脑清醒、执着。四、‘21世纪工作生存法则就是：建立个人品牌，把你的名字变成钱’；这你也完全可以做到。五、‘地球是运动的，一个人不会永远处在倒霉的位置'；你现在就正在时来运转。六、'有一种人只做两件事：你成功了，他妒忌你；你失败了，他笑话你'；其实，这个人正是你前进的动力。七、'人生的意义不在于拿一手好牌，而在于打好一手坏牌'；这句话咱们俩都适用。八、'一个人想平庸，阻拦者很少；一个人想出众，阻拦者很多。不少平庸者与周围人关系融洽，不少出众者与周围人关系紧张'。九、'三流的化妆是脸上的化妆；二流的化妆是精神的化妆；一流的化妆是生命的化妆'。十、'危机这两个字，一个意味着危险，另外一个意味着机会，不要放弃任何一次努力'。这后三句也都是冲着咱们俩说的。"

康赛微微一笑，说："还真是格言啊，简直字字千金。哪天你给我打印一份，我贴到我的办公室当座右铭。"

金玉说："这个好办，明天就给你打印。关键是你要从心里服气。康赛，我估计你们公司目前没有太多的业务，因为你从来不跟我提再次贷款的事。凡是贸易公司，贷款、还款都是很频繁的。你们公司没有这样做，正说明没什么业务。前些日子，蓝海啤酒厂又上了一条生产线，他们是去年找我们分理部贷的款，贷了五千万。我和他们的副总聊过天，结果蓦然间发现了一条业务渠道：给啤酒厂供应啤酒花。啤酒花是生产啤酒的主要原料。他们上马了新的生产线，意味着产量增大了，必然需要啤酒花的供货商加大供货量。这不就是商机吗？我了解到，啤酒花市场像过山车一样，大起大落，2007 年，啤酒花价格暴涨，像当年股市一样，最高价每吨十万元，最少也每吨八万元，与 2006 年相比，每吨啤酒花的利润在四五万元。2007 年市场行情之所以喜人，主要是啤酒厂看好北京奥运契机，销量增长，再加上啤酒花库存耗尽，市场供求紧张，因此价格上涨。虽然当年啤酒花质量最差，却价格最好，这印证了老话'萝卜快了不洗泥'的道理。受 2007 年市场行情刺激，近两年来，新疆啤酒花种植面积新增六万亩，甘肃增加了约一万亩，而 K 省增加了两万亩。2008 年，啤酒花市场价格回落，比 2007 年下降了 40% 至 50%。今年，估计与 2008 年持平。于是我就想，你们公司为什么不开展这项业务呢？你们不是和 K 省有业务往来吗？啤酒厂那边我完全可以帮你们搞定，现在就看你们贸易部和 K 省给不给作劲了！”

能让金玉帮忙干这项业务吗？那不是与金玉的关系越走越近，以致谁都离不开谁了吗？所以，康赛连连摇头，说：“我们公司贸易部的人们干不了这样的业务，谢谢你金玉为我们费心啊，难得你总是把我的事挂在心上。”

金满堂举起酒杯与康赛相碰，说：“哎，康赛，你这么说是不对的。上次折腾傅抱石那幅画你也是这种态度，对业务提不起兴趣。这哪行啊！干什么吆喝什么，你现在干的就是经营，不是过去坐在屋里起草文件。身份变了，角色就得变，心态也得跟着变。你说是不是？”

康赛支支吾吾说不出话来。从本心来讲，他是真的不愿意让金玉帮忙，倒不是不需要这项业务。而金玉见他如此，便开门见山道：“康赛，这件事我做主了！干！凭什么不干？康赛你就是个需要别人推着走的慢性子男人！我现在就给啤酒厂老总打手机！”说着话，就从挂在门后的皮包里掏出手机，调出对方的电话号码，打了过去。

康赛只觉得金玉在按下脖子强饮驴——自己还没答应，你怎么能擅自做主呢？问题是，金玉做主的这件事完全是好事，是让公司每一个人都喜出望外的事，自己有什么理由非要拒绝呢？如果单纯考虑公司业务，康赛当然愿意，但只怕金玉是醉翁之意不在酒，在什么？在后面的两个人之间的关系。啤酒花这件事将像黏合剂一样，把康赛和金玉粘得牢牢的。那么，艾一婕来了怎么办？还别说艾一婕来了，就是淘换艾一婕的信息、继续寻找艾一婕的这件事，恐怕都会受到干扰和影响！那边的信息越来越微弱，这边的进攻却越来越加力，这一强一弱，必然会出现一面倒的情况。那不是完全违背了自己的追求和理想吗？

就在康赛心潮起伏思前想后的时候，金玉已经把事情敲定了。每季度给啤酒厂供应啤酒花五十吨。如果每吨利润是五千的话，一个季度就可以赚二十五万；如果利润率再高些，当然赚得就更多。这对康赛这样的小公司来讲，实在是一桩令人垂涎的喜事了。公司和贸易部的钱肯定不够，就从金玉的分理部贷款。这件事对啤酒厂、康赛公司和银行三方都有利，只是有可能挤掉几个供货商。那也没办法，市场竞争就是这样，八仙过海，各显其能，谁也怨不得谁。

事情进行到这个份儿上，康赛还能再出溜吗？自然不能，否则，就太不知道天高地厚了。他在万般无奈的情况下，掏出手机给马万才打了过去："万才兄，听说你们K省去年增加了两万亩地种植啤酒花，能不能卖给咱公司一部分啊？"

那边回话说："哎哟喂，康赛你的耳朵还真长哎，这么遥远的消息你都听来了，真够厉害！不过，我告诉你，那些啤酒花早就名花有主了！人家有的贸易公司为了套期保值，去年人家买的是期货，预付款提前一年就交了！"

"那就没办法了吗？我这边啤酒厂可是等米下锅呢！"

"啤酒厂与你是什么关系？"

"他们厂长是我铁哥们儿。"

"哦，是这样。办法应该是有的，我想想这项业务有没有缺口。按理说是有的。谁手里不留点机动数来应付关系单位呢？"

"这么说，有希望？"

"别急别急，我先打电话帮你摸索摸索。"

别看马万才左右不了蓝海的康赛，他在K省却是手眼通天的人。他听了康赛的话以后，当晚就给K省商会的一个熟人打电话，问人家认不认识经营啤酒花的人。结果人家还真认识几个，就无保留地都给他推荐了。他把那几个人的电话号码记下来以后，就挨个给他们打电话。结果，在晚上九点的时候，还真挤出五十吨啤酒花来。

这个时候，康赛正准备离开金玉家，他们吃完饭，喝了汤，擦过嘴，还抽了一根烟。金满堂不停地谆谆教导康赛"要这么着"，"要那么着"，总而言之要让康赛尽快把经营折腾起来，最起码不能让公司里的下属看笑话不是？而金玉此时就做出一副摩拳擦掌，一心要帮康赛做出成绩的样子。而伯母此时就笑盈盈地一脸慈祥地看着康赛，看得出来，她是打心眼里喜欢康赛这个未过门的女婿。就在这时，康赛的手机彩铃响了起来。康赛急忙接听。那边马万才告诉他，明天就去看货，地点在邻市。也就是说，马万才通过K省商会，从邻市一个商家手里，"卡"过来五十吨啤酒花。这不是硬抢吗？抢业务就是抢钱啊！没有硬邦邦的人脉关系，能抢得来吗？金玉一家人听了康赛的叙述全都高兴得哈哈大笑，仿佛利润马上就到手了一样。

金满堂拍拍康赛肩膀，说：“明天我亲自开车送你们去邻市！”

康赛急忙拦住说：“不不不，伯父，您店里的事很多，别跟着我们受这种瞎累。再说，我们公司也有汽车，跑邻市是很方便的。”

金满堂“哎”了一声：“据我所知，这是你做的第一笔像样的业务，我要亲自帮你把把关，顺便看看那个马万才，看看他是不是个胃口很大的干部。”

康赛本来想走的，这下子走不了了，他没法走了，因为他得劝住金满堂：“伯父，您真的不用跟着，您不在跟前，我和马万才才好谈回扣问题，如果你像个电灯泡一样在旁边照着，我们俩还真不好谈这个问题了。现如今不论干什么都讲究回报，‘回扣’问题是闻着臭，吃着香。您就甭跟着操心了，我保证把事情摆平就是。”

金满堂道：“我倒不是害怕你给人家回扣，我是害怕你反潮流拧着劲儿不给人家回扣。那你非把自己的业务道儿堵死不可。”

此时，金玉就插进来了，她站在康赛身边，两只手抱着康赛的胳膊，真像一对恋人那样，说：“爸，您就听康赛的吧，甭跟着添乱了。以后康赛业务多着呢，您还事事都跟着操心啊，是您干还是康赛干呀？老这样康赛也练不出来不是？这样吧，这笔业务我跟着，我好清楚康赛需要多少贷款，我好及时跟我们分理部一把商量。”

哎哟喂！老的不跟着了，小的跟着！康赛差一点就把这话说了出来。他急忙打断金玉说：“你也不要跟着了，耽误你的工作时间我也不落忍。再说，我去邻市还要顺便看望住在医院里的一个病号，人家是因为我的事得的病，现在还没有知觉，恐怕是植物人了。这是非常让人糟心、着急的一件事啊！”

金玉一听这话更来劲儿了，连忙说：“那我更应该跟着了，以后你忙起来，没工夫跑邻市看病号，我就抽空替你跑了。”

此时康赛就实在不能再停留了。有些话他要单独和金玉一个人说，于是，他一边往外走，一边对金玉说：“金玉啊，我得马上走了，你跟我出来，我对你说句话。”

金玉一听，知道康赛有要紧事，便急忙对父母说：“爸，妈，你们别拦着康赛了，让他走吧，我送送他。”便拥着康赛就出门了。在楼道里，金玉突然一反身就抱住了康赛的脖子，要亲吻康赛的嘴唇，康赛使劲躲着，说：“别介别介，我有话对你说。”金玉只得非常扫兴地抱着康赛的胳膊跟着他下楼了。

在楼底下，一棵树下，两个人亲昵地手拉着手，脸对着脸，说起话来。昏黄的街灯把婆娑的树影打在他们脸上、身上，斑斑驳驳。他们当然想不到，此时金满堂和老伴正在楼上在窗户里用窗帘掩着，在偷看他们。老两口不担心康赛和金玉做出什么过火举动，甚至他们俩希望康赛和金玉能够抱在一起接吻，那就意味着事情有了眉目。问题是两个年轻人没说五分钟的话，金玉就猛地把康赛的手摔了回去，捂住脸抽泣起来。

为什么呢？因为，康赛讲起了周心诚。你不是说要经常替我跑邻市吗？我不能不让你知道周心诚是因为什么病成这样不是？没错，根子就在艾一婕身上，都是为了艾一婕。现在老爸也病得不轻，老娘已经长住肿瘤医院伺候老爸去了。那边还有一个石田美子，为了《孔雀图》已经精神不正常。自己对美子也不能视而不见，也不能不存感恩之心不是？必要的时候，该娶美子就得娶美子，否则，人家的一辈子算怎么回事？当然，所有这一切，都应该在找到艾一婕以后，成与不成都应该有个结论，所有的一切才有可能尘埃落定不是？

金玉能不哭吗？敢情康赛身后有这么深的冤孽！别人可能不认为这是冤孽，而金玉此时此刻就认为这是冤孽。

金玉气愤地一字一顿道：“康赛，你这辈子为了莫名其妙的艾一婕就永远等下去吗？就因为你手里有那半幅破画吗？实话告诉你，我爸的道行大得很，你想要什么画他都能给你淘换来！你为什么非要死抱着那半幅破画不撒手啊？”

康赛愁眉苦脸地说：“金玉，你不要这么说，那半幅画是艾一婕的半颗心啊！眼下的艾一婕肯定心里非常苦，因为她的心还血淋淋地分裂着！”

“艾一婕心里苦，我就不苦吗？这么多年以来，你就真的一次也没为我想想吗？”

“怎么能不想你呢？我一想你，就想到了美子，就想到了艾一婕。你们三个是有连带关系的。我知道，我耽误了你，我对不起你。可是，一个人做事做人总要有自己的原则。如果我是个见异思迁的随风倒、墙头草，哪头炕热往哪头跑，你还会喜欢我吗？”

“好吧，说一千道一万，你是不愿意让我跟着你去邻市。也罢，我在周心诚和他老伴面前也确实是个尴尬角色。我不去邻市医院了，但我必须跟着你去邻市看货。”

“既然你非要去，那就跟着吧，回头我好好请你。”

“还没赚钱就请请的，有病？几时你成大款了再请。”

“让你跟着辛苦我不落忍。”

“我和你是什么关系？怎么非说‘落忍’‘不落忍’这种话？”

“好吧，明天早晨七点我准时开车来接你。”

金玉愤愤地当胸给了康赛一拳，抹着眼泪就转身走出树影，上楼了。楼上的老两口忧心忡忡地放下了窗帘。回到家的一晚上，金玉一句话都不说，气哼哼地洗洗就睡了，老两口看着金玉的脸色什么都不敢问。

康赛叫了一辆出租，上车以后，就给吴尚文和大邸打电话，安排了明天的行程。他没给小车打，因为他不想让小车在前期插手这项业务。因为弄不好又是竹篮打水一场空，就算弄得好也赚不了多少钱。他想把事情都落实了，道儿都铺好了，再让小车接手。

转天一早，大邸、吴尚文、马万才、金玉和康赛，五个人，坐大邸开的夏利 N5 奔邻市疾驰而去。吴尚文岁数大，被安排坐在副驾驶位置。后面依次为金玉、康赛、马万才。金玉坐在康赛身边，抽冷子就掐康赛大腿一把，直把康赛掐得龇牙咧嘴。马万才便问：“康赛你怎么总咧嘴啊？”康赛便回答：“上火了，牙疼。”金玉就把话接了过来：“没干过业务的人都这样，屁大一点业务也战战兢兢，提心吊胆，心急火燎，夜不成寐，简直如临大敌一般！”马万才一听这话便开心大笑。大邸、吴尚文都跟着笑。他们都知道金玉当初为公司贷款的事，因此对金玉印象都不错。

上午十点左右，他们来到邻市一个仓库，把车停好以后，走了进去。里面装卸工正熙熙攘攘货进货出地在忙碌。此时，一个腋下夹着鼓鼓囊囊的皮包的胖子耷拉着脸迎面走了过来，问：“你们是不是来看啤酒花的？”

马万才立即回答：“对，我们这几个人就是专程从蓝海赶过来的。”

胖子脸色难看地点点头，说：“跟着我。”便径自朝前走了，一路走着，他连头都不回，也不管大家是不是跟着了。大家在后面紧跟着，金玉就掐了康赛胳膊一下，低声说：“卡谁的业务谁都不会高兴。”康赛不说话，只是跟着走。走到一个角落，大家便看到了码得高高的几乎快堆到屋顶的货物。全是整整齐齐的白色麻包。麻包一侧立着牌子，上面写着在醒目的“防潮”“避光”“避高温”的字样。胖子对来人不怎么看，只把眼睛盯着麻包，说：“这是现货，每包压缩啤酒花净重为五十公斤。压缩啤酒花包内衬牛皮纸和聚乙烯塑料膜，外包白布和麻布，包的正面和背面各置三根竹片，打六道烤蓝带钢箍。这些你们都看到了，包装严密、整齐，没有漏缝和破包。下面，我给大家取样验货。”

说着，胖子就从皮包里取出一把小刀和一个玻璃瓶子。取样前，胖子让大家对照检验单，核实产品批次、数量、包装等，然后在压缩啤酒花包的任一侧面选取两个点，点距不小于二百五十毫米，用刀切口，掀开包装材料，从切口下五十至一百毫米深处取一块不少于三十克的样品，迅速装入备妥的玻璃瓶子中。然后，让大家检验产品的外观、香气、有害夹杂物，包与包间的差异。大家说，一切正常，没有问题。胖子说：“几时提货，提前一天给我来电话，带着现金或支票。”马万才道：“好的，谢谢你啊！”胖子闷闷不乐地点点头，没有说话。

出了仓库，吴尚文说：“康总，咱们去一趟邻市的猴山酒店吧，装修得非常有特色，菜价还不贵。”

马万才问：“为什么叫猴山酒店呀？难道邻市还有山不成？”

他既然这么问，肯定就是有兴趣。康赛只得说：“好吧，就去猴山酒店。这样，大邸把大家先拉到猴山酒店，你们先坐下喝茶、点菜，我和大邸再去邻市医院一趟，看个病人，去去就来。”大家一迭声说好。夏利车便驶向猴山酒店。康赛感觉大邸对这个酒店非常熟稔，几乎没绕弯、没走冤枉路，直捅到猴山酒店门口。便知道，吴尚文他们几个肯定是没事就来吃喝的。唉！他们已经消耗了贸易部好几十万的费用，能轻易把那幅《孔雀图》还给吴尚文吗？

大家都往猴山酒店里走，康赛就和大邸要开车离开，这时金玉突然返回身来，她一拉车门，就坐了进来。康赛急忙问："你不是和吴老师、马万才都认识吗？还不好意思跟他们一起进去吗？"金玉说："我是想跟着你去看看周心诚老两口，与吴尚文他们没关系。"

真让康赛不知道说什么好。你去见周心诚老两口有什么话可说呢？你不怕尴尬，那我就不怕尴尬吗？只怕你并不尴尬，而我才真的尴尬。让周心诚老伴更恨我不是？康赛想了又想，没有把这些话说出来。金玉是品质非常好的姑娘，他不愿意拂逆金玉，更不想伤害金玉，让她在事实面前一点点冷却好了。

来到医院以后，见了周心诚老伴，康赛必然要介绍身边的金玉。能够带着金玉到这里来，自然给人错觉：康赛与金玉的关系已经非同一般。于是，周心诚的老伴微微哂笑着撇着嘴发出了嘲讽："我早就知道，你等艾一婕不会永远等下去。因为你也是肉眼凡胎的芸芸众生，不会做出惊世骇俗的举动来。金玉嘛，人也漂亮、精干，配你是富富有余的。我祝你们俩百年好合，比翼齐飞。倒霉的是我们家周心诚，整个一个冤大头、倒霉蛋！为了你的艾一婕变成了植物人！他的治疗还没有一点点进展，你康赛却大踏步地进展了。你把新的对象都领他跟前来了！我真想替周心诚哭一报！金玉啊，你可别像艾一婕那样，突然莫名其妙地失踪了。否则，周心诚醒不过来，是没法帮着康赛到处寻找你的！"

金玉此时的脸涨得通红，嘴唇也紧咬着，两只手一个劲儿抻着自己的衣襟，仿佛周心诚老伴嘲讽的不是康赛而是她。待周心诚老伴说完了，金玉就开口了，而且，一点也没含糊地来了一番唇枪舌剑："阿姨，您也不要这样怪罪康赛，他对周伯伯来邻市寻找艾一婕的事一点也不知道，这件事是康伯伯和周伯伯两个人商量的，说来就来了，想不到事情不顺利，周伯伯一下子就病重住院了。所以，您还是嘴下留情吧，我替康赛给您鞠上一躬吧！"说着，金玉真的一弯腰，冲着周心诚老伴鞠了一躬。然后继续说："康赛与艾一婕的约定和承诺已经经历了十年时间。一个人的一生有几个十年？康赛能做到这个份儿上已经非常难能可贵。对这件事，老实说我这个角色非常矛盾，我希望康赛继续等下去，那才叫真正的一诺千金的男子汉！但我又不希望康赛这么傻等。万一艾一婕那边又结婚了呢？康赛不是实实地把自己撂旱地儿了吗？不光把他自己撂旱地儿了，也把我耽误了。我和康赛是一年的，今年也已经三十一了，家里为我的婚事急得没着没落的。我怎么办呢？是不是赶紧找个主儿嫁出去了事？问题是，我这个人和康赛一样，是个一根筋。我不看到康赛真的找到艾一婕，我是不会随便嫁出去的。当然了，天底下好男人有的是，并不是说只有康赛才是好男人。问题是，我没有那么多时间去了解别的男人，而且，也没有那个兴趣轻易对别的男人动心。您嘲讽康赛的话，实际是给我难堪。但我这个人认准的事是不会轻易改变的。所以，您就是说下大天来，甚至痛快地骂康赛一通，事情也不会有什么改变。他该等艾一婕还会继续等，我该等他，也会继续等。在此我说两句名人名言，您不要见怪，黑格尔说：‘爱情确实有一种高尚的品质，因为它不只停留在性欲上，而且显出一种本身丰富的高尚优秀的心灵，要求以生动活泼、勇敢和牺牲的精神和另外一个人达到统一。’莎士比亚则说：‘爱情里要是掺杂了和它本身无关的算计，那就不是真的爱情。’”

面对这样的痴心女子，周心诚老伴会怎么说呢？她的脸色从不屑和嘲讽，变得和善下来，接着，就随着金玉的语调不断加重而一红一白不断变化。金玉是个心细的姑娘，周心诚老伴的表情变化，她已经完全看在眼里了。这就好，怕就怕对方根本听不进去。听不进去，以后抓机会就还会嘲讽康赛。康赛经常挨这种嘲讽，金玉当然是不高兴的。

此时，周心诚老伴咳了一声，说：“灯不捻不亮，话不说不明。金玉，你的这番话还真让我挺感动的。现如今是商品社会，事事讲效益，人人想赚钱，再找你们这样的年轻人真是不容易！今天我就夸你一句吧，姑娘，你是好样儿的！虽然，我并不支持你一味地等下去，但我对你这种精神表示赞赏！当然了，我是不会夸康赛的，到死我也不夸他。因为，他这种人办事优柔寡断，说不清道不明。如果早把话讲清楚，还能让你也一等就等了这么多年吗？”

康赛听了这话也感觉很有道理，自己当初真的没把话说得那么坚决，惹得金玉抱着热火罐一抱就抱了这么多年。此时，金玉就急忙给康赛开脱，说：“阿姨啊，您就甭怪他了，他也毕竟年轻，没有经历过这种事。如果他在恋爱问题上是个老油子，对不起，我还真看不上他!”

周心诚老伴微微一笑，说：“你们不要互相掩护了，我说件正事儿吧——我打算把周心诚接到蓝海医院去住院，慢慢治疗。因为在邻市毕竟回个家什么的不方便，而且还徒增了很多费用。咱们的工资都是有限的，不能这么没完没了地消耗不是?”

康赛见此，便急忙开口说：“伯母，您定时间吧，几时走都行。我们公司有三辆车呢，到时候让他们都来。”

周心诚老伴点点头，算是与康赛“握手言和”了，说：“好吧，我现在就去办手续，下午咱就走。”

康赛不觉嘬了一下牙花子。因为，他手里有事，吴尚文和马万才还在猴山酒店等着，而公司里的另外两辆车是不是全在家，他也不知道。谁知，康赛面部表情的微小变化都被周心诚老伴捕捉到了，她说：“怎么，车来不了?”

在这个节骨眼，康赛就迟疑了两秒钟。因为他确实对能不能三辆车都来，心里没把握。而金玉就立即把话接了过来，说：“来得了来得了！康赛现在身边就有一辆车，我马上给我们分理部打电话，让他们来两辆车。三辆，够不够，阿姨?”

补台和补漏儿，要补得恰到好处。金玉此时就为康赛把台补得天衣无缝，把漏儿补得滴水不漏。补台和补漏儿，靠的是实力，没有实力便补不了。金玉当然有这个实力。金玉接着说：“康赛，你赶紧去猴山酒店，把马万才和吴老师招待好了，但时间不能太长。然后再带着车过来。我这边马上就把我们分理部的车调过来，中午，我陪我们司机吃顿饭，你们在那边就别等着我了。阿姨这里我会安排好的。”

不愧是银行分理部二把手，三下五除二，就把眼下的急事、难事摆平了。康赛还想说什么，金玉给了他一个“不由分说”，推着他把他推出门去。接着，金玉站在楼道里，就给自己的分理部打了电话。

康赛跟着大邸回到猴山酒店，这时，他才抬头看了一眼酒店外观。却见这个酒店的外檐装修得整个一个花果山、水帘洞。不光外形就是花果山，门口还真像水帘洞。要进门就要从滴水形成的水帘钻进去。而且，钻的时候速度一定要快，否则就把衣服打湿了。康赛随着大邸快速钻进去以后，发现里面墙壁都做成山体样，而且曲里拐弯的，确实像在山洞里。大邸带着康赛进了一个单间，见桌子上酒菜齐备，只差开吃。吴尚文和马万才早已等得不耐烦了，两个人嘴里嚷嚷着就一个给他拿杯，一个给他斟酒。吴尚文说："康总，以为你不回来吃了，我还说了，再数十个数，如果你不来我们俩就开吃。"马万才道："金玉怎么没回来？是不是你们'说撑了'，半截腰回蓝海了？"

大邸抢先回答说："金玉在医院接到了新任务，正替康总支撑着呢。"康赛一边举杯和这两个人碰杯，一边把事情简要诉说一遍，最后对大邸道："别人喝点酒没关系，你却一口都不能沾，让警察查出来了不得，咱们连蓝海都回不去了。"大邸连连点头，说："我明白，我明白。"自从上次撞了一次电动三轮赔出去三万块钱以后，大邸老实多了，说话做事总是小心翼翼的。

马万才呷了一口酒，又吃了一口菜，便突然发问了，说："康赛，这笔业务对你们公司是不是很重要？"

康赛点点头，不假思索道："可以这么说。"

马万才道："既然如此，我一定亲自操办这件事，善始善终帮你把事情办成。问题是，我忙活了半天不能白忙和不是？"

康赛呵呵笑着给他满酒，说："你的意思我明白，该办的咱肯定办。"

马万才绷起脸来，道："你明白什么？你以为我想要回扣？你也太小瞧我了不是？"

康赛举杯与他相碰，说："你可以不要，但我们不能不给。"

马万才突然一拍桌子，说："康赛，你甭揣着明白装糊涂，我想要什么难道你真的不知道？"

康赛的笑容一下子僵住了。很显然，马万才说的是那幅画。他想要《孔雀图》。康赛兀自呷了一口酒，说：“咱别守着矬人说短话，哪壶不开提哪壶行不行？谈别的都可以，唯独《孔雀图》这件事咱免谈。这事是没有商量余地的。”

马万才听了站起身来就走了。吴尚文急忙大喊：“嗨！万才！万才！你别走啊！这一桌子酒菜……”

康赛冲着吴尚文摆了摆手，说：“甭叫了，强扭的瓜儿不甜。上赶子不叫买卖。”

吴尚文道：“那，这笔业务怎么办？啤酒厂那边你不是都答应人家了？弄不好要耽误生产，咱的信誉就彻底毁了，说不定啤酒厂会起诉咱们哪!”

起诉，倒是没有这个可能。因为康赛并没有和啤酒厂签订合同，没有文字依据就没法起诉。问题是自己不能干这种二杆子事。能因为没遭起诉，就把啤酒厂撂旱地儿吗？康赛不是这种人。他要真这么做了，那他在金玉等人的心目中将一落千丈，会让等了自己这么多年的金玉悔青了肠子，甚至恨之入骨。康赛没有心思吃饭了，他掏出手机，给路前浩的秘书打了过去。

“刘哥你好，我是康赛。”

“哦，哈哈，老弟你好。这几天副市长正念叨你呢!”

“念叨我好哇，我正有事请副市长帮忙呢!”

“什么事还要副市长出头？你先跟我说说。”

康赛便急忙把事情说了一遍，刘秘书呵呵笑着说：“这事儿用不着找副市长，我给你办吧，完事你可得谢我!”

康赛急忙回答：“咱按道儿上规矩办，该一就是一，该二就是二。”

刘秘书说：“康赛，什么‘道儿上’不‘道儿上’的，你刚离开机关几天啊，怎么学的尽是黑话呀?”

康赛呵呵笑着说：“到什么山唱什么歌，你别见外哦！你几时给我回话?”

刘秘书说：“一会儿就给你回话，不就是五十吨啤酒花吗?”

康赛道：“对，五十吨。”

接下来，康赛就合上手机，和吴尚文、大邸吃起饭来。心里踏实了一半，饭也吃得挺快。吃完饭，他们一起来到邻市医院，见此时，金玉已经叫来了两个司机，也就是说，来了两辆车，而司机已经跟着金玉吃完了饭，正等着康赛呢。那么，是不是真的需要三辆车呢？严格地说，一辆车便足矣。因为，来再多的轿车都只能拉东西而不能拉病人，周心诚这样的病人只能使用120，断然不能使用轿车。而周心诚随行的东西能有多少呢？全都装在大邸夏利车的后备厢里还装不满。但周心诚老伴就是不说“一辆车就行”这样的话。她就是想看看，你康赛究竟有多大本事，你金玉究竟有多大本事，你们不是都挺牛吗？

周心诚老伴现在心里没有别的，全是委屈，说不完道不尽。但如果老是重复那些牢骚话，自然连自己都听着腻，于是，干脆来点实的，对不起了，给你们添点麻烦，不能让你们太惬意了。结果回蓝海的路上，就形成了车队，前面是金玉分理部的奥迪开路，后面是一辆120，再后面就是大邸的夏利车和金玉分理部的一辆帕萨特。车速还不快，不紧不慢地保持着队形向蓝海进发。周心诚老伴坐在金玉的车里，身边坐着金玉。康赛坐在副驾驶位置。康赛问：“伯母，您对这个阵势还满意吧？”周心诚老伴撇撇嘴，不回答。

康赛明白，周心诚老伴实际是满意的。不回答，只是因为好面子。因为他透过反光镜看到了此时金玉与周心诚老伴两个人一直互相手抓着手，彼此在通过手的抚弄表示着友好，进行着心灵的沟通。周心诚老伴认可金玉，也就意味着认可康赛。于是，车队驶进蓝海医院的时候，周心诚老伴终于说了一句深思熟虑以后的话：“康赛，艾一婕对不起你，你也对不起金玉！”

对这种话康赛是没法回答的，他不可能否定艾一婕，更不可能当着金玉赞扬艾一婕，因此，他只能保持沉默。倒是金玉再一次为康赛补了台：“阿姨，只要是真心实意的真爱，就没有谁对不起谁的问题！”周心诚老伴听了这话便一声长叹，不再说话，似乎对这种浪漫的理想主义难以接受。

一个意外情况的突然出现，蓦然间打破了业已形成的一个定式——周心诚老伴没完没了地发牢骚，康赛无条件地洗耳恭听；周心诚老伴动辄对康赛进行教训，康赛便没完没了地做检讨——周心诚住进蓝海医院的当天晚上，竟然奇迹般地醒过来了！医生起初也是纳罕，但一番思索以后解释说："恐怕是一路颠簸，使周心诚的脑血管由不畅通变得畅通了。"用老百姓的话说，就是原来哪根筋没搭上，而现在搭上了！不管怎么说，这件事非常奇怪，简直让医生不能自圆其说。因为周心诚患的是脑溢血而不是脑栓塞，要么就是本来就患的脑栓塞而不是脑溢血。否则的话，实在让人解释不通。

那么现在，周心诚老伴最想做的是什么事呢？说起来匪夷所思，她现在最想做的事是把康赛叫来，和她一起分享周心诚醒过来以后给她带来的巨大喜悦和感情冲击。但她手里没有康赛的手机号。本来她是不屑于留康赛的手机号的，所以现在她要想找康赛，还真是不容易，直急得她没着没落的。那周心诚醒过来以后就想坐起来，医生一把按住了他说："急不得您哪！您至少得躺上三天才能起来，那还得说是复查以后没发现问题，否则，出了问题算你的还是算我们的？"

那么，康赛此时在干什么？他在跟着刘秘书跑啤酒花。因为不顺利，所以，一直没到医院来看周心诚。那么，为什么不顺利呢？因为路前浩从中阻挠。当路前浩知道刘秘书在帮康赛联系业务，立即制止了刘秘书，说："先别说公务员不能违背《公务员法》染指业务，就说你给谁帮忙？康赛答应把《孔雀图》拿出来了吗？如果没有的话，你给他帮什么忙？有病？K省对蓝海的低价煤炭马上就要缩减了，你忘了？"于是，刘秘书只能在大礼拜偷偷带着康赛去见一个专门经营啤酒花的经销商。

第十一章　故意伤害

如果事情能够向着既定方向百折不回地发展，说明背后有它的运势。

刘秘书一心要帮康赛做成一笔啤酒花业务，肯定心里有他的小九九。能给副市长当秘书，都是胸有城府、精于算计、善于策划的人，否则就会像康赛一样在领导身边待不长久。刘秘书的小九九康赛只以为是为了索要《孔雀图》，暗想，其他事都好谈，想打《孔雀图》的主意，就别怪我不讲交情。

他们在蓝海市郊结合部的一个仓库里，看了一批货。货主是个和刘秘书年龄差不多的中年女人。人长得不漂亮，但精明强干。不太爱说话，只是不停地转着眼珠。刘秘书从对方手里硬“卡”了五十吨。这家贸易公司是国企还是民营抑或私企，康赛全都不得而知。刘秘书根本就不对康赛介绍。只听刘秘书是这么对对方讲的：“这笔业务你不匀给康赛，你也拿不走全部利润，你只能拿你自己那份工资和奖金。与其那样，不如让康赛给你一点表示，肯定会比你奖金多。”

对方点点头说：“这笔业务康赛能赚二十多万，该给我返多少，康赛应该心里有数。但我有个条件，我不要现金。”

刘秘书哧哧笑了起来，说：“你想要什么？要房子？要汽车？”

对方说：“刘秘书，这个事你做中间人就到此为止，剩下的事你甭管了，康赛也是贸易公司经理，他自有办法。”

此时康赛便把话接了过来：“大姐，你最好给我个明示，如果真让我给你买房子交首付，或者买一辆本田、迈腾、君威、雪铁龙C5，奇瑞G5或者帕萨特1.8T，我就一丁点利润都没有了，等于鸭子孵鸡白忙活不是？”

对方也笑了，说："我怎么会那么做呢？我真提那样的要求你也不会答应不是？我知道你那没过门的媳妇家里是开古玩店的，你帮我弄一件能升值的古玩字画就行。"

真会想哈！康赛暗暗佩服这个大姐。他突然联想到小车，小车是不是也这样胳膊肘子往外拐，为了给自己捞一点利益呢？但眼下必须马上做出决断，答不答应大姐。康赛快速转动了一下脑筋，一瞬间就做出了决定，给大姐和刘秘书各办一件古玩字画，价值都在五万左右，要能够升值的。想好以后，康赛便把决定说了出来。大姐撇了撇嘴说："康赛，你给刘秘书什么东西我不感兴趣，那是你们俩的事；我对你给我什么东西却十分在意。这样吧，我和你去古玩店一趟，我亲自选一件东西。"

步步紧逼哈！康赛现在不是佩服大姐了，而是要防备了。他想了想就说："好吧，事不宜迟，说去就去，咱们走！"

大姐开车，三个人便一起来到金满堂的古玩店。那金满堂对康赛印象非常之好，自然对康赛提的问题满口应承。于是，大姐和刘秘书都选起自己喜爱的东西来。刘秘书死盯住一块鸡蛋大的带洒金皮、成色非常好的石田羊脂玉不放，看意思是相中了。而价目牌上标的是"十三万"。刘秘书驻足不前了，脚底下生根了。康赛看在眼里，便急在心里。这不是狮子大开口吗？后边还有一个大姐还没点东西呢，如果也看上这么贵重的东西怎么办？

恰恰此时大姐看中了一幅画，吴冠中的，一个半平尺的小镜心儿。价目牌上标的是"二十九万"。大姐没有死盯着看，而是招招手叫康赛过来。康赛心里敲着小鼓硬着头皮走了过去，只听大姐说道："瞧，吴冠中的作品！我知道吴冠中是 20 世纪现代中国绘画的代表画家之一，国画大师，他的画作一直是拍卖市场的'宠儿'，几乎每年都创造了拍卖市场的价格'神话'。买股票，看指数。投资艺术品，也得看指数，比如油画指数、国画指数等，你说是不是？在证券市场，根据指数反映的价格走势所涵盖的范围，可以将股价指数划分为反映整个市场走势的综合性指数和反映某一行业或某一类价格走势的分类指数。吴冠中的画作也完全可以这么分析，是不是？"

康赛苦着脸说："姐姐，你说得没错，作为一位拍卖市场的'作品大户’，吴冠中先生也有自己的画作价格指数，如吴冠中国画指数、吴冠中油画指数、吴冠中水彩水粉画指数。这些走势分别代表其历年的价格走势。吴冠中指数能反映自指数基期 2000 年春拍至今，每个拍卖季度吴冠中先生画作市场的发展趋势。行家称：‘一个画家的指数，由涨幅、跌幅、成交量、成交额、最新价等几个部分组成，对于投资者来说，这些指数具有一定的参考价值。它能反映该画家作品在市场中的过去行情，以此对将来的走势做一个判断。’而根据雅昌艺术市场监测中心的吴冠中国画指数，目前吴冠中国画拍价为 561114 元/平方尺。到目前为止，吴冠中的作品总上拍量达到了两千四百余件，总成交量为一千五百件左右，总成交金额为二十亿元。”

大姐猛地抓起了康赛的一只手，摇着，说：“知音啊知音，兄弟，你真是我的知音！”

什么意思呢？马上就要我同意购买这幅小镜心儿吗？可是，与康赛心中暗自给她们预订的回扣价码相去甚远。怎么办？这时，金满堂走了过来，说：“我看出来了，两位朋友一个看上了羊脂玉，一个看上了吴冠中的小镜心儿；我猜想，康赛领你们到我的店里来，肯定与啤酒花业务有关。而且，我也明白，五十吨低价啤酒花能有二十多万的利润。这样吧，这块羊脂玉我给你底价，六万块钱，我一分钱不挣，连路费钱、吃住钱、请客喝酒钱，我全搭里了。但那幅小镜心儿就没有商量余地了。因为我标的就是底价，你走到天边也是这个价，所以，这一点就请康赛想辙吧，我是一丁点辙也没有了。”

康赛看着那两个人，只见刘秘书还对着羊脂玉沉思默想，而大姐也对着小镜心儿目不转睛。没办法，康赛说：“这样吧，刘秘书的羊脂玉我包了；大姐的小镜心儿我也出六万块钱，余下的由大姐自己解决。谁让你非看上这么贵的东西呢！”

金满堂赶紧打圆场说：“对，对对，这就叫量体裁衣，量入为出，量力而行，我赞成！我知道康赛自打当经理以来，还没有像样的业务，蓦然间拿出大笔钱请客送礼，弄不好就给自己找麻烦，让公司内部的人告一状可不值啊！”

此时刘秘书就不能再沉默了，他冲着金满堂慢声细语道："老先生，您别危言耸听，让您这么一说我们都成腐败分子了不是？我们是那样的人吗？我们是和康赛有交情，因为有交情才帮他弄业务；他愿意给我一件小礼物也是发自内心，否则我们敢要吗？您怎么专拣让人不爱听的话说呢？"

大姐也说："对对，刘秘书所言极是！我们都不是非要咬康赛一口的人，谁帮谁一点忙还不是应该的？康赛，你甭为难，那幅画你就出六万好了，剩下的，我自己出！"

金满堂一番体恤康赛的话，倒歪打正着，让康赛蓦然间解脱出来。当然了，说是解脱了，也必须花出他所得利润的一半。事情就这样曲里拐弯、东边日出西边雨地敲定了。金满堂给两个人出具了"如假包换"的证明书。两个人都把东西收了。大姐便从手包里掏出五十吨啤酒花的大票，请康赛签字。事情就算妥了，回头康赛自己带车去提货即可。

康赛在古玩店办完交割就走了，但金满堂按底价卖出去两件东西，心里也却不平衡。他便翻来覆去想这件事：我如果不看在你和金玉是这种关系的分儿上，我凭什么要一让再让竟按底价卖出？出手就是若干万，不是小数。可是，如果较个真章儿的话，你康赛与金玉到底算什么关系呢？金满堂越想这事越不平衡，他把店里安排了一下，就出门去了。他买了一兜子水果、一箱牛奶，就拎着去肿瘤医院找康之韶去了。他要问问，你们康家寻找艾一婕的事究竟有个头没有？不能让我们金玉到老只是空抱一个热火罐不是？

结果，金满堂在医院里正碰上周心诚。周心诚恢复知觉以后，在蓝海医院里躺了几天，以前的事情他全回忆起来了，便悄悄跑出医院来找康之韶。结果发现康之韶也脑溢血了，而且，老伴搭了折叠床在旁边守着，那样子很让人心里不是滋味。其实，以前那些天他自己在邻市就是那么过来的，只是他不知道而已。嗨，事也凑巧，周心诚正和康之韶老伴说着话，金满堂来了。

金满堂没有康之韶和周心诚那么高的文化素质，也没有那么好的涵养，所以，他见康之韶昏迷不醒，便对着康之韶老伴和周心诚发起牢骚："我说老嫂子，寻找艾一婕的事儿有影儿没有啊？我家金玉今年可是三十一了，就死等着康赛呢！这不是吗？刚才，我又帮康赛赔本赚吆喝卖出去两件东西，我从新疆弄来的羊脂玉，一分钱没加，路费、吃住钱、请客送礼钱都不算，低价送给人家了，吴冠中的小镜心是好弄的吗？也低价送给人家了。我冲着谁呀？还不是冲着康赛？我为了什么呀？还不是为了康赛和金玉两个人的婚事吗？可是，你们家一个寻找艾一婕的借口，嗨，我们一家子就得无限期地等下去。你们俩说说看，几时是个头？”

康之韶老伴和周心诚面面相觑，想不到金满堂这么不留情面，说话一针见血。而且，他说的全是事实，没有半点儿夸张。周心诚就坐不住了，说：“老嫂子，老金说的不是没有道理，这事儿我再想想应该怎么办。我上次寻找艾一婕已经快找到了却出了意外。要么，过几天我就再跑一趟邻市。”

康之韶老伴急忙伸手拦住周心诚，说：“他叔，千万使不得！你再有个三长两短，让我们康家怎么承受得了啊！”

周心诚摆摆手说：“我的身体还是不错的，否则这次也恢复不了。我看着老康躺在病床上昏迷不醒，心里实在不是滋味！现在老金又来倾吐衷肠，我感觉事不宜迟，我该帮老康这个忙是一定要帮的。”说完，周心诚就站起身来告辞，金满堂也紧跟着出来，说：“老周啊，拜托了，我替我闺女拜托你老哥了！我们一家人的希望全都寄托在你老哥身上了！”

出了医院大门，周心诚思索着说：“老金啊，这事儿急不得，你把心放肚里，我肯定努力就是。问题是，如果我找到艾一婕怎么办？金玉能不能离得开康赛？”

金满堂哭丧着脸说：“离不开也得离呀！如果找到了艾一婕，那我们一家还有什么话说？可是，如果艾一婕确实已经再婚了，我家金玉不就放心了，我们一家不就高兴死了？”

两个人分手的时候，周心诚信誓旦旦地说：“老金，我记住你的话了，你们一家的殷切期待就是我为康赛跑路的动力，放心吧，我会很快启程的。”

金满堂不知道周心诚为了跑康赛的事曾经连急带累在邻市弄得脑溢血的事儿，还一个劲儿鼓励周心诚。他握住周心诚的手说：“老周啊，我们一家就拜托你了！”

瞧这话说的！对于一个很讲义气、很讲朋友交情、很讲责任感，心地善良的老者而言，别人的嘱托和期待还真就如同给他打了气、加了油、紧了扣、上了弦。转过天来，周心诚就悄悄溜出医院，去公安局制证处办理了一个身份证。人家说三天以后取证。周心诚便心急火燎地在医院等了三天，三天以后，他取出身份证，左肩右斜背了一个皮包就出门了。以往他习惯于手里拎着皮包，或腋下夹着皮包，这次他吸取教训了，知道该怎么做了。

他既没告诉医生和护士，也没敢和老伴说，否则的话，她们都不会放他走。因为患过脑血管病的人尽管已经痊愈了，也仍然应该十分小心才行，不然再犯了怎么办？怎么能再次冒冒失失地外出干这种跑跑颠颠的事呢？

周心诚没记住医生的嘱咐，但记住了小偷给他的教训，这次他没有用手拿着包，而是左肩右斜地背了个包。谁知，他忘记应该把皮包拽到胸前来，而是使皮包置于右手的大胯处。于是，道高一尺，魔高一丈，问题又来了。他刚一下火车，皮包就被小偷用保险刀悄无声息地划了一个大口子，里面的东西悉数被掏走。等他反应过来的时候，皮包已经空空如也。不过，周心诚还是留了一手，他把身份证、银行卡和三百块零钱放在上衣口袋里了。于是，丢的全是无关紧要的东西。

当然，说是无关紧要，也不是一点也不重要，比如这次周心诚从外经贸委开出了几封介绍信，打算每走到一个单位，他就把介绍信拿给人家看的。但现在都被小偷掏走了。好在他还有身份证，每到一处，还可抵挡一阵子。在周心诚二次来到邻市的第三天，他终于找到了艾一婕的原工作单位——外贸工艺品公司。人家告诉他，说艾一婕现在可能在香港。周心诚便马不停蹄跑到公安局办理了赴港手续，两天以后，去了香港。然后，他通过警察局，又找到了蓝旗集团。结果，他正面、侧面问了好几个蓝旗集团的人，得到的回答是一致的：艾一婕现在在澳大利亚分店，而且，准备与副总结婚。周心诚一声长叹，忙了一个溜够，却是这么个结果，这不是竹篮打水一场空吗？当时他就想对天大喊一声：康赛，傻侄子，你该迷途知返了！

但周心诚并没有见到艾一婕本人，所以，他对别人的话将信将疑。万一这一切其中有诈呢？周心诚蓦然间生出一个念头，他要往澳大利亚跑一趟，他要亲自面见艾一婕！可是，费用谁出呢？自己出钱，是瞒不住老伴的，那就必然惹起一番争吵，吵翻了脸也未可知。老伴年龄也不小了，为这事儿落个好歹值吗？周心诚思前想后拿不定主意。这时，他就突然想到了金满堂。金满堂是古玩街的大户，有一定的实力，现在又事关他们家，估计他会赞助一下。于是，他问清了澳大利亚分店的名称和地址，就返回蓝海了。

回到蓝海以后，周心诚找到了古玩店里的金满堂，如此这般诉说了自己的设想。末了，周心诚还建议金满堂也跟着跑一趟。说："艾一婕这么神奇，这么神秘，你不想亲自看看她长什么模样吗？"

金满堂连连摆手，说："不不不，我没这么大好奇心！她爱什么样就什么样吧，反正把我闺女折磨得够呛了！就冲这一点，说她是魔鬼也不为过！"

话是这么说，金满堂还是为周心诚掏了三万块钱作为路费。而旅行社的定价：蓝海市到澳大利亚七日游是一万九，于是，周心诚便与旅行社谈好，下了飞机以后，请旅行社一个人陪伴去蓝旗集团分店找人，周心诚另外付给旅行社一万块钱。不管能不能找到艾一婕，周心诚都必须与旅游团同时回国。因为有人跟着，你想"玩儿失踪"也玩儿不了。

又过了半个月，周心诚如期随同旅游团登上飞机，前往澳大利亚了。结果，结果当然是扑个空，善良人再一次被捉弄！澳大利亚分店的人说，根本不知道艾一婕何许人也！最近也根本没有从香港或内地过来的中国人！当时周心诚心里那个气啊，差一点就再次脑溢血。他一再告诫自己：要沉住气，要沉住气，不能自己跟自己过不去，不能用别人的错误来惩罚自己！走出分店以后，他坐在门口的石头礅上迟迟不愿意离开。陪同的旅行社的人说："没有就没有吧，说明你们见面的机缘没到。俗话说好事多磨，是好事就不怕磨。咱先回蓝海，有什么事你慢慢来吧。"

正在这时，分店里面走出来一个人，这个人显然也是中国内地的人，他的国字脸，他的体形、步伐，国企干部一般的神态，都标明他是来自中国内地的人，这是一眼就能看出来的。周心诚像找到救命恩人，急忙迎着他走过去，问："我看你像个领导，你能不能告诉我实话，艾一婕究竟在哪儿？"

这个人就是孙家富。此时他正在澳大利亚分店处理一些乱事，他站在屋里透过窗户看到外面一位老者迟迟不走，不知道发生了什么，便下来看看，谁知又是寻找艾一婕的。他对这么多人都找艾一婕，而且竟然找到澳大利亚来，深感匪夷所思，便忍不住问："你是艾一婕什么人？为什么非找艾一婕？而且不远万里找到这里来了？"

本来周心诚不想对素不相识的人讲康赛的事儿，但既然找到澳大利亚了，就不能不说说康赛，不能不说说金玉，不能不说说石田美子；而且，也不能不说说康之韶，不能不说说金满堂，甚至，也不能不说说自己。否则，怎么能引起孙家富的同情呢？周心诚滔滔不绝地一讲就讲了半个小时，如果孙家富不打断他，他就会继续说下去。孙家富说："真让人匪夷所思！我只以为艾一婕仅仅是个才女，在饭店经营管理方面有些研究，仅此而已；想不到她身后广种福田，广结善缘，竟让那么多人为了他苦等，为了她奔走，为了她殚精竭虑，我服了！我真服了！老哥，就冲你不远万里跑到澳大利亚来，我就服了！我服谁了？我服艾一婕了！我服你们这一干人了！你们都是怎样的一干人啊！"

周心诚一听这话，急忙打断孙家富，问："现在艾一婕究竟在哪儿呢？"

孙家富呵呵笑着，说："事到如今，我再瞒着就对不住你们了，我告诉你们吧，现在艾一婕在泰国，正帮我打理二分店。不过我应该把这个信息透露给你们，就是，年底我和艾一婕就结婚了。你们瞧——"

孙家富伸出了左手，他的左手无名指上戴着一枚荧光闪闪的钻戒。

周心诚的表情一下子便僵住了："怎么，说到归齐，艾一婕还是要嫁给别人？"

孙家富继续笑着，说："我比艾一婕大十岁，但我有亿万元的资产。我相信，这一点康赛他要命也做不到。现如今中国是商品社会，谁跟钱有仇？谁不是做梦都想着发财？艾一婕只要嫁给我，我的家产就可以分她一半。我心甘情愿这么做，因为我爱她，而她也爱我。她送我的这枚戒指恐怕你们一辈子也买不下来——三百万！谁能给她三百万？自然是我。我有这个能力。我还敢打这个保票，我会给她一生的幸福和荣华富贵！”

其实，孙家富的这番话明眼人会听出这不过是个宣言，是在表决心，并不能表明艾一婕已经归属于他。但此时周心诚却听不出弦外之音，因为他现在完全被孙家富营造的话语环境包围了，左右了；也可以说，是一个六十岁的人脑筋转得慢了，被一个四十五岁的中年人牵着鼻子走了。如果说人品再怎么好的人，也有缺陷，那么，现在周心诚的缺陷就是年龄带来的。他当时一下子就心跳过速了，眼前一黑，就一屁股坐在地上了，老半天起不来。

孙家富几时离开的，周心诚根本就不知道。当他和旅行社的人一起回到驻地，再一起回到国内，他几乎没说几句话。他感觉自己受到巨大挫折，自己的满腔热情，被兜头泼了一盆冷水，已经让人透心凉了。回到蓝海以后，他没有急着去找康之韶，而是因为着急再次病倒，在医院里又开始了新一轮抢救。本来还想去见康之韶。但他根本想不出来见了康之韶以后说什么。善良人总是这样，一事当前礼让三分，受了挫折先在自身找原因。谁知，一着急便旧病复发。

而孙家富在澳大利亚遇到周心诚这件事，让他对艾一婕更加刮目相看，转过天来，他就飞到泰国，又把工作还在半残子的艾一婕派到老挝，那里有蓝旗集团的三分店。他害怕周心诚会找到泰国来。当然，孙家富给了艾一婕一笔还算说得过去的奖金。说是“还算说得过去”，是因为这笔奖金与艾一婕的实际付出并不匹配。孙家富既然爱艾一婕，为什么不舍得奖励她，理由也很简单，他怕给钱给多了，艾一婕拍拍屁股就回国内了。他只给了艾一婕一部分，然后许愿说：“只要老挝那边干得好，后面还有大笔的，一起给。”

艾一婕心里明白，这是孙家富怕自己中途逃掉在留一手，她就不能不去老挝。既然进了蓝旗集团，在哪儿干不是干？所以，艾一婕并未计较，收拾一下，就坐飞机来到万象。

话说周心诚在医院里躺了几天，吃不香睡不着，好像自己做了亏心事，便又简单收拾一下，从医院里跑了出来。他如法炮制，又随同旅行社来到泰国。当然，这次，他又找金满堂要了三万块钱，不过，这次算借，他给金满堂打了借条。他要亲自到泰国印证一下，艾一婕是不是已经心有旁骛。也许读者会觉得这本书写得过于矫情，怎么那么多一根筋的人都聚到蓝海了，都聚到康赛周围了？没错，否则的话，便没有这些故事，也没有这本书。更重要的是，在世风日下的今天，蓝海市确实还生存着一些古道热肠的人。

但这次就没有那么侥幸了——周心诚第二次脑溢血了。被旅行社送到医院以后连续抢救了三天，然后进入观察阶段。周心诚老伴便被护士再次招到医院。周心诚老伴那个气啊！这不全是没事找事，自寻烦恼？说自寻烦恼是轻的，这完全是在作死啊！康赛的破事值得你这么认真吗？脑溢血这种病得三次必死无疑。得两次的即使恢复得好，一般也要半身不遂，生活非常不便。你莫不是中了魔障了？热心肠也热得过于邪乎了不是？

周心诚第一次脑溢血的时候，他老伴没把事情告诉远在外地的儿子，这次，她就不能不告诉了。当然了，她也不能不告诉康赛了。这种事，实在让她对康赛积怨很深，成见很深，甚至夸张地说，杀了康赛的心都有！

于是，当康赛忙完手里的事儿来到医院看望周心诚时，就遇到了周心诚的儿子，年龄是一样的年龄，脾气却是不一样的脾气。那周心诚的儿子是个沾火就着的急性子，所以，一见康赛露面，冲上去就“啪啪”两个大嘴巴，直打得康赛头晕目眩，一屁股坐在地上。

周心诚的儿子叫周冲，个子比康赛略高，五官端正，风度气质也不错，他在外市是做物流配送的，说话做事一般来讲都彬彬有礼。但眼下他对康赛就恨之入骨，没法做到有礼，他有的只是气。以前，康周两家曾经一度走动比较频繁，两家人在一起吃过饭。那时候，康赛和周冲都只有十几岁，饭桌上两个人还比赛一般兴高采烈地抢饭吃，家长看着他们打心眼里高兴。一转眼十几年就过去。世事沧桑，春来秋往。康周两家的友谊正因为康赛对象问题而经受着严峻考验，如同一块牛肉撂在火炉上炙烤，烤得恰到好处，便余香满口，营养丰富；火候不够就生了，吃了会拉肚子闹肠炎；火候过了，就烤焦了。牛肉烤焦了就不是美味，而变成致癌物了。周心诚的所作所为无疑正处于被烤焦了边缘，在这个节骨眼，处理得好，两家还可能进一步加深友谊，处理不好，也就掰了。估计从此以后再难来往。坐在一起吃饭也只怕变成历史，只能存在记忆里。

当时，康赛坐在地上，还没来得及想清楚，周冲一个箭步冲上去，照着康赛的大腿、屁股，狠狠地踢了起来。康赛便一侧身想爬起来，于是，周冲的一脚就正踢在康赛的软肋上，只听“咔”的一声闷响，康赛便惊叫起来：“你想干什么!”便猛地吐出一口血来。

周冲气哼哼地嚷嚷道：“干什么？揍你！你这种人不挨揍就不知道太阳从东边出来!”

周心诚的老伴一直虎视眈眈地看着这两个年轻人，周冲动手打康赛，她也不拦着。这时，一个来给周心诚送药的护士看到屋里两个人在打架，便一声断喝：“干吗呢？你们以为这是自由市场吗?”周冲便住了手。护士再看康赛，一副鼻青脸肿的狼狈样，同时看到了地上的一摊血，急忙说：“还愣着干什么？还不赶紧去急救室查查？如果内脏出了问题呢?”

此时，康赛方才感觉真的是内脏里面生疼，不知道是肝还是脾出了问题。他先是掏出手绢把地上的那摊血揩干净，把手绢扔进厕所的废纸篓，然后一只手捂着软肋下楼找急救室。那个护士给周心诚送完药，就赶紧追出来跟上了康赛。一只手扶着康赛的胳膊说：“急救室在一楼，别着急，我跟你去。”康赛感激地歪头看了护士一眼，便看到了护士胸口上别着的一个小牌子，上面写着“优秀护士”。他便感到一股热浪从心里滚过，急忙龇牙咧嘴地向护士致谢。

结果在急救室一查，还真查出问题了，康赛的肋骨发现两根骨折，脾出现轻度破裂，急需住院。康赛此时是一步都不愿意走了。实在太痛苦了。他的额头正渗出豆大的汗珠子。他从口袋里掏出一个银行卡交给“优秀护士”，说：“你是医院的优秀护士，我对你百分之百相信；这个银行卡里面有两万块钱，你拿去帮我办手续吧!”

这个护士还真不是装样子的优秀，不是“糊弄局儿”的优秀，是真的优秀。她立马以最快的速度，给康赛办了住院手续。当然了，她是医院里的人，出哪门进哪门都门儿清，一般患者怎么比得了呢？

等到康赛接受完治疗，穿着病号服消消停停地躺在病床上以后，那个护士又来了。她站在康赛病床边，轻声问："他为什么打你？"

康赛苦着脸摇了摇头，不想回答。护士说："你不要害怕，我可以帮着你起诉他故意伤害。"

康赛急忙拦住护士，说："不不不，用不着，用不着，他打完我，出完气，也就消停了，后边不会再怎么样了。"

护士非常不解地看着康赛，说："你怕什么呢？我看你也是一表人才，文质彬彬，不像是招灾惹祸的样子。难道是你欠着人家的钱吗？"

康赛点点头说："是，我是欠他们周家的。但我欠的是人情，不是钱。"

护士更加不解了，说："欠人情就更不应该挨打了，现如今是法治社会，有什么话不能说清楚？为什么非要拳打脚踢，把人伤成这样？"

康赛不想再麻烦这个护士，就说："你忙你的去吧，我的事你甭管了。"

谁知这个护士却说："不行，在我们医院里这样无法无天的事还从来没有发生过，我想弄明白是怎么回事！"

康赛又一次苦着脸说："嗨，老妹子，你这是何必呢？好吧，哪天你有空了，我给你讲讲事情经过。"

护士眨眨眼，说："哪天干什么？今天下午我交班以后来找你。"说完，就转身走了，像一股旋风，那叫麻利。康赛没有认真看这个护士，其实，这个护士是长得不错的，柳叶眉杏核眼，直鼻梁薄嘴唇，窈窕的腰身，挺拔的个头，身高至少也得一米六五以上。作为一个护士，应该说"硬件""软件"都很优秀。问题是康赛心里装着艾一婕，不可能对其他女性多看一眼。所以，这个护士究竟长得什么样，康赛根本没有印象，只觉得，说她胸口上的小牌子"优秀护士"是实至名归，仅此而已。

下午四点钟，这个护士交完班就娉娉婷婷地来到康赛身边，她窈窕的身姿显得非常轻盈，姑娘所特有的那种羞赧此时也表露无遗。她给康赛斟了一杯水，搁在康赛身边的床头柜上，然后就搬了凳子安安稳稳地坐在床边，既不问话，也不看康赛，只把眼睛盯着床下康赛的那双旧皮鞋。那双鞋已经好久没有打油了，蒙着土不呛呛的灰尘不说，有的地方还开裂了。

时间就那么一分一秒地过去，两个人谁都不说话。康赛不说话，是不想和护士交往太深，护士不说话，似乎什么都明白了。过了约莫十分钟，康赛忍不住问："你究竟想和我谈什么？"

护士说："原来想找你问问情况，因为我这个人是爱管闲事的人，这一点在医院里是出了名的。但刚才我交班以前和周心诚老伴聊了一会儿，她把儿子为什么打你，周心诚为什么两次脑溢血，都告诉我了。她说，她为什么不拦住儿子，就因为她也觉得你该打。我虽然听的是一面之词，但我还是听出了弦外之音：那个艾一婕的魅力真真了得！竟然使你一等就是十年！天，一个人一生有几个十年？艾一婕欠你欠得太多了！如果说，你欠着周心诚的人情债，只消一顿好打，便可解决；而艾一婕欠你的情分简直可以车载斗量了，这辈子她恐怕还不清了！"

康赛笑了，说："你这人真是'扒插神'，八竿子打不着的事都往心里入。你累不累呀？"

护士说："关键是看事情值得不值得我打听。你听过这副对联吗？——'风声雨声读书声，声声入耳；家事国事天下事，事事关心。'你知道这副对联是谁写的吗？"

康赛不想回答，虽然他知道是谁写的。他感觉这个护士在没话找话说。故意引出一个话题，目的是做深入交谈。问题是有这个必要吗？也许此时你的心境很好，而我怎么会有你那样的心境呢？探听别人的隐私可能是一种乐趣，比如专写八卦新闻的小报记者；但除了有意炒作自己的所谓"星"们，一般人被揭隐私是非常痛苦的事。但此时这个护士根本不管这些，她杏眼圆睁，虎视眈眈地盯着康赛问："周心诚老伴说你学问非常好，多才多艺，只是一根筋让人讨厌。我倒没觉得一根筋有什么不好，我只是觉得说你学问好，似乎言过其实了。因为，你连一副尽人皆知的对联都说不清。”

说完这话，护士就漫不经心地把康赛污脏的皮鞋踢了一脚，从床边踢到里面去了。

康赛有些来气，说：“你真想知道这副对联的来龙去脉吗？我说出来以后你记得住吗？”

护士微微哂笑，说：“说你呼哧你就喘，你怎么知道我记不住？凡是我感兴趣的事情我都记得住，怕只怕你讲不出来！”

人就怕激将法。康赛不想落入这个圈套，结果还是不知不觉被护士牵着鼻子走了。他慢条斯理说了起来：“这副对联是明万历年间，被罢黜归里的顾宪成为东林书院所题。东林书院，是我国古代著名书院之一，位于无锡环城东路的幽静处。说起东林书院，尚未踏访过的人不一定知之甚详，但院中的一副对联是无人不知的，这便是刚才你说的：‘风声雨声读书声，声声入耳；家事国事天下事，事事关心。’此联传为顾宪成所撰，顾死后，这副对联被后人刻写挂在惠山寄畅园旁顾氏祠堂里，后毁坏无存。抗战胜利后，东林书院重修，此联被重新刻写挂在院内。而这副对联能传之于众，则有赖于后来被打成‘三家村’之一的邓拓。1960 年，邓拓来无锡参观东林书院时见到这副对联，印象非常深刻，回京后有感而发，写了篇《事事关心》的文章，提倡既要认真读书，又要关心国家大事，于是此联便名扬天下。你知道‘三家村’吗？三家村指的是邓拓、吴晗、廖沫沙。十年动乱后，备受摧残的‘三家村’只存廖沫沙一人在世了。1982 年重修东林书院时，无锡有关方面便恳请廖沫沙先生题写了这副抱柱联。该联现仍挂在东林书院依庸堂里。说起东林书院，就让人想起东林党与宦官集团的生死斗争。”

“啊！”护士由衷地发出一声感叹，“周心诚老伴夸你真的没有夸错，你博闻强记，学识渊博，太厉害了！这样复杂的历史典故在你的嘴里说起来竟如数家珍，如果不是亲耳听到，真是让人不敢相信！”

护士一连串说出好几个名词，似乎在向康赛显示，我也是爱读书之人。但康赛说完就闭上了眼睛，他不想多看这个护士。因为这个护士的眉眼让他有些心动。如果说艾一婕的眉眼透着俏丽，这个护士的眉眼就属于一种标致的“俊”，是让人看了感到舒展而且还会喜爱的那种效果。康赛不说话，护士就继续说了起来：“我真羡慕你们为了爱情而执着地坚守，这是一种什么精神？我真想为了谁也去坚守，也去等待，遗憾的是没有人让我等他！”

此时康赛就开口了：“你以为坚守和等待是一种好玩的浪漫吗？那是郁闷，是痛苦，是心焦，是夜深人静不能入眠；是灰心，是气馁，是百般折磨万箭攒心！”

护士突然捂住眼睛说：“别说了，康赛，别说了，我已经受不了了！”

说完，这个护士站起身来就跑出屋子。想必是康赛的话让她受到感染，她也万箭攒心了。接下来，康赛的屋子里就摆满了鲜花、水果、整箱的牛奶、酸奶。当然，这一切都是这个护士办的。她还拿来一个给牛奶加热的电热杯，说：“这个电热杯正好能热一袋牛奶，不过，你最好等我来了再热奶喝，让我帮你热。你消消停停躺着，什么都不要干。”

从此以后，这个护士一天往这儿跑好几趟，交完班还要来坐上半小时。于是，康赛知道了这个护士叫陈依依，是有中级职称的“护师”，因为被评上了“优秀护士”，工资还比一般护师高两级。陈依依今年二十六，因为横挑竖拣，至今还没有对象。康赛屋里的其他病人早就看出“字儿”“闷儿”了，就呵呵笑着揶揄康赛，说：“小康，你们俩真的很般配，别再等那什么艾一婕不艾一婕了！别让煮熟的鸭子还飞了！”

这时，陈依依还得知康赛父母亲都在肿瘤医院。因为康赛的病房从来没来过亲属探望，陈依依便忍不住打听原因。康赛不说，陈依依就没完，结果就知道了那老两口的情况。于是，陈依依又买了鲜花、水果、牛奶去了肿瘤医院。

就在陈依依与康赛越走越近的时候，一纸法院传票送到了康赛公司，公司的大邸拿着传票来到医院找康赛。结果康赛一看就差一点哭出来：传票里写的是周冲诉康赛对周心诚犯有故意伤害罪，法院民事庭下个月某日开庭，请康赛按时出席。

这样的理由成立吗？怎么能说是“故意伤害”呢？谁让周心诚跑的澳大利亚和泰国？我康赛并没有对周心诚有过一句交代和委托啊！周心诚因为着急而两次出现脑溢血，都是他自己心甘情愿为了朋友而造成的啊！说是责任完全在周心诚一方，似乎有失公允，但那确实是周心诚自作主张的事情啊！康赛再也躺不住了，他让大邸扶着他从病床上起来了，他要去肿瘤医院一趟，向父亲问问这件事，不，现在父亲还昏迷不醒，要向母亲问问这件事：究竟是不是父亲委派周心诚寻找艾一婕的？

走在楼道里，正碰上急匆匆来看望康赛的陈依依，她一把拦住康赛，说：“康赛，你不能离开医院，而且，你根本就不能下床！你的伤很严重！不是我吓唬你，我们这儿曾经有一个因为车祸而伤了脾的人，都养了半个月了，最后还是死了！”

康赛急得火烧眉毛，便说：“我年轻，死不了，我现在除了感觉软肋里面有些疼，其他没什么，就是这点疼痛我也能忍着。”

陈依依根本就不放康赛出去，她先是死死拽着康赛的病号服，接着，就把康赛的胳膊抱住了，看那架势就像夫妻间的生离死别。大邸摇摇脑袋，说：“护士姐姐，我替你照看康总行不行？我保证把康总全须全尾地给你送回来！”

陈依依蓦然间换了一副面孔，她柳眉倒竖，杏眼圆睁，气哼哼地质问大邸：“康赛如果有个三长两短，你拿什么向医院交代？如果出现意外，人死了，你能把他救活吗？”

正在楼道里吵嚷，值班医生走了过来，见是康赛，便直截了当地告诉康赛：“赶紧回屋躺着去！眼下就算有天大的事儿你也不能乱走！”硬逼着康赛回到病房躺下。

大邸急得在屋里踱来踱去，抓耳挠腮。而陈依依就把手攥成拳头搁在嘴上冥思苦想。最后，她说：“这样吧，康赛，我替你跑一趟肿瘤医院。你不就是要把谁委派周心诚跑澳大利亚和泰国的事儿弄清楚吗？这事儿我办得到。”

没办法，只能让陈依依代劳了。但康赛还是委托大邸跟着一块走一遭。因为大邸有车。于是，陈依依请了假，就跟大邸走了。两个小时以后，陈依依和大邸一起回来了，陈依依真的办事能力很强，她用病历纸写来一份证明，落款有康赛的母亲签了字。里面内容无非就是证明康家没有委托周心诚去澳大利亚和泰国，但康家考虑康周两家的友谊，和周心诚为康家办事的诚意，康家愿意为周心诚赔偿一定的损失。

接下来，陈依依对康赛说："你在下面也签个名字吧。"

康赛问："什么意思？"

陈依依道："下个月法院开庭我替你去。"

康赛沉默不语。放着公司里那么多人不派，而派一个刚刚认识不久的陈依依吗？让公司的人怎么看自己？他想拒绝，但想不好怎么措辞才不伤害陈依依。此时，大邸就开口了，他说："我通过陈护士帮忙跑肿瘤医院这件事，看出陈护士是个办事能力很强的人，康总，我同意让陈护士替你出庭。如果换个别人，说不定这官司还打不赢。"

康赛终于忍不住了，说："大邸，你不愿意主动承担这件事，是不是害怕官司打不赢，怕落埋怨？"

大邸脸上有点挂不住，支支吾吾地说："好钢不是得用在刀刃儿上吗？"

康赛更加来气了，说："你说清楚，你是好钢还是陈护士是好钢？"

大邸一下子涨红了脸，说："当然，陈护士是好钢！我回头就给院长写封表扬信，表扬陈护士对病人像对亲人，无微不至，呵护有加！"

康赛知道大邸过去是蓝海市工人日报的记者，写一封表扬信应该手到擒来，而且，现在陈依依在步步紧逼，要把两个人的关系往恋人上面引，便命令大邸，说："你既然说出来了，就别再坐回去，赶紧找纸笔，写表扬信！"康赛就是想把陈依依的情义引到正常的本职工作上来。此时，陈依依就表态了，说："康赛，你甭弄这事儿，好像我跑前跑后就为了被病人表扬一样，我在医院工作已经六七年了，我一以贯之地爱管闲事。”

陈依依抓机会又说出一个文绉绉的名词。如果这种名词在康赛嘴里说出来，别人听上去会觉得顺理成章，而从一个护士嘴里说出来，就让人觉得这个护士在附庸风雅、有意拿捏，于是，便透出几分滑稽。

第十二章　名画亮相

人以群分，物以类聚。毫无疑问，好心人更愿意为好心人帮忙。

以写八卦新闻见长的大邸写写表扬信之类的文章还真是手到擒来。而且，一封表扬信被他写得很有趣味，不经意间就加了花儿抓了彩儿。一会儿工夫，他就写好了，然后就拿着找院长去了。大邸知道，医院院长一般来说架子都很大，不是谁想见就能见到的。如果谁都能随意见到院长，人家还怎么办公啊？医院领导工作千头万绪，哪有精力应付乱七八糟的事物呢？所以，走着路，他就把说辞想好了。果然，在院长室的外间，一个女秘书拦住了大邸。

“喂喂，找谁？怎么硬往里闯啊？”

“怎么叫硬往里闯呢？我这不是悄悄地推门进来的吗？”

“院长室是随便进的吗？你预约了吗？”

“我现在就是来预约的，一个生命垂危的人要与陈依依护士打官司。”

“哦？陈依依是我们的优秀护士，一贯表现出色，不可能招灾惹祸。肯定是你们的病人没事找事。”

“你不信吗？就请跟我去看看。”

“我没有那时间。”

正说着，院长从里间推门出来。这是个年逾五十的中年人，挺胸叠肚，衣冠楚楚。

“怎么了？干吗这么闹嚷嚷的？”

“您就是院长？我是病人家属，请看这个——”

大邸把手里的表扬信递了过去。院长把表扬信接在手里，一目十行地看着，然后说：“这不是好事吗？难道你们为这事儿吵吵吗？”

女秘书不明白院长的意思，怎么突然间又变成好事儿了？不是说打官司吗？女秘书纳罕地看着院长。只听院长说："这封表扬信文笔非常漂亮，谁写的？"

大邸说："鄙人。我是蓝海市工人日报的记者，我叫邸大力。"

院长一听这话，立即换上笑脸，说："来，到我屋里来谈吧。"

大邸冲着女秘书做个鬼脸，跟随院长进了里屋。院长给大邸斟了一杯矿泉水，问："你肯定还有话说，否则，你把表扬信交给秘书也就算了事，不会跟她争吵。"

大邸呵呵笑着说："对，我就是想见您一面。"

院长一脸严肃地说："你有什么话就直说吧，我的时间也很紧，一会儿还有个会。"

大邸说："你们的陈依依是个非常优秀的护士，可是，二十六了还没有对象，您这当领导怎么也得关心一下吧？我知道，医院里护士很多，一个陈依依不足以引起您的重视。但就冲陈依依是挂了号的优秀护士，您总该过问一下吧？"

院长看着大邸，思索着大邸的话，停了十秒钟，说："如此说来，你身边有合适的小伙子要向我推荐？"

"对，康赛，现在就住在你们医院里，原来是市政府秘书，半年前转到我们公司做总经理，能歌善画，多才多艺，学养深厚，为人谦和，与陈依依是绝配，就是欠一个权威人士出来牵线。"

"现如今年轻人谈恋爱都主动自由得很，还用得着旁人帮忙吗？"

"嗨，这康赛还真得别人帮忙。"

大邸把自己所了解的康赛，尽管是一鳞半爪，但也八九不离十，诉说了一遍。以大邸的理解，康赛之所以没完没了地等艾一婕，主要是还没遇到像陈依依这么好的姑娘。眼下好了，这样的姑娘就在眼前，自己有理由，也应该帮康赛一把。其实，他根本不知道康赛的真实心理。而院长对此却信以为真，立即在笔记本上记了一笔。说："邸记者，这件事我们会当回事儿来办，你就静候佳音吧。"

院长送走了大邸，就让女秘书给陈依依打电话，把陈依依叫到了院长室。谁知陈依依一听是院长出面做媒，立即把一张脸笑得像一朵花！她红着脸只说了一句："您看着办好了！"便跑出了院长室。显而易见，陈依依对这桩亲事非常满意。院长也感觉陈依依这个护士非常可爱，便从心里愿意为她帮一把。于是，他在心里措了一下辞就往住院部走去。

来到康赛的病房以后，却见屋里摆满鲜花和水果，便首先感觉这康赛人缘还不错。其实那都是陈依依买的。眼下，康赛周围的人，金玉一家也好，石田美子一家也好，甚至吴尚文和小车，他们都还不知道康赛受伤的事。康赛有事叫大邸，也是嘱咐他对别人不要讲。因为这样的受伤让人尴尬，有什么可讲、可张扬的呢？

院长与康赛握了下手，自我介绍说："我叫时来运，你们的邸记者到院长室来找我，和我谈了你的情况，我想与你沟通一下。"虽然来者名字俗了点，但从来者的轩昂气宇和自信谈吐，康赛当即断定，来者必是医院院长无疑，便急忙欠欠身子，职业性地把脸上的笑容做得更夸张一点，更自然一点。并且回答说："时院长，你百忙之中来到病房看望病人，想必有要紧事要说。是不是我们的大邸做了不得体的事情了？"

时院长摆摆手道："不不不，邸记者没做什么错事，而是做了好事。陈依依是我们医院医护行当里最优秀的姑娘，是医院领导眼里最有培养前途的后起之秀。别看她现在只是护士，职称却是中级。大外科的护士长一职早就想让她去，她就是谦虚，今天推明天，明天推后天，组织部催她好几次，她都当耳旁风。陈依依视名利如粪土，这样的姑娘在商品社会的今天实在是不多见了！"

康赛一听这话，便笑呵呵地说："是，看出来了，陈依依身上有很多值得我们学习的优点。单说她爱管闲事这件事，就够我们学一阵子的。就说我吧，我总是遇事躲着走，害怕把自己沾上。与陈依依想必差距真是太大了。"

时院长蓦然间发出一阵大笑，说："两个人能不能长久地和谐共处，是不是互补是个前提。如果两个人优点一样，缺点也一样，那就未必相处得长远。为什么有婚姻的'七年之痒''十年之痒'之说呢？难道只是论年头来闹离婚吗？其实，那是因为两个人不能互补，战争频仍，七年或十年便是两个人相处时间的极限。你的特点是'出世'，陈依依的特点是'入世'，你们两个人不是正好互补吗？你还说你爱躲事，对眼前的陈依依可不能躲，要发扬一点陈依依的精神，要往里入！”

康赛呵呵笑着说：“我够入世的啊，从公务员一下子就转到实体公司去了，从高高在上的机关干部一下子转到引车卖浆的平民堆里。您说，还要怎么入世？”

时院长说：“你在偷换概念。也罢。老作家柳青说过：‘人生的道路虽然漫长，但紧要处往往只有几步，特别是当他年轻的时候。’在一个人的一生当中，有些人一直没机会见，等有机会见了，却又犹豫了，感觉相见不如不见。有些事一直没机会做，等有机会了，却不想再做了。有些话埋藏在心中好久，没机会说，等有机会说的时候，却说不出口了。有些爱一直没机会爱，等有机会爱了，已经淡漠了。人生常常是这样，机不可失，时不再来。一转身可能就是一世。啰啰唆唆，不知你听明白没有，这是我几十年来的切身体会。你虽然坚守了十年，但今后的路还长着，当眼前出现新的机遇的时候，放下以往重新选择，不失为一种聪明！”

康赛摇摇脑袋，似乎对这话不以为然。重新选择就是聪明吗？难道说继续坚守就是愚蠢？他刚要开口反驳时院长，此时时院长口袋里的手机彩铃突然响了起来。康赛立即噤了声。时院长便急忙接听手机，嘴里一迭声道：“我马上到，马上到！”然后对康赛说：“小康啊，副市长找我，我得马上去一趟。咱们回头再聊，啊？”便站起身就快步走了。

时院长曲径通幽，曲线救国，显然在给康赛做思想工作。但他只开了一个头，连正题还没入。而此时，陈依依正焦渴地等着他们会谈的结果。但时院长这一走就走了半个月。因为，市里组织医药卫生方面的领导出国考察，一走就是半个月。副市长找时院长，其实没有大事，就是委托时院长捎一种治疗颈椎病的胶囊来。据说，这种胶囊能够抑制颈椎增生，增强血液流通。现在这个副市长闹颈椎病闹得很厉害，对蓝海医院的牵引和按摩又不太放心。

不知不觉间，蓝海市上空的料峭寒风减少了，代之以和煦的暖风，杨柳的枝条拱出了芽芽，时光便悄然流过三月，进入了四月。进入四月对康赛有什么特殊意义？对，有，而且，很特殊——要去法院出席“故意伤害”开庭审理。根据康赛的身体状况和事先安排，陈依依和大邸就顺理成章地出现在法庭上。但是，他们过于自信，没请律师，于是败诉了。他们向法官出示了康赛母亲的证言和签字，也无济于事。周冲的律师说："大家想想看，如果没有康赛或康之韶的委托，周心诚会一而再再而三地往邻市、香港，甚至澳大利亚和泰国跑吗？难道是周心诚大脑出了问题吗？周心诚的家属和外经贸委的同志一致证明，周心诚的大脑非常清醒，周心诚的神经也十分正常。会说的不如会听的，所以，说周心诚没经过康赛一家的委托和雇佣就往境外跑去寻找艾一婕的，完全是没有事实依据的信口雌黄！反过来说，周心诚就是在康赛一家的委托和雇佣之下去寻找艾一婕，因此，周心诚在寻找艾一婕途中发生的意外，康家理应负完全责任！"

接下来，法官就做出了判决："根据周冲一方的申诉，判决如下：周冲诉讼理由成立，现依据《最高人民法院关于审理人身损害赔偿案件适用法律若干问题的解释》第九条，雇员在从事雇佣活动中致人损害的，雇主应当承担赔偿责任；依据《国家赔偿法》第四章第三十四条第二款，造成部分或者全部丧失劳动能力的，应当支付医疗费、护理费、残疾生活辅助具费、康复费等因残疾而增加的必要支出和继续治疗所必需的费用，以及残疾赔偿金。残疾赔偿金根据丧失劳动能力的程度，按照国家规定的伤残等级确定，最高不超过国家上年度职工年平均工资的二十倍。造成全部丧失劳动能力的，对其扶养的无劳动能力的人，还应当支付生活费。综上所述，康赛应该一次性赔偿周心诚五十万元整。"

这话听上去也完全在理，当时在场的好几个人还有人鼓起掌来，感觉法官英明。而陈依依和大邸心里那个气啊。法官完全是想当然嘛！事情根本不是这样！但，陈依依刚想辩解几句，就被法官制止了，说今天的宣判到此为止，如有疑义，可以上诉。

五十万，赔得起赔不起？当然赔得起。康之韶和康赛爷俩难道连五十万也凑不齐吗？问题是这件事让人气馁，让人窝火，让人不得要领。凭什么要这么判？康赛猜想，要么法官是周冲亲戚、同学，要么就是法官被周冲买通了。

陈依依回到医院以后，坐在康赛病床边就伤心地哭了。康赛劝她半天也没用。大邸建议说："要么这样，公司贸易部帮你出点钱吧，你一直在帮贸易部做业务挣钱，我相信，吴尚文这点面子是肯给的！"

康赛急忙摆摆手制止了大邸，说："公司的便宜我一分钱都不能沾，公私分明，否则就乱套了。我敢沾一分钱，别人就敢沾一毛钱；我敢沾一块钱，别人就敢沾十块钱。这比写的还准。要么为什么说'榜样的力量是无穷的'呢？甭管领导大不大，级别高不高，只要他当领导，就是在为别人做榜样。"

陈依依哭够了，就用纸巾擦了眼睛，说："请一个律师才花六千块钱，我为什么就那么抠，去律师事务所问都问过了，就是没舍得掏这个钱，这不是误事儿吗？我真恨我自己啊！"

康赛说："就算你找了律师，也未必打得赢这场官司，谁知道他们背后有没有猫腻？你们向中级法院提起上诉了吗？"

陈依依哽咽着说："上诉了。"

康赛道："那就好，我感觉中级法院是区法院的上级机构，不会办事也这么没有原则。"

话说大邸在气愤之中忘记了康赛的嘱咐，他回到公司贸易部以后，就把康赛挨打住院和打官司打输了要赔偿五十万的事对吴尚文和小车说了。结果这两个人从账上取出二十万，打进一个银行卡，就来到医院，找到康赛。这两个人看似考虑问题多么周到老练，其实，在康赛跟前根本施展不开。因为康赛不买账。这段时间以来，他们把贸易部视为半公半私的性质，以为这样为康赛变通一些钱出来，只要以后把钱挣出来再填上，便万事大吉。而且，这么做也算贸易部在康赛倒霉的时候为他做了一点贡献。于是，他们为这事儿还心里非常高兴。谁知，康赛却为这事儿大发雷霆，一下子就把脾伤加重了，疼得他猛地昏了过去。吴尚文和小车吓得不知道该怎么办，眼见着康赛被推进手术室了，他们便赶紧悄悄溜了。暗想如果再让康赛看到他们，弄不好更加重了病情，到时候那责任谁负？这就叫"拍马屁拍在了马蹄子上"。

康赛病情加重了，自然就忙坏了陈依依。她找到大外科的主任，央求他们派医术最好的医生来给康赛做手术。同时，她还做了另外一件事，她来到周心诚的病房，让同屋的几个病人分别签字作证：是周冲把康赛打伤的，当时康赛没有还手。她还用录音笔把他们的话录了下来。当然，陈依依是把这几个人叫到外面，每人给了五百块钱，才做到的。

回过头来，陈依依就把一纸诉状连同康赛的病情报告和挨打证据递到了蓝海市中级法院，反告周冲“故意伤害”，告区法院误判胡判玩忽职守。中级法院立即受理了此案，并很快确定了开庭审理的时间，并向周心诚一家寄出了传票。这可真是：强中自有强中手，能人背后有能人；魔高一尺，道高一丈。问题是，周冲打人和告状可能属于不理智行为，而陈依依完全是在非常理智的情况下以牙还牙，以眼还眼。如此一来，不就把康周两家的矛盾升级了、激化了吗？几十年铸就的友谊不就彻底灰飞烟灭了吗？

就在这时，在肿瘤医院住院的康之韶蓦然间醒了过来。经过这段时间的治疗和调养，他恢复了知觉。而就在此时，接到了中级法院传票的周心诚老伴拿着传票来到肿瘤医院找康之韶。周心诚老伴正一肚子气没处出呢，现在又被中级法院传唤，自然是说话难听。本来，她来找康之韶的目的是想让康赛撤诉，结果，三句话就说撑了，目的没达到，还把康之韶气得病情又加重了，再次昏迷了。来抢救的医生把康之韶推走以后，康赛母亲在情急之中就对周心诚老伴喊了起来：“你有怨气对着我说行不行？为什么非要对着老康说？你家周心诚昏迷不醒，你就想把我家老康也弄得昏迷不醒？这下就扯平了不是？咱们康周两家的交往也不是一年半年了，想不到你做事这么刁钻！”

周心诚老伴哪听得了这种话？她便也扯开嗓子在病房里大喊大叫起来：“我家周心诚为了谁弄成这样？还不是你家康赛？你家老康为了谁弄成这样？不也是为了康赛？请你永远记住，是为了你家康赛，不是为了我家周冲！要不要我再重复一遍？一切罪孽和渊薮来自康赛，而不是我家周冲！”

如果没有医生和护士参与进来劝架，这两个女人就有可能没完没了地吵下去，会不会动起手来也未可知。现在的情况是，如此一闹，肿瘤医院的医生护士没有不知道康赛其人的，也没有不知道艾一婕其人的。人们没有不为康赛的十年坚守唏嘘感叹的，也没有不为周心诚为帮康赛寻找艾一婕而两次脑溢血唏嘘感叹的。康之韶病房的小护士本来马上就要结婚了，新房子都交完首付了，钥匙都拿完了，装修的事和装修队都谈完了，但她突然变了主意。她对对象说："咱们结婚这件事我要撂两年再说，我要看看你能不能经得住考验!"结果对象大骂康赛，说："天啊，康赛你这狗日的，给姑娘们提供了一个什么样的样板啊!"

这件事是不是有些离奇以致离谱？没错，正因为如此，才成为传奇。远在老挝的艾一婕如果得知此事，不知该做何感想。

话说K省对蓝海市缩减低价煤炭的供应马上就要兑现，大豆涨价也马上就把价目单子传过来了。蓝海市主抓商业贸易的副市长路前浩自然万分焦虑。一个小小的康赛就玩不转吗？这块骨头就这么难啃吗？路前浩想起做思想工作的要领：要以情感人，以理服人。那么，谁去做康赛的思想工作呢？自己去吗？忒掉价了不是？再说自己以前已经被康赛拒绝过了。哲人说，人不能两次踏入同一条河流。人也不能两次在同一个地方受挫不是？路前浩便给刘秘书打电话，如此这般，要刘秘书马上就办。

刘秘书也不是没碰过康赛的钉子，对康赛的为人处事早有领教。于是，便陷入冥思苦想。但一番苦苦思索以后毫无结果，不得已，他便来到康赛公司。而康赛因为离开公司已经很多天了，公司里的人们有的去跑业务，有的就放羊了。所以，刘秘书在公司里见不到人，最后在贸易部看到了正在下象棋的吴尚文和小车。刘秘书便和这两个人闲扯起来。不扯不知道，这一扯还真让刘秘书瞠目结舌：敢情围绕康赛发生了那么多事情，而且，事情还在一步步地发展，究竟是吉是凶、走向哪个方向谁都说不清!

刘秘书想起路前浩的叮嘱"要以情感人，以理服人"，便知道该怎么做了。第一步，他来到肿瘤医院，找到院长，说："我是路前浩副市长的秘书，现在专程找你落实康之韶的医治问题。限你们在三天之内拿出彻底治好康之韶病情的方案。否则，别怪市领导追究你们!"

院长苦着脸说："康之韶得的是肺癌，能不能治好谁敢打保票？

再说，他现在还脑溢血，会不会落个植物人都未可知!”

刘秘书拉长了脸说：“怎么，向市领导讲条件？我让你彻底治好了吗？不是让你拿出治好的方案吗？什么叫方案，懂吗？”

院长鸡啄米一般连连点头，不知道刘秘书葫芦里卖的什么药。院长赶紧组织了医术最好的几位专家，开会研究方案。同时，委派最得力的医生马上组织了“康之韶治疗小组”。

接下来，刘秘书就来到蓝海医院，找到副院长，因为院长出国还没回来。副院长是个三十多岁的年轻人，正抽着烟坐在桌前上网，对刘秘书来访有些不屑一顾，刘秘书进屋他连站起来都没有，只是乜斜着眼看了刘秘书一眼，然后就仍然紧盯着电脑屏幕。刘秘书便十分来气，说：“我是路前浩副市长的秘书，现在专程找你落实康赛的医治问题。康赛肋骨折了两根，脾也破裂了，情况非常危急。限你们三天之内拿出彻底治好康赛病情的方案，否则，别怪市领导追究你们!”

医院里的副院长不可能关注到每一个普通病人，所以，根本不知道康赛姓甚名谁，便急忙问：“哪个康赛？现在住在医院里吗？”

刘秘书急了，说：“你这副院长是干什么吃的？难道你天天坐在屋里抽烟、喝茶、上网、聊天、看报纸？连你们一把院长都出来为康赛做媒，你难道半点儿也不知道？”

副院长赶紧站起身来，说：“我真的不知道。我如果说半句假话，天打五雷轰!”

刘秘书一字一顿地说：“你们医院是不是有个优秀护士叫陈依依？”

副院长眨着眼睛，说：“对呀，是有个陈依依。怎么，康赛与陈依依也有关系？”

刘秘书道：“哎，算你说对了。你们院长就是给康赛和陈依依牵线来着。你知道康赛姓甚名谁吗？”

副院长讨好呵呵笑着，递给刘秘书一根烟，又伸过打火机，说：“小弟愿闻其详。”

刘秘书道：“康赛是路前浩副市长跟前的红人，因为对他特别信任，把机关里的实体公司交给他管理。他们俩天天都要通电话。康赛的分量有多重，明白了吗？”

副院长急忙点头，说：“明白了，明白了。我马上落实市领导的要求，组织专家小组，对康赛的病情进行一次全面检查，然后拿出治疗方案！”

刘秘书道：“好，说办就办，我马上就走，不在这儿耽误你们工作。明天我来听你汇报工作进度！”

副院长连连点头，赔着笑脸送刘秘书出来。刘秘书走在路上，就想，这康赛的父亲和他本人的事情落实了，接下来应该怎么办？既然要“以情感人”，那就应该把事情做得“宽到边，沉到底”，这也是基层思想工作的要领之一。那么，康赛的“边”和“底”是什么呢？

刘秘书顺藤摸瓜地联想到金玉，和金满堂的古玩店。他便找到百货大楼的总经理，如此这般地诉说一通，结果，百货大楼在金满堂的古玩店批了五百万的工艺品，然后摆在百货大楼的柜台里，几时能卖出去只有天知道。金满堂自然高兴，就宴请刘秘书。于是，在酒桌上刘秘书就说了路前浩副市长面临的情况，和康赛眼下的困境。啊？情况竟然这样？金满堂一下子就惊呆了！市领导的事可以暂时放在一边，金满堂对领导层从来不巴结；而康赛伤得这么重他可是刚听说！这就不能不着急了！金满堂的酒喝不下去了，马上就离开刘秘书前往蓝海医院了。刘秘书一不做二不休，又找到中日合资企业里的石田鸠夫，如此这般诉说一遍，结果，石田鸠夫也撂下手里的工作，急火火地跑到了蓝海医院。接着，刘秘书也买了鲜花、水果来到医院，代表市领导对康赛表示慰问。并透露说，这些人都是我招来的。你受这么重的伤，怎么能不告诉亲朋好友呢？还别说，康赛还真为此感动了一阵子。亲朋好友所带来的毕竟都是温暖。他蓦然间对刘秘书产生了一丝好感，觉得刘秘书非常善解人意。但他马上又冷静了，刘秘书那么精明的一个人，会平白无故地帮自己吗？

这还不算完，刘秘书还要兜康赛的“底”。他以观赏和品味的借口，叫来了蓝海市《艺品周报》的记者齐有为，来到康赛公司的贸易部，对吴尚文如此这般又忽悠一番。《孔雀图》就单独锁在公司的一个文件柜里，康赛和吴尚文手里各有一把钥匙。吴尚文被刘秘书和齐有为忽悠得拿出钥匙打开了文件柜，让齐有为认真观赏了《孔雀图》，并上上下下拍了好几张照片。折腾了一个溜够，才把《孔雀图》交还给吴尚文，说："吴老师，谢谢你的配合，咱蓝海市古玩界要出新闻了！"

说出新闻还真出新闻。转过天来，《艺品周报》就在头版头条登出了《孔雀图》的彩照和文字介绍。蓝海市古玩圈没有不订阅《艺品周报》的，所有爱好古玩工艺品的人也没有不看《艺品周报》的，马路上的报摊上既有日报也有晚报，但往往是《艺品周报》卖得最好。恰在这时香港蓝旗集团的孙家富来内地办事，在邻省买到一份《艺品周报》。当他看到头版头条的《孔雀图》以后，立即想起艾一婕手里似乎有半幅《孔雀图》。这太神奇了！太巧合了！太匪夷所思了！也太勾人腮帮子了！

孙家富在内地办完事，就直接飞往老挝的万象了。他要面见艾一婕，解开《孔雀图》之谜。他倒没有侵吞艾一婕那半幅《孔雀图》的打算，论钱论资产孙家富已经足够多了，但随着他身价的陡增，他除了对情人孜孜以求，还蓦然间对人间探秘有了兴趣。如果说，有的人有了钱喜欢登世界名山，有的人有了钱喜欢满世界周游，有的人有了钱想坐宇航船去太空，那么，孙家富一夜暴富以后就对人间探秘发生了兴趣。尤其这《孔雀图》就是身边的事儿，所以，孙家富一下子就兴奋起来。

话说《孔雀图》在蓝海市亮相了，这事儿非同小可，马上就引起有关方面的关注。首先是文物局，派了一个处长来康赛公司找康赛，说要谈谈《孔雀图》的事。于是，康赛在病床上接待了这个处长。这个处长非常严肃地正告康赛："这幅《孔雀图》轴画，是经过文物局鉴定的，是真品，属于国家三级文物。你们可以拥有，也可以转让，但不能出境。否则，查不出来便罢，一旦查将出来便会没收，收归国有。"

康赛回答说："我们本来也没想买卖，只是收藏。"这个处长说："过一段时间我们还会来找你，看你这幅《孔雀图》还在不在。如果转让了，也要让我们知道下落。"康赛点头同意。待这个处长走了以后，康赛就突然纳起闷来——文物局的人为什么来医院找自己说这件事？他没看《艺品周报》，当然不知道《艺品周报》对《孔雀图》的报道。

文物局的处长前脚走，博物馆的馆长后脚就到了。他恳切请求康赛把《孔雀图》拿到博物馆展出半个月，说："丰富蓝海人民的文化生活，我们每个人都有责任对不对？最近国家对丰富人民群众的文化生活做出一系列指示和安排，我们每个蓝海人都应该响应对不对？当前全蓝海人都知道你们公司有一幅名闻遐迩的《孔雀图》，所以应该拿到博物馆一展风采对不对？我们不能做'名作悠悠传百年，藏在深山人不识'的事儿对不对？"

博物馆馆长滔滔不绝，一开口就是一大串排比句。口才很好不是？没错。不过，这正表现了他的一片诚心。对这一点康赛早就听明白了。博物馆馆长就是要让《孔雀图》见见天日，不能深藏不露。假如真是世界名画，深藏不露还真是没有意义，理应拿出来面世。问题是，围绕《孔雀图》已经发生过那么多是是非非，康赛早已对此十分麻木。所以，博物馆馆长的话仍旧没能打动康赛。结果，这个馆长说："你想不通没关系，慢慢想。明天我叫我们副馆长来找你。"

嘿，他还缠上了。没错，这就叫职业敏感。这一段还没完，接下来，陆续来了四个古玩商。他们都提出以三百万至四百万的价格把《孔雀图》匀走。不知道他们是不是商量了，或者英雄所见略同，再或者是市场行情使然吧，他们开出的价格竟出奇的一致。康赛不能不客气地将他们一一婉拒了。

接待了这些人以后，康赛就感觉非常累，肋下和内脏的脾部非常疼。于是，客人一走，他就赶紧躺下。可是，躺也躺不住。不是他患了多动症，而是又来客人了。

这次来的是蓝海拍卖公司的一把手老总。蓝海拍卖公司是文物局下属的国有企业，企业办事自有企业特点，或叫"企业行为"：这个老总开口说话之前，首先向康赛赠送了一面红缎子锦旗，上面粘着这样的金字："赠给康赛总经理——心系蓝海古玩界，高风亮节传美名——蓝海市拍卖公司"。接着，这个老总就把一枚新疆和田羊脂玉的手把件"辈辈封侯"送给了康赛，说："小小不言，不足挂齿，拿着玩吧。”无功却受禄，康赛怎么接受得了呢？他坚决不要，不仅锦旗不要，和田玉也不要。

这个老总见此，便清清嗓子，开口说话了：“其实，我们一来，你就应该明白是怎么回事了。因为你是个聪明人。我们没有别的目的，就是想把《孔雀图》拿到拍卖会参加春拍。家丑不外扬，不过咱关起门来就无所谓了——我们不是拿《孔雀图》真拍，只是把《孔雀图》拿到春拍现场充充门面，找几个‘托儿’给《孔雀图》举举牌子，给春拍抬抬点儿，仅此而已。然后就把《孔雀图》完璧归赵，给你送回来。你应该知道，每一次拍卖会都应该有一个作为支撑的、让人炫目的亮点。问题是今年的春拍我们等到现在马上就开拍了还没有找到作为亮点的东西，真真难死了我们！老实对你说吧，康赛，我都急得要辞职了！老弟啊，帮帮我们吧！”

以康赛的社会经验和知识面，他感觉这个老总没说假话。拍卖公司可能确实面临现实困难。他真的干不下去了，要辞职走人也是真事儿。问题是，康赛不想开这个口子。也就是说，《孔雀图》不能拿出公司半步。因为，后面可能发生什么全都未可知。那么多人在打《孔雀图》的主意，自己怎么敢擅自把《孔雀图》拿到其他单位呢？康赛没有答应这个老总。于是，这个老总就急得快要哭了，他使劲揪着自己的头发说：“唉，天不遂人愿，天不遂人愿哪！想不到你康赛年纪轻轻的这么固执，让我叹为观止！好吧，明天我让公司副总来和你继续谈！”

这个老总非常失望地走了。锦旗和和田玉也不要了。康赛无奈地把锦旗和和田玉卷在一起，放进了床头柜。此时，他似乎猛地明白了什么：为什么事情这么集中地发生在自己身上？简直让人不堪其扰。而且全是围绕《孔雀图》。目前看起来这样的叨扰短时间根本不会停止。是不是有人针对自己捣鬼？是不是持有《孔雀图》就不吉利？是不是应该早点把《孔雀图》还给吴尚文？

康赛想不明白。但他倏忽间就下定了决心：谁愿意折腾谁就折腾，反正《孔雀图》绝不会出手就是！看谁能把谁折腾服了！

想折腾康赛的人现在是不是很舒服很惬意？非也。刘秘书此时坐在咖啡馆里呷着咖啡又在冥思苦想：如果康赛不肯就范，应该怎么办？

话说艾一婕来到老挝以后，发现老挝的经济发达程度比泰国差了一大截，很像中国云南的西双版纳。也许连西双版纳也不如。吃、穿、住和风俗、习惯、信仰与泰国差不多。老百姓基本是靠天吃饭，人也比较懒惰。因为经济还没怎么开发，所以一切都比较原始。原始森林和自然形成的小水库特别多。在首都万象开车没半小时差不多就能转一圈。一到周末，三分店的原总经理（现副总经理）就开车带着艾一婕郊游，了解万象的风土人情，让艾一婕还是挺开心的。万象位于湄公河中游北岸的河谷平原上，隔河与泰国相望。万象古名赛丰，16 世纪曾名万坎，意为金城。由于该城市沿湄公河岸延伸发展，呈新月形，因此万象又有“月亮城”之称。万象面积三千九百多平方公里，是老挝第一大城市。全市人口接近七十万。由于老挝属热带、亚热带季风气候，万象因此终年高温多雨，树木常青。在老挝语中，万象意为“檀木之城”，据传此处从前多产檀木。市内多寺庙、古塔，其建筑体现热带风格和老挝艺术的特点。万象汇集了全国四分之三的工厂，全国的外资企业多在这里。市西湄公河畔有瓦岱机场，可起降大型飞机，有国内航线通往老挝主要城市，国际航线可达昆明、河内、金边、曼谷、清迈等。老挝 13 号公路和湄公河都经过万象贯通南北，从万象可驱车通过湄公河友谊大桥直达泰国廊开、泰东北。

艾一婕发现，在农村和偏远山区，老挝各民族多穿自己缝制的衣服，而在城市和经济较发达地区的着装已较商品化和国际化。老龙族的民族服装与中国云南西双版纳的傣族相似，男着无领对襟上衣，下穿沙笼式裤子，或穿长筒宽腿裤，女穿无领斜襟上衣，下穿筒裙。艾一婕还发现，老挝人喜食糯米，老挝菜特点是酸、辣、生，具有民族特色的菜肴有鱼酱、烤鱼、烤鸡、炒肉末加香菜、凉拌木瓜丝、酸辣汤等，蔬菜多生食。这一点很重要，三分店应该将此考虑在工作范围之内。艾一婕还发现，老挝人非常温和、善良，注意礼貌。他们的友善与微笑，在全东南亚当数第一。艾一婕对此感同身受。认识的人，见面和分别时要打招呼，双手放在胸前，行合十礼，也有行握手礼的，男的一般不主动同女的握手。为表示亲密，熟悉或不熟悉的人都可称长辈为大爷、大娘，称年纪比自己大的为大哥、大姐，称年纪比自己小的为弟弟、妹妹，在国家机关或军队中一般称同志。在万象，华侨很多，这些华侨中很多人是自祖辈起就开始在这里侨居，他们懂得老挝语，不少人同当地人相互婚配，结成姻亲。华侨以经营商业为主，大街上许多商店都是用中文和老挝文并写招牌。华侨妇女大多身穿当地妇女喜爱的“纱笼”，人们很难分辨出她们是华侨还是本地人。

宽阔的滨河大道横贯万象全市。而艾一婕她们的三分店就坐落在滨河大道正中央。街道两侧，椰子、香蕉、槟榔、龙眼、凤尾、洋槐等高矮植物交错生长，相映成趣。当艾一婕在万象扎下根来以后，时间不长，这条街上的大部分人就都认识她了，都知道蓝旗集团三分店新来了个艾一婕，她走在路上总是被人喊作“一一”。

可是，就在艾一婕将要展开新的生活画卷的时候，披耶蓬从泰国追到了这里。老挝和泰国只有一河之隔，两国老百姓来来往往自然非常方便。但这次披耶蓬来老挝，不是向艾一婕求爱来了，而是向艾一婕摊牌来了。他有些气急败坏地说：“一一（目前，他还这么叫艾一婕，因为他本心还是爱她的），你想躲我？你能躲到哪儿去呢？可以说，在整个东南亚，到处都可以找到我的亲戚和朋友。你以为你躲到老挝我就不找你了吗？没那么简单！”

艾一婕吃惊地看着面容十分憔悴的披耶蓬，说：“披耶蓬兄弟，我不是想躲你，我是被老总派到老挝来的。他要我开辟新的工作面，解决老挝的三分店不赚钱的问题。”

披耶蓬死盯着艾一婕的眼睛说：“那我问你，愿不愿意嫁给我？我可是为了你在家里挨尽骂，受尽了委屈！”

艾一婕摇了摇头，苦笑着说：“我不可能嫁给你，因为我在中国有对象。”

披耶蓬说：“你的对象有辉煌的家族吗？有雄厚的经济实力吗？”

艾一婕再次摇了摇头，坚定地说：“我的对象没有这一切，但他爱我。这就够了。”

披耶蓬眼睛已经布满血丝，他把这双发红的眼睛睁得大大的，问：“你不后悔？”

艾一婕仍旧坚定地回答：“不后悔。”

披耶蓬突然眯起眼睛，咬住嘴唇，然后站起身来就走了。艾一婕看着披耶蓬的背影，不知道他要打什么主意。殊不知，披耶蓬回头就找到他在万象的一个亲戚，通过这个亲戚，找了几个打手，要当夜绑架艾一婕。他们预备了黑色眼罩、绳索和汽车，准备把艾一婕拉到农村，先强暴了再同居下来，最终迫使艾一婕就范。一个本来素质不错的年轻人，为了满足欲望铤而走险，在这里太正常不过了。这一切，当然艾一婕是不知道的。

说来凑巧，那天正好孙家富带着报道《孔雀图》的那份《艺品周报》飞到老挝。因为三分店的规模比较小，里面的人员打头碰脸，眼观鼻，鼻观眼，所以，孙家富没在三分店里谈《孔雀图》的事，而是带着艾一婕来到隔壁一家酒店。当然，也带来了那半幅《孔雀图》。

他们一起阅读了《艺品周报》，然后就观赏艾一婕的那半幅《孔雀图》，对照报纸上的照片进行比较。

就在此时，披耶蓬带着人冲进了三分店，直扑艾一婕的寝室。当他们扑了个空以后，便把艾一婕寝室里所有的东西洗劫一空。举凡旅行箱、换洗的衣服、洗发水、化妆用品、桌子上的照片，甚至连艾一婕的拖鞋和放在洗手间的手纸、卫生巾全都拿个干干净净。然后，就用铁棍把寝室砸个稀巴烂，就差放一把火了。当这些人跑掉以后，三分店的人无不气得咬牙切齿。但事情并没有就此了结，披耶蓬带着那一帮人在滨河大道上见门就进，挨家挨户搜寻艾一婕。而艾一婕此时毫无防备。

第十三章　美子跳楼

偶然因素和必然因素是相互包含的，也是相互转化的。

话说金满堂从蓝海医院看望康赛回家以后，就把康赛受伤的情况告诉了老伴。他嘱咐老伴："这件事千万别告诉金玉，我怕金玉在感情上接受不了，弄不好就会影响工作。"

金玉的工作，是金满堂花了四十万换来的。那一年，想进银行的人非常多。银行分理部只招五个人，结果报名的来了一千人。有高职毕业的，有大专毕业的，当然更多的是本科，而硕士生和博士生也有好几个。最后演变成谁出钱多谁就被招收。金玉也真是争气，进分理部才七八年，便坐到了二把手的位置，而其他同年进来的哥们儿、姐们儿，基本还是大头兵。对这些情况金满堂当然非常清楚，因为分理部总经理就是他的一个好朋友。也正因为如此，金满堂要求金玉在工作上一定要顶档儿，不能给人家掉链子。

但金玉的母亲是个爱嘀咕、没有主心骨的女人，她感觉康赛受伤这件事非常严重，怎么能不告诉女儿呢？这么重要的事儿都瞒着，万一会影响到康赛与金玉的关系呢？所以，金满堂进了洗手间洗澡的时候，她就把金玉叫到跟前，如此这般诉说了一遍。说完，感觉心里踏实了，就去睡觉了。而女儿心里踏实不踏实，她就不管了。

金玉见母亲进卧室铺床去了，便悄悄穿上外衣，打开门走了出去。她一听康赛被打成重伤，当时就头晕目眩了一下子，但她害怕吓着母亲，便强行支撑住自己，做出波澜不惊的样子。但见母亲进卧室了，她便赶紧跑了出来。她不能不跑出来，因为她实在忍不住了。她急切地想知道康赛的情况究竟到了什么程度。难道真像母亲说的那样已经是"重伤"了吗？

下了楼，金玉打了一辆出租车，坐进去以后就催着司机快点儿，再快点儿。司机嘴里答应着，便把住方向盘朝着蓝海医院疾驰。此时已经晚上九点半钟，马路上车辆和行人已经稀疏，所以，半个小时的路程他们只用了二十分钟就赶到了医院。

当金玉跟头把式地跑上住院部三楼，气喘吁吁地进了康赛病房以后，见康赛正在睡觉，而一个只穿着羊绒衫的姑娘趴在病床边打盹儿。金玉脑子里最害怕的那根弦蓦然间就绷紧了！最要命的是，当她走近康赛的时候，发现这个姑娘的一只手正紧紧抓着康赛的一只手。如果他们之间没有特殊关系，能够这么亲热吗？金玉一时间便再次觉得头晕目眩，急火攻心，恨不得立马离开，再狠狠地往地上吐口唾沫。

金玉知道石田美子的存在，但她不害怕石田美子，因为她把自己排在艾一婕后面，排在石田美子前面。虽然石田美子比自己年轻，但石田美子是日本人，隔着国籍结婚，不是那么容易的事儿。两个国家的国情、社情、民情都不一样，一对异国男女不是感情特别融洽，很难走到一起。因此，金玉不担心石田美子会成为自己的强劲对手。但眼前这个姑娘是谁？她竟与康赛握着手，说明两个人关系很深。这就让金玉不能接受了。她咬紧牙关，强压住满腔怒火，默默地走出病房，站在门外生闷气。

金玉往外走的脚步声虽然很轻，但还是惊醒了打盹儿的姑娘，她便揉揉眼睛跟随金玉走了出来。

“请问，大姐是来看望康赛吗？要不要我把康赛叫醒？”

“不用，我看看就走。”

“请问，您是康赛同事吗？”

“不，我是康赛的女朋友。你呢？”

“我是医院护士。还是照顾康赛的‘特护’。”

“康赛真是伤得很重吗？”

“没错，需要好好休息。”

“可是，刚才我却发现你和康赛握着手；你这样做，怎么能让康赛休息好呢？”

“可是康赛明明睡得很踏实啊！没准儿他感觉很惬意呢！”

“既然你与康赛不是对象关系，我劝你还是与康赛保持一个合适的距离！”

“我们俩现在的距离不合适吗？我怎么没感觉呀？”

“你们做护士的脸皮太厚，我不跟你矫情；但我需要告诉你，我是康赛的女朋友！”

“不对，康赛的女朋友叫艾一婕，远在国外，难道你就是艾一婕吗？”

“我当然不是艾一婕。我是金玉。不揣冒昧，劳驾你回头告诉康赛，就说我今晚来看他了。告诉他，我对他的伤情很关切，很在乎，很上心！”

“好的，我会的。”

金玉走了，走得很窝心，很不情愿。她从三楼的楼梯一级一级地走到一楼的时候，就走不动了。脚底下像灌了铅一样沉重。眼泪也情不自禁地涌了出来。她索性在楼道里的塑料排椅上坐了下来。剪不断，理还乱，说不清道不明的种种思绪一股脑涌上心头。结果就是让她心烦，不是一般的烦，是一种撕心裂肺的烦。她伏下身子，把臂肘支在膝盖上，两手捂住了脸。

这时，一个中年男人悄悄地坐在她的身边，把一只手搭在她的肩膀上。金玉一惊，猛一抬头，见是父亲，便一转身扑进金满堂怀里，眼泪汩汩而下。金满堂抚摩着金玉肩膀说：“孩子，条条大路通罗马，咱不能在康赛这一棵树上吊死。康赛受的是什么伤？是挨打挨的。为什么挨打？因为帮他寻找艾一婕的周心诚两次脑溢血，人家的儿子不干了。反过来说，为什么康赛自己不去寻找艾一婕，却委托旁人呢？艾一婕是谁的对象？这么重要、这么难办的事儿为什么不自己亲自出面？是真爱艾一婕还是徒有其表地假爱？”

“爸，您别说了，我心里乱得很！”

“种种迹象都表明，康赛是个非常懒惰的人，不是一般的懒惰，是事事依靠长辈的啃老族；虽然他不是宅男，不是坐在家里吃老人，但他在心理上根本不能自立。或者说，康赛心理不健全，再或者说，有严重的心理障碍。”

“爸，您别说了，康赛不是这样的人！”

“孩子，另做打算吧！虽说你等康赛已经等了七八年，该付出和不该付出的都太多了，但现在离开他还不算晚。现在社会上三十出头儿的老姑娘也比比皆是，既不鲜见，也不丢人。回头爸帮你找个合适的小伙子。”

金玉再也控制不住，“呜”一声就哭出了声。

再说石田鸠夫来看望康赛以后，也陷入深思。康赛为什么受伤？是因为挨打。为什么挨打？是因为周心诚帮他寻找艾一婕，导致两次脑溢血，于是周心诚的儿子不干了。如此说来，康赛扮演了什么角色？日本人与中国人的思维方式并没有太大区别，石田鸠夫眼下就和金满堂想到一块去了。本来石田鸠夫是非常看好康赛的，一门心思鼓动女儿追求康赛。他从来不相信天上会掉馅饼，只相信万事全靠自身努力。在对象问题上也一样，看准了哪个小伙子，就应该主动去追，不能等着别人追你。因为你并不是天仙，你的外貌并不是多么出众。当然了，美子身边并不是没有追求者，主动上门的也不乏其人。但老实说，一个个还真没法和康赛比。最关键的是对他们了解不深。他们主动追美子，在石田鸠夫看来主要是看上了他们的家产。一个男子汉不用经过艰苦奋斗就能得到财产，这如意算盘也打得太轻巧了不是？也许对方并不是这么想的，但石田鸠夫就是这么认定的。所以，他就一个个地都拒之门外了。

但眼下康赛的所作所为实在让石田鸠夫接受不了，越想越替美子委屈。于是，倏忽间就下定了决心，要让美子告别康赛，忘记康赛。他在选择合适时机，他准备和美子好好谈谈。也许别的日本人的家庭不是这样的，而石田家就是这样：父亲对女儿的婚事把持得很紧。

恰在这时，日本方面来个一个人，千辛万苦，拐弯抹角，找到了蓝海，找到了这家中日合资企业，又找到了石田鸠夫。这个人就是和贺英良的父亲和贺树里。

眼前的和贺树里瘦成一把骨头，不知道他先前就这么瘦，还是因为儿子的事糟心糟的。他的西装革履如同纸糊的一样挑在身上。他在企业会客室里一见到石田鸠夫，就双膝一屈，跪了下去，然后两手按地，伏下身把脑袋在地上“咚咚咚”连磕三个响头，接着，头也不抬，脸冲着地上说：“石田君，请允许我叫您一声兄弟！前不久美子回日本被我儿子和贺英良唐突，在身心方面蒙受了巨大的损害，我儿子对此后悔不迭！做父亲的我也万箭攒心！但现在我要如实告诉石田君，我儿子是真的喜欢美子，爱美子，在美子面前他简直不能自控，加上喝了酒，简直失去了理智！石田君，您能原谅他吗？如果您不原谅，我就永远跪下去不起来！”

石田鸠夫看着眼前这个把美子作践得精神失常的人的父亲，自然也是万箭攒心，万分痛苦，根本就一句话都不想和他说。石田鸠夫拉过一把椅子，兀自坐了下来。从外观上看，和贺树里应该比石田鸠夫大几岁，单从这一点，石田鸠夫就应该把和贺树里拉起来也坐在椅子上，这是最起码的礼貌。但石田鸠夫此刻脑子里全是女儿精神失常以后那些让人恐怖的表现，哪里还有心思对和贺树里讲究什么礼貌呢？

和贺树里两手扶地，身子下伏着，面孔也朝着地面，讲起了自己的家族，讲起了和贺英良。却原来，和贺家族在日本横滨也算小有名气的名门望族。他家有名气不是因为有钱有资产，而是因为家里连续四代都是大学教授，完全可以说是书香门第。和贺树里就是横滨国立大学的一名教授。到了和贺英良这一代，没出教授，却出了画家。和贺英良受叔叔影响，从小喜欢画画，高中毕业后进了东京美术学院，一直读到拿下硕士学位，现在在横滨一家影视公司做动画设计。工作了五六年，已经出色完成了十几部影视作品，说起来，也算小有成绩。现在横滨警察局要对和贺英良正式提起公诉，告他对美子实施侵害。而和贺英良一口咬定是因为爱美子，而美子也爱和贺英良。只是在要不要同居问题上没有达成一致，根本算不上犯罪。事情在逐步地向前推进，显然越来越对和贺英良不利。现在和贺英良急需美子出面说一句话，那就是“我喜欢和贺英良”，和贺英良会因为这句话而减轻罪责减轻处罚；如果美子再答应与和贺英良定亲，那么，事情会更加有利，甚至把和贺英良当场释放都有可能。和贺英良一再表态，只要获得释放，便娶美子为妻，按照眼下横滨婚礼的最高规格，为美子举办新婚大礼。

“石田君，石田兄弟！请看在和贺英良还年轻的分儿上，帮他一把吧！我和妻子一起去了横滨您父亲的家里，见到了美子的照片，我们俩都非常喜欢美子。我们家多年积攒的家产会全部留给美子和和贺英良。石田君，中国有句老话，叫作‘君子成人之美’，敬请兄弟高抬贵手吧！”

该不该答应呢？值不值得答应呢？石田鸠夫此时大脑在急速地转动。说老实话，他对和贺家族的知识分子氛围非常欣赏非常喜欢而且非常尊重。能与这样的家族结亲，也算一种幸运。如果美子没与和贺英良发生龃龉，而是顺利进入和贺家族，应该说，是给石田家族脸上增光的事儿。假如和贺英良真的像和贺树里说的这样，只是一时孟浪，加上喝了过多的酒而失态，对美子不恭不敬，只要真心悔改，承认错误，也还是可以原谅的。思前想后，石田鸠夫感觉应该答应，只是不知道美子的态度，于是，就对和贺树里说：“和贺教授，这件事需要和美子商量，因为这毕竟是美子自身的事儿。而且，如果美子真的曾经喜欢和贺英良，她会如实说出真相；如果美子根本不喜欢和贺英良，我也不能逼着美子说假话做伪证。你说对不对，和贺教授？”

和贺树里千恩万谢，又要磕头，石田鸠夫这次就急忙把他搀扶起来了。他对和贺树里说：“走，我先陪你把住宿问题解决了，我们公司旁边就有旅馆，你先住下。好好休息，静候佳音。”

这样，和贺树里方才站了起来。两个人一起夹着皮包下楼了。

住进旅馆的和贺树里吃不香睡不着，忧心忡忡、提心吊胆地等待着结果。

晚上，石田鸠夫回到家里，没有对美子提起这件事，而是先和老伴商量，要不要对美子讲这件事。这件事对美子是凶是吉，是良性刺激还是恶性刺激，他没把握。老伴听完石田鸠夫的所有叙述，感觉美子是应该往前走一步，不能再在康赛身上死缠下去。康赛是个不错的年轻人，是美子最理想的配偶，怎奈康赛心有旁骛，而且，事情闹得不可收拾。老伴想来想去，感觉应该劝美子接受和贺英良。这是一件两全其美的事儿。不是吗？

好，既定方针是促成这件事！石田鸠夫把美子喊到了身边，向美子诉说了康赛最近的情况，特别指明了康赛因为委派周心诚出国寻找艾一婕，导致周心诚两次脑溢血，因此康赛被周心诚的儿子打成重伤。这就做好了铺垫，先让美子在康赛问题上断了念想。接下来，石田鸠夫就讲起现在身在横滨拘留所里的和贺英良，讲起和贺树里的到访、求情，讲起和贺家族显赫的知识分子门风。最后，结论就是请美子考虑，要不要进入和贺家族。那边可是殷切地期盼着美子的进入呢!

如同剥笋，如同剥葱，一层层地向里深入，美子便什么都清楚了。而且，她还听出了父亲的言外之意：父亲是同意这门亲事的。但在横滨郊区农户里被剥光衣服的画面突然出现在美子眼前，美子仿佛又置身于那个危险恐怖的境地。于是，她的大脑一下子就乱了，她一边声嘶力竭地大喊着："啊——我不要——我不要——"一边冲向阳台，她打开窗户，以迅雷不及掩耳之势就跳了下去！等到石田鸠夫反应过来，紧随着跑过去打算拽她的时候，已经听到了美子摔在楼下的"扑通"的一声钝响!

石田鸠夫的心脏蓦然间便怦怦怦地急跳起来，而且，头晕目眩，他知道，他的血压升上来了，便赶紧从口袋里掏降压药。而老伴此时早已惊呆，伸着两手，两眼茫然地看着阳台，不知道该怎么办。

石田家太背运了不是？石田鸠夫吞下降压药以后，又喝了口水，就急忙往楼下走。此时，他已经不敢跑了，也不是不敢跑，而是腿下无力、发软，像踩了棉花。凡是患有高血压的人都会有这种体会，就是在心急起来的时候，腿下无力。

当石田鸠夫来到楼下以后，方才发现，美子正摔在楼下他的丰田汽车顶棚上。汽车顶棚已经被砸了一个大坑。美子侧伏在车身上，两眼紧闭一动不动。从外表看，没有流血的地方。石田鸠夫赶紧掏出手机拨打"120"，然后走近美子身边摸她手腕的脉搏。还好，美子还有心跳。幸亏他们的连体别墅是三层楼。如果再高一些，后果就不堪设想了。但眼下能不能把美子抢救过来，也仍然是未知数。十分钟以后，救护车和医生及时赶到了。他们把美子从汽车顶上抬下来，又抬进救护车里，实施了初步的体检以后，就给美子脸上挂上了氧气罩，然后带着石田鸠夫一起奔蓝海医院了。

话说艾一婕随着孙家富来到万象滨河大道的一家饭店。两个人吃着饭，孙家富就把那份《艺品周报》拿出来了。艾一婕接过报纸，在头版头条的显赫位置看到了《孔雀图》的照片和文字报道。艾一婕非常吃惊，这幅《孔雀图》显然是另一幅，那么，世界上会有这样的画家，能够画出两幅一模一样的作品吗？不可能！因为不可能，所以事情非常诡异！于是，艾一婕想到了康赛经常提到的一个概念：赝品。假如报纸上的《孔雀图》不是赝品，那么，自己和康赛手里的《孔雀图》就必是赝品。反正，总有一幅是赝品！如果非常不幸，自己手里的《孔雀图》是赝品的话，便没有必要走到哪儿带到哪儿，在机场还要登记，那么麻烦！而且，还要时时防备被偷！反过来说，假如若干年前康赛就把手里的半幅《孔雀图》找专家做过鉴定，而且也说是赝品，那么，自己在康赛的心目中的形象必然一落千丈。加上自己不打招呼逃离蓝海，康赛必定对自己不满，从而失去等待自己的信心与耐心。自己在康赛心目中，说不定早就变成了小丑！于是，艾一婕向孙家富提出："我想请十天的假，回中国一趟，请专家把我手里的《孔雀图》鉴定一下。"

谁知孙家富一听这话竟哈哈大笑，说："一一，现在老挝三分店的工作才刚刚开始，怎么能急着离开呢？老挝人生活节奏慢，咱们三分店也受其影响。你至少要在这里待上个一年半载的，把大家的习惯扳过来，然后你再考虑是不是离开。"

艾一婕低着头不说话。她在犹豫，要不要把心里话讲出来。这时，孙家富就又开口了："其实，要放你离开十天也不是不行，但你得表现得好。"

艾一婕微微哂笑了，说："难道你对我加入蓝旗集团以来的表现不满意吗？"

孙家富呵呵笑着说："有的方面满意，有的方面就不满意。"

艾一婕当然明白孙家富所说的不满意是指什么。她苦笑一声，说："让我做周艳红和柳爱萍，我做不来。这一点，我劝你死了心吧！"

孙家富仍旧笑着，说："我没想对你'包养'，你是大才，用不着我'包养'，我只想……"

艾一婕打断孙家富的话说："你甭说了，我明白，你只想和我偷情。既然如此，就别怪我说话口冷。平心而论，古往今来，男女从来没有和谐一致过。这种不一致同样体现在偷情上。男人偷情为性，女人偷情为情；男人偷情既出钱又出力，女人偷情既省钱又省力；男人偷情每次只为那灿烂的几十秒，而女人偷情却可以搂着对方回味一个晚上……所以，在偷情这个问题上，男人其实是心甘情愿地沦为弱势一方的，赔了夫人又折兵，有了面子没了里子，最后连面子和里子全扔掉了，呜呼哀哉，祸起萧墙，老拳相见！放眼看去，这样的男人真是太多了，他们前仆后继，'长江后浪推前浪，前浪死在沙滩上'。这就是男人的劣根性所在，甚至不失是一种男人的宿命。他们或许在外界看来是非常睿智、聪明和春风得意的男人，但其实不然，在我看来他们最多只是七窍通了六窍，有一窍还是落在了女人身上，最终变得狼狈不堪而一窍不通！"

孙家富涨红了脸不说话，却"啪啪"地鼓起掌来。

艾一婕继续说："在此，我非常不情愿地道出这样一个事实，那就是在这个世界上只有三种男人不会去偷情：一种是想偷却没有能力去偷的（包括身体、年龄和外围环境等）；另一种是胆小的男人，即想偷却不敢偷的；还有一种就是真正聪明的男人。以上三种情况，前面两种自然是没有再做深入分析的必要，对于最后一种我还是有些心里话想说说的。针对真正聪明的男人不会偷情这种说法，我们不难以负负得正的逻辑推理出：偷情的男人，其实都不是真正聪明的，即偷情的男人都是假聪明真愚昧的！"

孙家富蓦然间就把一张脸耷拉下来了，圆脸变了长脸，说："我还就愿意做这种假聪明真愚昧的男人！我乐在其中！谁能奈我何?!"

孙家富的话音未落，披耶蓬的亲戚带着人闯了进来。在这里应该说一句的是"披耶蓬的亲戚"而不是披耶蓬本人。披耶蓬本人与孙家富是好朋友，如果是他来了就会单独放走孙家富而不会加害孙家富。现在就不行了，披耶蓬的亲戚不认识孙家富，当他们拿着艾一婕的照片一对照，发现眼前的女子就是艾一婕，便喜出望外，立即掏出绳子把艾一婕连同孙家富分别绑了起来。然后蒙上眼罩，就推出了饭店。走到了哪里，艾一婕根本就不知道，孙家富虽然对万象滨河大道很熟，但蒙上眼睛以后也辨不清东西南北。反正最后他们被推进了一间屋子。披耶蓬的亲戚用英语对艾一婕说："好好想想应该怎么做，回头给我们答复。否则，就把你们永远关在这里，直到饿死！"说完，就锁上门走了。当然，孙家富拿来的那张报纸，和艾一婕带来的那半幅《孔雀图》，也都被悉数拿走。

待那些纷乱的橐橐的脚步声远去以后，艾一婕就哭了。她对孙家富说："我的《孔雀图》啊！那是我的命根子啊！你干吗非让我跟着你来看什么报纸，非把我的《孔雀图》也带出来呢？"艾一婕当然不知道，她在三分店的寝室已经被那伙人洗劫一空。假如把《孔雀图》留在寝室里，不是也照样被卷走吗？

此时坐在水泥地上的孙家富却突然发出嘲讽的哈哈大笑，说："一一，我今天沾你的光了，我真该好好感谢你！我在我国香港、泰国、老挝、澳大利亚四个地方都有分店，但从来都没发生过有谁威胁我、绑架我的事儿！"

艾一婕往孙家富身边挪了挪，低声道："对不起，让你跟着倒霉了。这样遇上糟心的事儿，你不赶紧想办法，怎么还冷嘲热讽的？"

孙家富点了点头，也往艾一婕身边挪了挪，说："不知道这伙人是哪一伙，我也忘了问他们。在老挝，甭管黑道白道，我也是有几个铁杆儿朋友的！前两年，三分店的一个伙计被人绑票，我就是找黑道上的人帮着了结的。"

这话让艾一婕听得心脏怦怦乱跳，说："现在我心情非常紧张，你说点轻松的话题好不好？请你原谅，我毕竟是个女人。"

"好吧，就说点有意思的。现在蓝旗集团的四个分店，除了现在老挝的三分店——因为你在这儿，其他分店的总经理都是我的情人。那么，我见了你以后怎么还会再爱上呢？对，还会爱上。因为男人一方面心胸宽阔，另一方面占有欲强烈。你知道民国时期的著名学者辜鸿铭老爷子的观点吗？他就说，男人就像茶壶，理应多配几个茶碗。一对一像什么话？够用吗？那么，女人多了，还会有真爱吗？我以我的体会，是有的。比如，我看见你就笑，而且是发自内心地、完全自然地、情不自禁地笑……而且我自己感觉不到自己在笑，常常是，老婆陈志松问我：‘你笑什么?’我才摸摸自己的脸：‘我在笑吗?’爱一个人是体现在细节上的，平凡中出细节，比如，平时你一句无心的话，他都记得；比如他会主动找你聊天，看看有无做得不够的地方；如果他爱你爱得很深，会给你很多的时间，而且舍得在你身上花钱，还舍得在你身上花心思；如果他未婚，他会向你求婚，如果他已婚，他会为你离婚；愿意一辈子守护你，是一个男人爱一个女人的最高体现形式；他再忙都会抽空打电话给你，有时候是发短信，有时候是在QQ里留言；在人群中，他的眼睛会一直关注你；碰面时，他会认真地拥抱你，无论多晚多远都送你回家；还有一个比较极端的标准，就是深爱一个人，与对方的经历和品位毫无关系，就是说，如果不是因为爱，放在其他情况下是根本不愿与之为伍的。比如他有钱而你没钱，这并不妨碍他爱你；他洁身自好，而你曾经马失前蹄，也并不妨碍他爱你；还有，一个男人爱你的时候总会觉得你笨，处处要他担心，反之，不爱你的时候，会觉得你聪明伶俐，不劳任何人操心。眼下，我就觉得你在情感问题上非常笨拙，我担心你会在康赛问题上碰一鼻子灰，甚至碰得头破血流……”

“感谢你说出这么多心里话，既轻松又深刻，还形象。我发现，你可以写小说了，因为你的感情很细腻。”

“感情细腻有什么用？有的人就是不买账啊!”

“那是因为她已经买了别人的账啊!”

正说着，门锁被打开了。一群人涌了进来。上次来的那个披耶蓬的亲戚问孙家富：“你是艾一婕什么人?”

如果孙家富就说我是蓝旗集团的董事长孙家富，也许就什么事都没有了，但他偏偏说了一句：“我是艾一婕的男朋友。”结果立即遭到了劈头盖脸的皮鞭的抽打。其中一鞭子正抽在孙家富的脸颊上，立即涌出一道血痕。而且，挥舞鞭子的人嘴里还叫着：“打的就是你，以后你要远远离开艾一婕！如果再发现你向艾一婕套近乎，就打瞎你的眼睛!”

孙家富是个聪明人，此时他就感觉说自己是艾一婕的男朋友实在是失策，于是大叫："你们是谁？你们想干什么？知不知道我是蓝旗集团的董事长孙家富？"

这句话起作用了，因为人群里站着披耶蓬。他对这个孙家富名字很熟悉。他立即制止了手下还想抽鞭子的人，说："扒开他的眼罩，看看他是不是孙家富。"

披耶蓬的亲戚把孙家富的眼罩拿了下来，露出了孙家富的两只眼睛。此时，这双眼睛正满是怒火。披耶蓬一步抢了上去，扶住孙家富的肩膀说："孙总，真的是你！让你受委屈了！"

孙家富从地上站了起来，晃着肩膀说："没错，是我，你瞧你的这些弟兄都干的是什么事儿呀！还不赶紧把我们的手臂松开？"

孙家富和艾一婕的手臂被松开了，艾一婕的眼罩也被拿下来了。披耶蓬对这两个人说："一会儿我在三楼单间请你们俩喝酒，为你们俩压压惊。"

披耶蓬说着，就捧起艾一婕的一只手，想为她按摩手腕上的勒痕，艾一婕便厌恶地甩开了他的手。一群人闹嚷嚷地往三楼上走，聪明的孙家富似乎看出了门道，就掏出一个银行卡塞进披耶蓬手里，说："拿着，这里面是五万块钱人民币，给弟兄们个零花钱吧。"

披耶蓬接了过来，转交给身边的亲戚，说："别人的钱咱不要，孙总的却不能不要。"

孙家富就势接过话来说："披耶蓬兄弟，这艾一婕是我的情人，我已经准备正式娶她为妻了，以后还请你们对她多多关照呢！"

披耶蓬有些纳罕，这孙家富弄了多少情人啊，你应付得过来吗？他鄙夷地连连摇头。不过，如果艾一婕真是他的情人，这事儿还真就麻烦，因为他知道孙家富认识人很多，他也不想得罪孙家富。但让他就此退出去，他又有些不甘心。这艾一婕实在是让他太动心了。他长这么大还第一次这么深地爱一个女人。而且，平心而论，他帮过很多开饭店的老板和总经理，但那都是有报酬的、有条件的、心有旁骛的；从来没有像帮艾一婕这样心无旁骛，这样专心致志，这样感到愉快，这样不仅没要报酬，还往里搭了很多钱。

在饭桌上，披耶蓬只是呵呵笑着，很少说话。倒是孙家富滔滔不绝，讲东讲西，夸我国香港，评泰国，指点老挝，揶揄澳大利亚。而披耶蓬眯起眼睛暗打主意：想什么办法把孙家富和艾一婕分开，把艾一婕弄到泰国藏起来？那半幅《孔雀图》是不是可以用来要挟艾一婕？如果艾一婕不肯就范，那半幅《孔雀图》我就不还给她？

话说石田美子住进蓝海医院以后，除被查出左肩胛骨骨折、左小腿骨折和轻微脑震荡以外，主要是摔晕了，并无大碍。之所以如此幸运，是因为美子跳楼跳在了楼下的汽车顶棚上。而汽车顶棚下面是空的，所以有一定的弹性。加上楼层不高，于是，美子幸免于难。当然，还有一个因素不能不说，那就是，石田鸠夫的汽车是他们日本的丰田车，众所周知，日本汽车为了减轻重量，达到省油的目的，外壳的铁皮都比较薄。很容易被砸一个大坑，也很容易对落在上面的重物起个缓冲作用。如果是坚固的德国汽车，那外壳铁皮既厚又硬，美子落在上面的话，结果就可想而知了。问题是，石田鸠夫是日本人，他只可能买日本汽车，而不可能买德国汽车。这就是美子想死而没有死成的一个重要原因。

但更让人匪夷所思的是，美子经过这一摔，似乎把神志摔清楚了。在整个治疗过程中，美子都表现得非常配合，非常坚忍，非常乐观。最难得的是乐观。一个在精神上受过强烈刺激，对生活的反应几乎过分敏感的女子，怎么会突然变了一个人呢？所有认识美子的人都对这个问题非常纳罕。连医生也说不清楚。

日本人办事是认死卯的，一就是一，二就是二。和贺树里住了几天旅馆以后，感觉石田家应该把孩子婚事商量出眉目了，就再次到企业里找石田鸠夫。而石田鸠夫这几天也一直在犹豫：美子摔伤的事儿要不要告诉和贺树里呢？他有心促成女儿与和贺家族的结姻，但女儿精神不正常的情况他一直不想说，他怕说出来就把事情毁了。问题是，这种事儿他又不想隐瞒，特别是不想隐瞒和贺英良是这件事的肇事者的事实。于是，当和贺树里再次找上门来的时候，石田鸠夫就把一切情况都和盘托出了。

啊？美子曾经精神失常？而且刚刚跳过楼？和贺树里一下子就惊呆了。他真想找个地缝钻进去，一逃了之。事情难道真的这么严重？儿子和贺英良真是造孽造到家了！

就在和贺树里不知道应该怎么向石田鸠夫祈求恕罪的时候，石田鸠夫又开口了。他说出眼下美子出现新的变化，那简直是让所有人都瞠目结舌的新变化，她竟然因为一摔而把自己摔清醒了，摔睿智了，摔沉稳了，摔老到了，摔成熟了！

啊？怎么会这样？和贺树里再一次露出惊讶的表情。日本人的表情往往是很夸张的，此时和贺树里的表情可以用四个中国字来表示：呆若木鸡。

石田鸠夫当然要把女儿往好处变这个情况说出来，这会让和贺树里把心放在肚子里，会让和贺家族更加放心大胆地向美子张开怀抱。

两个父亲把话说到一定程度，就手携手离开公司，前往医院看望美子去了。

结果一见面，果然感到美子神志非常清醒，言谈举止非常得体，没有一丁点曾经精神失常的痕迹。和贺树里放心了。他笑呵呵地对美子说出了和贺家族的愿望，和要把美子娶进显赫的和贺家族的具体日程。当然了，前提是要配合一下，把和贺英良捞出来。而美子只是想了想，就微微点头，算是答应了这件事。和贺树里见此，便百感交集，急忙站起身来冲着美子三鞠躬。然后非常客气地一迭声道："阿里噶多，阿里噶多，阿里噶多，阿里噶多！"

但石田鸠夫是个办事落地砸坑的人，他在此时此刻就突发奇想：让和贺英良到中国来和美子结婚，这样，在石田一家的眼皮子底下，就好保证美子不再受欺负。和贺树里挠了一会儿头皮，说："一段时间，没问题；在中国待到老，不行。因为，美子和和贺英良将来是要继承和贺家族遗产的。"

结果形成折中，要和贺英良在中国生活十年。这似乎是最理想的方案。两家人都非常满意，于是，就把事情敲定了。接下来，和贺树里就立马给日本横滨警察局打电话，把美子这边的态度说了一遍。横滨警察局说："你的转述不作数，必须要美子本人来日本说这件事。"没办法，最后敲定，一个星期以后，由和贺树里出钱雇医院的特护陪同美子前往日本，届时，石田鸠夫与和贺树里一同前往。

事情看上去很顺利。里面埋藏了什么隐患，下一步会发生什么，石田鸠夫和和贺树里都不知道。

话说蓝海医院的优秀护士陈依依把周冲告上法庭以后，蓝海市中级法院责成区法院审理这桩民事案。而且，这个皮球又踢到了曾经审判过周冲告康赛案的那个民事庭的法官脚下。这个法官一看案卷就笑了：诉状言之凿凿，人证物证俱在，周冲必输无疑。这是个一目了然、一边倒的案子。谅你周冲再托出多大的官，也阻挠不了这个案子的判决。被中途阻挠的案子，往往是模棱两可的案子，太简单明了的案子，便谁都不好作假。因为，任何一个法官都不想扒马褂，丢了眼下的高工资高待遇。

开庭那天，法官本想做一下法庭调解，让周冲一家在那边把告康赛的案子撤了，两好合一好；但这次开庭周冲一家没有人到场，法官便只能缺席审判，于是，就判了周冲一家赔偿康赛五十万元。如此一来，康周两家便扯平了。至于康周两家怎么操作，法官就不管了。反正，你们不操作的话，执行庭会派法警下去。

陈依依从区法院回到医院以后，万分兴奋，她对康赛眉飞色舞地叙述了事情的全过程。谁知，康赛把脸扭向一边，连听都懒得听，只是说了这么一句："我真拿你没办法。"

什么意思呢？热脸贴了冷屁股？陈依依的笑脸便僵住了，她不明白。于是，她一迭声地问道："康赛，你什么意思？我做得不对怎么的？许他们周家起诉你，就不许你起诉周家？天底下哪有这种只许挨打不许还手，连申诉都不行的道理？"

康赛被挤对急了，就说出了心里话："依依，这件事本身就是'木匠斧子一面砍'的事情。你是个聪明人，难道不知道所有的一切都是因为我而引起的吗？周心诚如果不是为了帮我，怎么可能两次脑溢血呢？我是祸头，所以，人家打我也好，告我也好，索赔也好，我只能承受！干吗要反戈一击呢？你这么做了，让周家怎么能心理平衡呢？如果再让伯母憋屈出癌症来，我就作了更大的孽不是？"

陈依依愣住了，她想不到康赛会这么想问题。在整个蓝海医院，陈依依还没遇到过这样设身处地为别人想问题的同人。也许医院里也有这种人，只是陈依依没碰上。反正在陈依依眼里，医院里的很多人因为追求金钱，会把应该开二十块钱药的病，开出四十块钱的药来；把应该开四百块钱药的病，开出八百块钱的药来。她看着康赛，咬了一会儿嘴唇，最后说："康赛，我本来只对你有好感，还谈不上爱情。能不能与你牵手，我都不抱希望。但现在我又重新认识了你。我应该爱你。百分之百应该！我会为此做出不懈的努力！我是个办起事来不达目的誓不罢休的人，我要用感情的绳索把你拴得牢牢的！"

这可真是，旧的情缘还没完全割断，新的绳索又伸向康赛。尽管这种绳索可能是温柔甜蜜的，但绳索毕竟是绳索。

第十四章　相反运作

商品社会的人在利益诱惑面前，往往把友情看得很淡。

金满堂把金玉的思想工作做通了，金玉答应另找对象。问题来了——金满堂对外面的小伙子进入他们金家很不放心。于是，亲朋好友给金玉介绍了超过了一打的对象，金玉看没看上先不说，金满堂却首先看不上。他怎么看，对方怎么是奔着他家财产来的。这一点，金满堂很像石田鸠夫。因为他们有家产，而这份家产完全是凭借自己的努力和奋斗，一点一滴挣来的。看到有可能被外姓人继承走，便心里不舒服。有三个博士生、四个硕士生、五个本科生，外加一个小有名气的歌手，都对金玉很满意，都提出要与金玉牵手，而金满堂都一一回绝了。金玉都三十一了，找到这么多年龄相当的小伙子容易吗？不说大海捞针，也是可遇不可求不是？怎么能说拒绝就拒绝呢？女儿的婚事耽误了怎么办？

金满堂自有想法。他看中了自己店里的副经理、自己的徒弟赵树林。赵树林是中专毕业，学历不算高，但对古玩行当非常钻研。对金满堂的教诲一句当一万句地听，而且，听了就反复咀嚼，最后以能背下来为目的。不仅如此，他除了订阅《艺品周报》，还买了赵汝珍的《古玩指南》，以及《艺术市场》《文物天地》《收藏界》等一系列书籍杂志反复研读。所以，眼下事关店里的大小业务，他都能拿出自己的独特意见。有时候会与金满堂不一致，但这种不一致是建设性的，与金满堂起着互补的作用。所以，金满堂还非常喜欢赵树林的不一致。

当别人给金玉介绍了一圈对象以后，金满堂就把赵树林领到家，推到金玉面前。“你瞧瞧赵树林怎么样？”金满堂对赵树林，有点对儿子似的那么不客气，不讲方式。

金玉鄙夷地一撇嘴，说："他又不是给我当徒弟，我看个什么劲儿？您看着中意就行了呗！"这话说得自然是揣着明白装糊涂。于是，金满堂便也装疯卖傻，说："那好，我就定了啊，赵树林就给我做徒弟了。而且，这一做就要做一辈子！"

金家家财万贯，赵树林对此自然没有意见，此时，他就跟着呵呵笑，也在装疯卖傻。于是，事情就这么定了。问题是，金玉并没有完全把康赛从心里剔除出去，因此，在与赵树林的接触中必然横挑鼻子竖挑眼。在康赛面前，她像个低眉顺眼的小媳妇；在赵树林面前，她就像个说一不二的大姐大。好在赵树林给金满堂当"孙子"当惯了，所以，被金玉挟制的时候也并不感觉难堪。两个人年龄都不小了，双方家长也见面了，于是，婚期问题就提上了议事日程。赵家一高兴，就把赵树林结婚的房子也买下来了。当然了，买的是二手房，因为他们没有买新房的经济实力。接下来就立马装修了。孩子都三十多了，当家长的确实不能不着急了。

就在这时，赵树林花了五十万为店里接了一幅画，是齐白石的《虾》。一平尺多一点。怎么会这么贵？没错。2009 年齐白石的画作每平尺已经达到了四十一万。齐白石一生画过很多幅《虾》，但每一幅都是不一样的，虾的形态不同，用笔落墨也不同。但看得多了，就会对齐白石的虾看出规律，真品赝品会一目了然，不过赵树林还达不到这个水准。他虽然把画接下来了，钱花出去了，但心里还是没底。晚上，他来到金满堂家里，向师父嘀咕这件事。此时，金玉就说话了："既然没根，就到医院去找康赛看看呗，康赛对字画是非常在行的。"

赵树林感觉这话对头，拿起画就走了。时间不长，赵树林就来电话，说："康赛说了，这幅画是假的！我立马找卖家去！"买卖这种十万块钱以上的古玩字画，按照蓝海古玩圈约定俗成的规矩是要向对方留下身份证号和家庭地址的，目的就防止蒙骗。你果真蒙骗对方，对方就有理由找到你的家里与你理论。现在，赵树林就找到对方家里去了。但时间不长，赵树林再次给金满堂打来电话，说："妈那 ×，卖画的留下的身份证号和家庭地址是假的，这里是菜市场，根本没有住户！"

金满堂能说什么呢？只能让赵树林回来。金满堂虽然心疼那五十万，但不让赵树林练手也不是办法，赵树林终究是要接班的。这时，金玉就哭了。金满堂看在眼里，自然心里也不舒服，便说：“闺女，你别触景伤情，我知道你是感觉赵树林不如康赛，我也承认这一点。但咱们得现实一点，既然康赛另有所爱，咱们为什么非守着水中月、镜中花，养着不下蛋的鸡，非在康赛这棵树上吊死？”

结果金玉的小姐脾气上来了，她扯开嗓子叫了起来：“都是因为你们着急！我的婚事我不着急你们急什么？我不嫁了，我谁都不嫁了！我现在就给赵树林打手机，让他打消‘癞蛤蟆想吃天鹅肉’的念头！”

金玉说着就抓起电话。金满堂一见这情景，赶紧走过来按住了金玉的手，说：“闺女，使不得，使不得呀！男大当婚，女大当嫁，自古以来天经地义！再说，你应该多看看赵树林的优点，你瞧瞧他，天这么晚了，还在外面跑路呢，他图的什么？还不是为咱家的业务能旺势一点？”

金玉气哼哼地说：“光是为了业务吗？他不是还憋着娶我吗？还憋着赌受咱家财产吗？”

本来这是金满堂原有的顾虑，随着时间推移已经淡化，但此时被金玉重新提了出来，金满堂就再一次陷入沉思了。金玉在面对康赛的时候，是从来没想过谁赌受谁的财产问题的，但在赵树林面前，她就自然而然地想了这个问题。说起来这就叫“见人下菜碟”，也可以说是“一物降一物”，还可以说是“周瑜打黄盖，打的愿打挨的愿挨”。万贯家财留给怎样的女婿？这确实是每个商人和大款不能不想的问题。此时，金满堂的算计劲儿又上来了，他一拍桌子，说：“婚期取消，登记后延，咱家要重新考虑！”

重新考虑什么？自然是要把时间再拖长一点，对赵树林再多一些考验；更进一步说，也许，是不是换女婿，都在考虑范围之内。天都这么晚了，金满堂竟然真的给赵树林的父母打了电话。

金家有这个权利，也有这个资格，问题是如此一来就苦了赵树林。赵树林家里的老两口对赵树林好一通骂：“没出息的东西！你就非娶金玉吗？天底下的好姑娘有的是，你是缺鼻子了还是缺眼睛，怎么就非得一棵树吊死？咱们赵家是不如他们金家有钱，但咱们缺钱不缺志气！买新房咱没这么多钱，咱就买二手房，钱不够，咱就几家亲戚往一块凑，该买不是也买了吗？该装修不是也装修了吗？婚期想取消就取消，想延长就延长，你凭什么呀？就凭手里有几个臭钱？”

赵树林实在听不下去，便逃了出来，大半夜一个人在马路上溜达。夜色深沉，冷风扑面，愁肠百转，踽踽独行。自己的命运受到别人摆布，自己的幸福攥在别人手里，没钱人在有钱人面前的那种无奈，是什么滋味，赵树林这辈子永远忘不了。赵树林虽然不是本科生，不是硕士、博士，但赵树林是个七情六欲十分健全的正常的人。

那么，此时此刻金玉就幸福了吗？她哭着从家里跑了出来，一口气跑到了蓝海医院，接着就跑进住院部，来到康赛住院的病房。她想推门进去，把早已睡着的康赛叫醒，和他谈谈心，谈谈年轻人可遇不可求的真爱。但隔着门玻璃，她看到了此时陈依依正伏在康赛身边打盹儿，陈依依的手正攥着康赛的手。还要再经受一次抢白吗？金玉犹豫了。她在门外的长椅上坐了下来。坐了一会儿感觉太累，便和衣躺倒，用一只胳膊挡住眼睛，就睡着了。

知女莫如父。金满堂知道金玉会到哪里去。他悄悄跟了来，见金玉在楼道里的长椅上睡下了，就感慨万千地站在远处看着，禁不住老泪纵横，迟迟没有走过来。

话说披耶蓬冥思苦想怎么分开孙家富和艾一婕，想来想去，他想用那半幅《孔雀图》做文章。那半幅画不是你的心尖尖吗？我就扣住你的那半幅画。你几时离开孙家富，我几时把画还给你。这么想了，披耶蓬就这么做了。当然，他嘴上不能说“我扣了你的画”，而是诡称“我根本没见过你的画”。

明明是你们的人把画掠走了，怎么能说没见过呢？难道说，你手下的人敢背着你把画私藏起来吗？艾一婕这样质问披耶蓬。披耶蓬笑着说：“这个问题孙总知道怎么解决，你问孙总吧！”这时，艾一婕就全明白了。披耶蓬在要价儿。艾一婕把事情告诉了孙家富，说：“披耶蓬拿着我的《孔雀图》不肯归还，你想想办法好吗？”

“办法还没有吗，花钱就是。这件事你放心好了。”孙家富信誓旦旦地应承下来。他自己不是早就承认了，男人爱女人就舍得为女人花钱吗？回过头来，孙家富就带着艾一婕在滨河大道上悠闲地踱了起来。走着走着，孙家富问艾一婕：“一一，知道我为什么带着你‘轧马路’吗？”

“我又不是你肚子里的蛔虫，我怎么会知道你想干什么？”

“我在让你放松精神。放松了精神，才会对问题做出正确判断。”

“‘急中生智’这句成语又怎么理解？”

“急中生智是不得已的产物，做出的决策也往往不是上佳，远不如从容不迫反复推敲。”

“你现在在推敲什么？”

“我在想，老挝万象的特点是什么？你看出来了吗？”

“看出来了，传统与现代在老挝万象交错着。”

“没错。你还真聪明。初到老挝万象，一般人很难相信这个国家真的是世界上最贫穷的国家之一。这个拥有一百万人口的城市，市区内的街道上停满了汽车，而且不乏宝马、奔驰等世界名车。法式建筑风格的酒店中，可见欧洲游客坐在咖啡厅里或者酒店门口，悠闲地享受着啤酒。中国人会感觉万象的消费水平略逊于云南的昆明而略高于广西的南宁。老挝没有汽车工业，马路上跑的全是进口车，主流车为日本丰田，一辆相当于人民币二十万元左右。住酒店价格也比南宁略贵，类似三星级档次的酒店，标准间价格在三十美元左右；普通的家庭旅店，价格也在十三美元左右。老挝不产石油，燃油完全依赖进口，所以油价较贵，每升折合人民币十元。这也是老挝人喜欢日本车的原因之一：日本车省油。这里的餐饮也不便宜，老挝人钟爱的老挝啤酒，在餐馆一瓶卖到八元以上。但是与此形成鲜明对比的，却是人们相对低廉的工资。在这里，一个完全不会外语的小工，月工资大概五十到八十美元；而具备外语能力（一般是英语）的，月工资就在一百美元以上了。由于老挝人口较少，对外交往显得非常重要，所以外语能力的高低，在某种程度上决定了他的月薪。政府公务员的工资也很低，一般的公务员都会兼干些别的工作来增加收入。一边是相对高昂的物价，一边却是较为低微的收入，如此不协调的现象，是我初到老挝时难以理解的问题。然而这些困惑，都在我走进一位朋友家街道对面的小巷后得到了解答。这位朋友的家离市中心大概有两公里，就是这两公里，使我远离喧嚣与浮华的‘现代’而走入了‘传统’，远离了表象而走进了真实。我离开柏油路，踏上沙石路，沿路随处可见古朴而典雅的寺庙。没走多远，便看到老挝传统的高脚楼，房脊上略呈腐朽的木头似乎在向我诉说着它们的久远身世。一座座空旷简陋的院落、一只只懒洋洋的小狗、一群群下课回家的小学生、一个个坐在路边卖菜的大娘、一爿爿传统却显得杂乱的小商店……这一切使我心中的困惑终于释然。万象依然充满传统！这才是那个质朴、古老的老挝！”

“你从老挝万象的质朴，想出什么对策了呢?”

“一对相声演员，总是一个逗哏一个捧哏；当逗哏的抖完一个包袱以后，捧哏的便及时想出新由头引出逗哏的新话题。这就是舵手作用。因此，相声行当的‘逗’与‘捧’是相得益彰、缺一不可的。”

“你是说，你在逗，而我在捧；那么，你的‘新话题’是什么呢?”

“我的新话题自然就是，我要把钱花在哪儿才能把那半幅《孔雀图》拿回来。”

“想好了吗?”

“想好了，花在警察局。”

“怎么花?”

“给他们买三十辆执勤摩托，到国内去买。两万一辆的话，三十辆就六十万块钱。多是多了点儿，但这钱花得值。”

“这有什么新奇，我以为想出什么高招儿呢；给市政府买汽车也行啊，级别不是更高吗?”

“错！近年来老挝官方一直在与中国高层交流廉政建设的有关问题，万象市政府抓廉政也抓得很紧。咱们不能给人家找麻烦不是?”

“哦，你对老挝时政还很关心啊，给警察局送执勤摩托就不会找麻烦吗?”

“警察局还很穷，需要物质支持；这个支持应该是实际的，而不是口头的；而且，东西给到单位，不是给个人。”

“明白了。你还是挺鬼的。”

“这样的问题，你说，能够‘急中生智’出来吗?”

“是，不能。”

孙家富委派三分店的副总经理（原总经理）汪美丽回中国办这件事。买摩托车在哪儿买不行，非要回国内买吗？孙家富对此有自己的考虑。他已经看出端倪了：艾一婕每到一个分店开辟工作，总要得罪原有的总经理，因为原有的总经理会因为艾一婕的到来而降职。“远来的和尚好念经”，好吧，愿意念你只管念，我冷眼旁观。这算好的。周艳红那样的副总经理，会与艾一婕大打出手；而柳爱萍这样的副总经理便会把艾一婕的画偷走。眼下三分店的副总经理汪美丽还没有发飙，不过，孙家富已经料定，汪美丽心里也不会痛快。眼下，把她支走，是正当其时的。实际上，汪美丽虽然心里对艾一婕疙疙瘩瘩不痛快，但平心而论还是很喜欢艾一婕的才智的。艾一婕不是最漂亮那种女人，艾一婕只是风度比较好，气质高雅、高傲、高洁。仅此而已。艾一婕的眼睛显得略小，嘴唇显得略薄，脸盘也显得略窄，是章子怡、巩俐那种类型女人的脸盘。因此，汪美丽想起这些心里还是自我满足的，因为自己在这些方面胜于艾一婕。

现在汪美丽被孙家富派往国内办事，艾一婕就顺势也找到汪美丽。艾一婕一直觉得汪美丽与自己关系不错，工作挺配合的，偶尔还开着车带自己出去兜风。于是，艾一婕也交给汪美丽一件事，请她帮忙办好。这件事就是寻找康赛。

艾一婕感觉不能这么死扛死熬下去，要尽快取得与康赛的联系。究竟是分是合要尽快见个真章儿。否则，夜长梦多，虽然已经熬了这么多年，也说不定会因为瞻前顾后顾虑重重而功亏一篑。艾一婕告诉汪美丽，说自己一直在等待康赛，在为两个人的婚事做准备。自己要赚出一笔钱来，回国以后为两个人买房、买车，买康赛非常喜欢的红木家具。特别应该转告康赛的是，自己有过婚史，现在有一个七岁的女儿，在国内全托学校上小学。自己的这一堆这一块就是这样，何去何从请康赛选择和定夺。

艾一婕是把汪美丽作为知心朋友来对待的，所以，没有藏着掖着，把自己的全部情况和盘托出了。而汪美丽听了这些情况，感觉更放心了，甚至还暗暗发笑：艾一婕根本不是自己的竞争对手。自己一没结过婚，二没有孩子，三年龄比艾一婕小，四自己长相比艾一婕强。孙家富有什么理由会撇开自己而爱上艾一婕呢？

过去有一句乡间俚语："狡猾的狐狸从不把失算打在自己的主意里。"其实那意思说的是不同位置的人思考的问题也不一样，带有强烈的个性色彩。此刻汪美丽思考的就是自己应该做优胜者，而且能够做优胜者。

艾一婕为了让汪美丽用心办这件事，就把一直揣在口袋里的那个价值好几万的祖母绿玉坠送给了她。恰好汪美丽对玉件非常喜欢，当时便喜不自禁，连连感谢艾一婕。

汪美丽回国了。汪美丽来到了蓝海。汪美丽很聪明，没找乱七八糟的人事关系，而是直奔蓝海市公安局。于是，她知道了康赛曾经在市政府，接着，又知道了康赛在商业街的贸易公司，接着，她就走进了蓝海医院住院部——康赛的病房。康赛的病房里的窗台和角角落落摆满鲜花，毫不夸张地说，完全可以用"花团锦簇"来形容。水果和营养品摆满床头柜，连床底下都是水果。同屋的人知道，这其实一多半是陈依依一个人买来的。

汪美丽走进来的时候，正赶上康赛与陈依依言辞激烈地争吵关于要不要向周心诚家索赔五十万的问题。两个人全都面红耳赤。汪美丽当时就有个直观的判断：这两个人绝对不是对象关系，否则，不会是这种说话方式。而且，汪美丽听出了康赛是个设身处地站在对方角度考虑问题的人，非常谦和、谦虚、谦让，甚至还有谦恭。当时就对康赛有了三分好感。

陈依依见康赛来了新的客人，也没问好，就带着恼火退了出去。汪美丽便自报家门，说出自己姓甚名谁。然后出于礼节，对康赛嘘寒问暖。康赛对汪美丽来国内购买摩托车很感兴趣，便说，我们公司就是专门做贸易的，这件事交给我办吧。

汪美丽当时就想笑，你办？你不是还要扒层皮吗？我何不直接找摩托车厂呢？但康赛没等汪美丽说出这话，就告诉汪美丽："我们公司与摩托车厂有业务关系，我们帮你做比你直接打上门去要方便，还不费钱。因为我们和摩托车厂有协议，他们给我们优惠价，不信你可以给他们打电话问问。”

汪美丽不是轻信别人的人，便不客气地找康赛要了摩托车厂的电话，打了过去，结果一问和康赛说的一样。汪美丽放心了，说：“好吧，这件事就交给你们办吧。”这时，康赛就又说了一句：“你的劳务费或叫中介费我们会单独给你一个银行卡。”汪美丽一听这话就笑了，说：“价格本来就压得很低，还拿什么劳务费、中介费？算了吧，我也不缺这点钱。”

谁知康赛没有就坡下驴，而是固执地说：“不不不，要给的，你不缺钱是你的事儿，我们该这么做是我们的事儿。你如果要求自己严格，可以回去以后拿这笔钱充公。”

汪美丽感觉这康赛真与一般得过且过、见缝插针、锱铢必较、寸利必得的贸易公司不一样。问题是康赛这么干公司还挣得了钱吗？这时，汪美丽就有了一种要与康赛交朋友的念想。她又是一笑，感觉也许康赛赔本赚吆喝，为的是交朋友，从而放长线钓大鱼，也不失为一种聪明。于是，又感觉康赛是个大智若愚者，是一种让人愿意接触，愿意靠拢，愿意把心里话掏给他的那种男人。当然了，这样的男人不一定有钱，但如果像孙家富那样，钱虽然有了，却养着好几个情人，哪个更让女人喜欢呢？如果不是贪图钱财，就必然选择康赛这样的。

这时候，汪美丽就想起了自己的妹妹，今年也该二十七八了，大学毕业以后当了中学老师，是个老实厚道的女子，与自己不安分的样子背道而驰。因为家里挑剔（倒不是妹妹本人挑剔，厚道的孩子往往有个不厚道的家长），妹妹至今没有对象，何不把妹妹托付给康赛呢？和这样的男人结婚，这辈子不是高枕无忧了？

汪美丽这样想问题，是不是把艾一婕的嘱托忘记了？没忘记，不可能忘记。这样的事儿一般人都会记得牢牢的。因为艾一婕把自己隐私都说出来了，别人怎么能忘得了呢？尤其一直想跟艾一婕比高低的女人，对艾一婕的所有隐私，不论有利的方面还是不利的方面，都会记忆犹新，甚至镌刻在心尖儿上，融化在血液里。只不过汪美丽打心眼里就不想成全艾一婕，所以，艾一婕的诚恳嘱托被她“贪污”了。不仅如此，汪美丽还对康赛说了一通违背良心的话：“康赛，我现在告诉你一个消息，你不要吃惊。我看你的样子不像是有婚史的男人，你肯定还在等一个人。我知道你在等谁，你在等艾一婕。我现在告诉你：艾一婕现在在香港蓝旗集团工作，已经跟集团董事长孙家富拍拖，估计‘十一’就结婚了。目前他们正在紧锣密鼓做着结婚准备。”

汪美丽说完这话，就观察康赛的反应，果然发现康赛非常吃惊，拿着一个苹果的手都抖了起来，声音也有些发颤：“你，能不能告诉我艾一婕现在在香港，还是在哪个国家？”

汪美丽故作轻松地说：“说不定，现在孙家富带着她到处跑，今天香港特区，明天泰国，后天澳大利亚，真的说不准。”

康赛眼睛直勾勾地看着汪美丽，老半天才又问了一句：“这些情况你是怎么知道的？”

汪美丽自己也拿过一个苹果，用手掌揩了一把，便放在嘴上咬了一口，然后说：“我是蓝旗集团的中层，所以，蓝旗集团高层的事儿瞒不了我。”

康赛非常气馁，把手里的苹果搁在床头柜上，低垂下脑袋，仿佛自己犯了不可饶恕的罪行。而汪美丽正需要康赛如此，所以，她步步紧逼道：“康赛，我知道你等艾一婕等了很多年，可能你当年对艾一婕了解太少，要么就是这些年来艾一婕变化太大，总之，现在的艾一婕是一门心思巴结董事长，一心想做董事长姨太，也许是三姨太，也许是四姨太，反正是非做姨太不可。所以，我劝你见好就收，你等她十年已经仁至义尽，现在改弦更张合情合理。这样吧，我把我妹妹介绍给你——她今年二十八岁，比我漂亮，你感觉我怎么样，不丑吧？我妹妹比我漂亮，绝对的！中学老师，人厚道，老实本分，会做饭，爱收拾屋子，孝敬老人，总而言之，是人见人爱的好女子。你等着，我马上给她打个电话。”

汪美丽说完就掏出手机打了过去，康赛急忙阻拦也没拦住。汪美丽絮絮叨叨地对妹妹说了一大堆康赛的好话，最后和妹妹约定，这个周末就让妹妹带着老娘到蓝海医院住院部来一趟。汪美丽是邻省人，从邻省赶到蓝海也没多远，几个小时的路程。康赛急得抓耳挠腮，说："嗨，汪美丽，你怎么这样啊？我还没同意呢！"汪美丽呵呵笑着，厚着脸皮说："我妹妹漂亮着呢，见了面不怕你不同意。"

嗨，又是一个按下脖子强饮驴。康赛急不得恼不得，连连摇头，不管怎么说，汪美丽是为了自己好，否则人家管得着你对象的事儿吗？康赛就是这样，在他眼里，没有坏人。

隔了一天，周末到了，晚上九点的时候，汪美丽和妹妹果然搀着母亲来了。此时，陈依依正给康赛削苹果，汪美丽呵呵笑着对陈依依说："护士小姐，请回避一下，我们要谈点私事。"当时陈依依真不想走，心说什么私事，难道介绍对象不成？就赖着不动。汪美丽不管三七二十一，拉起陈依依的胳膊就往外推，说："我们谈对象的事儿，你在这儿听着不方便。"

陈依依不敢说自己就是康赛对象，因为康赛从来就没认可她的所作所为，也从来没与她有什么亲昵举动和话语，所以，陈依依就只能以院方代表自居，她说："康赛伤得很重，希望你们顾及这一点，长话短说，让康赛多休息。"然后就转过头把康赛的被子掖了掖，掸平，还嘱咐康赛："你要少说话，少激动，少杞人忧天。忧伤肺，恐伤肾，思伤脾；你的脾有伤，所以要尽量少思考，少想解决不了的问题。"说完，才恋恋不舍地离开屋子。

看那样子，就让别人把她往对象的方向上想。因为除了对象，谁会这样细致入微呢？

汪美丽不管这些，陈依依一走，她就滔滔不绝地讲起自己的妹妹，老母亲也跟着帮腔，直把妹妹夸成一朵花。由此，康赛得知，汪美丽的妹妹叫汪美容，在中学当了六年物理教师，她教的学生连续好几年有人取得全国奥林匹克物理大赛金奖。因为工作出色，现在是学校物理教研室副主任、市级三八红旗手，而且，沾了少数民族的光（汪美丽家是瑶族），汪美容现在还是区人大代表。年年参加市里的两会，每次都对市里的工作拿出自己的建议和提案。可以说，汪美容的软件硬件都非常出色。

既然如此，什么样的好男人找不来呢？汪美丽就继续阐述自己的观点了："康赛，我们不是推销不值钱的小白菜，汪美容绝对不是不值钱的小白菜，这一点你可能早就看出来了。我们这么做是为了对汪美容负责任。为什么这么说呢？你为了等艾一婕，竟然一等十年矢志不改，这是一种什么精神？这就是一种负责任的精神。我把妹妹交给你这样的人，全家都放心。所以，即使你身高没有一米八，学历也不是硕士、博士，家里存款也没有百万，我们也仍然要把汪美容交给你！”

这才叫以情感人，以理服人。汪美丽这一番话的冲击力远比市政府的刘秘书所作所为的效果大得多。但康赛毕竟是康赛，你有千言万语，我有一定之规。康赛想了想说：“汪美容确实是个好姑娘、好老师，值得我学习。不过，现在就说把汪美容托付给我的话，还为时过早。我还必须和艾一婕见一面，当面锣对面鼓地讲清楚，是立马结婚，还是各走各的路。现在没见到艾一婕，你们说什么都是无效的。”

汪美丽“嗨”了一声，说：“康赛，你怎么这么死性？你可以这边先和汪美容谈着，那边等着艾一婕，几时艾一婕有消息了，你再和汪美容拜拜。汪美容绝不会怪你，反过来还会佩服你，因为你让她见识了什么叫一个男人的忠贞不渝。是不是？”

康赛急忙连连摆手，说：“不行不行，让我脚踩两只船，我做不到！”

汪美丽一锤定音，说：“什么做得到做不到，汪美容不挑你的理就没关系。汪美容，康赛这种人是不是很难得？你会因为这个挑他的理吗？”

汪美容也真是个厚道人，此时就微微一笑，老老实实地回答：“我喜欢康赛这样的态度，但康赛真要脚踩两只船的话，也是情有可原，我也不会挑他的理。”

汪美丽和汪美容就这么一唱一和就把事情定了，把康赛架空了。汪美丽还安排说，现在康赛在住院，属于非常时期，因此，汪美容要辛苦一点，多往蓝海跑跑，至少每周得来一趟。汪美容此时就非常听话地满口答应。

接下来，就发生了一件有趣的事儿，也是让康赛哭笑不得的事儿——汪美容在要走的时候，突然对康赛说：“劳驾你闭一下眼睛行吗?”康赛不明就里，就呵呵笑着却并不闭眼。汪美丽就说：“干吗干吗，对我妹妹有意见怎么的?”

康赛只得无奈地闭上眼睛。此时，汪美容就把一个带鸡心坠的挂链套在了康赛的脖子上，然后就说：“好了，我们走了，你好好休息吧。”便拉起母亲和汪美丽离开病房。康赛仍旧没发现汪美容做了什么，也没想出来汪美容会做什么，就公事公办地与汪美丽一家人摆手告别。而当他摆手的时候，才发现胸前有个东西在晃动，掬起一看，是个鸡心坠挂链。他便把挂链摘了下来，拿在手里摆弄。鸡心坠是一个金圈，金圈里面是两块精致的小玻璃片，玻璃片里面夹着一张极精致的女人照片。康赛再仔细看，发现里面就是汪美容的照片。彩色，五官端庄，笑容可掬。唉，康赛一声长叹!

话说汪美丽办完买摩托的事项以后，便返回老挝。她既要向孙家富交差，也要向艾一婕交差。向孙家富交差，只需实话实说；而向艾一婕交差，则完全是一派胡言。她是这么对艾一婕说的：“艾总，我见到康赛了。嗨！康赛可跟你不一样，你这么多年孑然一身，洁身自好，而康赛却把对象搞了一打还拐弯儿，我可以这么跟你说，康赛的身边美女如云！最可气的，是他跟我妹妹搞到一块去了。我妹妹是多规矩的人啊——物理教研室副主任、市级三八红旗手、区人大代表……光头衔就一大堆。我劝我妹妹不要和康赛搞到一块去，谁知，我妹妹鬼迷心窍，还就认准康赛了，说是非康赛不嫁！你说，天底下有这么糊涂的姑娘吗?”

真的会这样吗？艾一婕是把汪美丽作为自己挺知心的朋友才请她帮忙的，因此，对汪美丽的话不敢不信。但她以十年前对康赛的了解，又感觉康赛不应该是这样的人。可是，又一想，时间毕竟过去了十年，十年是什么概念？天翻地覆的变化。不是吗？再说了，自己是个结过婚、生过孩子的女人，有什么理由阻止康赛去爱别的女人呢?

艾一婕非常矛盾，非常痛苦，她简直不知道该怎么办。而汪美丽见此却偷偷笑了。她给汪美容打手机说：“妹妹，你放心大胆地与康赛交往吧，康赛是个很值得一交的男人!”

再说孙家富拿到三十辆摩托车以后，先给万象警察局长打电话诉说了自己支持警察局治安工作的愿望，然后就租了大货车把摩托车给警察局送去了。齐刷刷、崭崭新的三十辆执勤摩托车，排在警察局的院子里，煞是好看，煞是壮观！警察局长满心欢喜地请孙家富喝了一顿酒。半个月以后，警察局就把披耶蓬抓获了，当然了，当披耶蓬把《孔雀图》交出来以后，警察局就又放了披耶蓬。

但孙家富拿到《孔雀图》以后却迟迟不给艾一婕。起初，他只是谎称警察局还没把《孔雀图》送来；过了一段时间，他见再说这样的谎话会露馅，就又说，我非常喜欢这幅画，我要带回国内鉴定一下。但又是一段时间过去，他还是没把《孔雀图》还给艾一婕，艾一婕就反感了，就没有耐心了。艾一婕拿了一把刀子，找到孙家富以后说："我知道你一直压着《孔雀图》，你就想拿这幅画要挟我。好吧，没有这幅画我也不活了，今天我就死给你看！"

说完，艾一婕举起刀子，对着自己左手的静脉就割了一刀。啊！孙家富立即吓得头皮发奓，全身的寒毛都竖起来了。

孙家富是真的爱上了艾一婕，绝不是要故意刁难艾一婕。艾一婕不高兴，他自然也高兴不起来。他是一时间没想出怎么迫使艾一婕就范的办法，才压着《孔雀图》的。谁知，艾一婕却为了《孔雀图》连生命都不要了！孙家富一分钟也没敢耽误，急忙找来纱布给艾一婕把手腕缠上，然后就亲自开车把她送到了万象医院。孙家富的血型是O型，因此，还亲自为艾一婕献了400cc血。

当艾一婕醒过来以后，孙家富就守在一旁为自己遮掩，他说："一一，你不要把我想那么坏，我除了爱女人我没干过坏事。我之所以没把《孔雀图》还给你，是因为我感觉放在你手里太危险。前一次是被柳爱萍偷走，拜托披耶蓬才找回来；结果就因此惹上了披耶蓬；现在可好，披耶蓬也想把这幅画拿走。你想想看，他们真的喜欢这幅画吗？他们都是针对你这个人下夹子的。这一点你心里一定要明白。"

艾一婕脸色苍白，有气无力地说："难道你就例外了吗？"

孙家富的脸一下子就涨红了，说："一一，我跟他们不一样。他们没有爱你的资格，而我有。因为什么呢？因为，他们是普通人，而我是企业家。"

艾一婕说："说一千道一万，你还是不想把《孔雀图》还给我？"

孙家富呵呵笑着说："不能这么说，不能这么说，是我替你保管，是我替你保管。"

艾一婕闭上眼睛，一串眼泪顺着脸颊掉了下来。她现在对孙家富彻底看明白了，与其说孙家富爱自己，不如说孙家富想得到自己。他如果真的爱自己的话，会拂逆自己锥心的感受而一意孤行吗？

人在矮檐下，怎能不低头？问题是，与孙家富这样的男人相处，为他效力，有什么意思？她蓦然间便产生了离开蓝旗集团、离开孙家富的念头。但只是倏忽间，她就又打消这个念头。不能走。自己还没挣出应该挣的钱来。现在国内房价很高，回去要和康赛买房子，没有一定的经济实力根本买不了。此时此刻，她还是把自己的生活安排与康赛联系在一起，似乎已经形成习惯了。想让她忘掉康赛，根本就不可能。忘记汪美丽贬低康赛的话，倒是真的。艾一婕真的忘记了汪美丽曾经编派康赛的那一派胡言。她现在想得更多的是《孔雀图》几时能要回来？她不知道，她说不清，她为此忧心忡忡。

就在这时，被警察局放出来的披耶蓬在酒店里约请了孙家富。披耶蓬也是个非常聪明的人。他一边和孙家富碰杯，一边笑呵呵地说："孙总，咱们俩能不能做个交易？"

孙家富不明就里，便问："什么交易？你可别把我往沟里领！"

披耶蓬依旧呵呵笑着，说："哪里话！我是说现在泰国曼谷那边有一个酒店，想加入你们蓝旗集团，零代价。因为这家酒店的董事长是我表哥。不过，说是零代价不太准确，我向你申请《孔雀图》的保管权。"

孙家富有些纳罕，问："你怎么知道《孔雀图》在我手里？"

披耶蓬非常认真地说："以我对你的了解，你会放过艾一婕吗？你会以什么办法要挟艾一婕呢？难道不是《孔雀图》吗？咱们都知道，拿走《孔雀图》就等于拿走了艾一婕的一颗心，对不对？"

孙家富当然也是聪明人。惺惺相惜，所以，他一下子就对披耶蓬有了几分佩服。虽说与披耶蓬打过多年交道，但这么短兵相接，还是第一次。警察局把《孔雀图》从披耶蓬手里拿走以后，披耶蓬并未死心。他还想通过交易，把《孔雀图》拿回去。能让披耶蓬如愿以偿吗？孙家富自然不同意。但他不敢立马搭腔，他怕披耶蓬手里还有杀手锏。果然，披耶蓬就又说话了："孙总，我在泰国和老挝都有很多朋友，黑道白道都有，这一点想必你很清楚。我如果不支持你的酒店，想把你的二分店和三分店搞垮、挤走，是轻而易举的事儿。你信不信？"

接下来，披耶蓬就说出了一大串黑道白道的乱七八糟的人物姓名，有些孙家富知道，有些他也是第一次听说。孙家富心脏怦怦怦地跳起来了。披耶蓬的话不是空穴来风，做这样的事儿披耶蓬只怕易如反掌。自己毕竟是中国人，而披耶蓬是当地人。虽说披耶蓬老家在泰国，但老挝也像他的家一样，来来往往相当随便。

如果息事宁人，把二分店和三分店都撤掉，行不行？当然行。但那样的话，就把脸面都丢光了。叔叔把那么大的家产交给了自己，自己没有发展反倒萎缩、消减了一半，在亲朋好友面前怎么交代？叔叔在天之灵不是要诅咒自己吗？

披耶蓬见孙家富始终不做回答，便冲着屋外打了一个响指，顷刻间，便闯进来几个敞胸露怀的年轻人。孙家富心里便立即咯噔一下子。年轻人下手是没轻没重的，自己脸上挨的那一鞭子就是一个年轻人抽的。他便动了一下胳膊，想掏口袋里的手机，但一个年轻人一个箭步冲上来按住了他的手，另一个年轻人上来掏走了他的手机。披耶蓬说："孙总，想好了吗？如果一时半会儿想不好，没关系，咱们找个地方好好想。怎么样？跟我走一趟吧？"

第十五章　日本来客

生活中总有出人意料的事情。

话说邻市外事口的郭亚洲自从和艾一婕离婚以后娶了陈医生，生下一个女儿（他似乎有女儿缘，与艾一婕生的也是女儿，其实，他非常喜欢男孩），七年以后，就是在艾一婕远赴泰国、老挝以后，陈医生就身患癌症去世了。据说得的是脑瘤。

郭亚洲与陈医生的关系可以说是“因性而爱”的，不过随着时间推移，郭亚洲还真爱上了陈医生。因为陈医生除了挺会体贴人、关心人，她的床上生活也很讲究质量，每次都让郭亚洲淋漓尽致非常销魂。因此，正当如狼似虎之年的郭亚洲便非常喜欢陈医生，在陈医生活着的时候，郭亚洲没有“外找儿”。凡事有利就有弊。陈医生宠起了郭亚洲床上生活的高要求，一般的羞羞答答、死眉塌眼的女人他根本就看不上。

陈医生死了以后郭亚洲就放了羊了。在不到半年的时间里，已经与四五个女人拜拜，差不多一个多月就换一个。他倒不是有意玩弄女人感情，而是这些女人对床上生活不迫切。他在与对方交往一段时间以后就询问这个问题，他把这个问题看得特别重，女方往往接受不了。在这个问题上女方一般是被动的，不可能表现得很迫切。这就不行。达不到陈医生水准的女人，任你其他方面怎么优秀，他该蹬便蹬，一点也不含糊。世上没有不透风的墙，于是，单位里立即传出了郭亚洲“作风不正”的风声。而此时郭亚洲正面临能不能官升一级达到正处级的关键时刻。怎么办？外事口提职和其他口没有两样，都要对将要提职的人进行“公示”，广泛听取群众意见。

郭亚洲害怕自己在“公示”过程中落马，那就臭名远扬了。于是，他就先下手为强，赶紧找到外事口一个父亲的老战友，退休的一位老局长，商量这件事怎么办。于是，郭亚洲在最短的时间里，以十万块钱的代价，把自己从邻市外事口办到了蓝海外事口，而且，以正处级在外事口任职了。

郭亚洲任职的这个单位是蓝海市外贸工艺品公司，业务经理，三把手，但是正处级。此时郭亚洲不到四十岁，在这个公司还算年轻干部。公司上上下下既对他在工作上寄予希望，又在生活上对他同情和照顾，因为大家都知道他刚刚死了老婆。这时，公司王书记，一个年近六十的老大哥，就悄悄找郭亚洲谈了一次话。王书记是过来人，非常清楚郭亚洲这个年龄是个危险年龄，因为处理不好生活问题而臭名远扬的司空见惯。所以，于公于私，他都应该关心郭亚洲这个新来的年轻干部。

“亚洲，磨刀不误砍柴工，我想忙里偷闲和你谈谈生活问题。”

“谢谢书记关心，请讲。”

“你爱人是怎么死的？这么年轻就去世，真让大家同情！”

“嗨，甭提了，脑瘤。不去肿瘤医院不知道，一去肿瘤医院一看，连三岁小孩子都有得癌症的。我感觉是空气、水源污染以及蔬菜、水果残留农药过多造成的。老百姓过日子是防不胜防的。”

“亚洲，与咱们公司有业务关系的银行分理部有个副经理，今年三十一岁，既聪明伶俐，又温柔敦厚，至今还是单身。我想帮你搭这个桥。”

“谢谢书记，是不是等我工作有了点成绩以后再谈这事儿？我初来乍到就搞对象，让大家怎么说我？”

“哎，工作和生活两不误嘛！安居才能乐业，生活稳定了工作才踏实。再说，这也是工作——我对你说实话吧，这两天公司就要与银行分理部接触，因为咱们欠他们不少贷款，而咱们一时半会儿还不了，所以，还需要咱们公司斡旋这件事。谁出面最好呢？当然是你。因为分理部的主管正是这个姑娘，她叫金玉，人很正派，很坚持原则，你在与她接触的时候要把握好分寸。”

这是一件公私兼顾的事儿，自己怎么应对呢？郭亚洲与王书记谈完话以后就一直在琢磨。从他所接触过的一系列女人来看，他感觉职业女性最看重男人内在的胸怀、潜力，而不是外在的风度和气质。与男人看女人恰恰相反。郭亚洲知道自己的外在形象给人一种浮躁的感觉，但他明白却改不了。这是他多年的“干部子弟”生涯造成的。夸夸其谈，好高骛远，眼高手低，浮皮潦草，目空一切……一身的坏毛病。当然了，能够成才的表现好的“干部子弟”也比比皆是，郭亚洲只是一种类型而已，并不能代表全部。艾一婕也是干部子弟，她就与郭亚洲截然相反，她是一种专门想干具体事，而且一干就很精、就出彩的那种。

郭亚洲脱下了笔挺的西装，换上了很随意的深蓝色夹克衫，里面是白衬衣，头上则喷了“嘉龙”摩丝。嘉龙不是摩丝里的最佳，但是个老品牌，郭亚洲用惯了。他照照镜子，感觉自己既像领导，又可以给人质朴洒脱的印象。这样挺好。于是，就去蓝海市唯一的五星饭店与金玉见面了。

郭亚洲预订单间的名字叫“生不带来”。预订这个单间的时候郭亚洲曾经想笑。“生不带来，死不带去”说的是钱的问题。钱是身外之物，既然生不带来死不带去，那就花呗，那就来五星饭店消费呗，多会做人的思想工作啊！而他选定这个单间，还有劝慰金玉的意思——你们银行别办事这么死性。现如今外贸工艺品公司的业务多难干啊，创收多难啊，你们怎么就不能多体恤体恤呢？你们银行挣钱再多，不也是身外之物吗？

金玉来了。今天金玉连衣服都没换，就穿了一身银行的工作服，藏蓝色西服职业套装，气质、风度清丽素雅。郭亚洲看了以后立即心里一动：这个姑娘不错，与自己以往接触过的女人都不一样。一下子就在心里给金玉打了九十分。两个人落座以后，金玉先揶揄了一句：“你是不是想引导我们把钱看作身外之物，所以就不追你们了？”

郭亚洲呵呵笑着说：“哪里哪里，借贷还贷，天经地义；你们追贷款也是本职工作，谁敢说个‘不’字？”

郭亚洲开始点菜，他是个吃过见过的人，所以点的都是名贵菜肴，像什么“蚝油吉品鲍”“碧绿鲜鲍片”“一品梅花参”“鲍鱼汁扣驼掌”“高汤竹笙花胶”之类。有的一个菜服务员就报价六七百，金玉便拦住了他：“哎哎，郭大经理，你脑子进水了？还贷款没有钱，吃高档菜却有钱是吗？”

金玉说话半是嗔怪半是玩笑，非常不客气，但郭亚洲感觉非常受用。为公司省钱还不高兴吗？郭亚洲自己并不缺这一口吃，国内国外各式各样的山珍海味他见得多了，这几个菜算什么？都加起来也超不过三千块钱。于是他还是继续点菜，说：“今天不是一般的日子，我有重要话对你说。”

金玉感觉郭亚洲这个新经理真的不怎么样。就算你有重要话要说，也不至于点这么贵的菜呀！便说：“你赶紧把菜品改一下，否则，我就不吃了，我走，把你一个人撂这儿！”

郭亚洲急忙打断金玉，说：“别介别介，我是专门来请你的，你走了算怎么回事啊！我把菜肴换了还不行吗？”便急忙改菜品。但服务员不愿意改，就那么看着郭亚洲，赖着不动，希望郭亚洲“维持原判”。郭亚洲对服务员说：“吃饭喝酒一般是客随主便，今天的客人非同小可，所以今天主随客便。改吧。”服务员撇撇嘴，改了。然后甩了脸子才走。

郭亚洲说：“店大欺客，吃个饭还得看脸子。”

金玉眉毛一挑，说：“你什么意思？是我们分理部欺负你们公司，还是我这个副经理欺负你这个正经理？”

郭亚洲急忙换上笑脸说：“别多心别多心，我没说你，我是说刚才那个服务员，我一改菜品他就给我甩脸子。”

金玉一本正经地说：“甭解释，你们这样的公司我见得多了，只要一追贷款，圆脸立马变长脸了。不过我这人不吃这一套，任你三十六计，我有一定之规。”

郭亚洲呵呵笑着说：“金玉副经理，你真的多心了。这样吧，我把今天请你的目的告诉你，你就明白我为什么点那么贵的菜品了——我们书记把你推荐给我了，让我想办法与你拍拖，因为你人品好，是个值得一追的人。”

金玉听了这话先是一愣，接着就笑了：“说你呼哧你就喘；我刚说完你三十六计，你果然就用了‘美男计’。不过你的计策在我身上不起作用，我这个人在男女问题上经过风雨见过世面，已有七八年历练。你以为你是谁，三两句话就想让我往沟里跳？”

郭亚洲急得抓耳挠腮，敢情金玉与自己想的不是一回事儿。郭亚洲不得已，便讲起自己的历史，讲起了艾一婕和陈医生，最后落脚在要与金玉拍拖的话题上。老到的郭亚洲明白，讲拍拖，并不一定马上就见真章儿，上床可以上，但要讲结婚，那就要筛选。别看你现在厉害，到时候可别怪我铁石心肠说甩就甩。

而金玉一听郭亚洲是艾一婕的前夫，立即连连摇头，一声长叹。敢情艾一婕与郭亚洲结婚属于马失前蹄！她从康赛嘴里已经听了很多关于艾一婕的好话，知道艾一婕是个非常了不起的重情重义的不凡女子。这样的女子怎么会嫁给俗不可耐的郭亚洲呢？难怪艾一婕会与郭亚洲离婚。郭亚洲，你罪有应得！金玉差一点把这话说出来。

如果中间没有艾一婕横亘着，金玉真有可能与郭亚洲交个朋友。就算是工作上的朋友吧，也会对郭亚洲接纳的。但一提艾一婕，而且却原来是郭亚洲主动向艾一婕提出离婚的，暗想艾一婕那么好的女子，你怎么会抛弃她呢？金玉立马把郭亚洲打入了另册。于是，她说："老实告诉你，现在康赛还在等着艾一婕的消息，而我刚刚与对象吹了，也在等着康赛。康赛如果等不到艾一婕，我就会嫁给康赛。事情就是这样，所以，你想与我拍拖，我是没法接受的。这一点请你谅解。"

说着话，酒菜全上来了。郭亚洲热情地为金玉夹菜，说："事情没有一帆风顺的，你可以按照你的思路行事，我也会按照我的思路行事。咱们看谁能达到目的。"暗想，小样吧你，看我怎么和你牵手的，到时候别害羞就行。

分手以后，郭亚洲就通过一个熟人，找到银行分理部的总经理，把金玉的有关情况都了解来了。人家为什么会把金玉的情况和盘托出呢？因为郭亚洲的熟人也是个干部子弟，而且老爸的级别很高。分理部的总经理当时就想：金玉虽是大学毕业，说到底只是个古玩商的女儿，能与郭亚洲这样的干部子弟攀上亲应该说是祖上坟头冒青烟了。如此说来这个总经理非常世俗，没错，他正是这么一种人。

郭亚洲整整容装，就向商业街的古玩店打上门去。这次他换了行头，弄了一身"吉凡克斯"。吉凡克斯是什么概念？做外事工作的郭亚洲耳熟能详。吉凡克斯：Gieves&Hawkes，简称 G&H，是英国著名男装品牌，创始于1785年。二百多年来吉凡克斯一直为贵族绅士提供经典男装，多次获得王室勋章，授勋者包括英王乔治三世、伊丽莎白二世、爱丁堡公爵、威尔士亲王等。20世纪初还曾为中国海军设计军服。眼下吉凡克斯定制西装起价为四千一百美元，合人民币三万三千余元；普通西装起价九百二十美元。在中国大陆的专卖店中，一件吉凡克斯衬衫的售价三千元，一条男士内裤售价一千一百元，这价钱如果买成廉价内裤，可以买三百多条，够一个中国民工穿二百年。当时郭亚洲就想，金玉你们家不是卖古玩字画吗？我让你们见识见识，我这身衣服的品牌算不算古玩！

郭亚洲的西装是银灰色的，外观看上去很挺括，很阳光，很有品位。果不其然，他一迈进古玩店，金满堂就赶紧从柜台后面转了出来，说："赵树林，赶紧给客人搬椅子！"脸上全是笑容。郭亚洲微微哂笑，略一点头，接着，从口袋掏出一盒软中华，弹出一支烟递给金满堂，然后挺着胸脯大大方方坐在椅子上。两腿大气地劈开着。那气派，那面容，让金满堂立马感到这是个大客户。

赵树林小心翼翼地赔着笑脸问："先生，我们店里既有明清瓷器，又有民国字画，还有宣德炉、乾隆币，不知您对哪种作品感兴趣？"说着话，就把那幅齐白石的《虾》举了过来，说："喏，齐白石的！"

郭亚洲不懂古玩字画，自然对这些没有兴趣。而且，他来古玩店也不是为了买东西。他摆摆手说："收起来吧，谢谢了。我要跟老板说句话——老板，你跟我到门外去说怎么样？"

金满堂一听这话赶紧接了过来，说："门外干什么？哪有那个道理！赵树林，你带着伙计，你们先到门外站一会儿！"

嗨，硬是鸠占鹊巢，把赵树林和两个伙计撵出去了。这时，郭亚洲就说话了："老板，从现在开始，我就改口，不叫您老板了，我叫您伯父。您明白是什么意思了吗？"

金满堂多聪明啊，一听就和女儿金玉有关。而且，论外貌，是这么个体体面面的男人，论岁数，也就比金玉大个六七岁，应该说，确实比穷么哈哈的赵树林强了不知多少倍。于是，金满堂的脸就先红了一下，说："哈哈，我明白你的意思。先说说你在哪儿工作可以吗?”

郭亚洲点点头，就把自己姓甚名谁、来龙去脉诉说了一遍。可以说，既没掖着也没藏着。他感觉他根本用不着掖着藏着，自己一个正处级，走到天边也不掉价，娶一个银行分理部的副经理，应该说旗鼓相当，甚至还屈就了。最重要的是，自己是干部子弟，不是一般老百姓的后代。父亲曾经是20世纪70年代末自卫反击战的英雄团长。这样的家庭，金满堂自然自愧不如，佩服有加，便说：“亚洲啊（金满堂已经开始讨好了，商人嘛），你有这么好的家庭背景，自己也干得这么好，以后可要多给金玉帮忙啊！一个人好不算好，那是一花独放；两个人好，是比翼齐飞，那才是真的好。我会大力支持你们，要钱呢，我还是有点儿的，你们该用钱就只管开口。”

说话听声，锣鼓听音。郭亚洲感觉伯父有什么想法有待实现。于是，就问：“伯父，您有什么话就直说吧，只要我能办，就保证办，决不含糊!”

金满堂便说起金玉的工作，说当年为了进银行花了四十万，这事儿越想越亏，能不能拿回来一部分呢？还有，金玉现在的工作非常累，责任还大，能不能调换个轻松些的工作，而且，级别和工资再高点呢？郭亚洲问金满堂：“金玉本人的愿望呢?”金满堂说：“当然也是这样的。”

郭亚洲点点头说：“没问题，说办就办。但现在办任何事都不能‘唾沫粘家雀儿’，一分钱不花。伯父，您明白这个意思吗?”

金满堂急忙点点头说：“明白明白，先给你五万块钱，怎么样?不行再添。”

郭亚洲说：“好吧，您现在就把钱给我，我现在就开始运作。”

一个星期以后，结果出来了：金玉曾经交上去的四十万没有要回来，还花出去五万。但金玉的工作变动了，她上调到分理部的上级部门，蓝海分行，做了家庭理财部经理。级别没升，但工作量比原来减少了，工资也增加了。于是，事成之后的当天晚上，金满堂在家里请了郭亚洲。郭亚洲便居心叵测地灌醉了金满堂和金玉，然后夜里就上了金玉的床。

心气高傲的金玉束手就擒。时隔不久，郭亚洲就和金玉登了记办了婚礼。金满堂的徒弟赵树林自然要参加这个婚礼，他站在角落远远地看着差一点就变成自己妻子的金玉，如万箭攒心，痛苦不已。暗骂世态炎凉，人心不古，连金玉这么重情重义超凡脱俗的姑娘都被世俗的浊流卷了进去，自己这样的穷人还说什么呢？但新婚之夜金玉就跟郭亚洲打了起来，两个人互不相让，大打出手，直闹得四邻不安，让人们看了笑话。而金玉在深夜扯开嗓子狂呼："康赛——"更让邻里万分惊诧。此为后话。

话说石田鸠夫和和贺树里陪伴石田美子去了日本，在横滨警察局为和贺英良做了证明，申明两个人是恋爱关系，而且马上就要结婚。横滨警察局释放了和贺英良。在拘留所的院子里，和贺英良抱住石田美子亲吻了半个小时。两个家长转过身去等着他们。就那么等了半个小时。等他们亲热完毕，四个人便马不停蹄地办理回中国的一切手续，买了机票，就返回了中国。接下来，他们就在石田鸠夫家附近买了房子，装修以后置办了家具，然后就举办了婚礼。石田鸠夫到医院去请康之韶，此时康之韶已经睁开了眼睛，有了知觉，但说话还不利索，所以，美子的婚礼他还去不了。但他送给美子五万块钱人民币，算是大礼。按照中国人的习惯，一般应该双数，两万、四万、六万之类，但康之韶知道日本人的习惯是单数，所以就给了五万。

美子与和贺英良变成了一家人，她就不客气了，她直截了当地命令和贺英良给东京的叔叔打电话，要叔叔亲自到中国来一趟，看看康赛手里的《孔雀图》。这是康赛的一块心病，也是美子的一桩夙愿。和贺英良没法拒绝，便说尽好话，把叔叔劝到了中国。和贺英良的叔叔叫和贺一郎，是东京佳木艺术博物馆的一位管理人员，同时也是画家和鉴赏家。请他来中国蓝海鉴定《孔雀图》自然再好不过。问题是，和贺一郎有右翼倾向，对中国的态度很不友好。这样的人到中国来，会怎么表现呢？

此时康赛已经出院，医生嘱咐他至少要在家里歇三个月，但他哪里歇得了呢？出院的第二天他就到公司上班来了。现在的情况是：陈依依每天要给康赛打两个电话，下了班就去康赛家做饭，做完饭也不吃就走，因为她还要回自己家做饭。而大礼拜，她就要到康赛家洗衣服，也是洗完就走，不停留。但汪美容听了汪美丽的安排每个大礼拜也来，她的到来总是带着很多好吃的东西，也是待不住，看看就走。陈依依的特点是大胆泼辣，敢想敢干；而汪美容的特点就是按部就班，老实厚道。两个人在康赛问题上都心无旁骛，一门心思想把事情往前推进。她们都明白一个道理：便宜没好货，好货不便宜。康赛越是推推让让，越说明康赛值得一追。那么，康赛为什么不强硬起来，给予有力的拒绝呢？这就是康赛的性格了。让他对姑娘硬起来，他做不到。他想用软拖的办法使那两个人退却。他能不能达到目的，还要拭目以待。

就在这时，和贺一郎来了。他在和贺英良和美子陪同下来到康赛的公司。结果一上来就弄得康赛很不痛快。康赛怕他嫌不干净，没给他沏茶，而是在矿泉水饮水机前给他接了一杯水，于是和贺一郎拒绝接受；康赛灵机一动，递给他一瓶矿泉水。谁知和贺一郎仍旧不接，就那么鄙夷地看着康赛。康赛感觉和贺一郎也许想抽烟，因为他知道日本有些艺术界的人都是抽烟的。没想到和贺一郎用中文说了这么一句话："你们中国的水不干净，烟更不干净！"让康赛非常纳罕，也非常气恼。你怎么知道中国的水和烟就一定不干净呢？当时气得康赛脸色煞白。

既然把和贺一郎请来了，该看画就还得看画。于是，康赛打开文件柜，拿出了那轴《孔雀图》。此时，吴尚文和小车、大邸也在场。和贺一郎仔细看了画作以后说："这是渡边晨亩的原作，是真品。渡边君是我们日本大和民族的骄傲，他的画作可以说是我们日本的国之瑰宝！"当时吴尚文和小车都发出了由衷的欢呼。没错，这就证明了画作的价值。但康赛脸色严峻，一言不发。因为，反过来说，自己家里的半幅《孔雀图》就是假的。那么，艾一婕对自己的情义也就大打折扣。康赛忍不住问道："渡边晨亩有没有可能画出两幅一模一样的《孔雀图》呢？"

和贺一郎鄙夷地撇了撇嘴，说："这是个彻头彻尾的外行提出的问题。一个成熟的画家，有什么必要非画两幅一模一样的作品呢？再说了，又不是计算机复制，怎么可能保证得了一模一样呢？"

当时康赛的心里就七上八下不是滋味，和贺一郎说得并没有错。

如此说来，艾一婕留给自己的半幅《孔雀图》就必是假的无疑了！唉，世事难料，人心难测。谁知道艾一婕是怎么想的？谁能告诉我艾一婕是怎么想的？康赛向自己发出痛彻心扉的诘问。

此时，和贺一郎提出了这样的要求：“康赛先生，请你将《孔雀图》转让给我吧。这是日本的国宝，理应回流到日本。东京佳木艺术博物馆会对这幅画进行妥善保管，市民群众也会非常喜欢、欣赏这幅画，会让它发挥出最大的效能。在你这里怎么样呢？锁在文件柜里深藏不露，不是明珠暗投了吗？再说，你们中国人对日本名画懂得多少？估计也没有人真懂！好了，如果你能同意，我给你三百万人民币，不，四百万人民币，把《孔雀图》换回去！”

这个时候小车就急忙插了一句话：“不行，我们文物局给估的是五百万呢！”吴尚文便打了小车一巴掌，说：“你别跟着瞎掺和。”

但小车的话提醒了康赛，他想了想说：“对，蓝海文物局对这幅画估的是五百万，即使卖给你们，也不能少于五百万。想想吧，中国人如果不懂这幅画的价值，怎么会估出这么高的价格呢？反过来说，我对你是不是真懂日本画的价值，倒有疑问了！”

此时和贺一郎就彻底翻脸了，他沙哑着嗓子声嘶力竭地说：“巴嘎！我是日本人，我是画家，我还是鉴赏家，我怎么会不懂这幅画的价值？你们这些人太无知，太无聊，太无耻！”

说着话，和贺一郎就把画作一头的画轴抓在手里。这就非常危险，他一使劲的话就会撕破画作。康赛忍不住一声断喝：“把手放开！甭管这幅画是哪国人画的，只要我没卖这幅画，你的脏手就没有权力抓这幅画！”

屋里的空气立时紧张起来了。大家全都寒毛倒竖，担心会立马发生暴力事件。此时美子轻轻走过来，扒开了和贺一郎的手（美子是他的侄媳妇，美子来扒他的手，他就不好意思不松开）。美子把画还给康赛，转过头来对和贺一郎说：“叔叔，我看出来了，您很喜欢这幅画。这没关系，您可以和康赛协商购买事宜。中国的文物局给这幅画估了五百万，而您坚持说给三百万或四百万，这就不行。在中国境内，就应该按照中国的惯例进行交易。您说是不是这样？”

此时和贺英良急忙插话，说：“叔叔，美子说得对，您再好好想想。”

吴尚文和小车也插进话来，说：“没错，我们不能干赔本买卖。真要三四百万卖出去，就违背了我们贸易部和公司的合同，剩下的一二百万谁出？”

不管和贺一郎有礼无礼，也不管和贺一郎左翼右翼，既然他大老远地来到中国，为《孔雀图》做了鉴定，那么，该请他一顿还是应该请他一顿。康赛和吴尚文、和贺英良、美子一起在五星饭店请了和贺一郎。康赛破例为和贺一郎点了带有日本特点的各种海味，但和贺一郎仍说不干净，结果一口也没吃，只是喝了一点中国的白酒，吃了一点水果沙拉。

送走和贺一郎以后，康赛就想，和贺一郎急于把《孔雀图》买回去，看起来这幅画就是真品，否则和贺一郎不会这么着急；而和贺一郎的报价却比中国少了一二百万，又说明什么呢？说明和贺一郎想自己花钱买，然后再转给博物馆，他留出了利润空间。因为这种国际知名的名作，在中国和在日本的价格是八九不离十的。绝不会一差差出去一二百万。康赛想明白了这一点，就感觉和贺一郎貌似鲁莽，貌似蛮横，其实是个很有心计的人。

而他回到家里以后，看着自己手里这半幅《孔雀图》，真想一把火烧了它。艾一婕啊艾一婕，你千不该万不该，不该这么骗我！而且一骗就骗得我等你十年！男子汉一诺千金是没错的，但那要值得才行。为了一个根本不值得的承诺而等待十年，不是精神有毛病是什么？康赛拿来了打火机，“啪”的一声，打着了火，伸向这半幅画。但马上他又把打火机移开了，因为这半幅画临摹得非常好，与那张真品根本看不出区别。到了这种境界，不是也就成了值钱的艺术品了吗？他收起了打火机，把画作卷好，装进布袋里，重新放回了原处。他要留着这半幅画，一直留到艾一婕出现，那时候，他就要指着这幅画质问艾一婕：“你为什么要以假画作为信物？难道你一开始就没打算守信吗？”

话说和贺一郎回日本以后，就把中国蓝海有一幅渡边晨亩的《孔雀图》真品的情况向博物馆馆长做了汇报。馆长在这方面是非常在行非常敏感的，于是，大力支持和贺一郎把画作收回去。他委托和贺一郎再跑一趟中国蓝海，与康赛面谈。

就在这时，K省副省长听说了这件事，他立马给路前浩副市长打了电话，说："无论如何要告诫康赛把画留住！别说日本方面给钱给得太少，即使按中国的市价给钱，也不能卖给日本人！这幅画身在中国，就是中国的东西；而且，是当年渡边晨亩作为礼品馈赠给中国官员的东西，本身已经属于中国，属于私人。这与国家利益、民族利益毫无干系！"

路前浩听了这个情况以后，感觉这康赛也忒麻烦了，这么一点破事弄得天下皆知不说，连日本人也跑过来添乱，实在让他厌烦透顶。他责成刘秘书继续找康赛，甭管用什么办法，只要康赛不把画卖出去就行。

那边刚把既定方针定下来，这边和贺一郎就再次抵达中国蓝海了。这次他到蓝海来，还带来了博物馆馆长写给蓝海市市长的一封信——日本人非常了解中国国情，知道中国的官方具有左右一切的能力。所以，和贺一郎到蓝海来的第一站不是康赛公司，而是市政府。当他拐弯抹角地终于得见路前浩以后，就将博物馆馆长的亲笔信呈给了路前浩。这个馆长也是中国通，写得一手流利的中文。信里说："市长阁下，您好！得悉中国蓝海的康赛先生手里有一幅日本著名画家渡边晨亩的画作《孔雀图》，经我博物馆鉴赏家和贺一郎亲自鉴定，为真品无疑。在此，我们向您表示收购这幅画的强烈意愿。敬请市长阁下考虑和尊重我们的民族感情和国家利益。我们愿意以高出中国书画市场行情一倍的价格，收购这幅画。此致敬礼！"

路前浩一看这封信，心里就慌了。那康赛一直没有像样业务，做总经理已经做了这么长时间，心里肯定是着急的。现在可好，横刺里杀出一个收购《孔雀图》的事项，而且价格是中国行情的两倍，也就是说，一千万，那康赛不得乐得找不着北呀！

于是，路前浩急忙在五星饭店摆桌宴请和贺一郎。在酒桌上，路前浩放下领导的架子，殷勤地向和贺一郎劝酒，待和贺一郎喝到八成醉的时候，路前浩说："和贺先生，你能不能收回这封信，就说中国的康赛不同意卖画？"

和贺一郎眨着眼睛问："怎么，这么高的价格康赛也不卖？他脑子出问题了?”

路前浩便说:“没错，康赛这个人就是脑子有问题，他为了等恋人，一等就是十年。人家那边都结了婚了，生了孩子了，他这边还在等。说是人家结了婚也会离婚，你说说看，康赛这种人是不是脑子有问题?”

和贺一郎说:“我要亲自找康赛谈谈，看他是不是真的脑子有问题。”

路前浩听了这话立马一惊，说:“不用不用，你甭找他，你找也找不到，最近他去中国的大西北K省了。你知道，我们中国地面比你们日本大多了。中国的人口是日本的十倍，中国的地面却是日本的二十九倍！想到大西北找康赛，简直是大海捞针，根本就找不到。”

说完这话，路前浩就推说解手，跑到了外面，他立即给刘秘书打手机，如此这般做了安排。情况太危急了，他必须把行动抢在和贺一郎和康赛的前面。

刘秘书赶紧和K省的副省长沟通，如此这般，诉说一通。于是，K省方面驻蓝海办事处的马万才就来到了康赛跟前，马万才说:“康赛，我们省那边现在有一笔大业务，一下子就能让你的公司壮大起来，副省长说要和你面谈。”

“哦?是这样?几时走?”康赛很兴奋地问。

“现在就走，我陪你。”

说完，马万才拉着康赛就奔了机场了。真是兵贵神速啊！

而在五星饭店里，路前浩和和贺一郎的酒还没喝完。路前浩一再劝酒，一再劝酒，弄得和贺一郎没办法，最后喝得酩酊大醉。副市长亲自劝酒，岂有不喝的道理?小日本既然尊重中国的市领导，那就对不起了，先把你撂倒了再说。和贺一郎把急于面见康赛的事儿忘到脖子后头去了。

康赛来到K省以后，马万才陪着他跑了好几个地方，每到一处就住几天，然后考察。先是去农村，接着就去市里的交易市场。如果按照蓝海医院和陈依依的叮嘱，康赛应该老老实实在家里躺着，根本就不应该这么折腾。结果，康赛脾伤又发作了，针扎一般地疼，额头也渗出豆大的汗珠。没办法，马万才便把他安排进了医院。

在医院里马万才就对康赛进行了民族精神和国家利益的说教。滔滔不绝，海阔天空，旁征博引，纵横捭阖；横着说完竖着说，往远了说完往近了说。总之，费尽口舌，讲尽道理。终于，把康赛说得点了头：绝对不把《孔雀图》卖给日本人！

话说那次和贺一郎与路前浩喝酒的转天，他猛地想起来应该立马去找康赛，便急忙叫着和贺英良和美子陪同，来到康赛公司。这时，他终于发现，自己中了调虎离山计。前面说过，日本人办事是认死卯的，和贺一郎找不到康赛，便在和贺英良家里住了下来。他要等康赛回来，心说，你走能走多久，难道还不回来了？

谁知，康赛这一走，还真就走了很久。十天过去了，康赛没回来；二十天过去了，康赛还是没回来；三十天过去了，康赛仍旧没回来。和贺一郎待不住了。什么了不起的人物这么大架子？你不就是想躲我吗？这幅画我不买了行不行？和贺一郎一生气，回日本了。但事情并没有因此结束，东京博物馆的馆长是个很有道行的人，他给中国北京方面的一个熟人打电话，说了这件事，请这个中国人帮这个忙。

这个中国人是个够级的外事口领导。他接到馆长的电话以后就给蓝海市市政府打来了电话，做出了类似指示其实不是指示的指示，要求蓝海市政府妥善处理这件事。而且，特别指出，这件事既有商业色彩，又有文化色彩，还有外交色彩，因此不要简单地使用行政手段，但事情必须要办好。

事情闹大了不是？市长指示路前浩，务必帮助康赛把这件事处理好，这事儿涉及中日友好，事关重大，不是开玩笑。事到如今，康赛这个小人物（他真是个小人物！他本来就是个小人物！）已经没有能力处理这件事了。他没有那么宽的眼界，也没有那么宽的胸怀。他需要市领导的指导和点拨。

路前浩一声长叹。你们呀，哪个都对康赛不了解！康赛是像你们说的这样吗？如果康赛真是这样的人不就好办了吗？问题是康赛他不仅有胸怀，有眼界，还有定力，还有计谋，还有他的一定之规！指导他？怎么指导？点拨他？怎么点拨？你让他违背合同吗？你让他放弃对艾一婕的等待吗？

话说事情进行到这个程度，有一个人坐不住了。这个人就是吴尚文。他现在已经得到了和贺一郎要出两倍的价格收购《孔雀图》的信息。这太重要了！如果按照这个价格卖出去，就算让康赛扣下一半，自己还能落五百万，乖乖，五百万是什么概念？可以在蓝海的市郊结合部买两座别墅，而且，还是像模像样的别墅。

于是，吴尚文立即给远在K省的康赛打手机，说出了自己的想法，结果被康赛一口回绝。不仅如此，康赛还狠狠批评了吴尚文，说："吴老师，您是受过高等教育，又给别人讲了多年课的受人尊敬的老师，您怎么能有这样的想法？这幅画是不能往外卖的，您永远记住这句话，好吧？"

吴尚文问："不对，两害相权取其轻，两利相权取其重。谁跟钱也没仇。如果不是为了挣钱，我吃饱了撑的把《孔雀图》入到你的公司？"

康赛是个思想敏锐的人，立即猜出吴尚文想干什么了，他说："吴老师，我可提醒你，千万不可擅自行动把《孔雀图》偷出来卖掉！因为我知道你手里也有一把文件柜的钥匙。你如果擅自把《孔雀图》拿走，不仅违背合同，属于违法行为；而且，还属于偷窃，也是违法行为。两罪相加，您会因此被判得很重！"

吴尚文撇撇嘴道："你甭吓唬我，我又不是三岁小孩子！这幅画是咱们俩共同保管，我也有文件柜钥匙，我怎么算偷窃呢？我知道，我只要把画拿走以后把钱还回来，就算扯平了，根本判不了罪！"

康赛说："吴老师您这么说就是抬杠，不信您就试试。但我还是劝您不要以身试法，后果真的会很严重！"

吴尚文什么都不说了。他现在懒得理康赛了。他现在的想法只是对自己贸然以《孔雀图》入股加入康赛公司感到后悔。他根本就没听康赛的劝阻，他用自己手里的那把钥匙打开了文件柜，取走了《孔雀图》。老话说，智者千虑，必有一失。康赛当初为什么要发善心非给吴尚文一把钥匙呢？是啊，康赛为什么没有预见到不久的将来会在《孔雀图》上发生争议、出现问题呢？

没错，这就是生活，就是人生。如果康赛有那样的远见卓识，他就不是年轻人了。在没有先例可供参考的情况下，人生经验就是用成功和失误一起书写的。

吴尚文拿着《孔雀图》到处寻找和贺英良的住址。找来找去，找到了中日合资企业石田鸠夫那里。石田鸠夫对《孔雀图》这件事也是洞若观火、耳熟能详，因此就非常高兴地把和贺英良的住址告诉了吴尚文。吴尚文一不做二不休，打的就直奔和贺英良家了。当他把《孔雀图》交给和贺英良，并委托和贺英良在最短的时间里与和贺一郎取得联系，然后就告辞走了。因为和贺英良手里并没有多少钱，肯定给不了吴尚文。吴尚文也毕竟是六十开外的人了，思维慢，思路窄，还性急。

吴尚文前脚走，和贺英良后脚就给叔叔打了手机，但他刚要诉说这件事的“伟大进展”的时候，手机被美子一把夺了过去，美子对着手机说：“叔叔，事情还没有进展，您别着急，耐心等待啊!”然后就合上了手机，紧接着，她就给康赛打起手机来。她是这么说的：“康赛，我知道你没在蓝海市，否则，吴尚文不会把《孔雀图》偷出来。现在吴尚文已经把《孔雀图》拿到了我们家里，他想委托和贺英良找到和贺一郎，把画拿走。我知道，你肯定不会同意吴尚文的做法。你放心吧，我会把画藏起来。你几时回蓝海，我几时把画交给你。”

此时，和贺英良就突然把手机抢了过去，他想对康赛说几句相反意思的话，但手机又被美子抢了回去。于是，这个通话就终止了，剩下的事儿就是和贺英良和美子滚在一起，打了起来。

第十六章　反复无常

一个人之所以非常执着，是因为他感觉值得。

身在老挝的孙家富与披耶蓬进行了危险的较量。

当披耶蓬带着一群人要把孙家富劫走的时候，孙家富急中生智，说了这么一段话："艾一婕的那半幅《孔雀图》是在你那儿保管，还是在我这儿保管，这件事需要商量。我知道你爱艾一婕，你不想伤害她，你只想娶她；难道说我就不爱吗？我既爱她的才智，又爱她的女人味，她是我所接触过的女人里最优秀的一个。现在我们蓝旗集团急需艾一婕这样的人才。所以，我劝你少安毋躁，我们商量一下。"

披耶蓬非常烦躁地把脚下的椅子猛踹了一脚，说："给你一分钟，说吧，商量什么?"

孙家富微微哂笑，说："给我三天时间，我考虑一下，是不是把《孔雀图》给你。"

披耶蓬猛地一拍桌子，说："这么简单的一件事还用得着想三天？只能一天!"

孙家富说："你别急嘛，不是商量吗？要么两天？反正一天不行，我想不好。"

披耶蓬答应给孙家富两天时间考虑这个问题，把孙家富放走了。披耶蓬陷入深思：如果把艾一婕直接掠走呢？不是更简单更便当吗？但披耶蓬也是个有文化的人，此时他就想到艾一婕的特点，她有个性，自尊心很强，如果强行下手，说不定艾一婕会舍命相拼，那时候就一切都没有了。那是下下策。还是从《孔雀图》下手，曲径通幽比较好。这就又要涉及孙家富这个无赖。孙家富已经弄了四个情人，为什么还非要对艾一婕下手呢？你应付得过来吗？再说了，艾一婕是个那么高雅、高傲、高洁的有头脑的女人，你孙家富这么龌龊，你配吗？如果两天后孙家富还是不同意把《孔雀图》交出来，怎么办？

披耶蓬在想了好几种对付孙家富的办法以后，感觉都不太理想，便想到一个中国典故，一句中国成语，一桩中国计策，那就是：借刀杀人。自己不屑于对孙家富下这样的狠手，但可以借助别人的力量制伏孙家富。

披耶蓬这么想着，时间就悄悄过去了，两天期限已到。他开车来到滨河大道的三分店，找到了孙家富，问："怎么样？想好了吗？"

孙家富故作为难地摇摇头说："两天时间太短了，我根本想不出好办法。"

披耶蓬此刻就把计策端出来了："我倒是有个好办法，可以以此决定《孔雀图》放在谁手里合适。"

孙家富一愣："哦？是这样？说说看！"

披耶蓬表情平静地说："咱们去南关赌场赌一局，谁赢了，《孔雀图》就放在谁手里。"

"不行不行！"孙家富当即就表示反对。南关赌场这个地方孙家富早就听说过。而且，就在前几天，一个去过南关赌场的中国朋友曾经告诉过孙家富：南关赌场是黑道人物经营的，你们有钱人可千万不能去！里面关押着很多来自周边国家的赌者（赌徒），凡是不听从赌场安排的，就要受到非人的暴力折磨和摧残，有一些人质已经被赌场的内保毒打折磨致死，长眠在老挝的荒郊野外。这些赌者中的人大多数人是被南关赌场以诱骗手段骗到老挝。其中不乏中国人。赌场为他们免费提供飞机票，飞到昆明，然后又飞到西双版纳州景洪市。南关赌场有专门人员来景洪接机，组织他们偷渡国境。接下来，就是把他们送进赌场，再接下来就是绑架、毒打、关水牢、跪地板等等，以人质的生命要挟、勒索钱财，少则几万，多则几十万、上百万。春节过后的几天，由于赌场三号厅又打死了三名中国人质，中国方面的便衣警察到南关赌场暗查，可惜人还未到，赌场早已经得到消息，并通知赌场的各个赌厅注意防范。关押人质的各个房间外面，有赌场内保守卫，他们坐在外面以打牌做掩护，里面全是被关押的人质。其中有数名人质想冲出房间，却被赌场内保打得半死，其状惨不忍睹。在赌场院子里的食堂旁边106房边上还有一间铁牢笼，门是开在后面的，不容易看得到，赌场在铁笼里将人质吊起来，每天吊十个小时，放下一小时，再吊十个小时，极其残酷。赌场老板和老挝边境“公安”关系相当铁，其程度难以想象。所以中国警方想要去南关赌场救人是很难的。赌场的人甚至狂妄地夸口说：“要人，好办，叫国家总理来谈。”

那个朋友呼吁中国政府能够充分重视中国人质生命安全，解救同胞回到祖国，脱离这害人的火坑。同时，也呼吁中国边境或内地的同胞，千万不要涉入南关赌场。那个朋友说：“3月，中国政府外交部将访问老挝民主共和国。我盼望中国政府外交部能通过和老挝政府的沟通，将老挝南关赌场被诱骗绑架的中国人质解救回国。更盼望能通过沟通、谈判，中、老两国政府合力将南关赌场关闭、取缔，对犯罪分子绳之以法！”那个朋友还说：“北京电视台的《法制在线》、凤凰卫视的《社会能见度》、贵州电视台的《真相》等电视节目都对老挝南关赌场做过报道，情况真的让人触目惊心！”

就是这样一个地方，能去吗？孙家富看着披耶蓬的眼睛，想从中读出披耶蓬的真实用心。披耶蓬漫不经心地掏出烟来，兀自点上一支，抽了起来。他在给孙家富时间，让孙家富掂量，到底敢不敢去南关赌场。

孙家富在心里掂量了一下，想起一个黑道上叫豺狗的胖子，办事很地道，讲义气讲信誉，如果办不成事宁可胳膊折在袖子里也绝不接钱。何不让豺狗去南关赌场打一下“卧儿”，然后自己再欣然前往呢？问题是现在自己必须先答应下来。孙家富一咬牙，嗨，今天就是今天了。妈那×，为了艾一婕，我豁出去了！便答应了。

披耶蓬和孙家富讲定：在南关赌场每人打三轮最简单的老虎机，看谁赢的钱多，谁赢了谁持有《孔雀图》。孙家富说：“我从来没去过赌场，给我两天时间，我得提前去一趟熟悉熟悉不是？”披耶蓬板着脸说：“不行，只能一天！”好吧，一天就一天。两个人讲好明天早晨在南关赌场门口见面。

赌场一般都不把自己实质性的名字标出来，不会公开叫自己

“某某赌场”，而是起一个冠冕堂皇或模棱两可的名字，比如，南关赌场门口挂的彩色霓虹灯标牌就是“笑在南关娱乐城”。至于人们是把笑留在这里，还是把哭留在这里是来到这里娱乐还是受罪，那就只能自己去体验了。

孙家富一分钟也没敢停留，他马上就找到了豺狗，他们在一个小酒馆喝着酒，就聊起南关赌场和老虎机。豺狗说：“老虎机是赌场里最简单的游戏之一，这也是它为什么无论在现实赌场还是在线游戏厅里都是万人迷的原因之一，赌者不需要掌握什么规则或者技术就可以尽情愉悦。不过，如果有人略加指导，赌者上手也许会更快。”

孙家富不想开门见山，一上来就委托豺狗办事，他怕让豺狗见笑，于是，就先问起老虎机的具体玩法，怎样才能赢钱。豺狗说：“所有老虎机的程序都是已经预先设定的，出彩也是随机的，所以很难找到一种可以稳赢的方法。但是，你可以使用一些方法来增大中大奖的机会，或者至少可以赢得一定的回报。”

孙家富问：“使用什么方法才能中大奖呢?”?

豺狗说：“首先，你必须确保你有足够的资金。如果你的启动资金很少，那么就选择投入较低的机器。这样你会有更多的转数，有更大的机会获得一个好组合。接下来，你要确保熟读并且明白出彩表。例如，你想要获得这台机器的累计大奖，在多数情况下你必须已经投入最多的币才有可能获得。同样，在多派彩线机器上，有些派彩线只有在你已经投入相应数量的钱币才会出彩。所以，为了使你的利益最大化，我建议你投入最大数量的钱币，反正你手里有的是钱。也许你的资金会用得很快，但是请你相信，当你获得中奖组合的时候会很值得，你将获得两倍或者三倍的奖金。不信你就试试。同样，这也利于你找出你所玩机器的投资回报率。每台机器该比例都是不同的，比例越高越有利于你获利。如果你发现一台机器的投资回报率是80%，那么最好换一台新的，因为很多机器有更好的回报率。根据较低的间接营业成本等方面因素，在线赌博机一般会提供最好的回报率（有些甚至能达到98%～99%）。想想看，是不是很可观？最后一点，在你开始游戏前，要给你自己定一个愿意接受的数额。这样即使你没有获得大奖，也不至于身无分文地回家，心情会好些，并且至少享受了你的很刺激的那种体验。如果你赢了，但是机器的钱出完了，先不要离开机器，你有权获得那些钱，服务生会很快支付你应得的钱。”

孙家富皱起眉头：“里面门道还真不少啊，我可是听得懵懵懂懂的。那么，老虎机的基本原理是什么呢？”

豺狗呵呵笑着说：“老虎机的原理或说老虎机的基本操作，其实很简单，就是首先在老虎机的嘴里塞入硬币，然后拉下嘴下面的手柄，此时，嘴上面的荧屏里会显示线框和符号，如果在中间线框排列的符号相符，您就能获得奖金，金额大小与出现的符号概率有关。有时候即使不相符，跳出特定的符号也能有一定的奖励，这个符号通常都是樱桃。有时候，机器会设置一个‘万能’符号，可以匹配其他任何符号。这个‘万能’符号的回报比通常的奖励都要大。现在还有一种老虎机，比较先进，操作起来更简单，就是赌场提供的不是硬币，而是一张类似借记卡/信用卡的磁卡，将磁卡插入卡槽后，手柄每次拉下就会在这张卡里面扣除一定的金额，如果赢了也将钱增加到您的磁卡中。此外，您甚至不需要用力拉手柄了，因为现在都是按钮了，轻轻按下就能启动转盘。”

孙家富说：“我想在南关赌场最大的操作室与一个朋友赌一场老虎机，你能不能帮个忙？”

豺狗想了想说：“他们那里最大的操作室有十台老虎机，都是最先进、最新式的机器。”

孙家富说：“你能不能把这十台老虎机每台都安装特定的芯片，然后用遥控器遥控？”

豺狗转动着眼珠说：“有人这么干过，不过因为这样作弊，当事人掉了脑袋。”

孙家富说：“我给你一百万人民币，委托你办这件事，办完我就负责把你送到美国去，届时我再给你两年的生活费用。”

豺狗连连摇头：“这种钱我不想赚，一是风险太大，二是违背良心。如果谁这么干了，你让我去挖他的眼睛，割他的舌头，我都敢干。但让我当这种下三烂，我还真不愿意干。”

孙家富也摇摇脑袋，说：“我知道，你嫌钱少，我再加一倍！”

豺狗摆摆手，说：“不是钱的事儿。你再加两倍的钱，我也不想干。”

孙家富想了想问：“你是不是怕得罪南关赌场的老板，怕为此坏了他的名声，砸了他的买卖?”

豺狗又摆摆手，说：“都不是，主要是我不愿意挨骂，不愿意赚这种钱。”

孙家富见此，突然离开座位，毕恭毕敬地站在豺狗面前，一条腿跪了下来，两手抱拳，说：“豺狗兄弟，我对你的人品佩服得五体投地！但实不相瞒，老哥我现在确实遇上了为难事，万望兄弟帮我这个忙！”说完，孙家富从腰上的钥匙链上取下一把小折叠刀，打开，对着自己的左手中指指肚就刺了一刀，然后，把血一滴滴地滴进酒杯里，接着，就把这杯酒一饮而尽。

这是老挝黑道上的一个求人办事的礼节，就是说，实在为难了，需要哥们儿帮一把。如果对方答应，便也要在自己手指指肚上刺一刀，喝血酒，还礼，就算盟誓了。当然，这是就事论事，并不是拜把子。拜把子是一辈子的事儿，而这是针对一件事。

豺狗沉默了好久，看着孙家富左手手指的血还在一滴滴地往下滴，豺狗便坐不住了，他一把抢过孙家富的小刀，对着自己的左手中指也扎了一刀，然后长叹着，把血滴进自己的酒杯。事情就算说通了。

办事的费用是十二亿五千万基普（KIP，老挝钱币），相当于一百万元人民币。豺狗吮了自己手指一口，将杯中血酒喝净，便什么话都不说，就走了。孙家富明白，豺狗这样的人办事是靠谱的，用不着嘱咐。他肯定不愿意干这件事，但他一旦同意，即使违心，也会把事情办得漂漂亮亮。

豺狗回头就找到南关赌场的老板，把钱递上去，然后就把最大操作室里的十台老虎机全换了可以遥控的芯片。

事情是不是板上钉钉，必赢无疑？错。正所谓，道高一尺，魔高一丈；强中自有强中手，能人背后有能人。披耶蓬对赌场的事儿耳熟能详，早就料定孙家富拖延一天是想做手脚，便也找到黑道人物，交了一笔钱，把豺狗安上的那些芯片换下去了。但披耶蓬没有安装新的芯片。他感觉他不屑于做这种肮脏事儿。既然赌，就赌在明处。

但，披耶蓬手气不好，孙家富打了三局，赢了一局；而披耶蓬一局也没赢。当时的场面气氛非常紧张，披耶蓬的那些弟兄悉数在场，而孙家富也让豺狗找了一帮人站在一旁呐喊助威。当最后的结果出来以后，披耶蓬一声长叹，像泄了气的皮球一样，一屁股坐在地上。此时，孙家富还以为是豺狗用遥控器帮了自己，心里还感激着豺狗，所以就拿出了大将风度，说："豺狗老弟，咱们俩一起请披耶蓬喝杯酒去，走，去万象最高档的挝芭莎酒店！"

披耶蓬坐在地上垂头丧气地想着心事，一言不发，孙家富就走过来亲自把他搀起来。一群人簇拥起他们，吵吵嚷嚷地往外走。就在他们要上汽车的当口，突然，孙家富的脑袋上"嘭"的一声，挨了一棍子。孙家富在剧痛中什么都来不及反应，眼前一黑就摔倒在地，失去了知觉。

话说美子与和贺英良打了起来，直打得两个人都鼻青脸肿。和贺英良毕竟也是知识分子，论打架，与美子单打独斗还真是难分伯仲。绝不像在横滨郊区农户里，与朋友合作，竟然强行扒掉了美子的衣服。现在不行了，和贺英良与美子打架没占多少便宜。当然了，还有一个因素，和贺英良真的很爱美子，他并不愿意把美子打出个好歹。现在打架只为抢夺《孔雀图》，并非要加害美子。

打了一阵，两个人都累了，都四脚八叉地躺在地上。和贺英良返身就抱住美子，恳求说："美子，我非常爱你，我不愿意打架；但是这幅画必须卖给叔叔，卖给叔叔不光是为了让叔叔赚一笔钱，还是为咱们国家回流著名画家的名作。于公于私，都不应该把画交给康赛！"

美子是女子，女子与男人的思维方式和思考角度是有区别的。美子此刻就完全站在曾经的对象康赛一边。尤其她在中国生活时间太长了，对中国很有感情，已经乐不思蜀，"反将他乡作故乡"。于是，就反驳和贺英良说："你正把话说反了，于公于私，我都应该帮助康赛。这个道理还用得着我给你讲吗？你跟我结婚已经这么长时间了，对我这个人究竟是怎么回事如果还不了解，你是不是太弱智了？”

和贺英良黔驴技穷，便发狠一般抓住自己头发，失声痛哭。之所以痛哭，是因为眼前对美子的爱与家族、民族利益发生了冲突，让他没法排解。而美子不失时机地解开衣襟，把和贺英良抱在自己怀里，给他温存。在颠鸾倒凤之中，和贺英良改变了主意，说：“美子，为了你，我就当一次傻子、苶子、呆子、聋子、瞎子，但仅此一次，下不为例！”

美子高兴地回答说：“好吧，就按你说的办。”

而康赛在接到美子打来的手机以后，方知吴尚文已经把《孔雀图》偷出来拿到了和贺英良家里，便非常气愤，想不到吴尚文一个干了多年教育的老教师竟然为了金钱铤而走险，实在让他没法理解。便急忙给吴尚文打手机，想劝说吴尚文千万不要以身试法，为了金钱这么做不值，而且最后这钱你也绝对拿不到。但吴尚文根本就不接电话，他一看是康赛打来的手机，便急忙关机了。于是，康赛想跟他说几句话都说不了。没办法，康赛只得再给美子打电话，对美子说：“美子，你一定要把画留住，要藏起来。如果吴尚文再回来找你，你就告诉他把画存在银行保险柜里了，具体是哪个银行你不要告诉他。”

美子对康赛立下保证，说：“康赛，我一直想帮你干点什么，但一直找不到机会，就是找到了机会也没有干成。现在，吴尚文终于给了我这个机会。所以，请你放心，我以自己的生命担保，我一定会把事情办好！”

这话说得太让康赛感动了，他当时就忍不住热泪盈眶，说：“美子，好美子！阿里嘎多，阿里嘎多（感谢）！以前我做过对你虚与委蛇的事儿，我对不住你，请你一定多多原谅，不要记恨！我祝你与和贺英良百年好合，幸福和谐！”

美子在那边也含了眼泪，声音有些颤抖地说：“康赛，你不要这么说，我知道你是因为等艾一婕，艾一婕没有回音你便哪个女人都接受不了。康赛，我喜欢你这一点，我佩服你这一点！”说着话，美子就对着手机“呜呜”地哭了起来。

美子的哭，与和贺英良的哭，自然大相径庭。美子是感叹康赛实在是个值得一爱的男人，但遗憾的是这个男人一直在等别人而不是等自己，让自己一家空忙了那么长时间。虽然现在美子已经结婚，与和贺英良基本也算和谐，说幸福当然不过是差强人意，退而求其次，也还说得过去。但康赛留给她的遗憾将伴她一生，只要想起来，她就会落泪。

康赛恋恋不舍地合上手机。他不忍心听着美子呜咽的声音，那声音让他撕心裂肺。而两行热泪正顺着他的脸颊无声地流了下来。

这些日子马万才一直陪伴在康赛身边，他天天都在做康赛的思想工作，或旁敲侧击，或直捣黄龙，反正是抓住机会就给康赛讲一通副省长的愿望。什么愿望？当然是把《孔雀图》收回去的愿望，但康赛毫不为之所动。此时，马万才见康赛对着手机没讲几句话便泪流满面，就问："康赛，谁呀，让你这么动感情？在我眼里，你可是铁石心肠的人啊！"

康赛便说起美子，说起这么长时间以来美子为自己、为《孔雀图》所做的一切努力，所遭受的折磨，所经受的戕害。马万才便唏嘘不已。他说："这么好的女人我怎么就遇不上呢？如果我是你的话，立马娶了美子！就算给小日本做女婿听起来名声不太好，但就冲美子的人品，我认了！"

康赛对此十分感叹，就说："金玉对我也是一心一意，一等就等了我七八年。你如果遇上金玉，是不是也立马就娶过去了？"

马万才说："你小子真他妈有女人缘，怎么这么多好女人都喜欢你呢？如果金玉追我，我二话不说就把她娶了，回过头来膀不动身不摇就赚受了他们家的万贯家财！这样的美事儿，傻子才不干！茶子才不干！呆子才不干！弱智、脑残才不干！"

康赛哈哈大笑，说："万才兄，难得你有这么强烈的愿望这么好的胃口，问题是法律不允许娶来娶去的，除非你娶一个再离一个。天底下好女人多得是，你总不能见一个娶一个吧！"

马万才也跟着笑，说："这样的法律真该修改，我不赞成一夫一妻制。"

康赛说："花！花到家了！"

马万才道："这怎么叫花？人之常情嘛！"

开了一阵子玩笑，接下来，马万才就又言归正传了。他说："康赛呀，要么这样，你对美子说句话，让她把《孔雀图》给我，就说为了防止吴尚文卖掉。我呢，赶紧回蓝海一趟，到美子家里把画取来，然后把画放在你的身边。这样，你在K省医院住多久也不用担心了不是？"

康赛微微哂笑，没有说话。马万才的话乍一听是为康赛着想，而细一琢磨就感觉太凶险了！如果康赛真的答应的话，马万才完全可以把画直接送给副省长，而根本不给康赛。到那时，马万才可以拒不承认在美子那里拿了画。那时候就把一清二楚的事情变成了"摞摞缸"，谁都说不清了。

于是，康赛笑着说："这件事用不着你跑，过几天我就出院回蓝海了。我不能总在你们K省住着不是？"

马万才见康赛这人死猪不怕开水烫，便一计不成又生一计，他悄悄地给吴尚文打电话，说既然你都把画偷出来了，那就开弓没有回头箭，你干脆拿着画到K省来吧，副省长盼着这幅画都盼得眼睛发蓝了。

起初吴尚文不同意，说，这幅画卖给日本人能卖个好价钱，给妹夫，他能给我几个钱？他平时很胆小，很廉洁，手里根本没钱。

马万才说："我对古玩字画的市场行情还是略知一二的，类似《孔雀图》这样的名作，押在手里肯定会不断升值。你卖给日本人虽说能得到一大笔钱，但也只能是一次性，以后永远别想再赚钱了。"

吴尚文说："别忘了，这一次性的钱可是一千万哪！我哪辈子能赚出这么多钱来？等着《孔雀图》慢慢升值，还不得等到猴年马月！"

马万才说："吴老师，你短视！你鼠目寸光！你一叶障目不识泰山！你永远不要忘记，你妹夫是副省长！在任何时候你都应该和他穿一条裤子！明白吗？"

吴尚文反复思索马万才的话。没错，自己虽是名门之后，但现如今亲属里面有头有脸像回事儿的人只有妹夫。妹夫的存在，使整个吴家家族脸上有光，门楣生辉，不是吗？吴尚文六十出头了思维慢了是事实，但这个“字儿”和“闷儿”他还是能够看得出来。他应该维护妹夫，应该和妹夫站在一起。妹夫从来没在个人利益上对吴尚文张过嘴，只在《孔雀图》问题上动了脑筋。当然，妹夫并没有说要把《孔雀图》收归自己囊中，而是说，是为了整个家族。既然如此，也算言之有理。

吴尚文想通了。他整理了一下思路，就奔了和贺英良家。他必须措好辞，否则，和贺英良就不会把画还给他。于是，一路上他都在想这件事。

到了和贺英良家以后，吴尚文先给和贺英良两口子鞠了一躬。他鞠躬的时候，把整个头顶都暴露给和贺英良和美子了——那头顶已经掉发掉光了，属于“地方支援中央”，只剩了一圈花白的头发，中间遮掩不住的地方则发出亮光，样子十分无奈。

此时，就看出谁厚道，谁狡黠了。美子直通通地回答吴尚文说：“吴老师，我已经与康赛通过话，您把《孔雀图》偷出来是违法的，我们不能允许您这么做!”

吴尚文便急忙狡辩，说：“我自己手里就有文件柜钥匙，怎么算偷呢？再说，我是卖画，过后会把钱按数归上，并不是把画拿走一走了之！再说，现在我不想卖画了，我想把画收回去，所以请你们把画还给我。”

此时，和贺英良就开口了，他说：“吴老师，您几时拿来的《孔雀图》？您手里有我们打的收条吗？如果没有，您是不是有讹诈的嫌疑啊?”

美子听了这话便是一愣，她非常惊讶地看着和贺英良，这么说是很机智，不过也忒狠点儿了不是？这种话美子是万万想不到，也说不出来的。此时，吴尚文便哑口无言，愣愣地看着和贺英良，不知道该怎么办。美子说：“吴老师，您请回吧，该是您的东西，自然属于您；不该是您的东西，您也不要觊觎。人在干，天在看，一切自有定数。”

吴尚文想不到会是这种结果。他差一点就脑溢血摔倒在和贺英良家里。之所以他还能坚持住，还是美子的话泄露了天机：美子已经与康赛通过话了，是康赛在背后操纵了美子。

想明白以后，吴尚文就跌跌撞撞地回到公司贸易部。此时，他已经没有心思考虑业务，他现在只琢磨《孔雀图》的事儿了。就像周心诚当时为了寻找艾一婕下落而跑邻市、跑香港特区、跑泰国、跑澳大利亚一样。这个年龄的人是脑筋转得慢，而又十分固执的。他认准的事儿，别人就甭想改变他。现在吴尚文就认准应该帮妹夫这件事了。以前画作在文件柜里锁着，康赛又盯得紧，吴尚文不便多说什么，也不便多想什么。现在的情况是被他偷出来了，这就情况不一样了。这就给了他很大自我发挥的余地。他完全可以一不做二不休，将计就计，一蹴而就。

于是，吴尚文绞尽脑汁思考怎样把《孔雀图》拿回来。谁能在和贺英良和美子面前说得上话呢？一般认识还不行，必须得把和贺英良和美子挟制住。思来想去，吴尚文想到了爷爷的好朋友，那位老帅。自己与老帅的孙子也是关系不错的朋友，何不让这样的朋友出一下面找找和贺英良和美子呢？中国的老帅声名远播，威震四方，老帅的后人，小日本还能不买账吗？吴尚文想好以后，就给身在邻省老帅的孙子打了电话。

吴尚文的这一招还真起了一些作用。因为，美子对中国老帅非常崇拜，非常敬重。她现在是半个中国通，对中国的历史了解很多。知道中国的老帅为了建立新中国立下过汗马功劳。但问题是，美子爱康赛。这种力量超过了她爱中国老帅。这一点，是吴尚文完全没有想到的。老帅的孙子在吴尚文带领下来到和贺英良家里，和贺英良和美子便热情招待，沏了日本静冈上好的绿茶，做了日本味道的寿司和沙拉，拿出了日本原装的大吟酿，但就是不把《孔雀图》交出来。好言好语，好吃好喝，只是回避实质问题。老帅的孙子只要一提起《孔雀图》，美子就赶紧打岔，说东说西，说南说北；而和贺英良像个应声虫，只是一味随着美子。老帅的孙子心里明镜似的，却也非常无奈。最后，事情便不了了之。

吴尚文急又急不得恼又恼不得，因为，他在和贺英良手里什么证据都没留下。没办法，只得拍拍屁股走人。离开和贺英良家里以后，老帅的孙子就埋怨吴尚文：“你为什么不让和贺英良打个收条？如果和贺英良想赖账的话不是一赖一个准儿吗？对这么贵重的画作，你怎么这么粗心大意啊?”

吴尚文万分后悔，但后悔也没用。老帅的孙子到蓝海来，总要住几天，因为他也已经退休，反正是没事干。这时，吴尚文就又想了一招。他背着老帅的孙子，把小车叫到跟前，说：“你能不能找几个打手?”小车说：“找打手还不简单?给钱就来。问题是为《孔雀图》咱不能干违法的事儿呀!”

吴尚文说：“和贺英良和美子想赖账，他们本身就是违法。我们叫打手去他们家抢画，这叫以毒攻毒。我们也不伤他们，只是把画抢走。偷来的锣鼓打不得，他们只能吃个哑巴亏，谅他们也不敢起诉，就算起诉的话也没有证据。”

小车想了想说：“您真这么着急?”

吴尚文说：“对，夜长梦多，我怕康赛从K省回来再生幺蛾子。”

小车说：“好吧，我去找打手去，您预备钱吧。”

吴尚文把和贺英良家的地址交给了小车。然后吴尚文就对老帅的孙子说：“老兄啊，你的面子很大，否则，和贺英良两口子恐怕都不接待。现在我有个想法，想让你跟我跑一趟K省，和康赛见一面，也许他会买你的账。”

老帅的孙子感觉自己的爷爷与吴尚文的爷爷是世交，都是历史人物，就冲这一点，对眼前这件事自己也应该尽一份心意。吴尚文如果不到非常为难的境地，怎么会求到自己呢?想好以后，他就答应了。于是，跟随吴尚文就去了K省。

在医院里，他们见到了正在治病的康赛。老帅的孙子诚恳地对康赛讲起自己爷爷与吴尚文爷爷的历史故事，讲明处理好《孔雀图》也将成为历史故事，成为广为传颂的一段佳话。而自己此行的目的，就是劝说康赛把这幅画还给吴尚文。

康赛对上级领导一般都是秉承公事公办的态度，而对历史人物则怀有深厚的崇敬心情，对历史人物的后代也高看一眼。这也是他接纳吴尚文进入他的公司，放肆地花钱，而他也只是往好处想的一个主要原因。此时，吴尚文又把老帅的孙子搬出来了，自然也让康赛眼前一亮。老帅的孙子虽然是平常人，不是历史人物，但毕竟是老帅的孙子，就算爱屋及乌的话，也让人心存敬意。而老帅的孙子又是那么诚恳地对康赛非常尊重，言谈话语又是那么温暖得体，自己今生今世也被老帅的孙子求过情不是？康赛心里开始动摇了，要么就给老帅孙子一个面子，把画还给吴尚文？问题是吴尚文花出去那么多钱还根本没赚回来，怎么能把画给他呢？

就在康赛犹豫不决的时候，突然美子打来一个电话。美子在电话里哭了，说："康赛，我挨打了！我们家也被砸了！呜呜呜……"康赛急忙问："怎么回事？"

美子说，今天家里来了一帮人，进屋以后就逼问和索要《孔雀图》。美子自然不给，结果这帮人就开始在屋里乱翻，翻了一个溜够什么都没翻到，就逼问美子把画藏到哪儿去了。美子拒不回答，这帮人就打了美子，还把屋里的家具全砸了。

康赛安慰美子说："美子，打得严重不严重？一、赶紧打 110 报警，公安局对涉外事件是非常重视的；二、赶紧去医院看病，检查一下有没有内伤！美子，我很快会回去，我会以公司名义对你进行补偿，帮你买一套全蓝海最好的家具！"

康赛说着话就观察吴尚文的反应。当时吴尚文和老帅的孙子就坐在旁边。吴尚文的脸色非常不自然，一阵红一阵白的，而且坐立不安。吴尚文毕竟不是老到的犯罪分子，他也从来没想当犯罪分子。他对小车安排人打了美子也禁不住心里敲起小鼓。万一因为打人而惹出麻烦呢？如果警方抓住了小车，就必然牵出自己，到时候丢人可就丢大了！而康赛说得没错，公安局对涉外的事件是非常重视的，很快就会破案。

吴尚文再也坐不住了，他拉着老帅的孙子向康赛告辞，说："康赛呀，事情总有让人意想不到的时候，你也别着急，慢慢处理。《孔雀图》的事儿你就掂量着办吧，不冲僧面冲佛面，给我们的爷爷一个面子吧！再说，我们都这个年龄了，还不辞辛苦大老远地从蓝海赶来，你说，容易吗？"

吴尚文和老帅的孙子走了以后，康赛就陷入新的思考：到美子家里乱翻，而且打人，肯定是吴尚文安排的，这样的所作所为太不应该了！怎么能这样呢？难道你们没有一点法制观念吗？你们读的一肚子书都就着饭吃了？美子不是自己的妻子，但美子爱自己，美子始终在配合自己做着力所能及的事情。这一点，只要一想起来就让康赛唏嘘不已。他欠着美子的情分，那是今生今世没法还的一笔债；恐怕拿出一生一世的精力都还不清！而吴尚文却做出这样的事情来，让康赛怎么想，怎么说？

康赛突然下定了一个决心：他要把《孔雀图》卖给日本人！让《孔雀图》回流日本！自己有没有权力处置这幅画？当然有。事实证明，吴尚文根本就没有做业务的能力，他给公司贸易部花出去那么多钱，根本就没法赚回来。自己把画卖出去，用这笔钱来补贸易部的窟窿，完全是正当防卫。当然了，剩余的钱，我也绝不眼红，该给你吴尚文我一分钱都不剩，全部给你！话说回来，你打完人家美子也不能白打，身体损伤、精神损伤，该以贸易部的名义给人家补偿也必须得补。

想好以后，他就给美子打了手机，说："美子，你告诉和贺英良吧，让他把他叔叔叫来，我打算把《孔雀图》卖给他了！我改主意了！"

美子在电话那头问："怎么回事？因为什么？"

康赛说："我对吴尚文的所作所为实在气愤，我现在就是想和他拗着劲儿干！他越是想上东，我越是让他往西！他越是想上南，我就非得让他往北！"

美子急了，说："哎呀康赛，这是何必呀！我挨打挨砸没什么，能保住《孔雀图》就行。再说，那帮人也不一定是吴尚文安排的，你不要这么感情用事！"

康赛气愤地回答说："美子你甭劝我，我这个人虽然木讷，但看问题还是能看出'字儿''闷儿'的，组织一帮人到你家里乱翻乱砸的就是吴尚文！你们拒绝把画还给他，于是他就恼羞成怒。这个人白白承担了一个名门之后的空名，做出事来真让人不齿！"

美子劝慰说："康赛，你冷静一下好不好，别急着给事情下定论，再观察一下！凡事都是这样，一急就容易出岔子，一急就容易做出错误判断！"

最后康赛答应暂时不卖画，再考虑考虑。冷静下来以后，康赛就对美子突然生出敬意，也生出爱意。美子的人品太可敬了！虽然她受了很多很大根本不该承受的委屈，但她的内心一点没乱，一点没走板儿。根本没有一点亏也吃不得地以血还血、以牙还牙、锱铢必较的念想。康赛是个有头脑会分析的男人，他对美子这样的姑娘不能不爱。说不爱，那就是没有实事求是，那就是矫情，那就不是个热血男儿！问题是，他早已有了艾一婕，对其他女人的爱只能压在心底，半个字都不能透露。如果说，男人的心里能藏许多事儿，那么，对其他女人的爱就藏得最深。

话说身在老挝万象的孙家富在南关赌场院子里脑袋上挨了一棍子，被打得昏迷不醒，于是也住进医院。三分店的人都不知道孙家富的下落，一直是披耶蓬的人在守护着他。当他醒过来以后，披耶蓬就问他："怎么样，想明白该怎么做了吗？"

孙家富眨眨眼睛说："我早该想到了，是你打的我！"

披耶蓬眯着眼睛，微微一笑，说："当时我就站在你的身边，怎么能打你呢？我手里什么都没拿呀！"

孙家富撇了撇嘴，说："你可以安排别人打嘛！你就不想想，打死了我，你不是什么都拿不到吗？"

披耶蓬勉强地咧开嘴笑了一声，说："我也是这么想的。再说，我只想娶一个可心的女人，并没想做杀人犯。"

孙家富也眯起眼睛，深思着说："我有一个不成熟的念想，你想不想知道？"

披耶蓬说："说说看。"

孙家富说："事关《孔雀图》总是非常不顺。谁拿着《孔雀图》谁就不顺；谁想着《孔雀图》谁也不顺。想想看，围绕《孔雀图》的所有的人，谁顺了？"

披耶蓬翻着眼睛真的琢磨起来：可不是吗，一桩桩一件件，乱七八糟，纷纭复杂，诡异曲折，悬念迭出，完全可以拍电视剧了。问题是，电视剧里的故事越曲折越好看，现实生活里的事情越曲折就越让人不爽。披耶蓬蓦然间点了点头，说："也罢，《孔雀图》我不跟你争了。具体怎么娶艾一婕，我再好好想想。而且，我也劝你把《孔雀图》还给艾一婕。事情真像你说的一样，谁拿着《孔雀图》谁就招灾惹祸。”

披耶蓬悻悻地走了。无奈地走了。气馁地走了。失望地走了。懊恼地走了。所有无奈、气馁、失望、懊恼的情绪纠结在一起，使他在路上，又想出一个挟制艾一婕的办法。而且，这个办法是个非常阴损的不人道的办法：他要把艾一婕弄到老挝万象的郊区，找一家偏僻些的独门独院的农户，用铁锁链把艾一婕锁起来，让她想逃也逃不了，然后强行与她同房，让她怀孕生出孩子。有孩子牵着，不怕艾一婕不就范。就像前面讲过的和贺英良对美子那样。想好了，披耶蓬就叫着他的弟兄和他一起去万象郊区找房子去了。

披耶蓬前脚一走，后脚孙家富就把艾一婕叫来了。而艾一婕一看孙家富被打成这样，便一个激灵。孙家富说：“一一，我挨打了。你看，打得非常重，头上缝了十来针。差一点没把颅骨打裂了！”

艾一婕细看孙家富，果然，孙家富的脑袋肿大，头顶缠着厚厚的纱布，额头、眼皮全是肿胀的，发着亮光。真是非常危险，再打重一点，这人不就交待了？

“谁下手这么狠？”艾一婕问。

“还有谁？披耶蓬呗！”

“他那么文质彬彬的一个人，怎么会干这种事？”

“他为了拿到《孔雀图》，更为了娶你。”

“唉！你们哪！这个想娶我，那个想娶我，你们想没想我的感受？我究竟想嫁给谁难道你们不知道？既然如此，你们在我身上下这种功夫干吗？何苦？”

“一一，你嫁谁的问题咱先不说，我今天就把《孔雀图》还给你。我也劝你赶紧把《孔雀图》拿回国内，不要让它随着你到处漂流了，拿着它真的是招灾惹祸危险太多！”

第十七章　专家金口

等待，需要耐心，更是对品性的检验。

话说康赛对汪美容和陈依依是同等对待的。虽然他还在等待艾一婕，但已经对艾一婕疑问多多，所以，他对汪美容和陈依依是采取了一种“顺其自然”的处置方式。他想，万一艾一婕那边真的是一场骗局，也罢，自己在汪美容和陈依依之间选一个做妻子就行了。反正自己仁至义尽，并没有做对不起艾一婕的事儿。所以，他家里的钥匙汪美容手里有一把，陈依依手里也有一把。他对这两个人都有好感，因此对待她们是不偏不倚的。

且说康赛的母亲一直在肿瘤医院照顾康之韶，抽空也会回家看看，于是，在大礼拜就相继碰上了汪美容和陈依依。老实说，康赛母亲对这两个姑娘都非常喜欢。于是问题就来了，接纳哪个，拒绝哪个？都接纳就违反法律，都拒绝就从人情和道理上说不过去。接纳其中一个而拒绝另一个，真让人张不开嘴！老人真替康赛犯难了。本来康赛母亲看到康赛似乎放下了艾一婕，有意寻找新的对象，是一件非常高兴的事儿，但现在这高兴事儿变成了为难事儿。

就在老人愁肠百转的时候，突然艾一婕飞到了中国的蓝海。她带着那半幅画，像孔雀，像百灵，像信鸽，更像金凤凰，飞到了康赛家里。那是艾一婕得到了孙家富的特许之后，从老挝万象经中国的云南昆明，转道飞回来的。她是在哥哥帮助下，在公安局打听到康赛家的地址以后，才找上门去的。问题是，她去的时间不是大礼拜，康赛的母亲没有回来，家里锁着门，让艾一婕吃了闭门羹。康赛家里发生了什么事她也一概不知道，只是在楼道里踱来踱去傻傻地等了半天时间，到晚上，也没看到有人回来。问隔壁邻居，人家也都说不知道，他们都不知道康赛此时正在K省医院治病。没办法，艾一婕住进了旅馆。

事情就是这样，不如意事常八九，事事顺遂无二三。但艾一婕不能无所作为，她来一趟蓝海不容易。于是，转过天来，她就找到了《艺品周报》的编辑部。因为她看过孙家富拿来的这份报纸上关于《孔雀图》的图片和文字报道。当她把自己的半幅《孔雀图》拿出来以后，报社记者齐有为大为吃惊：怎么竟和吴尚文那幅《孔雀图》一模一样？不同之处在于艾一婕的《孔雀图》的题头上有四位“总统”的钦印。记者齐有为说：“假如这幅《孔雀图》是真品，那价值显然比吴尚文那幅要贵重得多！请问艾一婕女士，能不能讲讲你的《孔雀图》的来历呢?”

艾一婕微微一笑，说：“当然可以，我这次找你，就是要对这幅画有个交代。‘文革’初期，红卫兵大破‘四旧’，对‘走资派’和‘黑五类’进行抄家和批斗。一天晚上，我父亲正在警备区办公室值班，突然接到一个老朋友的电话，说过几天可能红卫兵会来家里抄家，你赶紧到我家里来一趟，把值钱的东西拿走。那时候，我父亲还是现役军人，就在蓝海市警备区任职。而那个朋友，是一位国民党高官的后人。我父亲连夜赶到朋友家，但还是来晚了，红卫兵已经提前对这个朋友家进行了抄家，把各种书籍、古玩、字画任意撕扯、摔砸，屋里院里满地狼藉！这个朋友见《孔雀图》被撕成两半，便不顾一切扑了上去，结果被一个红卫兵狠狠踢了一脚，这一脚正踢中他的心脏，当时就把他踢得昏死过去。红卫兵们喊着：‘装死！装死！’像扔白菜一样把这个朋友扔上了卡车。我父亲因为穿着军装，那时候红卫兵对解放军还是很尊重的，于是没有驱赶父亲，父亲便从地上捡起两幅被撕扯断了的轴画，眼看着朋友的老伴和孩子都一言不发地被押上大卡车带走了。从此以后，这个朋友再也没有回家，他在‘牛棚’里被迫害致死。而这幅两半儿的画作后来父亲就留给了我。我把其中一半送给了自己的恋人作为信物，这个人就是康赛。”

接下来，艾一婕就对齐有为讲了自己这些年来与这幅画相依为命，把这幅画看作精神寄托的情况和遭受的折磨。

齐有为非常感动，说：“谢谢你艾一婕女士，你提供了非常有价值的新闻由头，回头我会找到康赛，连同那半幅画一起，对这件事进行跟踪报道。”

艾一婕说：“我现在正在国外工作，一时半会儿也回不来。我有个想法……”

齐有为说：“请讲，能帮忙的话，我一定帮。”

艾一婕说：“我想把这半幅画留在报社，你们几时见到康赛，就替我交给他。放在别处，或放在别人手里，我还真的不放心。好吗?”

齐有为点点头说：“没问题，就放在我这儿吧，我会锁在我们报社的保险柜里。现在我就给你写个收条；儿时康赛来取这半幅画，再让康赛给我打个收条。你对康赛百分之百放心吗?”

艾一婕道：“百分之百！绝对的!”

事情就这么定了。齐有为为了把事情做得公开可信，把主任叫来作为见证人，也一起在收条上签了名字。艾一婕把画留下，塞给齐有为五千块钱操心费，拿了收条就走了。她离开蓝海以后去邻市全托学校看望了女儿，娘俩抱头痛哭了一阵子。回过头来又高高兴兴地亲吻了一阵子。当妈的爱女儿，但又不能不去工作；做女儿的虽然年纪尚小，但也知道思念妈妈。于是，娘俩抱在一起一会儿哭一会儿笑。最后，艾一婕把女儿接出来带着去了肯德基美餐一顿，才把女儿送回学校。然后，她又办了一些其他孙家富交办的事儿，就飞回了老挝。

时隔不久，康赛的脾伤养得差不多了，就从 K 省返了回来。K 省之行并没有做成什么像样的业务，马万才说是给业务，但一见康赛并不想把《孔雀图》交出来，就只是拿业务说山，勾着康赛的腮帮子，却并没有实际行动，只等康赛上钩。但康赛宁可无功而返打道回府，也绝没有要交出《孔雀图》的半点念想。马万才非常失望，康赛走的时候给他打手机告别，他连露面都没露。

而康赛回到公司以后，没几天，《艺品周报》的记者齐有为就找上门来，诉说了艾一婕的委托。当康赛一听说是艾一婕来了这句话的时候，简直如五雷轰顶，一下子就激动得从地上跳了起来。他简直不能自控地握住齐有为的手问：“真的是艾一婕本人来了?”

齐有为回答："真的，千真万确。"

康赛急切地问："她见老吗？她胖了吗？她身体还好吗？"

齐有为说："这是我第一次见她，没有比较，我怎么知道她老没老，胖没胖，身体好不好？你是不是太想念艾一婕了？你们相恋多少年了？"

康赛一下子涨红了脸，半天说不出话来。齐有为就揶揄说："不说也罢，想必你们彼此各自结婚成家了，过去的老事儿就让它过去吧。向前看，你们都还年轻。"

康赛嗫嚅了一阵，猛地迸出了一句话："我已经溜溜等了艾一婕十年了！"

"啊？十年了？"齐有为大为吃惊，他无论如何也想不到事情会这样。康赛此时就打开了话匣子，把十年来的所有的一切，原原本本讲给了齐有为。直讲得齐有为热泪滚滚，拿着纸巾擦个没完。"康赛，请你放心，我一定会写一篇像样的、有篇幅的、有分量的报道，把你和艾一婕以及这半幅《孔雀图》的事儿，原汁原味地写出来，让天下人品评鉴赏！"

两个人约好，回头再做进一步的细谈。齐有为真要写一篇关于《孔雀图》的大文章了。齐有为把艾一婕留下的半幅《孔雀图》交给了康赛，临走时建议康赛："你应该找最著名的专家来为你的《孔雀图》做个鉴定，如果是赝品，也无所谓，反正它已经见证了你与艾一婕的真情；而如果你的《孔雀图》是真品，想想看，其物质价值与精神价值该有多大？"

康赛给齐有为打了收条，就把那半幅《孔雀图》拿走了。回过头来，康赛心里对艾一婕就更加笃定了。艾一婕能够把自己手里相依为命的半幅《孔雀图》主动交给自己，那不是简单地交给自己半幅画，而是把新的约定、新的承诺，把整颗心都交给了自己！

齐有为说得没错，应该找权威专家对手里的两半儿的《孔雀图》进行鉴定。既然如此，还犹豫什么呢？康赛通过齐有为，立马从北京请了两位资深专家来到蓝海，在艺品周报的小会议室里，对两个半幅的《孔雀图》进行有偿鉴定。两位专家通过对这两幅画的纸绢、颜料、构图、笔法、题款、钦印等等诸方面鉴定，最后一致认为，这是真品；而且异口同声道："如果进行接裱，将价值连城！"

此时，康赛就产生联想了：要不要对吴尚文那幅《孔雀图》也进行一下鉴定呢？请北京的专家来蓝海挺不容易的，何不将计就计一蹴而就呢？于是，他说出了这个动议。但北京的专家又提出酬劳需要加码的问题，因为你康赛请我，不是齐有为请我；是熟人和不是熟人收报酬是不一样的。这其实是一种婉拒。齐有为便对康赛说："不行就算了，你自己的事解决了就行了，公司的事你这么认真干吗？"

康赛想了想，说："这样吧，公司那幅《孔雀图》我该加码给酬劳一定加码，这一点请两位专家放心，我们公司贸易部还是有这笔钱的。"征得两位专家同意以后，康赛就到和贺英良家里取来了吴尚文的那幅画。结果两位专家左看右看，上看下看，前看后看，最后一致认为：这是一幅赝品！尽管临摹得相当出色，但赝品终归是赝品。

康赛问："赝品是不是也有行市？这幅赝品值多少钱？"

两位专家说："那当然，好的高仿也是很贵的。这幅高仿《孔雀图》至少价值十万。"

康赛的心里立即咯噔一下子。当初，他与吴尚文签协议，是以五百万把这幅画入股公司的，想来自己是打了大眼。之所以打眼，是因为蓝海文物局鉴定这幅画价值五百万。如此说来，蓝海文物局先就打了大眼！

两份鉴定书开出来了，两位专家都具上了大名。为显得真诚，他们没有盖戳，而是按了手印。收了鉴定费以后，两位专家便坐飞机飞回北京。

"这两位专家可靠吗？"专家在这儿的时候，这话康赛不敢说，专家走了以后，康赛就把这个问题提出来了。齐有为说："绝对可靠！央视《鉴宝》节目还请过他们呢！"

康赛还是摇了摇头，表示不能肯定。齐有为有些着急了，说："该麻烦人家咱也麻烦了，该花钱咱也花了，你不相信他们，你还想怎么着？"

康赛想了想说："我有点不好意思把话说出来，怕你腻歪我。"

齐有为道："但说无妨，我没那么多事儿。"

康赛说："我想麻烦你再请两位专家来，给这两幅画再做一次鉴定。"

齐有为道："如果请完两位专家，你还是不放心呢？"

康赛道："那就再请。"

齐有为说："你呀你，真没见过你这样的！有钱没处花了？"

康赛道："为了《孔雀图》，我甘愿花钱。虽然我不是大款，但这个钱花得值！"

齐有为道："好吧，既然你这么较真儿，那我就帮人帮到底，谁让艾一婕托付给我了呢！"

接下来，齐有为就硬着头皮继续给北京打电话。老实说，齐有为的耐心也是有限度的，顶尖儿的权威专家你不相信，还能相信谁？既然你愿意出钱，那好，我就拣最权威的专家给你请吧，也算对得起艾一婕了。

这次，齐有为一下子给康赛请了四位专家，两位中国收藏家协会的资深书画鉴定专家，两位东方书画研究协会的日本画鉴定专家。

如果康赛对这些人再有怀疑，对不起，齐有为便再也不帮这个忙了，因为没有比这些专家更专业、更权威的人了。蓝海市艺品周报社的小会议室一下子便热闹了起来。报社社长、编辑室主任、资深书画专栏记者悉数到场。齐有为和康赛反倒变成配角，讪讪地站在一旁。

经过四位专家仔细察看、分析、交换意见，最后形成一致结论：康赛手里的两个半幅《孔雀图》是真品，吴尚文那幅完整的《孔雀图》是赝品。与前两天北京的两位专家意见完全一致！鉴定书写好以后，签了名字，盖了手戳，康赛便支付了相应的鉴定费。具体是多少，因为数字不小，不说也罢。可以说，康赛与周心诚一家的官司，该支付的五十万因为与周冲败诉应付的五十万形成抵销，那么，这五十万的一大部分就花在《孔雀图》的鉴定费上了。

送走专家以后，康赛心里就翻腾起来：死拿着吴尚文的这幅画显然没有意义。而日本那边却还死等着这幅画。之所以如此，是因为和贺一郎也没看出这幅画是赝品。或者说，中国的临摹高手蒙过了日本画家、鉴定家和贺一郎的眼睛！那么，既然死拿着这幅画没有意义，应不应该将错就错把画卖给日本人呢？如果这么做，便一石三鸟：日本人高兴，吴尚文高兴，自己公司也受益；只有一个人不高兴，那就是K省副省长。问题是副省长如果知道这是赝品，他绝对就不再挖空心思索要这幅画了。

但一个想法蓦然间从康赛心里冒了出来：不能把赝品卖给日本人，应该把自己手里的真品卖给日本人。这么做并不是崇洋媚外，这是人品问题。现如今古玩圈里知假卖假蔚然成风，会不会打眼上当全凭买者的眼力，那么，自己作为卖者，难道不应该减少买者的失误，给人家一个舒心、一个痛快、一个踏实、一个物有所值吗？

康赛之所以这么想问题，是因为这幅画在中国不如在日本意义大。中国人有多少人能够知道渡边晨亩，知道《孔雀图》？日本人想让《孔雀图》回流日本，自然流露出浓重的民族情绪；然而，这又有何不可？与其让这幅画在中国“佳作悠悠传百年，藏在深山人不识”，何如让它回到故乡日本，让无数热爱渡边晨亩和《孔雀图》的人一饱眼福呢？

那么，吴尚文的那幅赝品怎么处理？仍旧死拿着，直到贸易部把钱赚出来为止。

想好了，康赛就产生了一个想法，要去一趟老挝，要亲自与艾一婕见面商量这件事。这么重要的事情不能自己一个人说了算。万一艾一婕不同意，那么这件事就落实不了，活该日本人没这个运气。

此时，《艺品周报》全文登出了蓝海市两幅《孔雀图》的鉴定情况，彩色照片也非常清晰，从北京请来的六位专家的大名和照片也悉数登了出来。蓝海市古玩圈一时间人人争说《孔雀图》，康赛的公司电话被打爆了。他的手机也不得不“转移到小秘书”。首先蓝海文物局的有关人员给康赛打电话，说当初对吴尚文那幅《孔雀图》的鉴定不够细致，现在让专家见笑了，还说，毫不含糊地坚决支持北京专家的意见！康赛暗想，你支持不支持又能怎么样呢？能改写鉴定书吗？拍卖公司来电话，说，你手里的真品《孔雀图》务必要给我们一次机会，让我们登一下名录，登一下照片，为秋拍撑一下门面。当然，绝不是白用，届时会有优厚的报酬！蓝海艺术展览馆的馆长来电话，说，康赛，你务必要把《孔雀图》拿到我们这儿展出一下，让蓝海的书画爱好者和广大的老百姓一饱眼福！报酬也是优厚的！对全市古玩、艺术品展览、交流、研究工作将是一次极大的促进，功德无量！康赛暗想，怎么重要就怎么说呗。但你有千条妙计，我有一定之规：不请示艾一婕，便什么都不能做。

这时，全市三十多家知名的装裱店老板或业务员提着各式各样的礼物找上门来，一致要求承揽接裱两半的《孔雀图》的业务。明眼人都知道，承揽这样的业务，是名利双收的，既可以大赚一笔，还可以在全市把自己装裱店的知名度进一步打响。装裱店与装裱师傅将与《孔雀图》一起，彪炳蓝海市收藏界的史册。不是吗？

承揽全市这么知名的业务，岂有不带着礼物的？举凡水果、牛奶、点心、咖啡、普洱茶，应有尽有，甚至有人别出心裁，拿来了电热壶、电磁炉、微波炉、电烤箱一类小家电，简直让康赛哭笑不得。康赛让他们把名片留下，把礼物带回去，因为说不定用哪家，怎么能乱收礼物呢？但这三十多人乱哄哄地撂下礼物和名片便走了，谁都不肯把礼物拿回去。这可真让康赛无计可施。看着屋里好大一堆东西，怎么办呢？这时，他发现这些人都把名片放在礼物上面了，就是说，可以让你对得上号。这就好。康赛便把大邸叫来了，让他带着礼物和名片，按照名片上的地址，把礼物送回去。

大邸点点头，便照办了，把礼物一件件搬上车，然后开着车挨家送。但送到一半的时候，他就感觉自己有些冤枉：自己抱着热火罐进入这个公司贸易部这么长时间了，根本就没赚着钱，出过一次车祸，还差点没把自己搭上。何不把值钱礼物拿自己家里去？康赛根本就不知道哪家对哪家，哪家送回去了，哪家没送回去，康赛怎么知道？想好了，大邸就把电热壶、电磁炉、微波炉、电烤箱一类小家电拿自己家里去了。都送完以后，便像没事人一样来到公司，信誓旦旦地告诉康赛，该送回去的都送了。康赛点点头，还夸了大邸两句。

问题是凡是礼物没还回去的，人家必然觉得可能被你选中了，于是，一次次光顾康赛公司，踢破了门槛子，而你迟迟不给人家业务，人家说出话来就没好听的。具体康赛是怎么应对的，此为后话。

话说《艺品周报》登出了两幅《孔雀图》孰真孰假的问题，一下子把吴尚文打蒙了。敢情自己一家人，包括小车和大邸，都把自己的《孔雀图》看得那么重，副省长妹夫还始终盯着这件事，却原来是一幅赝品！他根本就接受不了这个现实。问题是，艺品周报请来的六位专家是全国顶尖儿专家，而专家的话又言之凿凿，专家的学历、职称、职务、经历、成就，在报纸上和盘托出，赫然在目，不由得你不信！你接受不了这个现实只能说明你心理脆弱，对现实却没有丝毫改变。吴尚文这个六十有二的老教师冠心病犯了——心前区疼痛，汗珠子一串一串的。他不得不住进蓝海医院。

好事不出门，坏事传千里。很快，消息就传到了K省，副省长立即派马万才再次光临蓝海，一方面看望吴尚文，托付医院院长好好为吴尚文治病；另一方面，带着一部分钱，进京找专家去了。具体马万才是怎么和专家谈的，不得而知，反正是碰了钉子。他想让专家改口，把吴尚文那幅《孔雀图》也说成真品，被专家一口回绝。但事情总有不尽如人意之处，六位专家中的五位面对马万才拿来的重金都毫不为之所动，唯有一位专家动了心，他说，吴尚文的《孔雀图》是不是赝品似有可商榷之处。就是说，有可能把“赝品”变成“真品”，至少是“疑似”真品，因为，里面可以找出很多依据。马万才也是个秘书出身的笔杆子，写一篇一两千字的小文手到擒来。于是，他就写了一篇《真假孔雀图质疑》的文章交给了艺品周报。

齐有为看到这篇文章以后，非常纳罕，难道说，北京的专家也出尔反尔？是不是——齐有为不愿意往那方面想。如果因为钱的作用连是非都不要了，连真假都不管了，连学术良心都不顾了，黑白颠倒，指鹿为马，生活在混沌之中，你手里就算有钱，还有什么价值呢？齐有为本来不想登这篇文章，但身边的人提醒他说：“咱们这样的报纸不怕引起争议，不争议反倒炒不起来。”没错，报纸炒得越热越好卖。报纸热，关键是里面的文章热；文章热，关键是里面的话题热。眼下《孔雀图》问题正在蓝海市古玩圈沸沸扬扬，何不再添一把柴，加一把火呢！于是，马万才的文章真登出来了。

蓝海市古玩圈掀起了新的一波热议：《孔雀图》真有好戏看啊！

齐有为趁热打铁，拿着这份报纸奔北京走访了另外五位专家，请他们读这篇文章，然后请他们谈感想。结果那五个人连连喟叹："人各有志，强求不得。只做见仁见智之想吧！"但他们异口同声坚称自己的鉴定绝对对得起蓝海的老百姓，以至对得起全国的老百姓，也对得起日本的朋友。

回过头来，齐有为就又写了一篇文章，阐述五位专家的意见，与那位倒戈的专家形成鲜明对立。很多热心的读者和古玩圈里人也纷纷向《艺品周报》投书，发表自己的见解。一场鱼龙混杂、泥沙俱下的口水仗揭开了序幕，一时间，直把蓝海的古玩圈搅得扑朔迷离，烟尘滚滚。

在这个时候，市政府的刘秘书就又来到康赛身边，他说："事情已经这样了，吴尚文的《孔雀图》基本可以认定是赝品了，你还死拿着干吗？这样吧，我想办法淘换一笔钱给你，你把吴尚文的《孔雀图》交给我，我回头就把这幅画送到K省。就着这幅画还没有百分之百否定，赶紧把画交给K省副省长，这样，咱们蓝海的低价煤和低价大豆都保住了。明白我的意思吗？"

康赛说："你的意思是就着吴尚文的画还没有最后定论，赶紧击鼓传花传给副省长？"

刘秘书道："没错，一旦定论那幅画是赝品，就算你再传给副省长，哪怕你倒贴点钱呢，恐怕人家都不要了。"

康赛道："可是，我没想干这种事。这不是我的为人之道。"

"哎哟喂！"刘秘书一声惊呼，"康赛，你这个人是不是外星人哪？怎么连中国话都听不懂啊？事情这么紧急，已经到了'揹儿'上，你怎么竟然这么麻木、这么死硬啊？现在不是战争年代，不需要你做死硬的'地下党'，那么不怕威胁利诱，不怕老虎凳、辣椒水、烧红的烙铁。不需要你做江姐、做许云峰。现在需要你做君子，君子成人之美，明白吗？你干吗放着河水不洗船？"

康赛道："我办事要依据法律，我手里有与吴尚文合作的协议，如果我擅自违背协议，谁能保证吴尚文不会抓住我的小辫子做文章呢？"

"愚不可及！"刘秘书扔下这句话就走了。他气坏了。这个康赛简直就是榆木脑袋，死不开窍！你生气、着急，是你自己的事。我并没有逼着你这样。这就是康赛此时的所思所想。

回过头来，康赛就找到旅游公司，与老板商量，想什么办法能让他跟着旅游团去一趟老挝，别人旅游，他自己去蓝旗集团三分店找艾一婕。然后再随着旅游团一起回来。商定的结果是康赛另外拿出两万块钱，作为费用，由旅游公司派专人跟随康赛去老挝，陪同全过程。人家怕康赛半截腰跑了，任康赛怎么解释也没用，因为以往发生过这种事。

就在康赛一切准备工作就绪，就要随着旅游团出境的时候，晚上，几个陌生人敲开了康赛的家门。这些人一见面就把一个黑布罩套在康赛头上，然后在屋里一通乱翻，弄得狼藉满地，然后就带上门，把康赛绑走了。

在一辆小面包车里，挤挤插插的，摇摇晃晃的，不知走了多久，最后来到一个处所。康赛被人从车上拽了下来。说是处所，康赛感觉就是露天地儿。他的两手反剪着，没法摘下脑袋上的黑布罩，看不见眼前是什么处所，只觉得阴森森，潮乎乎的。四周有时起时落的青蛙的叫声。审问开始了。

“知道为什么绑你吗?”

“不知道。”

“你穷嘚瑟!”

“我没嘚瑟。”

“没嘚瑟?你把《孔雀图》的广告做得满天飞，全蓝海人谁不知道你康赛手里有两幅《孔雀图》?还说你没嘚瑟?”

“啪!”康赛挨了一个大耳光。

“凭什么打人?”

“打你算好的!老实说，现在《孔雀图》在哪儿藏着?”

“知名度这么高的画作，你们也想打主意?警察抓你们不是一抓一个准儿?”

“这好办，我们可以不要画，要钱。只要你把钱数给足了，一样的。”

“我没有钱。”

“鬼才相信!”

“我的家里你们不是翻过了吗？看到值钱东西了吗？”

“凡是真正的有钱人，都不露富。”

“你们想要多少钱？”

“少说一百万，多说二百万。给得越多，放你越快。”

“为了这点钱铤而走险，值不值啊？”

“当然值！你是有钱人，拿一百万不当回事；我们是没钱人，有一百万就算发了大财。”

“让我考虑考虑。”

康赛身上突然挨了一脚，他便一下子摔倒在地。接着，身上没头没脑地挨起拳脚。然后就失去了知觉。

不知过了多久，一盆冷水把康赛浇醒了。

“想好了吗？”

“想好了。”

“打算怎么办？”

“给你们一百万。”

“再多点不行吗？”

“不行，这也是要找别人借的。”

“那好，三天以后，我们给你打手机。你别到时候敬酒不吃吃罚酒，只要你敢不接电话，或者手机换号，我们就对你不客气了！”

审问者说完，狠狠踢了康赛一脚就走了。临走，他们没忘拿走了康赛的钱包，还把他口袋里的手机掏出来，将电池卸掉。

他们走了康赛怎么办？只能自己慢慢挪动身体，想找个什么地方把反剪的两手手腕上的绳子磨断。他站起身来，试探着慢慢往前走。此时，身上每个关节都是疼的。两手的手腕也已经勒得生疼，手掌肿胀麻木。他感觉，如果再不把手腕上的绳子弄开，只怕自己的双手就废了。这群歹徒啊！康赛脚底下磕磕绊绊地慢慢往前走，他突然感到前面仿佛是个下坡，还走不走呢？便试探地慢慢向前伸脚，结果，脚掌触到了水里。康赛便一个激灵：这是水塘！他一下子就茅塞顿开——何不利用水塘的水把自己头上的黑布罩褪掉？他便慢慢往水下走。他会游泳，虽然反剪着胳膊，但淹不死他，这一点他心里有根。他慢慢出溜下水塘以后，就利用水的浮力，一上一下，一上一下，一下下地褪他头上的黑布罩。结果，如愿以偿，终于把黑布罩褪下来了！

黑布罩褪下来了，眼前就一片敞亮：明媚的月色下，这是一片庄稼地里的一个水塘，水塘上面不远处还有一个草棚子。康赛踩着水，慢慢从水塘里爬将上来。浑身上下沾满污泥，看上去简直像个泥猴儿。他走向草棚子，希望遇到农民，但里面根本没人。不过，角落里扔着一个两半儿的瓷盆。这就让他喜出望外。他急忙走过去，坐在地上，用半拉瓷盆的缺口慢慢磨自己手腕的绳子。于是，时间不长，绳子便被磨断了。再看这双手，虽是月光之下，仍然可以看到这双手已经颜色发红发紫，距离坏死已经不远了，他赶紧慢慢活动，让发麻发木的两手一点点恢复知觉。

这天正是星期六，邻市的汪美容来到康赛家干家务。她一打开门，便立即吓呆了，屋里狼藉满地的一切绝对昭示着这里遭到了洗劫！汪美容是个老实厚道的女子，从来没遇过这种事，立即吓得没了主意。怎么办？怎么办？该不该报警？

说来也巧，这一天，陈依依也来了。本来，陈依依每周只歇星期日，她在医院里的情况是只歇一天，因为医院的护士工作特别忙，特别缠人。但她因为好长时间没见着康赛了，似乎有一种不祥的预感在心头缠绕着，便在周五的晚上提前与别人换了班，把周日的歇班日倒到了周六。这样，她周六上午十点来到康赛家的时候，就与汪美容撞到了一起。两个人因为总是在时间上岔开的，从来没碰过面，这次，就意外地碰上了。这一碰上不要紧，陈依依立即翻脸了：“你是怎么回事？怎么把屋子弄得这么乱？”

汪美容一下子也提高了警惕，因为陈依依也有这屋的钥匙，就让她非常起疑。于是，她也硬生生地问：“你是怎么回事？你怎么有这屋的钥匙？”

陈依依此时就想起一句战争电影的话：狭路相逢勇者胜。便说：“我是康赛的对象，我有权利过问你——请问，你为什么把屋子弄得这么乱？谁给你的钥匙？”

汪美容一听这个女子也是康赛对象，那康赛究竟搞了几个对象啊！她是个按部就班的规矩人，便立即对康赛生出几分反感。于是，她情绪变得很坏，气哼哼地说："我怎么没听说康赛有你这么个对象呢？我才是他的对象！我姐姐亲自保的这个媒！"

陈依依一听这话便哈哈大笑，说："你姐姐？你姐姐是何许人也？在康赛挨打受伤住院的时候，你姐姐能够天天在医院里照顾他吗？康赛输了官司，需要赔偿五十万，你姐姐帮着康赛想办法了吗？是我经过努力，来了个大翻盘，康赛又赢回五十万，于是这件事扯平了，请问，你姐姐做得到吗？"

汪美容听直了眼睛。这些事，她从来没听说过。姐姐汪美丽在国外，肯定更没听说过。那么，是不是姐姐为自己介绍康赛这个对象过于草率呢？汪美容蓦然间联想到这段时间以来康赛对自己的冷落，感觉肯定是因为康赛已经有了眼前这个对象。于是，一时间她感到非常屈辱。自己的各方面条件应该说都很优越，为什么非要做康赛对象的"预备队"，坐冷板凳，看冷脸子，被人考验，被人筛选，一门心思吊死在康赛这一棵树上？她似乎一下子想通了什么，便把买来的水果又拎了起来，她不想留给陈依依吃。边往门口走边说："好吧，你非说你是康赛对象，谁都不会拦着你。那你就好自为之吧。我是不喜欢脚踏两只船的男人的，我没有兴趣和义务做这个看不清前景的预备队。对不起，我走了！"

汪美容说着就打开了门，要往外走。陈依依一把拽住了汪美容的胳膊，说："走？没那么容易！因为康赛没答应你的追求，你就私自来把康赛家里翻个乱七八糟，你说说清楚，你是什么人品？"

汪美容说："你不要乱扣帽子，我来的时候屋里已经就这么乱，根本不是我翻的！"

陈依依道："你不承认？"

汪美容道："不是我干的，我当然不承认！"

陈依依道："好，你别走啊——"说完她就掏出手机拨打了110，然后对公安局说了康赛家里发生的情况和家庭住址。汪美容说："你愿意报警就报吧，反正这件事不是我干的。"

陈依依道："你跟我说没用，一会儿跟警察说吧！"

两个人正在矫情，楼下一阵警笛声响，警车来了。

话说康赛从水塘里爬上来以后，磨断了反剪手腕的绳子，走出了田野。他在路边拦了一辆出租——现如今农村里也经常有出租车光顾，有钱的农民来来往往免不了打车，而外来的人员进村看亲戚，也常常坐着出租来。康赛正是遇上一辆这样的出租车。

上了车康赛方才明白，他现在的位置是在邻市的郊区。两个小时后，他让出租车把他直接载到蓝海商业街上金满堂古玩店的门口，然后进屋找金满堂借了二百块钱交给司机，打发走了出租车。而金满堂一看康赛浑身污泥，脸上还有伤，便急急可可地问是怎么回事。康赛便说："伯父啊，这些事回头再说；我先问问，您能不能帮我拆兑一百万块钱哪？"

金满堂道："拆兑钱不成问题。咱先不说钱，先说说你是怎么弄了一身污泥、一脸伤的？难道又是跟周心诚一家打架了？"

康赛便说自己去外市郊区谈棉花业务，不小心调进水塘了，别的什么都不想说。他怕招惹麻烦。金满堂看着康赛脸上的伤说："你身上的污泥是在水塘里扑腾的，而你脸上的伤分明泄露了你的秘密。说说看，是不是又挨打了？"

不得已，康赛便把事情经过告诉了金满堂，最后告诫金满堂："这件事一定不能对外讲，不能报警。咱宁可吃点亏，牙掉了咽进肚子里，胳膊折了褪进袖子里。不能再惹麻烦了。"

金满堂道："康赛，你糊涂！你如果不报警，对方就会得寸进尺，还会继续讹诈你的钱财。你有多少钱财经得住这么折腾？你的家底我还不知道吗？"

说完，金满堂就抄起桌子上的电话机拨打了110，然后简要报告了康赛的情况，诉说了眼下康赛所在位置。于是，没出十分钟，警车就来了。

话说康赛家里警察来了以后，就分别听取了汪美容和陈依依的诉说，分别做了笔录，接下来又把屋里乱糟糟的现场拍了照片，然后就离去了。临走以前，告诫这两个女人，如果见到康赛，让他立马到公安局去一趟。

警察走了以后，汪美容也要走。陈依依说："你不想再给康赛打个电话最后告个别吗？"汪美容一本正经地说："我误打误撞进了康赛生活的圈子，耽误我很多宝贵时间，什么收获也没有；你的工作就是伺候病人，我行吗？我有你那么好的条件吗？我有好大一摊子工作！所以，我也不想等着康赛筛选了。请你转告康赛，他有可能错过了非常好的女人!”

此时，陈依依当然希望汪美容一走了之。汪美容从此再也不出现她才高兴。但汪美容走了以后，陈依依看着屋里乱糟糟的一切，就想起一个叫“大浪淘沙”的名词，和课本上的两句诗“千淘万漉虽辛苦，吹尽黄沙始到金”。经不住考验的自然是沙，而自己就是金。每每和康赛接近的时候，即使是到康赛家里吧，陈依依都感觉自己似乎思路特别畅通，常常想起过去课本里的名诗名句。此时，她就又想起郑板桥的诗来：“咬定青山不放松，立根原在破岩中。千磨万击还坚劲，任尔东西南北风。”

说得多好啊，郑板桥不正是说出了此时此刻自己的心情吗？你汪美容经不住筛选，厌烦筛选，我却不怕筛选，我勇于面对筛选。陈依依感觉曙光似乎就在前面不远处，汪美容已经被熬走了，最后那艾一婕说不定也半途夭折，而唯有自己会陪伴康赛走到底！越想越有信心，陈依依就开始动手收拾屋子了。这时，康赛回来了，身后跟着两个警察。警察立即命令陈依依停止收拾，说要拍照。陈依依便赶紧告诉警察，说刚才已经来了一拨警察，拍过照了。

既然如此，也罢，警察又询问了陈依依一些问题，陈依依一口咬定是汪美容在屋里乱翻来着，康赛便急忙更正说：“不是，是一伙歹徒!”

转过天来，康赛拎着一个皮箱，里面装着一百万人民币，按照歹徒指定位置，来到一所小学的校门前。这个时间正是下课放学的时间。歹徒很有招数，想趁乱拿了钱就走。但很多便衣警察化装成来接孩子的家长，也向小学校门口聚拢过来。

第十八章　如铁芳心

坚守，需要理由，更需要意志。

康赛和歹徒交接完皮箱，只几秒钟时间，歹徒便毫无悬念地落网了。另外，几个等着接应拿钱的同伙都守在路边那辆面包车里，他们敞开车窗看着这边，见这个歹徒落网，便急忙将面包车启动，企图逃走。谁知，两辆普桑一前一后猛地堵住了他们。他们一见形势不好，拉开车门，跳下车就沿着马路猛跑。但没跑多久，他们就不跑了，因为，前面不远处好几个便衣警察正用手枪指着他们，他们乖乖地双手抱头蹲在地上。

中国的社会治安问题虽也有不尽如人意之处，但终归胜过东南亚的一些小国。此时，艾一婕就真被披耶蓬手下的人绑走了。说起来也是“雷同”，这些人就没有更高超的手段吗？没错，从康赛和艾一婕所经历的事情看，似乎绑架和劫持是谋求改变一个人心智的最便捷的方式。

艾一婕前脚被绑走，后脚蓝旗集团三分店的人便把这个情况打电话汇报给孙家富了。没人报警，因为老挝的情况很复杂，谁都不知道报警是凶是吉。而孙家富二话没说，立即从香港特区赶到老挝。他来到老挝没找别人，还是找到了豺狗。他立马交给豺狗一笔钱，让豺狗把局面控制住，拖住披耶蓬，让披耶蓬对艾一婕不要急于动手。

而此时，康赛也经由旅行社办好了手续，随旅游团来到了老挝。日本那边追着要画，蓝海市政府追着要画，博物馆、拍卖公司也追着要画，而这一切都要见到艾一婕以后才能定夺；蓝海这边康赛父母和陈依依也都等着康赛与艾一婕晤面，好最后确定一个结果。但康赛和旅行社一个叫王前的人来到三分店以后，便扑了空。

三分店里的人告诉康赛，艾一婕是被绑走的。当时康赛心里就咯噔一下子。自己刚刚经历过绑架，那绝对不是什么好滋味！康赛和王前一商量，就找中国驻老挝大使馆去了。大使馆官员一听这个情况，便立即与万象警察局取得了联系。但万象警察局远不像中国警方这么办事认真，这么雷厉风行。他们拖拖拉拉、松松垮垮，几乎是漫不经心地接下了营救艾一婕的任务。

万象郊区的居民住房多是用数根长柱支撑起来的、离地面约一米高的木楼和竹楼，这种被称为“高脚屋”和“浮脚楼”的建筑，是为适应当地热带地理环境而设计的，能让雨水便于倾泻，易通风纳凉，又能减少野兽的侵害。艾一婕被带到一所高脚屋以后，一群人便七手八脚地把她的双手用铁链锁在楼上屋里的木柱上。艾一婕是个身体偏瘦的柔弱女子，智商很高自不必说，但若论动手能力，尤其面对眼前的局面，还真是束手无策。但就这样被动地等待披耶蓬来强暴吗？她还真是不甘心！

艾一婕在屋里扯开嗓子喊了几声，试图引起外面路过的人们注意，但根本没人拾这个茬儿。她便不停地叫喊，直到喊哑了嗓子，便不再喊了。她四处寻摸，暗想如果能找到一把榔头或铁锤就好了。锁住自己双手的铁链虽然十分坚固，但还不是粗得不行，是经不住一顿榔头或铁锤的。

在这个节骨眼，豺狗与披耶蓬接洽上了。他们又来到南关赌场，在那个放置老虎机的大厅里，两个人针尖对麦芒地商量对策。

“孙家富说了，只要你放了艾一婕，他给你一大笔钱。”

“我不缺钱，我缺人，我缺艾一婕这样的女人。”

“孙家富说了，你敢动艾一婕一根寒毛，他会跟你玩儿命。”

“我不怕他玩儿命，大不了一死；我已经死过一次了，为了艾一婕，我情愿再死一次。”

“人一死可就什么都没有了，你还想让艾一婕给你生孩子，怎么生？”

“那我现在就去和艾一婕同房，然后我把她交给我表弟，让我表弟看着她把孩子生下来。我就是死了也能闭上眼了。”

“不行，孙家富不答应，我也不答应。”

“孙家富答不答应我不管；你不答应，咱们可以谈谈条件。”

“我建议你和孙家富还是来一场比拼。一人打三局，看谁的分数多。”

“我同意。”

“但你不能输了以后又打孙家富的闷棍。”

“我从来也没打过他的闷棍，他还不定挨谁的打呢。”

“你保证不打孙家富？”

“我保证！但别人打他我管不了。”

“你估计谁会打他？”

“有可能是南关赌场的人，因为孙家富下注太小，赌场没钱赚。”

“那好吧，我让孙家富多下点注。”

事情定在明天的上午十点。豺狗点点头，便回去向孙家富通报。而披耶蓬却控制不住自己了，不论从情感上，还是从情欲上，他对艾一婕都太渴望了。所以，当天下午，他洗了澡，刮了胡子，吹了头发，还在身上洒了香水，然后就来到郊区艾一婕所在的这座高脚屋。

艾一婕虽然被铁链锁着，因为铁链比较长，所以并不影响她吃饭、解手。但披耶蓬来了以后就发现，给艾一婕送来的饭菜她一口没吃，就原封不动地在那儿摆着。而艾一婕则蜷缩在光板床上，本来就瘦削的面颊，此时显得十分憔悴。绝食？这怎么行？披耶蓬走到艾一婕跟前，小心地蹲在她的对面，看着她的眼睛说：“一一，吃点东西吧！不可口可以少吃，回头我让他们给你做可口的中国饭菜，但你不能一点都不吃啊！”

艾一婕闭上眼睛，用手捂住了脸，什么都不说。她无话可说。披耶蓬完全是出于对自己的爱，一门心思想娶自己，所以采取了一系列极端行动。披耶蓬并没想加害自己，这一点艾一婕很清楚。问题是，爱情这种事儿需要两相情愿，而不能一厢情愿，不能剃头挑子一头热。披耶蓬一个本科毕业的成年人，他什么不懂啊？

此时，披耶蓬把艾一婕的手拿下来一只，攥在自己手里，一边理着铁链，一边就说话了：“在泰国和老挝，也和你们中国一样，提倡一夫一妻，但在泰国和老挝有钱的人不仅娶妻，还可纳妾，金屋藏娇。有的多达数个，民不举官不究。而我虽然也有钱，却并没有这么做。我只是一门心思看上了你。当然，以前我并不是没有恋爱史，只是全都因为对方不适合我而中途夭折。你想想看，我这样的男人在泰国和老挝算不算品性不错的好人？反正我自己认为算。我只是在对待你的问题上钻了牛角尖。用中国话讲，叫作‘如此而已，岂有他哉！’你说，是不是这样？”

艾一婕还是没有说话。披耶蓬说得不错，事情就是这样。但钻牛角尖是没有前途没有结果的，这一点你披耶蓬难道不明白吗？披耶蓬见艾一婕不说话，就由蹲姿变成了跪姿，屈膝在地，说：“一一，现在我给你跪着，你几时吃饭我几时起身，行不行？我真心实意地求你了，一一，吃饭吧！”

艾一婕感觉让披耶蓬长时间跪着，弄不好他会恼羞成怒，做出极端不理智的事情，就开口说了这么一句话：“我提一个要求，你如果答应，我就吃饭。”

披耶蓬一听这话，喜出望外，便急忙说：“你讲你讲！”

艾一婕说：“三天之内，你不要来这里打扰我。”

“这个，这个，”披耶蓬挠着头皮说，“三天是不是时间太长了？你知道我多想你吗？哪能三天不见呢？这三天里如果让你出现意外，我不得悔青了肠子？”

艾一婕说：“出现不了意外，我该吃吃，该睡睡，行了吧？”

披耶蓬问：“那么，为什么非要三天呢？”

艾一婕说：“这件事得容我考虑三天，短时间我考虑不好。”

其实，艾一婕这不过是托词，她就想争取时间。她感到在这三天里孙家富一定会想出营救自己的办法。当然，她不知道，此时康赛已经身在老挝，也在想着营救她的办法。

披耶蓬垂头丧气地走了。他准备和孙家富在南关赌场决一胜负了。

康赛和旅行社的王前就住在三分店里。他时不时就给万象警察局打个电话，询问寻找艾一婕的进度。警察局的人总是懒洋洋地说：“别急，别急，工作正在进行之中。”当康赛问道：“进行到什么程度了？”警察就说：“已经撒开大网了，但因为人手少，短时间不可能见效果。”康赛便再给大使馆打电话，请求大使馆催促万象警方抓紧工作。

转过天来，孙家富和披耶蓬来到南关赌场。豺狗和披耶蓬的一群亲戚也悉数到来。在安置着老虎机的大厅里，经赌场方面的人员做裁判，一声令下，孙家富和披耶蓬便按动了老虎机的按钮。

因为有了上一次在老虎机上做手脚的经验教训，双方都知道对方在盯着老虎机，所以，这次谁也没动歪脑筋。比赛以前双方派人上前验证老虎机，认定没有问题，比赛方才开始。

孙家富连打三局，一局也没赢。

披耶蓬连打三局，也是一局也没赢。

这不是打平了？不行，再来！披耶蓬对孙家富挥了挥手。孙家富便再打三局。

两输一赢，二比一。

披耶蓬则也是两输一赢，也是二比一。

人们便议论开了，是不是赌场方面做了手脚？怎么会这么巧合啊？

赌场的裁判说，绝对没有！不信你们可以把老虎机拆开验证。

这时，对赌博很在行的豺狗就说话了："不用验证老虎机了。现在不是两个人都二比一吗？那就比小分，谁的小分多，算谁赢。"

大家一迭声同意。因为总要比出个结果不是？于是，一干人便数小分。结果，孙家富的小分略高。披耶蓬见此突然大喊："比小分不行！你们根本没征求我的意见！"

豺狗说："刚才可是大家一致赞成比小分的！"

披耶蓬道："大家赞成不行，必须我同意才行！"

此时，赌场的裁判就把披耶蓬拉到一旁，低声说："你甭怕，一会儿我再给孙家富来一棍子，这次我打狠点，让他变成植物人，永远不能开口说话。"

披耶蓬想了想，说："我手气不好，只能这样。其实，我从本心不愿意打他。"

披耶蓬走回老虎机跟前，对孙家富说："今天算你赢了，我同意你把艾一婕接走。"

话音未落，裁判从孙家富身后举起木棒就朝他的脑袋砸了下来。在南关赌场，这种木棒每个服务人员手里都有，平时不用，就在腰上挂着，是为了维护秩序用的。就在这千钧一发之际，豺狗突然伸出胳膊搪了一下。因为，裁判举木棒的时候被他看个满眼。而裁判举木棒打人在此时此刻是没有任何道理的——谁都没有违规，现场也没发生争议，你打谁？

一声钝响，豺狗的胳膊立时被打断了，骨折了，而且是开放性骨折，半截小臂耷拉下来了。那情形相当惨烈、残忍。人群中便立时发出一片“嘘”声。而裁判此时收起木棒，往腰上一挂，没事人一般，目光麻木地看着眼前这些人。

孙家富见此，急忙拽住豺狗，托着他的伤胳膊说：“比赛也进行完了，走，我跟你去万象医院。”他知道是怎么回事，但他什么都不敢说。因为他怕裁判再给自己来一棍子。没错，就在他和豺狗转过身去的一瞬间，裁判突然摘下木棒又举了起来，但披耶蓬赶紧拦住了裁判，说：“算了算了，放他一马吧，回头我给你钱。”

孙家富带着豺狗去医院治伤去了，这边，披耶蓬没有食言，把艾一婕放了。当然，在释放艾一婕之前，摸了她的胸脯，亲了她的嘴唇。而艾一婕见是释放自己，便将这一切当作受刑一般默默忍受了。郊区没有出租车，离开那座高脚屋，艾一婕只能一步步往回走。已经两天两夜没吃没喝了，她浑身无力，像散了架一样，腿底下像铅一样重。而肚子里却正咕咕乱叫，饿得前腹贴后腹。实在走不动了，她就坐在路边喘粗气。这时，一辆奥迪汽车迎面开了过来，停在她的面前。车门打开了，是孙家富从上面下来了。孙家富蹲在她跟前说：“一一，让你受委屈了，咱上车走吧！”

还能有别的选择吗？艾一婕只能上车。之所以她此刻心里有些勉为其难的念想，是因为，她预料到孙家富会借机向自己发动新的爱情攻势。不过，还好，车开起来以后孙家富先没有说爱不爱的问题，而是说起自己与披耶蓬的这场赌博，自己险些没搭上小命，却让豺狗搭上了一条胳膊。孙家富开着车把艾一婕带到了万象医院，艾一婕看到了为了自己而伤得很惨的豺狗。她小声和孙家富嘀咕：“我会给他一部分钱作为补偿的。”孙家富赶紧说：“用不着你出钱，他是为了保护我，这个钱理应我出。”艾一婕执拗地说：“事情的缘起不是为了救我吗？”最后商定，一人出一半，补偿豺狗。

这时，豺狗突然说话了。他说：“艾一婕女士，孙家富为了你两次进入南关赌场。南关赌场那是什么地方？那是把脑袋拴在裤腰带上的地方！第一次孙家富差一点没被打成植物人，这一次，如果不是我用胳膊搪了一下，孙家富被打成什么样就不好说了。能不能活得了都是问题！那么，你面对孙家富这么痴心的男人应该怎么办？让我说，没有二话，嫁给他！至少要做他的情人！否则，你还有一点中国人的良心吗？”

事情终于进入艾一婕预料的轨道。只不过这话出自豺狗之口，而不是孙家富之口。不论出自谁的口，意思终归表达出来了。此时艾一婕无计可施，只能再次说了这么一句话：“再给我三天，容我考虑考虑行不行？”

孙家富一听这话，赶紧回答说：“行，行，三天就三天！”

可不是吗？三天时间不是一转眼就过去了。这么好的女人如果皈依了自己，那不是长久的幸福岁月等着自己吗？而艾一婕此时做着最坏的打算，如果三天里自己想不出所以然，就亲也由孙家富，摸也由孙家富，只要不突破底线。她只能这么做。她豁出去了。她黔驴技穷。她无计可施。她不知道怎么报答孙家富。甚至，她也在犹豫之中产生了动摇：要么就给孙家富一夜？一个身在异国他乡的女人在走投无路的时候，又能怎么办呢？

艾一婕离开孙家富以后就回到了三分店。她有个职业习惯，就是特别爱在迎门大厅的前台查看来此住宿的客人情况。比如，来自哪个国家，是老客户还是新客户。如果是新客户，便让服务生送上介绍三分店情况的画册，连同一份点心；如果是老客户，则由大堂亲自上门送上老客户最喜欢吃的冰激凌或最喜欢喝的中国茶。但此时此刻，艾一婕在翻阅住宿客户名录的时候，意外地发现了“中国，康赛”的名字，她蓦然间便感觉眼前一亮，心脏怦怦怦地急跳起来。在眼下自己万分困难的情况下，还有什么比对象来到身边更让人欣喜和兴奋的呢？

康赛住在八楼，艾一婕没坐电梯，她感觉那样太慢。她等不及。

她从大厅一侧的楼梯上一股劲儿地跑了上去。中间，她莫名其妙地撞了三个人。其实，她只要一闪身就撞不上人家，但她已经实在控制不住自己了。

当她敲开康赛的房门，见到康赛以后，当着王前的面就哭着扑进康赛怀里，紧接着，就因为渴、饿、疲劳、激动夹杂在一起，昏倒了。

王前急忙给大堂打电话诉说此事，大堂便叫来了医务室大夫，一番检查之后，便把艾一婕放倒在康赛床上，给她打起点滴，输起葡萄糖液。这一切，在艾一婕没到三分店之前，是没有的。那时候医务室只有一个医生，医生手里只有一些红汞、伤湿膏、松节油、棉签之类小小不言的东西。孙家富从来没过问过这些情况，也想不起来要过问这些事。他天天忙着他所感兴趣的事儿。至于那些事儿对发展蓝旗集团究竟有多大意义，他则没想。

晚上，艾一婕彻底醒过来了。输液以后，她感觉浑身有劲儿了，就对康赛说："康赛，你跟我到我寝室去睡吧，我在这里不行，影响王前休息，而我又一刻也不愿意和你分开。"

这样的要求康赛只能答应。其实，康赛早就想和艾一婕单独在一起了。康赛背着艾一婕来到她的寝室。她们先找大堂要了两份中餐，先把肚子填饱。然后艾一婕说："我的洗手间面积不小，咱们俩洗个鸳鸯浴吧！"

康赛一听这话犯起犹豫，脸孔涨得通红。艾一婕道："让你看看我的全貌！我早就属于你了，早就该让你看看了！"说着话，就强行推着康赛进了洗手间。如果说，艾一婕对郭亚洲热不起来，对孙家富和披耶蓬也热不起来，究其原因，还不是因为她心里惦记着康赛、死死爱着康赛一个人吗？艾一婕是患有性冷淡和冷情症的女人吗？从她对康赛的一片痴情看，绝对不是！百分之百不是！

而在艾一婕脱光衣服以后，康赛就哭了。艾一婕本来就身材瘦削，此时的她真出了"骨感美"了——脖颈下的锁骨高耸着，美丽乳房两侧肋骨清晰可见，摸上去硌手。臀部也支起来了，屁股也由圆变尖了……康赛把艾一婕紧紧搂在怀里，哭泣着说："婕婕，你受苦了！"

两个人抱在一起，哭了一阵。艾一婕说：“咱们不能这样，熬了十年终于见面了，咱们应该高兴才对！小弟，现在正值我的排卵期，今晚咱们就把种子种下吧！”

康赛亲吻着艾一婕说：“我什么都不懂，一切听你安排。”

两个人互相搓洗了后背，互相擦拭干净，然后高高兴兴回到卧室，万分激动地进行栽树苗活动了。一切停当以后，康赛给王前那屋打电话，说：“哥们儿，明天一早我和艾一婕就去机场，你就不要陪我了，你回旅游团吧！”

于是转天下午，康赛和艾一婕就来到云南昆明，然后搭乘晚班飞机，于夜里十一点，回到蓝海。艾一婕在蓝海没有房子，就住在康赛家里。这一夜，自然两个人相当腻乎。

又是转过天来，两个人就一起来到肿瘤医院，来看望父母。此时康之韶已经治愈了脑溢血，但肺癌已经转入了晚期，瘦得皮包骨，两眼深陷，面皮灰暗，头发全部掉光。康赛还没开口，艾一婕就亲亲地喊了一声：“爸！妈！让您二老对我久等了！”

康之韶一只手颤巍巍地抚摸着艾一婕的肩膀，嘴里翕动着，声音微弱地说：“你们马上就举行婚礼吧，我快不行了！”

艾一婕一听这话，便把康赛拉到身边说：“爸，我和康赛都不是讲究形式主义的人，我们现在就举行婚礼，来——”艾一婕自己喊起了口令：“一拜天地，二拜爹娘，夫妻对拜，进入洞房！”与康赛一起向着墙壁、向着康之韶和老伴鞠躬，然后两个人对着鞠躬，最后把“进入洞房”变成了两个人接吻。康之韶看着两个年轻人，脸上带着微笑，说：“孩子，你们俩是在歌声中走到一起的，就给我唱支歌吧！”

艾一婕一点也没扭扭捏捏，大大方方地说：“康赛，来，咱俩唱《金梭和银梭》。”

一首二重唱的歌曲，如涓涓细流，轻轻地在病房里荡漾开来：

太阳太阳像一把金梭，
月亮月亮像一把银梭。
交给你，也交给我，

看谁织出最美的生活。
啦……啦……啦……
金梭和银梭日夜在穿梭，
时光如流水督促你和我。
年轻人，别消磨，
珍惜今天好日月、好日月。
来来……来，来来……来。

此时，康之韶和老伴已经听得入了迷。却原来，儿子和儿媳的歌声是这么美妙动听，尤其艾一婕的声音，那叫干净，那叫清澈，简直就是山巅林间的一股清泉！康之韶不由自主地说了一句："这首歌我也会唱。"便加入了进来：

太阳太阳像一把金梭，
月亮月亮像一把银梭。
交给你，也交给我，
看谁织出最美的生活。
啦……啦……啦……
金梭和银梭匆匆眼前过，
光阴快如箭提醒你和我。
年轻人，快发奋，
黄金时代莫错过、莫错过。
来来……来，来来……来……

歌曲还没有唱完，康之韶的声音却越来越小，接着就完全失去了声音。他脸上洋溢着笑容，突然闭上了眼睛，两只手无力地摊了下来。康之韶终于在生命的最后一刻，看见了儿子和儿媳妇走到一起！他安心地走了，无怨无悔地走了。

陈依依大病一场。她想不到是这么个结果。其实，她早该想到，只是她一厢情愿地不愿意那么想。她蓦然间不到康赛家里来了，康赛必然要过问，康赛要把艾一婕回来的喜讯告诉她。于是，康赛知道陈依依病倒了。他便携带着艾一婕一起去医院里看望陈依依。陈依依发着高烧昏迷不醒。艾一婕心疼地在陈依依额头上吻了一下，两个人便离开了。

艾一婕离开老挝，没告诉孙家富。孙家富还在死等艾一婕回话。不是说好三天以后回话吗？孙家富在三天以后就来到三分店，让他意想不到的是艾一婕竟然悄无声息地回国了，而且是跟恋人康赛一起走的！可是，他欠着艾一婕一年的薪水一分钱没给呢。艾一婕在这一年里走了三个分店，干了那么多工作，给他打下那么坚实的基础，他该怎么感谢艾一婕啊！怎么能一分钱不给就让艾一婕走了呢？恋爱（假如那也算恋爱的话）可以不谈，薪水该给还是要给啊！他急忙给艾一婕打手机，诉说离情别绪，说："一一，你在这一年里，进行了超强度的工作，我理应给你一百万。你赶紧给我一个银行卡号，我给你汇过去吧！"

艾一婕想了想说："算了，这一年时间只当我学习、练手吧！你要是在心里记挂着我，就把那一百万送给豺狗，就算我给他的补偿吧！"说完，艾一婕就率先关掉了手机。她现在一句话都不想多说了。

话说艾一婕回来了，就对两半儿的《孔雀图》做出了安排：立即接裱。康赛找金满堂问来了哪家装裱店的活儿最好，便找上门去。结果这家装裱店一下子乐死了，这么好的一笔大业务竟说来就来了！便安排店里资历最老、眼神最好、手头最麻利、经验最老到的一个师傅来做这件事。这还不算完，这家装裱店为了进一步打响知名度，竟给《艺品周报》发了一条消息：康赛的《孔雀图》已经送到他们店里接裱！

这还了得？那些送出礼物而没拿到业务的装裱店看到报纸的报道以后便派人找到康赛公司。他们纷纷说，这不合理，要么你们就别收我们的礼物，既然收了礼物就不应该把业务再交给别人。康赛十分纳罕，说，你们的礼物我派人都还回去了呀！来人便说："屁！我们根本就没见送回来！"

康赛立即把大邸叫到跟前，对质这件事。大邸哑口无言，说："这事儿是我办得不地道，我辞职吧。"便蔫不溜辞职了。贸易部的小车见大邸走了，吴尚文又住院，自己一个人在贸易部待着也没什么意思，便也辞职走了。都走了，贸易部的业务怎么办？欠着公司的好几十万怎么还？大邸和小车对这些就不想管了，爱谁谁吧！反正现在他们俩都已经知道，吴尚文入股的《孔雀图》是一幅赝品，脸面已经丢得光光的了。

这时，日本方面的和贺一郎按照和贺英良和美子的安排，再次来到蓝海，他要和康赛协商购买接裱中的《孔雀图》。康赛问艾一婕："卖不卖？"艾一婕说："在《孔雀图》问题上一切听你安排，你想卖就只管卖；想不卖就收着压箱子底。"康赛点点头，决定卖。

和贺一郎一听康赛要卖《孔雀图》，一下子乐坏了，他马上就给东京佳木艺术博物馆打电话，要他们汇过一千万来，说，历经千回百转、千辛万苦，真品《孔雀图》终于要回国了！

但事情还没有这么简单，并不是说钱来了，《孔雀图》就可以拿走。当吴尚文在医院里听说康赛要把自己手里的真品《孔雀图》卖给日本人，他立即抱病来到蓝海文物局告知这件事。因为文物局有言在先：《孔雀图》是国家三级文物，允许收藏和交易，但不允许出境。于是，文物局的一个处长来到康赛公司。这个处长拿来了有关国家文件和规定，出示给康赛，然后言之凿凿地说："你手里的《孔雀图》最好不要出手，因为这幅画太出名了，你会因为这幅画流出国门而违法，弄不好你会进监狱！"

怎么办呢？事情暂时搁浅了。和贺一郎就住在和贺英良家里静等。这时，真品《孔雀图》已经接裱完毕。接裱以后的《孔雀图》丝毫也看不出来曾经被撕断过，简直天衣无缝、浑然天成、美轮美奂、巧夺天工！眼下只是没有卖出去的办法。谁也不能违法不是？此时马万才听说康赛要把手里的《孔雀图》卖出去，便也打上门来。

马万才说："康赛，我感觉你在玩调包计。你肯定是把吴尚文那幅《孔雀图》和你家里的《孔雀图》调换了。否则，吴尚文的《孔雀图》明明是经过文物局鉴定的，怎么一下子就变成赝品了呢？反正两幅画都在你手里，你想怎么调换就怎么调换。是不是这样？"

康赛摇摇头一声苦笑，说："我真想抽你一个嘴巴子。但我没有打人的习惯，就让你侥幸免打吧。不过我该把话告诉你，还是要把话告诉你——因为蓝海文物局的眼力不行，给吴尚文做的鉴定是不准确的，蒙过了吴尚文、小车、大邸，也蒙过了我，让我们这些人都抱着热火罐抱了这么长时间！”

马万才嘿嘿一笑说：“你别把责任都推到人家文物局身上。堂堂的蓝海文物局会这么无能？我还是认为你把两幅画调换了。这也不光是我的意见，连副省长都这么想。”

康赛说：“我对你交个底吧——我的《孔雀图》的题款上有黎元洪等四位民国‘总统’的钦印，而吴尚文的《孔雀图》上则没有。这一区别是被我写进与吴尚文的合作协议的！不信我就让你看看协议！”

哦？这个康赛做事也太滴水不漏了！马万才简直无言以对。他摇摇脑袋，无奈地走了。不知他回K省以后怎么向副省长交代，反正在康赛面前他是黔驴技穷、无计可施，没有一点主动权。

这时，和贺一郎通过东京佳木艺术博物馆馆长，把电话打到了中国国家外事部门，请求协调这件事。国家外事部门经过慎重研究，决定同意日本方面把《孔雀图》买走并带出国门。消息传来，和贺一郎、和贺英良和美子不由得欢呼雀跃，一迭声连呼：“阿里噶多，勾咋爱马仕（谢谢）！”

最后，这幅在中国流转了一百年的真品《孔雀图》，被康赛以三千万人民币转让给日本人了。康赛经与艾一婕协商，留下百分之十，把其余百分之九十，也就是说，把两千七百万人民币，捐给了蓝海市慈善协会。留下的三百万是怎么处理的呢？一百万拿出来填公司贸易部的窟窿；五十万拿出来送给周心诚；剩下一百五十万，加上康赛把家里的房子卖了一百万，共两百五十万，买了蓝海市市郊结合部的一个小型二手别墅。三层楼，带小院。康赛将和艾一婕，带着自己的母亲，在这里长期居住。康赛要给艾一婕一份安宁，一份舒心，一份惬意。

而吴尚文的那幅画，康赛和艾一婕拿着给他送到了医院。康赛说：“看样子您要在蓝海医院长期住下去了；现在大邸和小车都辞职了，贸易部将另请高明；因此，您的《孔雀图》也完成了使命。你们糟践的钱也不找你们要了。请您吸取教训，以后不要心存侥幸和妄想。既要干自己想干的事，还要干自己干得了的事。”

说完，康赛就带着艾一婕走了。吴尚文有可能很羞愧，也有可能很生气，康赛就不管了。糟践了好几十万没追究你们就不错了，往哪儿找这么厚道的总经理去？

当康赛和艾一婕来到周心诚家里以后，已经可以拄着拐杖在屋里走来走去的周心诚相当激动，差一点又一次出现脑溢血。他一只手颤抖着伸向艾一婕说：“闺女啊，赶紧过来让叔叔好好看看你！”艾一婕便赶紧走到周心诚跟前，眼含热泪让周心诚抚摸。周心诚便抚摸了艾一婕的肩膀又抚摸她的脸颊。最后说：“我和康之韶找你找得好苦啊！”

康赛把五十万的银行卡呈了上来，说：“周叔叔，您为了寻找艾一婕两次得重病；在您得病期间，我还和周冲打过架，事后陈依依还帮我起诉过周冲。这一切我想起来就很内疚。我没有别的可以向您补偿的，这五十万是我和艾一婕的一点心意，请您务必收下！”

周心诚一听这话急忙说：“嗨，康赛，你怎么把话越说越远呢？我和你爸是什么关系？我们老哥俩的关系绝不是五十万所能买得了的！这钱你务必拿回去，否则，你爸的在天之灵也不得安生！”

能把钱拿回去吗？自然不能，于情于理都不能。此时，艾一婕就说话了：“周叔叔，就凭您为找我跑香港特区，跑泰国，跑澳大利亚这一通跑，就说明咱爷俩有深刻的缘分。现在我既没有父亲也没有公公，那么就让我认您做我的义父吧！”

说着，艾一婕就双腿向着周心诚跪了下来。周心诚急忙喊了一声：“闺女，我们家正缺一个女儿，我收下你这个女儿了！”

艾一婕便亲亲地叫了一声：“爸！”然后就热泪滚滚了。周心诚老伴也走了过来，抱住艾一婕，周心诚则走过来抱住老伴。康赛便在后面抱住周心诚。四个人一下子抱成一团。

这一天，周心诚老伴打电话叫来了周冲，康赛则叫来了母亲，两家一共六口人，在楼下小饭馆吃了一顿团圆饭。周冲因为没有对象，在饭桌上，康赛就说要帮周冲和陈依依牵线。周冲忙说：“人家陈依依条件那么高，怎么看得上我？尤其她看见过我打架，心里不定怎么讨厌我呢！”

康赛说："没关系，我带你去，陈依依对我还是有点面子的。"

转过天来，康赛和周冲勾肩搭背地出现在陈依依面前。此时陈依依的病情已经好转很多，马上就要出院了。她一见康赛来了，便急忙把脸扭向墙壁了，给康赛一个后脑勺。康赛站在陈依依的病床边，拉着周冲，对着陈依依后脑勺说："依依，我知道你还在记恨我。但我也知道你在心里会赞同我、佩服我，因为我等艾一婕一等十年而没有见异思迁。任何一个女人都不希望自己的男人见异思迁，除非这个女人脑筋出了问题，你说是不是？而你，恰恰是头脑非常清醒的优秀护士，所以，你的心里并不恨我。每个人都有两面，一面是失度，一面是适度；一面是混沌，一面是理智。你在失度和混沌的时候恨我，而在你适度和理智的时候爱我。而你的骨子里是个适度和理智的人，所以，你并不真的恨我，还会把事情做得非常得体。事情就是这样，对不对？"

陈依依再也没法沉默下去了，她一反身就冲着康赛"呸！"了一口，说："看你美的！一个沉默寡言的人竟说出话来一串一串的，还不是因为把艾一婕找回来了！甭忽悠我，我什么都明白！艾一婕回来了，我必然会让贤，这是我有言在先的。所以，你也不要为此内疚，好像欠了我八百吊一样！"

康赛说："依依，我确实是想着如果找不到艾一婕就可能娶你的，这一点天知地知，天地良心！但艾一婕偏偏找回来了，这就没办法了，所以说到底咱们俩缘分还是不够。但我欠你的情，我欠你的意，这是地球人都知道的。那么，怎么办？给你钱你肯定也不会接着。今天我就把两代世交的老朋友周冲给你带来了——"

陈依依漫不经心地转过脸看了一眼周冲，还不屑地撇了撇嘴，说："就他？打架大王？"

康赛说："哎，话不能这么说！他可是大孝子，而且还是单位的先进！现在是公司的部门经理，工资比你多三倍还多呢！"

陈依依道："你们现在言归于好了，不打架了，所以你就替他吹起来了？"

康赛道："对，他不太爱说话，我要不替他吹，只怕他自己一辈子也不会吹。我知道，你和他一样，也不爱吹。这就好，我希望你们俩谁也别吹!”

康赛说的是双关语，陈依依多聪明啊，尤其又是这个年龄，又是没对象的非常时期，所以，一下子就涨红了脸，说：“康赛，你甭拿我们找乐儿，等我病好了看我不跟你算账!”

康赛已经听出来了，陈依依现在已经把她和周冲说成“我们”了，这就有希望。于是，康赛趁热打铁说：“依依，你们俩先说着，我出去买点饭，买两个菜，咱们三个人就在你屋里吃午饭吧!”

陈依依便急忙说：“我床头柜里有钱包，你带着!”这就等于同意康赛的安排了。

康赛根本就没拿陈依依的钱包，转过身就出去了。结果他这一走就再也没回来。到了中午吃饭时间了，护工推着食品车来到门前，周冲便就坡下驴，买了两份稍贵的饭菜，与陈依依边吃边聊了一个痛快。周冲本来是个不爱研究女人的人，此时，他就细看了陈依依，见陈依依柳叶眉，杏核眼，直鼻梁，确实非常俊俏。今生今世娶这么个老婆也算造化了。于是，他在心里就把事情决定了。他掏出康赛给周心诚的那个银行卡，递给陈依依，说：“喏，这是康赛按照法院裁决补偿的五十万元，我爸不要，就交给你支配吧。”

陈依依愣了一会儿，不知怎么回答。不接吧，没有理由。因为周家和康家的两次官司都是陈依依帮着打的。而接吧，言外之意就是同意了与周冲的拍拖。周冲一表人才，收入也不低，在眼下的年轻人中间也属上乘了，陈依依没有不同意这门亲事的道理。但立马就同意，又显得自己太心切。怎么着也应该端着点不是？那么，接不接呢？陈依依没主意了，便给康赛打手机，问这五十万接不接。

康赛立即在手机里说：“接！凭什么不接？这是周冲给你的订婚礼物，当然要接！想当年，艾一婕就是用半幅《孔雀图》把我钩住的。反过来说，没有那半幅《孔雀图》，估计我等艾一婕也等不了十年!”

陈依依便把银行卡接过来了。这样的事儿还是第一次做。伸手要别人的钱终归感觉不硬气，陈依依为此把一张粉脸涨得通红。殊不知，她这一接银行卡，与周冲的亲事就算定了。

看上去，康赛周围的亲朋好友都在言归正传。谁知，这时金玉的家里却大相径庭。郭亚洲嫌金玉缺乏性感，而且心里总是想着康赛，便与金玉办了离婚。金满堂老两口怎么劝也不管用。金玉离婚后找康赛在咖啡馆坐过一次。金玉哭得一行鼻涕两行泪，末了还抱住康赛的脖子，死不撒手。直让康赛好一顿唏嘘。不得已，康赛和金玉约定，每周拿出一个下午给她，陪她出来喝咖啡，叙衷肠。当康赛把这件事告诉艾一婕的时候，她对此没有阻拦，说金玉的心情她能理解，让金玉“软着陆”是有必要的。而且，她还撺掇康赛再次把赵树林推到金玉面前，说他们俩实际是有夫妻相的。但金玉死不愿意。没办法，艾一婕开始在自己的视力范围之内撒大网为金玉物色男朋友。

而郭亚洲呢？他得知艾一婕又回到蓝海以后，便接二连三邀请艾一婕吃饭。艾一婕不去，他就死缠硬磨，还把孩子从邻市接到了蓝海，在蓝海找了全托学校。接下来，每个大礼拜郭亚洲都领着孩子来找艾一婕。我看你见我不见我，孩子在身边站着，你忍心不见我吗？艾一婕是个心软的女人，只得见面。郭亚洲好像获得了全胜，其实，他没发现，此时艾一婕的肚子已经悄悄地隆起了。

转过年来，艾一婕为康赛生了一个七斤半的大胖小子。这真应了那句民间俚语：“女大四，生儿子。”

但郭亚洲还对艾一婕满怀期待。他期待什么呢？难道他还能如愿以偿吗？

（全文完）

图书在版编目(CIP)数据

孔雀图 / 岩波著. — 北京 : 中国文史出版社,2018.1
(跨度长篇小说文库)
ISBN 978-7-5034-9259-4

Ⅰ. ①孔… Ⅱ. ①岩… Ⅲ. ①长篇小说-中国-当代
Ⅳ. ①I247.5

中国版本图书馆 CIP 数据核字(2017)第 119943 号

责任编辑：薛媛媛

出版发行：**中国文史出版社**
网　　址：http://www.chinawenshi.net
社　　址：北京市西城区太平桥大街 23 号　邮编：100811
电　　话：010-66173572　66168268　66192736（发行部）
传　　真：010-66192703
印　　装：北京盛彩捷印刷有限公司
经　　销：全国新华书店
开　　本：720×1020　1/16
印　　张：20　　　　　字数：279 千字
版　　次：2018 年 1 月第 1 版
印　　次：2018 年 1 月第 1 次印刷
定　　价：52.00 元